Dieses Buch ist allen wunderbaren Lesern gewidmet, die meine Play-by-Play-Serie so sehr ins Herz geschlossen haben. Vielen Dank, dass ihr heiße Sporttypen genauso sehr liebt wie ich.

Eins

Jenna Riley wollte nichts mit Sport zu tun haben. Was paradox war, wenn man bedachte, dass ihr die Sportbar der Familie gehörte, die sie leitete. Doppelt paradox, denn einer ihrer Brüder war ein NFL-Quarterback und der andere Bruder ein Major League Baseballspieler. Und dreifach paradox, weil ihre ganze Familie Sport jeglicher Art liebte.

Persönlich hatte sie genug von Baseball, Hockey, Football, NASCAR, Basketball, Tennis, und allem, was mit einem Ball oder einem schnellen Auto zu tun hatte, es sei denn, sie saß selbst hinter dem Steuer. Ihre Abneigung gegen alles, was mit Sport zu tun hatte, resultierte wahrscheinlich davon, dass ihr ihr Sport schon ihr ganzes Leben lang aufgezwungen worden war. Und jetzt lebte sie vierundzwanzig Stunden am Tag damit, und musste es sich jede verdammte Nacht bei der Arbeit anhören. Die Bar war ständig mit Sportlern gefüllt.

Sie hatte den falschen Job. Sie sollte kündigen und ein Roadie für eine Rockband werden. Das wäre etwas, wofür sie sich begeistern könnte. Sie kicherte bei dem Gedanken. Als ob sie sich jemals aus den Fesseln der Familienverpflichtungen lösen könnte. Seit sich ihr Vater aus der Bar so gut wie zurückgezogen hatte, war das *Riley's* zu ihrer Verantwortung geworden. Was bedeutete, ob sie wollte oder nicht, dass Sport ihr Leben geworden war. Große Flachbildschirme übertrugen jedes Spiel, plärrten die Ansagen unerträglicher Kommentatoren hinter ihr, vor ihr und neben ihr in den Raum. Begeisterte Fans füllten die Bar nach jedem Spiel. Also musste sie sich nicht nur die Spiele im Fernsehen anhören, sondern auch noch die Zusammenfassungen der Stammkunden hinterher ertragen.

Als wenn das nicht schon schlimm genug wäre, waren da noch die Sportsender mit ihren aufgewärmten Spielerstatistiken und Wiederholungen mit analysierenden Kommentaren. Für jemanden, der Sport hasst, war ihr Kopf ganz schön voller Statistiken aller Spieler, die je irgendeinen Sport gespielt hatten.

Was bedeutete, alle in der Bar liebten sie.

„Hi, Jenna."

Sie sah von der Bar hoch, die sie gerade abwischte. Steve Mahoney, einer der Stammkunden, gab ihr das Zeichen, dass er noch ein Bier wollte. Sie griff nach einer Flasche, öffnete sie, schob sie ihm rüber und schrieb es auf seine Rechnung.

„Siehst du dir das Spiel heute Abend an?"

Sie lächelte und nickte. „Natürlich." Als ob sie eine Wahl hätte.

„Zwei Tore für Anderson. Die *Ice* holten sich einen Gewinner, indem sie ihn letztes Jahr genommen haben, oder?"

„Ja, das ist cool."

Dick Mayhew kam dazu und setzte sich auf einen Barhocker, den jemand freigemacht hatte. Er hob einen Finger und Jenna gab ihm ein Bier.

„Er und Eddie bilden ein geiles Team", sagte Dick. „Ich glaube, die sind unschlagbar."

Steve nickte. „Ich denke, wir haben echt gute Chancen auf einen Sieg dieses Jahr. Was meinst du, Jenna?"

Jenna dachte, sie würde sich gern aus dieser Unterhaltung herausretten, indem sie die Drinks der Gäste am anderen Ende der Bar auffüllen ging. Stattdessen tat sie, was sie immer tat, wenn Sportgespräche aufkamen. Sie grinste, legte die Ellbogen auf die Bar und machte Werbung für sich. „Ich denke, du hast recht. Anderson ist schnell auf seinen Kufen und ein Zauberer beim Schlagen. Es ist, als ob er genau weiß, wo er hinzielen muss. Ich habe noch keinen vorher gesehen, der einen Puck so schlagen kann wie er. Er hat keine Angst vor Fouls. Er ist so tough wie man nur sein kann. Und wir wissen bereits, dass Eddie ein bewiesener Gewinner auf dem rechten Flügel ist. Deshalb haben ihn die *Ice* so lange behalten. Zusammen sind sie ein teuflisches Duo. Mit Victor auf dem linken Flügel sind sie ein unschlagbares Trio. Ihre kombinierten Tor-Statistiken blasen alle anderen weg."

„Nicht zu vergessen die Powerplays. Wenn einer versagt, übernehmen die anderen", sagte Steve.

Er und Dick gingen zu einem eigenen Gespräch über, was Jenna frei machte und sie konnte ihren anderen Gästen ein paar Drinks bringen, sowie sich um die Bestellungen kümmern, die ihre Kellnerinnen ihr hingelegt hatten, die den Rest des *Riley's* bedienten.

Das *Riley's* war nach einem Spiel immer voll wie eine Sardinenbüchse, was hieß, dass Jenna jegliches Zeitgefühl verlor. Sie war hier seit kurz vor dem Mittag und jetzt war es Mitternacht. Ihre Füße schmerzten, sie roch nach Essen und Alkohol, und war bereit, nach Hause zu gehen, ins Bett zu fallen und für vierundzwanzig Stunden zu schlafen.

Nur blöd, dass sie morgen hier sein und wieder von vorn anfangen musste.

Es war Mittwoch. Vielleicht würden sich die Gäste bald verziehen. Immerhin war morgen ein Arbeitstag.

Aber der Klang von dröhnendem Jubel ließ sie zusammenzucken. Sie sah zur Tür und ihre schlimmsten Befürchtungen wurden wahr, als sechs St. Louis Eishockeyspieler hereinspazierten.

Mist. Jetzt würde keiner mehr gehen, bis geschlossen wurde, was noch drei Stunden für sie und ihre Angestellten bedeutete. Und wahrscheinlich hatten die Spieler auch Hunger. Sie ging in die Küche.

„Spieler sind grade gekommen", sagte sie zu Malcom, ihrem Chefkoch.

Malcom, der die Geduld eines Heiligen besaß und immer mit allem fertigwurde, nickte nur. „Ich lege die Steaks raus."

Sie lachte, schüttelte den Kopf und ging in die Bar zurück. Sie füllte ein paar Drinks nach und entschied, die Bedienung der Spieler ihren Kellnerinnen zu überlassen. In einer freien Minute würde sie kurz zu ihnen gehen und sie begrüßen. Momentan war sie zu beschäftigt damit, Getränkebestellungen zu erledigen. Immer wenn Spieler erschienen, stieg die Aufregung bei den Gästen und es machte alle durstig.

Das war natürlich gut für das Geschäft. Sie war froh, dass die Spieler gern ins *Riley's* kamen. Das hatte sie Mick, Gavin und Elizabeth zu verdanken.

„Du siehst gestresst aus."

Sie hob den Kopf und sah in die stahlgrauen Augen von Tyler Anderson. Er trug die rabenschwarzen Haare ein bisschen zu lang und unordentlich, genau wie sie es mochte …

Nein. Sie mochte den Kerl nicht. Er war ein Sportler, ein Hockeyspieler, und sie mochte definitiv und absolut keine

Sportler. Besonders nicht Ty.

„Ja, Ty. Ich bin grade etwas beschäftigt. Was kann ich für dich tun?“

„Ich dachte mir, du könntest Hilfe brauchen. Warum hast du eigentlich keine zwei Baarkeeper?“

„Weil ich es allein schaffe. Kümmert sich Lydia um euren Tisch?“

„Ja. Wir haben alles. Die Steaks sind bestellt.“

Sie stemmte die Handflächen gegen die Wand der Bar und atmete tief durch. „Was möchtest du dann?“

Er ging um das offene Ende der Bar. „Nichts. Ich bin hier, um dir zu helfen.“

Ihre Augen weiteten sich. „Was? Mach, dass du hier rauskommst. Du kannst nicht einfach hier hinten rein.“

„Klar kann ich. Du brauchst Hilfe.“

„Nein, brauche ich nicht.“ Sie schubste ihn, aber sie hätte auch versuchen können, ein Auto zu bewegen. „Geh weg.“

Die Menge um die Bar wurde dichter, als Ty es sich hinter der Bar bequem gemacht hatte. Er begann, Getränkebestellung abzuarbeiten, während Jenna ihn sprachlos anstarrte. Er öffnete Bierflaschen wie ein Profi, schenkte Hochprozentiges ein, mixte Cocktails, und benahm sich so, als ob er verdammt genau wusste, was er hinter einer Bar tun musste. Dann nahm er auch Geld entgegen oder Kreditkarten und konnte sogar mit ihrer Kasse umgehen.

Was. Zum. Geier.

Er sah sie an. „Du hast Gäste am anderen Ende der Bar.“

Schließlich gab sie nach und kümmerte sich um ihre Stammgäste, während Ty für mehr Umsatz sorgte.

„Hey Ty, dein Steak ist fertig“, sagte Malcom eine halbe Stunde später.

„Stell es einfach hinter die Bar. Ich esse es dann hier.“

„Alles klar.“

Jenna rollte mit den Augen, als Ty im Stehen sein Steak aß und sich dabei mit den Jungs an der Bar unterhielt. Dann machte er weiter mit dem Getränkeausschank.

Um halb drei läutete Jenna die letzte Runde ein und alle verließen langsam die Bar. Während die letzten Stammgäste gingen, fing Jenna an, die Bar zu säubern. Sie rief Taxis für jene, die eins brauchten, half den Kellnerinnen, die Tische abzuräumen, und machte die Kasse. Sie ließ die Kellnerinnen gehen, schloss die Tür ab und ging in die Küche. Die Küche war schon sauber, die anderen Köche und Küchenhilfen waren gegangen, nur Malcom war noch da. Und Ty. Die beiden sprachen über Football.

„Was machst du denn noch hier?", fragte sie Ty.

„Sorry. Ich wurde von Malcom in ein Gespräch über die Nachsaison verwickelt."

„Der jetzt gehen wird", sagte Malcom und gähnte. „Soll ich mit dir gehen, Jenna?"

„Nein, danke. Ich hab noch ein paar Sachen zu tun."

Malcoms dunkelbraune Augen verengten sich. „Geh nach Hause. Bleib nicht die ganze Nacht und mach Papierkram."

Sie lachte. „Das habe ich nicht vor."

Sie schloss die Tür hinter ihm zu und drehte sich dann um, um Tyler zu sagen, dass er nun gehen müsse, aber er war nicht in der Küche. Sie fand ihn in der Bar, wo er sich einen Whiskey eingoss.

„Hey, die letzte Runde war vor einer Stunde."

Er lächelte sie an, hob das Glas an die Lippen, exte den Whiskey in einem Schluck, und legte dann Geld auf den Tresen. Sie nahm das Geld und steckte es in ihre Hosentasche.

„Schwarzgeld, aha."

„Nein, Schlaumeier. Die Kasse ist schon abgerechnet. Ich rechne es morgen dazu."

Er schüttelte den Kopf und lehnte sich an die Bar. „So redest du mit deinen Gästen?"

„Du hast aufgehört, ein Gast zu sein, als du hinter die Bar kamst und Getränke serviert hast."

„Du hast Hilfe gebraucht."

„Nein, hab ich nicht."

Er verschränkte die Arme vor der Brust. „Bist du immer so zickig, oder nur zu mir?"

„Nur zu dir. Jetzt schwing deinen Hintern hier raus, damit ich hier alles zuschließen kann."

Er schien nicht beleidigt zu sein, lächelte stattdessen und zeigte perfekt ebenmäßige weiße Zähne. Sollten Hockeyspielern nicht ein paar Zähne fehlen, wegen der ganzen Kämpfe auf dem Eis? Warum musste er so gutaussehend sein? Der verdammte Mann machte ihr Höschen feucht und hatte die Angewohnheit, hier ziemlich regelmäßig aufzutauchen, was sie in der Tat zickig machte, denn er drückte alle ihre heißen Knöpfe und sie hatte schon ewig keinen Sex mehr gehabt.

Sie brauchte bald mal wieder Sex. Sehr bald. Mit jemandem, der keinen Sport machte.

Sie schaltete den Hauptschalter ab und badete die Bar in Finsternis.

„Angst vor der Dunkelheit?"

Sie machte einen Satz, denn sie wusste nicht, dass er direkt hinter ihr stand, bis sein Atem auf ihren Hals traf. Sie hatte die Heizung runtergedreht und fror, aber sein Körper war warm. Jenna widerstand dem Drang, näher an ihn heranzugehen. Sie bückte sich und nahm ihre Handtasche und den Pulli, wobei ihr Hintern an seinen Schritt stieß. Er fühlte sich hart an. Solide. Lecker.

Verdammt. Sie richtete sich auf und ihre Augen gewöhnten sich an die Dunkelheit. „Nein."

„Nein, was?"

„Ich habe keine Angst vor der Dunkelheit."

Er drehte sie um, damit sie ihn ansah. Das Licht des Vollmondes hüllte ihn in einen grauen Schatten. Sie konnte aber sein Gesicht sehen. Er grinste.

„Schade."

„Warum?"

„Dann hättest du dich auf mich verlassen können, damit ich dich beschütze."

Sie trat einen Schritt zurück. „Warum machst du mich so direkt an, Ty?"

„Komm schon, Jenna. Du bist kein Kind mehr. Du weißt warum. Ich komme oft in die Bar und hänge hier rum. Ich mag dich."

„Ich mag dich nicht."

Er lachte. „Lügnerin. Ich sehe doch, wie du mich ansiehst."

„Du bist so eingebildet, Anderson. Geh und reiß dir eine andere auf. Ich bin kein bisschen an dir interessiert." Sie drückte sich an ihm vorbei zur Tür und wartete darauf, dass er mit ihr kam, damit sie die Alarmanlage scharfstellen konnte.

Das tat er auch, mit seiner Jacke im Arm. Sie hatte schon die Finger an der Tastatur, um den Alarm einzuschalten.

„Warte eine Sekunde“, sagte er.

„Hast du was vergessen?“

„Ja.“

Er zog sie in seine Arme, ehe sie den nächsten Atemzug nehmen konnte, und sein Mund schloss sich um ihren.

Für den Bruchteil einer Sekunde dachte sie darüber nach, ihn fortzustoßen, aber zur Hölle, es war verdammt lange her, seit sie geküsst wurde. Es war Februar und kalt draußen wie die Polarkappen, und Tylers Lippen waren warm. Sein Körper war heiß und als er sie an sich presste, zog diese Wärme in sie. Sie ließ die Handtasche und ihren Mantel fallen und erwiderte den Kuss, ließ seine Lippen die ihren erobern.

Es war genau, wie sie es sich vorgestellt hatte, und ja, sie hatte viel darüber nachgedacht. Sein Mund war fest und fordernd, mit einem Hauch Whiskey auf den Lippen. Er küsste nicht wie ein Weichei, Gott sei Dank. Er war kein bisschen zögerlich. Er nahm sich diesen Kuss, seine Zunge glitt in ihren Mund und wickelte sich um ihre.

Es kribbelte überall, sie rollte ihre Zehen zusammen, ihr Höschen wurde feucht und ihre Mitte pulsierte vor tosendem Verlangen. Sollte er seine Hand in ihre Hose stecken, würde sie nach zwei oder drei Mal Streicheln kommen. So gut war dieser Kuss.

Er umfasste ihre Brust und sie stöhnte gegen seine Lippen, presste ihre Brust in seine Hand. Sie wollte mehr, wollte alles, und wollte es jetzt. Vor ihrem geistigen Auge legte er sie auf den Boden hinter der Bar oder beugte sie über einen Billardtisch.

Aber das ginge gegen alles, was sie wollte. Und was sie nicht wollte.

Sie würde ihm das nicht geben. Nicht diesem Kerl. Niemals diesem Kerl. Sie stemmte die Hände gegen seine Brust und unterbrach den Kuss. „Stopp. Wir können das nicht tun.“

Er trat zurück, die Augen dunkel vor Leidenschaft. „Warum nicht?“

Sie rang nach Atem, Orientierung und einem Anflug von

Vernunft.

„Weil ich es nicht will." Sie leckte über ihre Lippen und nahm die Handtasche und ihre Jacke. Dann drehte sie sich von ihm weg und gab mit zitternden Fingern den Alarmcode ein, ging hinaus und schloss die Tür ab. Ty war ihr gefolgt.

Sie wollte fortgehen, aber er griff nach ihrem Handgelenk und verbrannte sie mit einem Blick, der sie auf den kalten Beton des Gehsteiges schmelzen ließ.

Dann lächelte er sie an. „Gute Nacht, Jenna."

Sie wirbelte herum und ging zum Auto, wobei ihr bewusst war, dass er dort stand und sie beobachtete. Er wartete mit den Händen in den Jackentaschen, während sie einstieg und davonfuhr.

Bastard. Ihr Körper stand in Flammen von seinem Kuss, und sie würde sich selbst darum kümmern müssen, wenn sie nach Hause kam. Nie wieder würde sie sich von ihm küssen lassen.

*

Ty wartete, bis Jenna vom Parkplatz und auf die Straße fuhr, bevor er in seinen Wagen stieg und nach Hause fuhr.

Er kannte Jenna jetzt fast ein Jahr, hatte sie durch seine Agentin Elizabeth und Jennas Bruder Gavin kennengelernt.

Jenna war überhaupt nicht sein Typ. Oh ja, sie war schön, okay. Aber sie war dünn und hatte kleine Brüste. Er mochte füllige Frauen mit großen Titten. Mit langem Haar, durch das er mit den Fingern fahren konnte. Jenna hatte kurzes, stacheliges Haar mit seltsamen lila Spitzen, was irgendwie wild und flippig war. Sie hatte mehrere Piercings im linken Ohr und einen winzigen Diamanten auf der Nase. Er hatte darüber nachgedacht, welche anderen ihrer Körperteile wohl noch gepierced waren. Und die Tattoos, die er nur teilweise zu sehen bekommen hatte, faszinierten ihn. Er wollte Zeit haben, um sie zu erkunden, sie auszuziehen und zu sehen, wo sie sonst noch tätowiert war.

Aber ihre Augen waren es, die ihn am meisten anzogen. Sie waren unfassbar saphirblau, das so ausdrucksvoll und verletzlich war, auch wenn sie gern die starke Zicke spielte.

Okay, also sie mochte etwas anders sein. Und vielleicht wurde er genau davon angezogen, wie unglaublich anders sie war.

Also spielte er mit ihr, ärgerte sie und köderte sie, um sie zu provozieren. Sie war nicht interessiert? Blödsinn. Der Kuss hatte ihm gezeigt, wie interessiert sie wirklich war. Er hätte wetten können, wenn er seine Hand in ihr Höschen bekommen hätte, dass sie feucht war.

Allein der Gedanke daran, in ihr Höschen zu kommen, ließ seinen Schwanz pulsieren. Er konnte sie immer noch auf seinen Lippen schmecken. Pfefferminz und eine Art kirscharomatisierter Lipgloss. Er leckte sich über die Lippen und wollte mehr.

Ja, er wollte noch viel mehr von Jenna.

Und genau wie beim Hockey, wenn ein Tor in Sicht war, gab er niemals auf.

Zwei

Ty flog über das Eis und schlitterte am Verteidiger vorbei. Victor Putinov spielte den Puck quer zu ihm und Ty schoss.

Daneben. Er schlitterte um das Netz und kämpfte mit dem Verteidiger um den Puck, rammte gegen die Seitenwand, während ihre Stöcke um die schwarze Scheibe rangen. Die Schreie der Heim-Fans waren ohrenbetäubend und spornten ihn an, noch mehr zu drängeln.

Er verlor den Kampf, schlitterte sich den Arsch ab, um die schwarze Scheibe zu erwischen. Wenn er auf dem Eis war, war das für ihn das Einzige, worauf es ankam.

Eddi Wolkowski jagte dem Puck jetzt nach, hielt im Zentrum gegen *Toronto* an. Ty wollte unbedingt gegen dieses Team gewinnen. Zwar mochte er alle Jungs aus seinem früheren Team, aber hey, Geschäft war Geschäft, und es wurde Zeit, zur Sache zu kommen.

Parker schoss gegen Roger *Ice-Man* Rantzen, dem Tormann der *Ice.* Roger blockierte den Schuss, Wolkowski übernahm den Puck und schoss ihn in die Mitte. Der Linke Flügel nahm ihn auf und Ty raste über die Linie, lief im Tandem mit *Torontos* Mittelmann. Es war ein Wettlauf darum, wer am schnellsten dort sein würde.

Ty war ein verdammt guter Eisläufer und besaß das Durchhaltevermögen, seinen Gegner zu schlagen. Als der linke Flügel den Puck zu Ty rüberschoss, schlug er ihn weiter an Victor, der den *Toronto*-Verteidiger abhängte, und Ty Zeit gab, sich neu zu positionieren.

Victor schoss den Puck an Ty zurück. Er sah eine Öffnung und schlug fest zu. Ty liebte es, wenn die Anzeigetafel aufleuchtete. Die Menge war auf den Füßen und das Gebrüll im Stadion verursachte ihm immer wieder eine Gänsehaut. Er hob den Stock hoch und runter und glitt dann zu seinen Kameraden, um zu feiern. Sie hatten das Spiel drei zu eins gewonnen. Das war knapp. *Toronto* war ein harter Gegner.

Nach dem Spiel duschte er und zog sich um.

„Wie wär's mit einem Steak im *Riley's* zur Feier des Tages?", fragte Eddie.

Ty wusste, dass sich Eddie in Renee verguckt hatte, eine der Bedienungen im *Riley's*, weswegen er ständig vorschlug, in diese Bar zu gehen. Und da es ihm Spaß machte, Jenna zu necken, war er voll dafür. „Klar doch."

Eddie grinste. Mit achtundzwanzig war Eddie der Goldjunge der *Ice,* mit seinen dunkelblonden Haaren und den nordischen Zügen. Er war mit seinen zwei Metern riesig, geradezu imposant, hatte aber das sommersprossige Gesicht und das Grinsen eines Teenagers. Er war gutmütiger als alle, die Ty je gekannt hatte. Auf dem Eis ein erbitterter Killer, und außerhalb des Stadions sanft wie ein Kätzchen. Er war eine Mischung aus Widersprüchen, was es ihm schwer machte, eine Frau zu finden. Außer Renee. Sie hatte sich sofort zu ihm hingezogen gefühlt und Ty hatte das Gefühl, Eddies Schwärmerei wurde von ihr sehr stark erwidert.

Sie fuhren mit ein paar anderen Jungs zur Bar, die beim Pool-Billard etwas runterkommen wollten. Sobald er die Bar betrat, fing er Jennas Blick auf. Sie runzelte die Stirn. Er grinste.

Spielzeit. Nur, dass dieses eine andere Art Spiel war als das, was er gerade auf dem Eis gespielt hatte.

*

Nächste Strophe, dieselbe wie die vorherige. Die Nächte verliefen alle ineinander, bis Jenna nicht mal mehr wusste, welcher Tag heute war. In der Hockeysaison mit so vielen fanatischen Fans in der Bar, rannte sich Jenna den Hintern ab beim Getränke servieren, und ihre Bedienungen hatten genauso viel zu tun.

Der logische Teil von ihr wusste, dass es gut für das Geschäft war und bei dieser Wirtschaftslage eine tolle Sache. Die Bar war brechend voll, die Kunden glücklich, und das *Riley's* machte Umsatz. Sie hatte keinen Grund, mit ihrem Leben unzufrieden zu sein. Wenn das nicht war, was sie am liebsten tun wollte, war es ihr Pech. Sie half der Familie aus, sie hatten ein erfolgreiches Geschäft, und es hielt Stress von ihrem Vater fern, der letztes Jahr einen Herzinfarkt plus Operation erlitten hatte. Bei den seltenen Gelegenheiten, an denen er mal in die Bar kam, war er glücklich und lächelte, und er musste nur noch seine Freunde treffen und es genießen. Sie war erleichtert, dass er noch am Leben war, nach dem Schock im letzten Jahr.

Nur nicht meckern. Auch wenn das *Riley's* hauptsächlich in ihre Verantwortung fiel und sich die Familie darauf verließ, dass sie es weiterhin führte. Es könnte alles viel schlimmer sein.

„Wenn die *Ice* weiterhin gewinnen, verliere ich fünf Kilo", sagte eine der Bedienungen. „Sie kommen ständig hier reingeschneit. Und es wird noch voller, wenn sie nach den Heimspielen vorbeikommen."

Und tatsächlich waren sie schon wieder hier. Vor allem war Ty dabei. Es gab eine Menge Bars in der Nähe der Arena, und viele davon bedienten die Hockeyfans. Warum musste er sich ausgerechnet ihre aussuchen?

Renee, einer ihrer besten Bedienungen, lehnte sich gegen die Bar und reichte ihr eine Bestellung. Ohne sie wäre Jenna verloren. Renee war quirlig und hübsch auf die niedliche Art. Kurvig, blond und klein und alle Kerle liebten sie. Sie hatte ein ansteckendes Lachen, aber sie machte nie jemanden an. Aber Jenna war sicher, sie schwärmte für einen der Ice-Spieler. Zwar hatte sie in der Richtung noch nichts unternommen, aber da war etwas an den Blicken, die sie mit Wolkowski austauschte. Es war süß. Jenna musste herausfinden, was zwischen den beiden lief. Sie schnappte sich die Bestellung und fing an, die Drinks zu machen. „Dein Freund ist hier."

Renee sah sich kurz um. „Ich weiß. Ich habe die Bestellung aufgenommen. Und Eddie ist nicht mein Freund."

Aber ihre Wangen waren plötzlich rosa und sie konnte ihr Lächeln nicht verbergen.

„Gehst du mit ihm aus?"

Sie schüttelte den Kopf und ihre Locken hüpften. „Er hat mich nicht gefragt."

„Männer sind dumm. Er starrt dich an."

Renee hob den Kopf und sah Jenna an. „Tut er das?"

„Yep." Sie stellte die Getränke auf Renees Tablett. „Dann frag du ihn doch."

„Nö. Wenn er mich will, kann er auch das Fragen übernehmen.“

„Du bist so ein traditionsbewusstes Mädel.“

„Ja, oder?“ Sie zwinkerte und marschierte davon.

Nachdem Renee gegangen war, hatte Jenna ein paar Minuten zum Durchatmen. Sie konnte sich einfach keine verdammte Pause einschieben. Tys Blick traf ihren, als er seine Jacke auszog und zum Pool-Billard ging. Jeder Milliliter Östrogen in ihrem Körper kochte erfreut in ihr hoch beim Anblick seiner schlanken, muskulösen Figur, die sich mit dem Billardstock in der Hand über den Spieltisch lehnte.

Ihr verdammtes Östrogen sollte sich zur Hölle scheren. Zwar hatte er sie geküsst und es hatte noch Stunden danach gekribbelt, aber zu mehr würde es nie kommen. Er war ein Sportler und das war ein No-Go.

Er lehnte sich mit der Hüfte gegen den Billardtisch und nahm von Renee ein Bier entgegen, sein Körper von oben bis unten muskelbepackt und fest, als er entspannt mit seinen Freunden lachte.

Allein der Klang seiner Stimme ließ ihre Nippel hart werden.

Hast du nicht zugehört, Körper? Nein, nein, nein!

Sie beschloss, ihn zu ignorieren, ging in die Küche und gab Malcolm die Steak-Bestellungen, und beschäftigte sich dann mit ihren Gästen. Sie war nicht an Tyler interessiert, auch wenn ihre Libido es war. Aber ihm beim Poolspielen zuzusehen, war mehr, als sie ertragen konnte. Doch sie war nicht annähernd genug ausgelastet. Es war spät, die Massen hatten sich ausgedünnt, und es waren fast nur noch er und seine Spielfreunde da. Und wenn sie noch ein einziges Glas polieren müsste, bis es funkelte, um zu vermeiden, auf Tys Hintern zu starren, würde sie besagtes Glas an die nächste Wand pfeffern.

Flüchten war keine Option, denn sie war noch immer der Barkeeper und der Billardtisch stand links – genau in ihrem Blickfeld, wann immer sie nach einem Bier greifen musste.

Sie versuchte, nicht zu starren, aber Ty hatte einen fantastischen Arsch. Er war auch ein guter Poolspieler. Natürlich. Sportler waren gut in allem, weswegen sie meist ihre Egos frei laufen ließen. Etwas, das sie absolut unerträglich an Sportlern fand. Weshalb sie niemals vorhatte, mit einem auszugehen, Sex zu haben oder anderswie mit einem zu tun haben wollte.

Sie konzentrierte sich darauf, ihn nicht anzusehen, und schaute stattdessen ständig auf die Uhr. Die Minuten tickten sich Richtung Ladenschluss. Sie entschied, die Kasse für den Ausschank von Hochprozentigem abzurechnen, um ihren Verstand mit etwas anderem zu beschäftigen als Ty.

„Kann ich noch ein Bier haben, Jenna?"

Sie hatte nicht mitbekommen, wie viel Zeit vergangen war, bis Ty einen Hocker von der Bar zog. Jenna warf einen Blick auf den Poolbillardtisch. Seine Freunde waren nicht mehr zu sehen. Tatsächlich war die Bar fast verlassen und es war Zeit, zu schließen.

Renee winkte ihr auf dem Weg hinaus zu und Malcom klebte ihr praktisch an den Hacken.

Sie war wieder allein in der Bar. Mit Ty. Wie hatte sie es soweit kommen lassen können?

„Die Bar ist geschlossen."

Er ging um die Bar herum und bediente sich selbst. Sie überkreuzte die Arme vor der Brust und funkelte ihn an. „Das ist nicht deine Bar, weißt du?"

Er schnippte den Deckel ab, nahm einen langen Schluck und seufzte dankbar. „Pool macht durstig, danke. Und nein, es ist nicht meine Bar, aber die deiner Eltern, und sie mögen mich."

„Trink dein Bier aus, damit ich hier raus komme."

Er ging wieder vor die Bar und setzte sich auf den Hocker. „Was magst du nicht an mir?"

Sie wischte über die Theke und ignorierte die Frage.

„Mein Aussehen?"

Gott, nein. Er sah zum Höschen fallen lassen gut aus. Nicht, dass sie das ihm gegenüber je zugeben würde.

„Meine Persönlichkeit."

Unfassbar nervtötend. Und charmant.

„Meine Manieren."

Perfekt. Er hielt immer die Türen für Frauen und ältere Leute auf. Er war respektvoll, nicht zu laut, und niemals trank er zu viel. Nach jedem Bier oder Whiskey folgte ein großes Glas Eiswasser. Einige Sportler wollten alle Aufmerksamkeit auf sich ziehen. Ty mochte lieber im Hintergrund bleiben, zog es vor, sich unter ihre Gäste zu mischen, und keine Show zu machen, weil er ein Star auf dem Eis war.

„Also sag schon, Jenna. Was stört dich an mir?"

Sie warf den Lappen in den Mülleimer und umfasste die Kante des Tresens. „Ich gehe nicht mit Sportlern aus."

Er hob eine Braue. „Wieso das?"

Sie breitete sie Arme aus. „Sieh dich um, Ty. Ich bin den ganzen Tag und fast jeden Tag von ihnen umgeben. Und dann sind da noch Mick und Gavin und ihre Freunde, die durchs Haus geisterten. Ich habe schon mein ganzes Leben Sport bis zum Kotzen um mich."

Er nahm die Flasche an den Mund und trank, dann übergab er ihr die leere. Sie stellte sie weg.

„Verstehe. Du hast genug von Kerlen wie mir."

„Jetzt fängst du an, klar zu sehen."

„Also bin ich verdammt wegen meinem Beruf. Aus dem Spiel, bevor ich überhaupt eine Chance hatte."

Sie nickte. „Yep. Du verschwendest deine Zeit mit mir. Kannst dir also genauso gut eine andere zum Süßholzraspeln suchen."

Er kam hinter die Bar. „Was, wenn ich keine andere will? Was, wenn ich nur dich will?"

Oha. Ihr Körper fing an zu ticken wie ein Geigerzähler und Ty war radioaktiv. Je näher er kam, desto heißer wurde ihr. Sie trat einen Schritt zurück. „Aber ich will dich nicht."

Er hielt inne, seine Lippen formten ein wissendes Lächeln. „Das sagst du immer, aber ich glaube es nicht."

„Arrogante Männer sind nicht anziehend."

„Ich bin nicht arrogant. Ich bin nur gut in Signale erkennen."

„Du bist so eingebildet." Sie bückte sich, nahm ihre Handtasche und hielt sie vor sich wie einen Lebensretter. „Welche Signale?"

„Du atmest schnell. Deine Wangen sind gerötet. Seine Pupillen sind geweitet."

„Ich bin erschöpft und außer Atem vom Rumrennen und

dem Versuch, den Laden zu schließen. Und es ist heiß hier drin.“

Er lachte. „Es ist nicht heiß hier. Und du hast die ganze Zeit stillgestanden.“

Da hatte er recht. „Geh weg, Ty. Ich muss zumachen.“ Sie suchte in ihrer Tasche nach den Schlüsseln.

„Geh mit mir aus.“

Sie riss den Kopf hoch. „Was? Nein. Hölle, nein.“

„Es wird nicht so schlimm werden. Ich verspreche es.“

„Lieber hätte ich eine Wurzelbehandlung.“

Er schien nicht beleidigt zu sein. Was musste sie tun, um ihn sauer zu machen, seine Gefühle zu verletzen? Um ihn verdammt noch mal aus der Bar zu bekommen?

„Ich verspreche dir, dass mit mir ausgehen viel mehr Spaß macht als eine Zahn-OP.“

„Ich … bin schon mit jemand anderem zusammen.“

Eine perfekt geformte Braue hob sich. „Du bist mit jemandem zusammen.“

„Ja.“

„Mit wem?“

„Du kennst ihn nicht.“

„Woher willst du wissen, dass ich ihn nicht kenne, wenn du mir nicht sagst, wer es ist?“

„Er hat nichts mit Sport zu tun.“

„Ich kenne eine Menge Leute, die nichts mit Sport zu tun haben, Jenna.“

Sie war dabei, sich dieses Loch tiefer und tiefer zu graben. „Er ist nicht von hier. Und jetzt muss ich gehen.“

„Eine Verabredung?“

„Ja.“ Sie drückte gegen ihn, bis er schließlich nachgab, und ging zur Tür. Sie gab den Code ein und eilte hinaus, warf sich ihre Jacke über, um die frostigen Temperaturen abzuhalten. Natürlich musste er sie bis zum Auto begleiten. Verdammter Gentleman. Es wäre viel einfacher, nicht an ihn zu denken, wenn er ein blöder Arsch wäre.

„Ist es nicht etwas spät für eine Verabredung?“, fragte er, als sie beim Auto angekommen waren.

„Das geht dich gar nichts an, Ty.“

„Dann ist es also ein One-Night-Stand?“

Sie schnappte nach Luft. „Nein, es ist ein Date."
„Er geht mit dir um drei Uhr morgens essen?"
Sie presste ihre Lippen enger zusammen.
„Kino vielleicht?"
„Du bist ein Arschloch." Sie wirbelte herum und setzte sich ins Auto.
„Gute Nacht, Jenna."
Er trat zurück, als sie das Auto aus der Parklücke schälte, und wie beim letzten Mal blieb er dort stehen, bis sie weggefahren war.
Verdammt sei er, weil er sie dazu brachte, an ihn zu denken und ihn zu wollen. Sie würde es ihm schon zeigen. Sie würde sich einen Kerl besorgen. Wenn sie einen anderen finden würde, mit dem sie ausgehen und schließlich auch Sex haben würde, wäre Ty nicht mehr der Mittelpunkt ihrer Gedanken.

Drei

Ty hatte nicht vorgehabt, im Haus der Rileys aufzutauchen, aber Gavin hatte ihn eingeladen.

Das Sonntagsessen war anscheinend eine große Sache bei den Rileys. Ty hatte hier keine Familie, aber Gavin und er waren während der letzten Monate Freunde geworden und spielten Basketball, wenn sie beide frei hatten. Was allerdings nicht oft vorkam, denn Gavin bereitete sich auf den Beginn der Baseballsaison vor und Ty spielte auswärts Hockey. Aber ab und zu schafften sie es, zusammen abzuhängen, so wie heute.

Die Familie wartete mit dem Essen, bis Gavin und Elizabeth zu Hause waren.

Er hatte Gavin durch seine Agentin Elizabeth Darnell kennengelernt, die jetzt Gavins Verlobte war. Als Gavin ihn zum ersten Mal traf, hatte er Ty nicht leiden können, denn Ty hatte mit Elizabeth geflirtet, um Gavin eifersüchtig zu machen. Anscheinend hatte das funktioniert, denn die beiden waren jetzt verlobt und wollten heiraten.

Aber erst stand die Hochzeit von Gavins älterem Bruder Mick in ein paar Wochen an, wenn er sich richtig erinnerte. Und den hektischen Unterhaltungen nach zu urteilen, die zwischen Liz, Tara und Gavins Mutter stattfanden, sah es so aus, als ob die Hochzeitsplanung in vollem Gange war.

Ty war froh, damit nichts zu tun zu haben. Hochzeiten waren sowas von nicht sein Ding.

Er hing im Wohnzimmer herum, trank Bier und unterhielt sich mit Gavin, Mick, deren Vater und Nathan, Taras Sohn im Teenageralter.

Das war eine nette Familie. Er spürte hier eine Wärme und Nähe, wie er es bei seiner eigenen Familie nie erlebt hatte. Mick erzählte ihm, dass er und Tara beschlossen hatten, permanent nach St. Louis zu ziehen, inklusive Taras Geschäfts, sodass Nathan hier zur Schule gehen konnte. Die Familie war wichtig für sie und auch wenn Mick noch für San Francisco spielte, war das Reisen für ihn leichter und für Tara und Nathan war es wichtiger, nahe an Micks Familie zu sein, seit sie sich alle so nahe gekommen waren.

Er verstand das. Eine enge Familie war auch eine Familie, die eng zusammenblieb. Er wünschte, das hätte auch bei seinen Eltern funktioniert, aber das war eine andere Situation.

„Du siehst gut aus auf dem Eis, Ty."

„Vielen Dank, Sir." Ty lächelte Gavins Vater Jimmy Riley an. Jimmy hatte vor ein paar Monaten eine Herzoperation und seitdem war er stabil und gesund, hatte an Gewicht verloren und lachte öfter als irgendjemand sonst den Ty kannte. Es war als ob eine zweite Chance bekommen ihm gezeigt hatte, wie großartig das Leben war.

„Nenn mich nicht Sir. Da fühle ich mich alt."

„Du bist alt, alter Mann." Mick, der neben ihm auf dem Sofa saß, stieß ihm in die Rippen.

Tyler fragte sich, ob die Operation von Micks Vater der Auslöser für deren Umzug war. Jemanden, den man liebt, fast zu verlieren, konnte eine Menge Lebensentscheidungen verändern.

„Junge, du glaubst ich bin alt? Hah! Nicht so alt, dass ich dir nicht bei einem Basketballspiel in den Hintern treten könnte."

Tara betrat den Raum, überkreuzte die Arme und rollte mit den Augen. „Jetzt geht das wieder los."

„Ich bin jung genug, um es mit euch beiden aufzunehmen, und das mit einer Hand auf dem Rücken", mischte Nathan sich ein.

Jimmy legte den Kopf zurück und lachte. „Du bist dem Jungen ein guter Lehrer, wie ich sehe", sagte er zu Mick.

Mick grinste. „Ich tue mein Bestes, einen Klugscheißer aus ihm zu machen."

„Mick. Ausdruck", warnte Tara.

„Und einen Dollar für das Fluch-Sparschwein, Dad", sagte Nathan.

Tyler lehnte sich zurück und saugte alles auf. Die Wärme, die offensichtliche Liebe, die sie alle füreinander empfanden. So war es, wenn Menschen sich wirklich etwas bedeuteten. Keine Spannungen, kein auf rohen Eiern gehen, kein so tun als ob alles in Ordnung und alle glücklich waren, obwohl es nicht so war. Denn jeder in diesem Haus war wirklich glücklich.

„Das Essen wird serviert wenn Jenna hier ist“, sagte Kathleen, als sie in den Raum kam. „Sie wartete nur noch auf ihre Vertretung in der Bar.“

Tyler hatte sich gefragt, ob Jenna da sein würde. Jetzt wusste er es.

Zwanzig Minuten später wehte Jenna herein, warf ihre Tasche auf den Tisch am Eingang und sich selbst auf das Sofa neben ihre Mutter. Ihre Mom küsste ihre Wange.

„Harter Tag?“

Jenna zuckte die Schultern und legte ihre Füße auf den Tisch. „Nein. Casey war wie immer spät dran, aber es war kein stressiger Tag, also keine große Sache.“

Jenna begrüßte jeden und ihr Blick landete auf Ty. Sie hob eine Braue. „Was machst du denn hier?“

„Ich warte auf das fantastische Essen, das deine Mutter gekocht hat. Und Gavin hat mich eingeladen.“

Jenna funkelte Gavin an. Ty grinste.

„Wir haben Basketball gespielt, also hab ich Ty zum Essen eingeladen. Hast du ein Problem damit?“

„Warum sollte mich interessieren, wer zum Essen kommt?“ Sie zuckte die Achseln und stand auf. „Ich hole mir was zu trinken. Noch jemand?“

Sie verließ den Raum und ihre Mutter erhob sich ebenfalls. „Ich sehe mal nach dem Braten und stelle die Kartoffeln auf, jetzt wo Jenna hier ist.“

„Ich helfe dir, Mom“, sagte Tara.

„Ich auch.“ Liz stand auf, um zu folgen, und Ty dachte sich, dass war jetzt das Signal für ein Frauengespräch einzuberufen, entweder über ihn oder die Hochzeit. Oder vielleicht beides.

„Was geht da ab zwischen dir und Jenna?, fragte Gavin.

„Nichts. Ich hab versucht, sie zu überreden, mit mir auszugehen. Sie hat Nein gesagt.“

Mick schnaubte. „Sie hasst Sport und die Kerle, die ihn treiben. Außer ihre Brüder natürlich.“

„Alter, sie toleriert uns gerade so, und wir sind ihre Familie.“

Mick nickte Gavin zu. „Stimmt."

Ty nahm die Bierflasche an die Lippen und trank einen großen Schluck. Dann nickte er. „Yep, sie machte es ziemlich klar, dass ich keine Chance habe."

„Magst du sie?"

Ty wandte Nathan seinen Blick zu. „Ja, ich mag sie."

„Dann schnapp sie dir."

„Das wäre so, als wenn ich mit dem Kopf gegen eine Wand rennen würde."

Nathan nahm den Blick von dem Fußballspiel, das im Fernsehen lief, und konzentrierte sich voll auf Ty. „Na und? Dad sagt immer, man soll nie etwas aufgeben, das man wirklich will."

Ty hatte nicht vor, aufzugeben, aber er würde das nicht mit einem Teenager und Jennas Brüdern besprechen. „Ich werde darüber nachdenken. Danke für deinen Rat."

„Immer gern."

Mick grinste über Nathans Kopf hinweg. „Er hat recht. Sie ist stur, aber wir mögen dich irgendwie."

„Das stimmt, obwohl ich nicht weiß warum", fügte Gavin mit einem Zwinkern hinzu. „Und Gott weiß, dass sie niemals ausgeht. Versuch es."

„Sie behauptet, sie hätte schon jemanden."

„Sie lügt", sagte Mick. „Tara sagte, sie bringt niemanden zur Hochzeit mit. Wenn sie einen Kerl hätte, hätte sie Verabredungen. Soweit ich weiß, ist sie solo unterwegs."

Interessant.

*

Jenna versteckte sich bei ihrer Mutter in der Küche, bis die letzte Schüssel ins Esszimmer getragen worden war. Dann blieb ihr nichts anderes mehr übrig, als zur Familie – und Ty – hinzuzustoßen.

Jedes Mal, wenn sie sich umdrehte, schien er da zu sein. In der Bar und jetzt auch im Haus ihrer Eltern. Was musste sie noch tun, um diesen Kerl loszuwerden? Es war schlimm genug, dass er ihre Fantasien bevölkerte. Musste er sie in der Realität auch verfolgen?

Und weil natürlich jeder hier paarweise vorkam, und Nathan so einen schlimmen Fall von Anbetung von Mick hatte, musste er unbedingt neben ihm sitzen, und Tyler wurde am Ende neben Jenna platziert. Die körperliche Anziehung, die sie für ihn empfand, war intensiv. Sie versuchte, sich auf das Essen zu konzentrieren, aber weil ihr peripheres Sehen so ausgezeichnet war, konnte sie seine Hände auch sehen, wenn sie auf ihren Teller starrte. Er hatte starke, große Hände, leicht dunkel behaart bis zu den Handgelenken. Er hatte die Hemdsärmel hochgeschoben, sodass sie nicht anders konnte, als seine muskulösen Arme zu bemerken. Also blickte sie auf ihren Schoß, was bedeutete, dass sie ab und zu auf seine Schenkel sah, und ihr Blick dann abschweifte auf seinen …

Halt, stopp. Sie würde nicht auf seinen Schritt starren, würde sich nicht vorstellen, wie sie seinen Stuhl nach hinten schob, um auf ihn zu steigen und sich an ihm zu reiben.

Himmel nochmal! Sie war im Esszimmer ihrer Eltern! Sie würde keine sexuellen Fantasien über Ty haben.

Ihre Wangen glühten bei dem Bild in ihrem Kopf und sie sah hoch, in der Erwartung, von der ganzen Familie angestarrt zu werden. Aber dem war nicht so. Alle waren in ihre Unterhaltungen vertieft und ignorierten Jenna völlig.

Alle außer Ty natürlich. Er sah sie an und hatte ein wissendes Grinsen auf den Lippen.

Mistkerl.

Vielleicht sollte sie einfach Sex mit ihm haben und ihn so aus ihrem System kriegen, und dann müsste sie nie wieder an ihn denken.

„Jenna."

Dankbar für die Ablenkung sah sie Tara an. „Ja?"

„Am Dienstagabend um sieben haben wir Kleiderprobe. Kannst du dafür herkommen?"

Sie entspannte sich und lächelte ihre zukünftige Schwägerin an. „Würde ich um nichts in der Welt verpassen. Ich habe schon für eine Vertretung in der Bar gesorgt und habe den ganzen Abend frei."

Tara wurde unruhig auf ihrem Stuhl. „Ich weiß, ich sollte nicht so außer mir sein, aber wo die Hochzeit weniger als zwei Wochen weit weg ist, kann ich nichts dagegen tun."

„Wir sind alle aufgeregt", sagte Jennas Mutter. „Es wird schneller soweit sein als du denkst."

Dann sagte Tara das Unfassbare. „Tyler, hast du Zeit, zur Hochzeit zu kommen?"

Nein. *Bitte sag Nein.* Vielleicht hatte er da ein Spiel.

„An welchem Datum?"

Sie sagte es ihm und er hielt inne, ging innerlich seinen Kalender durch. „Das ist ein Freitag. Da ist kein Spiel, also ja, ich bin frei."

Taras Augen funkelten. „Wir würden uns sehr freuen, wenn du kommen würdest. Ich weiß, es ist kurzfristig, aber wenn du kannst, sag bitte, dass du kommen wirst."

„Ich will mich nicht aufdrängen."

Jenna biss auf ihre Lippe.

„Sei nicht albern. Das ist kein Aufdrängen. Du bist Gavins und Micks Freund und Gavin sagte, du hast hier keine Familie. Mick und ich würden uns freuen, dich bei unserer Hochzeit dabei zu haben."

Mick warf Jenna ein Grinsen zu und wandte sich dann an Tyler. „Na klar, komm zur Hochzeit. Das wird eine riesen Party."

„Danke. Ich würde gern kommen."

Jenna hatte das Gefühl, soeben verraten worden zu sein. Von ihrer ganzen Familie.

Vier

Am Dienstag traf Jenna Tara und Elizabeth im Brautladen, zusammen mit Maggie, eine von Taras besten Freundinnen aus ihrem Veranstaltungsplanungsgeschäft, die hergeflogen war, um die letzten anderthalb Wochen vor der Hochzeit bei Tara zu sein. Maggie hatte das Geschäft in San Francisco von Tara übernommen.

Maggie war Taras Trauzeugin. Liz und Jenna waren Brautjungfern, und sie alle genossen die finale Anprobe vor dem großen Tag.

„Ich muss sagen, du bist wirklich sehr entspannt mit allem“, sagte Elizabeth, als sie der Anprobe von Taras Kleid zusah. „Ich werde ein verdammtes Wrack sein, wenn ich dran bin.“

Tara lächelte, während die Schneiderinnen die letzten Handgriffe an dem Kleid vornahmen, das Jenna atemberaubend schön fand.

„Ich liebe Mick und bekomme endlich mein Happy End. Alles andere ist nur das Sahnehäubchen. Außerdem bin ich ein Event-Manager. Es liegt in meiner Natur, unter Druck gelassen zu bleiben.“

Maggie schnaubte.

„Was?“

„Warte nur *den* Tag ab. Wir haben schon Hochzeiten gemanagt. Du weißt, wie selbst die ruhigsten Bräute werden können. Ich werde mich für alle Fälle auf alles vorbereiten, denn ich glaube, du bist ein schwelender Vulkan, der nur auf seinen Ausbruch wartet.“

Tara hob das Kinn. „Ich werde nicht ausbrechen. Meine Emotionen sind unter Kontrolle.“

Liz sah Jenna an, die mit den Schultern zuckte. „Keine Ahnung. War noch nie verheiratet.“

„Also, ich kann dir sagen, ich habe noch ein paar Monate, bevor ich heirate, und ich brauche jetzt schon Valium.“ Liz sah zu Tara und Maggie. „Sieh mich nicht an, wenn es darum geht, deine Nerven zu beruhigen. Ich plane, an dem Tag eine Flasche Tequila in meiner Handtasche zu haben.“

Jenna lachte. „Ich bin froh, dass es nur euch alle trifft und nicht mich."

„Lach nicht", sagte Tara. „Dein Tag wird auch kommen."

„Machst du Witze? Ich treffe mich nicht mal mit jemandem."

„Da hat Ty was anderes gesagt."

Sie sah Liz an. „Was hat Ty gesagt?"

„Er sagte, du hast ihn abblitzen lassen und ihm gesagt, dass du dich mit jemand anderem triffst."

Alle Augen richteten sich auf sie.

Glücklicherweise war sie nun dran, ihr Kleid anzuprobieren, also flüchtete sie schnell in den Umkleideraum, um nicht zugeben zu müssen, dass sie in Wahrheit niemanden traf. Aber als sie mit dem Kleid an wieder zurückkam, warteten alle auf sie.

„Also wer ist der Typ?", fragte Tara.

War das nicht mal wieder typisch, dass sie das Thema nicht einfach fallenlassen konnten?

Jenna atmete tief aus. „Niemand den ihr kennt."

„Warum hast du uns nicht erzählt, dass du dich mit jemandem triffst?", fragte Liz.

„Weil es nichts Ernstes ist. Ich erzähle euch nicht immer, wenn ich ein Date habe."

Tara beugte den Kopf leicht zur Seite. „Bringst du ihn zur Hochzeit mit?"

„Nein."

„Warum nicht?", fragte Liz.

„Wir sind erst ein paar Mal ausgegangen. Jedenfalls nicht oft genug, um ihm die Familie auf den Hals zu hetzen."

„Hat er Brüder?", fragte Maggie. „Weil ich hier ganz allein bin. Ein Date wäre schön."

Jenna lachte. „Keine Ahnung."

„Ich könnte dich mit jemandem verkuppeln", sagte Liz zu Maggie. „Ich kenne eine Menge Sportler."

Maggie klimperte mit den Wimpern Richtung Liz. „Echt?"

„Echt."

„Du würdest meine Hochzeit in ein PR-Fest für einen deiner Klienten verwandeln?", fragte Tara mit einem neckenden nach Luft schnappen.

„Sofort, Schwester."

Jenna lachte.

„Hey, mach was du willst, aber besorg mir ein stattliches Date", sagte Maggie. „Ich bin voll dafür."

„So gut wie erledigt", sagte Liz.

„Wo wir gerade von Dates reden", sagte Tara, „was ist mit Jennas?"

Verdammt. Sie hätte schwören können, das Thema sei erledigt und vergessen.

„Du weißt nichts über seine Familie?", fragte Tara. „Das wird Mom nicht gefallen. Und Mick und Gavin auch nicht."

Ein Netz aus Lügen. Das kam dabei heraus, wenn sie Männerbekanntschaften erfand. „Ich glaube nicht, dass wir uns wiedersehen werden. Also müssen sich Mom und Dad keine Sorgen machen."

„Keine Chemie zwischen euch?", fragte Maggie.

„Nein. Keine Chemie." Sie war froh, eine Entschuldigung und einen Weg aus der Nummer gefunden zu haben. Am liebsten hätte sie Maggie geküsst.

„Also Süße, du bist umwerfend und sexy. Wenn das mit dem nicht klappt, bin ich sicher, dass mindestens zehn Kerle Schlange stehen, um mit dir auszugehen."

Ihr Blick traf Taras sehr zuversichtlichen.

Sie musste unbedingt eine echte Person zum Vorzeigen finden. Und bei Gott, sie würde ihn zu dieser verdammten Hochzeit mitbringen. Erstens, um sich ihre Familie vom Hals zu schaffen, und zweitens, um sich von den Gedanken an Ty abzulenken.

Ty würde wahrscheinlich selbst jemanden zum Mitbringen finden. Zumindest hoffte sie das. Das würde endgültig alle restliche Anziehung beenden, die sie für ihn fühlte.

Nach der Anprobe gingen sie zu viert essen. Glücklicherweise nicht in die Familienbar. Es war schön, einen Abend frei zu haben und tatsächlich mal irgendwo hinzugehen. Normalerweise blieb sie zu Hause, wenn sie frei hatte, holte Schlaf nach oder sah fern. Und sie spielte Musik und arbeitete an eigenen Songs. Heute tat es gut, mal rauszukommen. Sie isolierte sich selbst zu sehr. Das wusste sie und auch, dass sie öfter weggehen sollte, aber sie zog ihre Wohnung und ihre Musik meist vor. Sie mochte Menschen im Allgemeinen nicht so sehr.

Ja, sie war echt erstklassiges Beziehungsmaterial.

„Wie wär's mit dem Typen da?", fragte Liz, als sie sich an einen Tisch setzten und Drinks bestellten.

Erst nach ein paar Sekunden begriff Jenna, dass Liz mit ihr gesprochen hatte. „Äh, was meinst du?"

„Diesen Kerl da. Der an der Bar, der dich anstarrt."

Sie folgte Liz' Kopfbewegung zu einem Typ im Anzug, der mit einem Glas in der Hand an der Bar lehnte. Auffallend in der Gutes-Aussehen-Rubrik, mit sandblondem Haar, ebenmäßigen Zähnen, und einem Lächeln, das wirkte, als sei es beim Zahnarzt gebleicht worden. „Der trifft sich wahrscheinlich mit zwanzig Frauen gleichzeitig und kann sich deren Namen nicht merken. Nein danke."

„Und woher willst du das wissen?", fragte Liz.

„Bourbon pur."

Tara runzelte die Stirn. „Und was heißt das?"

„Ich kann vieles über Männer sagen, anhand der Wahl ihrer Drinks."

„Berufsrisiko?"

„Oder ein Vorteil, je nachdem, wie man es betrachtet. Bei der Art, wie sie den Raum abchecken, wie sie sich anziehen und was sie trinken, hab ich sie schon eingeordnet, bevor sie auch nur ein Wort sagen können."

Liz rutschte mit ihrem Stuhl näher an Jenna heran. „Oh, das könnte Spaß machen. Heißer Typ im schwarzen T-Shirt auf der linken Seite der Bar."

Jenna riskierte einen Blick. „Der betrügt seine Frau."

„Woran erkennst du das?", wollte Maggie wissen.

„Das ist leicht. An seiner rechten Hand sieht man den Abdruck eines Eherings. Auch noch ein ganz frischer. Man sieht noch genau die Ränder an seinem Finger."

„Was für ein Arschloch." Tara nahm einen Schluck von ihrem Drink und sah dann Jenna an. „Du bist echt gut darin. Das wäre mir nie aufgefallen."

„Die meisten Frauen sehen das nicht. Zumindest nicht auf den ersten Blick. Es gibt nicht nur Arschlöcher. Aber eine

Menge sind keinen zweiten Blick wert, besonders nicht in einer Bar."

„Weil sie da hingehen, um Frauen abzuschleppen?", fragte Liz.

„Und um flachgelegt zu werden."

Tara schüttelte den Kopf. „Sehr zynisch. Kein Wunder, dass du nicht oft mit einem ausgehst."

„Wenn ich nicht gerade Lust auf Sex hab, wüsste ich echt nicht wozu. Keiner dieser Kerle ist mein Typ. Und eine Bar ist nicht der richtige Ort, Männer zu treffen."

„Ach, komm schon." Liz blickte die Bar entlang. „Da sind ein paar echt heiße Typen hier."

Jenna konzentrierte ihren Blick mit laser-scharfer Präzision auf das Männerangebot. „Arbeitslos. Schwul. Muttersöhnchen. Raufbold. Jammerlappen." Sie sah die Frauen an. „Soll ich weitermachen?"

Tara schüttelte den Kopf. „Kann es sein, dass du vielleicht ein ganz kleines bisschen zu anspruchsvoll bist? Bist du sicher, dein System ist so fehlerlos, wie du es gern glauben würdest?"

„Ich werde es dir beweisen." Sie lächelte den Geschäftsmann an, der für sie am Anfang herausgepickt worden war.

Er beehrte sie mit seinem Tausend-Watt-Lächeln, stieß sich von der Bar ab, kam an ihren Tisch, zog sich einen Stuhl hervor und setzte sich zu ihnen.

„Hallo, Ladys. Genießt ihr den Abend?"

Jenna führte die Sache an. „Soweit."

„Kann ich euch allen einen Drink ausgeben?"

„Klar." Jenna sagte ihm, was sie tranken.

Ohne sich auch nur umzudrehen, hob er eine Hand und schnippte mit den Fingern nach der Bedienung.

Jenna biss die Zähne zusammen. Sie stellten sich einander vor. Sein Name war Craig. Er war ein Hardware-Technik-Verkäufer.

„Reist du viel?", fragte sie.

Seine Lippen verzogen sich zu einem Lächeln. „Sehr viel. Ich bin oft unterwegs."

„Das muss Spaß machen."

„Es ist abenteuerlich. Und was machst du, Jenna?"

„Ich bin Barkeeper."

Er hielt sein Glas hoch und kippte es leicht in ihre Richtung. „Cool. Ich mag Drinks."

Darauf hätte sie wetten können.

„Und was ist mit den anderen schönen Frauen? Was macht ihr so?"

Sünde Nummer eins. Wenn du dich an eine Frau ranmachst, machst du nicht auch ihre Freundinnen an. Du ignorierst sie. Craig sicherte sich ab, falls Jenna nicht diejenige war, mit der er heute Abend nach Hause gehen wollte.

„Verlobt", sagte Liz.

„Heirate in einer Woche", sagte Tara.

„In fester Beziehung", log Maggie. Clevere Frau.

Craig rückte seinen Stuhl näher an Jenna. Urks.

„Du bist also Barkeeper?"

„Genau."

Das war das Letzte, was er über sie sagte. Danach musste sie einen halbstündigen Vortrag über ihn ertragen, über seine Karriere, seine Pläne, und wie er innerhalb von drei kurzen Jahren an die Spitze seiner Firma gestiegen war, inklusive des großen vierteljährlichen Bonus, der es ihm möglich gemacht hatte, das neue Condo-Apartment zu kaufen, das sie doch ganz sicher heute Nacht noch sehen wollte.

Sie versuchte, ein Gähnen zu unterdrücken.

Verzweifelt gab sie Tara, Liz und Maggie Helft-mir-Signale.

Die drei erhoben sich. „Nun gut, Craig, es hat Spaß gemacht, aber wir haben heute unseren Weiberabend und müssen jetzt gehen", sagte Liz.

Er stand ebenfalls auf und wandte sich an Jenna. „Warte. Du gehst? Mit denen?"

Sie würde nicht über den Schock in seinem Gesicht lachen. Nein, das würde sie nicht tun. Craig war es wohl nicht gewöhnt, abgewiesen zu werden. „Sieht leider so aus. Schön, dich kennengelernt zu haben. Viel Glück noch mit deinem Job."

Die kühle, frische Luft draußen fühlte sich noch nie so gut an.

„Wow. Du hattest ja so recht", sagte Tara.

„Deshalb bin ich auch nicht oft ausgegangen." Liz schüttelte sich angewidert. „Aber sind wirklich alle Single-Männer so?“

„Nicht alle. Aber viele von denen, die ich treffe.“

Was bedeutete, es würde schwer werden, ein Date für die Hochzeit zu finden.

Fünf

Einen Mann zu finden, konnte doch nicht so schwer sein. Jenna arbeitete inmitten eines Meeres von ihnen. Die Männer kamen in solchen Massen durch die Tür der Bar, dass es wie vom Katalog einkaufen war. Sie musste sich nur einen aussuchen. Ganz einfach, oder? Gut aussehende Männer kamen jede Nacht in die Bar. Männer mit charmantem Lächeln, die eine anständige Unterhaltung führen konnten. Sie brauchte sich nur ein paar davon herauspicken, sich mit ihnen unterhalten und sich dann mit einem verabreden und hoffen, dass er Ja sagen würde.

Sie selbst wurde ständig eingeladen, aber normalerweise ließ sie die Männer mit einem Lächeln und einem netten Nein abblitzen. Diesmal hatte sie nicht vor, Nein zu sagen.

Sie war nach der Happy Hour voll beschäftigt gewesen und das blieb auch so. Zwar hatte es heute kein Hockeyspiel gegeben, aber dafür ein Basketballspiel. Alles, was die Leute anzog, sich ein Spiel anzusehen, war gut für das Geschäft. Und es bedeutete, dass Männer kamen.

Sie lachte. Noch nie hatte sie sich dafür interessiert, dass Männer reinkamen. Zwar interessierte sie, ob Gäste kamen, aber nicht welches Geschlecht sie hatten. Heute betrachtete sie jeden Kerl mit Argusaugen, der durch ihre Tür kam, und begutachtete ihn als potenzielles Date.

Als ein umwerfend aussehender Mann mit einem Körper zum Sterben auf einem Hocker an der Bar Platz nahm, begann ihr Radar zu klingeln. Er trug dunkle Jeans und ein Hemd, über dem er eine dunkle Jacke anhatte. Mittelbraunes Haar, kurz geschnitten, Killer-grüne Augen, mit einem gewinnenden Lächeln, das seinen Look perfekt machte.

Sie atmete tief durch, warf einen schnellen Blick in den Barspiegel, um sicherzugehen, dass ihr Aussehen okay war, und ging dann zu ihm um seine Bestellung aufzunehmen.

„Was kann ich dir bringen?“

„Ein Glas Chardonnay bitte.“

Mist. „Geht klar.“ Ein Weintrinker. Pingelig und zurückhaltend. Wieso hatte sie die Bügelfalte in seinen Jeans nicht gleich gesehen? Wahrscheinlich brachte er seine Wäsche in die Reinigung.

Das würde niemals funktionieren.

Einer raus, noch eine Menge zum Abchecken da. Sie beschäftigte sich damit, die Stammgäste zu bedienen und betrachtete noch ein paar potenzielle Singlekandidaten, als noch ein neuer Kerl reinkam. Dunkelblondes Haar, Lederjacke, bequeme Jeans und Stiefel, Motorradhelm in der Hand. Es musste hart sein, im Februar mit dem Bike zu fahren, denn es war saukalt draußen. Sein Kinnbart und das träge Lächeln waren höllisch sexy. Er erblickte sie sofort und kam in ihre Richtung.

Sie mochte das.

„Was kann ich dir bringen?"

Er lehnte sich an die Bar. „Einen Chivas on the Rocks."

Verdammt. „Alles klar."

Sie hatte so gehofft, dass er ein Bier-Mann war. Stattdessen hatte sie hier einen reichen Jungen, der den Biker spielte. Dabei hatte er so viel Potenzial. Wahrscheinlich fuhr er ein Ducati-Super-Bike.

Sie weigerte sich, die Hoffnung aufzugeben und ging zurück an ihre Arbeit mit den anderen Gästen.

„Viel los heute."

Schauer liefen ihr den Rücken hinunter bei der dunklen, sexy Stimme. Für eine Sekunde schloss sie die Augen und ließ den Klang von Tys Stimme ihre Sinne füllen.

Ihn hatte sie heute Abend echt nicht gebraucht. Nicht, wenn sie am Männer-shoppen war. Sie drehte sich um. „Was machst du hier?"

„Äh, Poolbillard spielen?"

Sie sah nach links und tatsächlich waren zwei Spieler der *Ice* dabei, einen der Billardtische zu belagern. Vielleicht war Ty wirklich nicht bloß hier, um sie zu sehen. Vielleicht mochten Tyler und seine Freunde einfach die Atmosphäre und die Billardtische im Riley's. Plötzlich fühlte sie sich wie ein Arsch. Ein egoistischer. „Was darf es sein?"

„Drei Bier. Ein Light, zwei normale. In der Flasche."

Sie griff nach den Flaschen und schob sie über die Bar. „Soll ich es auf einen Deckel schreiben?"

„Das wäre super, Jenna. Danke."

Beschämt schrieb sie alles auf und beschloss, Ty für den Rest des Abends zu ignorieren. Sie signalisierte Amber, seinen Tisch zu übernehmen und ihn und seine Freunde mit Drinks zu versorgen, damit er nicht ständig zur Bar wandern musste. So konnte sie vielleicht damit weitermachen, sich ein Date zu suchen.

In den nächsten zwei Stunden ließ der Andrang nach und sie hatte Zeit, sich die Menge näher anzusehen. Vielleicht war sie wirklich zu anspruchsvoll. Verdammt sei ihre Alkohol-Vorhersagetheorie. Deshalb verabredete sie sich so selten. Es war eine zutreffende Theorie und trennte die Spreu vom Weizen.

„Kann ich ein Bier haben?"

Sie sah hoch und hatte ihren Retter vor sich. Gutaussehend, dunkles Haar, das etwas zu lang war, genau wie sie es mochte. Er trug ein enges Shirt und oft getragene Jeans, einen Eintagesbart am Kinn und hatte spektakuläre braune Augen. Lecker.

„Flasche oder vom Fass?"

„Fass. Normales."

Bingo. Ein Biertrinker.

Sie füllte ihm ein Bierglas und er bezahlte bar. Keine abgefahrene Kreditkarte. Soweit, so gut. Er ging und sie beobachtete, ob er eine Freundin dabei hatte. Hatte er nicht. Auch sah er sich nicht den Sport auf dem Bildschirm an. Er saß am anderen Ende der Bar mit einer Gruppe Freunde – alles Männer – und unterhielt sich.

Okay, dieser Kerl könnte passen. Was noch nichts bedeutete. Er könnte trotzdem eine Freundin haben oder eine Ehefrau, und das könnte ein Männerabend sein.

Sie ließ ihn in Ruhe, bediente ihre Gäste, spülte Gläser, und als der Zeitpunkt günstig war, schlenderte sie herüber. „Darf ich noch etwas bringen?"

Er beschenkte sie mit einem Tausend-Watt-Lächeln, das Interesse zeigte. „Klar." Er sah zu seinen Freunden. „Noch eine Runde?"

„Ich muss morgen ganz früh raus, also muss ich jetzt gehen", sagte einer von ihnen.

„Ich auch. Wir müssen dich leider allein lassen, Joe."

„Okay, bis später, Jungs."

Seine Freunde schnappten sich ihre Jacken und gingen. Er stand auf und folgte Jenna zur Bar.

„Willst du das Bier trotzdem?", fragte sie, denn sie dachte, nachdem seine Freunde gegangen waren, würde er auch verschwinden.

Aber stattdessen nickte er. „Ja. Ich nehm noch eins bevor ich gehe. Es war ein langer Tag."

„Kommt sofort." Sie füllte ein Glas und gab es ihm.

Er bezahlte und gab ihr ein großzügiges Trinkgeld. Das mochte sie auch an ihm.

„Danke."

„Gern geschehen." Er nahm einen großen Schluck, aber hielt ihren Blick. „Ich bin zum ersten Mal hier. Nette Bar."

„Vielen Dank."

Seine Brauen hoben sich. „Gehört sie dir?"

„Meiner Familie, aber ich führe sie."

„Große Sache für jemand so junges."

Sie lehnte sich über die Bar und tat ihr Bestes, sich daran zu erinnern, wie man flirtet. „Ich komme zurecht."

Er reichte ihr seine Hand. „Joe O'Brian."

Sie schüttelte die Hand. „Jenna Riley."

„Schön, dich kennenzulernen, Jenna."

„Und was machst du so, Joe?"

„Ich bin Arzt und neu in der Stadt. Bin gerade von Massachusetts hergezogen. Ich versuche, neue Lokalitäten zu finden für meine spärliche Freizeit. Meine Freunde und ich entschieden uns für die Bar, weil sie nicht weit von der Klinik entfernt ist."

Sie grinste. „Willkommen in St. Louis. Ich denke, dir wird es hier gefallen. Bist du in Massachusetts geboren?"

„Nein. Eigentlich komme ich aus Pittsburgh. Aber ich hab viel Gutes über die Washington-Universität gehört und bin schon ganz gespannt auf meine Facharztausbildung."

„Es ist eine großartige Klinik."

Sie unterhielten sich eine Weile. Jenna mochte den Mann, auch wenn sie nicht verhindern konnte, aus den Augenwinkeln Ty zu sehen. Er spielte Billard. Ab und zu sah er auf und schaute zu ihr und Joe herüber. Ob er eifersüchtig war? Nicht, dass es sie interessierte. Aber es würde sie wundern, wenn er rüberkäme und sich in die Unterhaltung einmischen würde.

Was er aber nicht tat. Nicht mal, als sie und Joe anfingen zu lachen. Es war ganz offensichtlich, dass Joe mit ihr flirtete. Wirklich sehr offensichtlich. Auch war offensichtlich, dass Ty sie beobachtete. Aber er spielte weiter, bestellte Essen und Getränke. Bei Amber.

Nicht ein Mal kam er an die Bar. Nicht mal, um mit ihr zu plaudern.

„So, Jenna. Da ich einen Führer durch deine tolle Stadt brauche, und da du hier zu Hause bist, wärst du an einem Date interessiert? Ich könnte dich zum Essen einladen und du könntest mich ein bisschen herumführen."

Sie hatte sich so auf Ty konzentriert, dass sie Joe fast vergessen hatte. Diese Frage überrumpelte sie jetzt. „Oh, Was?"

Er runzelte die Stirn. „Entschuldigung, hast du einen Freund?"

„Ich? Nein. Kein bisschen. Mir tut es leid. Berufskrankheit. Ich habe immer ein Auge auf meine Gäste."

Lügnerin. Du hast Ty beobachtet.

Was aufhören musste. Und zwar sofort. „Ich würde sehr gern mit dir ausgehen, Joe." Vielleicht hatte sie das etwas zu laut gesagt. Sie senkte die Stimme und versuchte es nochmal. „Ja, ich würde gern ausgehen."

Sie einigten sich auf einen Termin an dem sie beide frei hatten, was Freitagabend war. Perfekt. Sie hatte ein echtes Date mit einem gutaussehenden Arzt. Noch besser – mit jemandem, der keinen Sport trieb.

Nachdem Joe gegangen war, beschäftigte sie sich mit Bar- und Managerpflichten. Sie lief herum und sah zu, dass alle zufrieden waren, was auch dazu führte, dass sie sich unter die *Ice*-Spieler mischen musste, die das Riley's anscheinend zu ihrem Zuhause gemacht hatten. Sich um sie zu kümmern war gut für das Geschäft. Schließlich musste sie dafür sorgen, dass sie immer wiederkamen.

„Wie geht's, Jungs?"

Eddie Wolkowski sah zu, wie Ty sich bereit für den nächsten Stoß beim Billard machte und grinste dann Jenna an. „Alles prima, Jenna. Und wie geht's dir?"

„Super. Ihr Jungs mischt die Arena ganz schön auf in letzter Zeit. Ihr macht uns alle stolz."

„Wir tun unser Bestes. Danke für die Hamburger übrigens."

„Gern geschehen. Ach, Victor, da hinten wartet eine Schar weibliche Fans auf deine Autogramme." Sie deutete mit dem Kopf auf Tisch sieben, wo sechs Frauen Mitte zwanzig sich auf Victor eingeschossen hatten, als sie ankamen, und seither nicht aufgehört hatten, ihn anzustarren.

Victor Putinov war der linke Flügel bei den *Ice*. Sein platinblondes Haar und sein adliges gutes Aussehen brachte immer die Frauen zum Schwärmen.

Victor hob das Kinn. „Dann werde ich mal hingehen und ihre Sachen unterschreiben."

„Darauf wette ich, dass du ihre Sachen unterschreibst", sagte Ty, ohne vom Billardtisch aufzublicken.

Victor hob eine Braue. „Es ist meine Pflicht, weibliche Fans glücklich zu halten."

Eddie lachte. „Ja, mit deinem gigantischen Stift."

Jenna schüttelte den Kopf.

„Wie ich sehe, hast du dir einen neuen Freund geangelt."

Sie hielt inne und sah Ty an, der seinen Stoß gemacht hatte und am Billardtisch lehnte. „Kein Freund, nur ein Date."

„Ist der neu hier?"

„Das geht dich nichts an."

„Er ist nicht dein Typ."

Wut jagte durch ihre Nervenenden. Sie stemmte die Hände auf die Hüften. „Ach. Und wieso glaubst du das?"

Er zuckte die Achseln. „Da ist keine Chemie zwischen euch."

„Da ist jede Menge Chemie zwischen uns."

Er hob die Hand, nahm eine Haarsträhne von ihr und zog leicht daran. Das verschlug ihr den Atem und ein Kribbeln lief über ihren Rücken. Alles, was sie zwischen sich und Joe nicht gespürt hatte, knisterte zwischen ihr und Ty.

„Zwischen dir und mir? Yep. Da ist Chemie."

Sie sah ihn an. Er hatte recht. Eine Explosion bombardierte

ihre Sinne. Ihre Brüste kribbelten, ihre Lippen öffneten sich leicht. Sie wurde feucht und sie gab ihm unbeabsichtigt eine Landkarte zu ihrem Gelobten Land. Was auch immer zwischen ihnen war, war leicht entflammbar und sehr gefährlich. Aber er stand nicht auf ihrer List der akzeptablen Männer für ein Date. Oder für irgendwas anderes, um genau zu sein.

„Zwischen uns ist nichts", sagte sie.

„Nein?"

Sie mochte Joe. Und sie würde mit ihm ausgehen. „Ich hab ein Date am Freitag."

Er ließ ihr Haar durch seine Finger gleiten und trat einen Schritt zurück, aber der Schatten eines Lächelns lag noch auf seinen Lippen. „Dann viel Spaß."

„Den werde ich haben." Sie wirbelte herum und ging, wobei sie damit rechnete, einen gewissen Triumph zu fühlen. Aber sie fühlte sich nur leer.

*

Ein Date? Sie wollte mit diesem Verlierer ausgehen?

Warum?

Ty sah zu, wie Eddie einen Stoß machte, aber sein Verstand war nicht mehr bei der Sache. Nicht, dass er hundertprozentig beim Spiel gewesen wäre, seit er Jenna mit … was hatte sie gesagt, war sein Name? … Joe? … hatte reden sehen.

Er warf einen schnellen Blick auf die Bar. Sie wischte die Theke mit einem Lappen ab und lachte mit einem der Gäste. Er mochte ihr Lachen. Es war tief und rau, ein Klang, der in all seine Nervenenden drang. Er wollte sie so zum Lachen bringen. Eigentlich wollte er sie nackt und lachend.

Zur Hölle, er wollte sie einfach nackt.

Und er wollte mehr als das. Er wusste nur nicht warum. Ty suchte keine Beziehung, also warum zum Geier interessierte ihn, mit wem Jenna ausging?

Außer, dass dieser Joe-Typ nichts für sie war. Er konnte sofort sagen, dass die beiden nicht harmonierten, aber wenn sie unbedingt mit ihm ausgehen wollte … er hatte kein Recht, es ihr zu verbieten. Sie hatten ja nicht mal ein Date gehabt. Und wenn sie sich weiterhin die falschen Kerle aussuchte, würde

Ty niemals eine Chance bekommen.

Nicht, dass er plante, aufzugeben. Er ließ sie ihre Spielchen mit Verlierern wie Joe spielen und würde im richtigen Moment zuschnappen.

Schon fühlte er sich besser. Er nahm den Billardstock und war bereit, seinen Stoß zu machen.

Sechs

Zwei Tage später stand Jenna vor ihrem Spiegel und inspizierte das nur bis zum Knie gehende, langärmelige kleine Schwarze und die schwarzen, zehenfreien Pumps. Sie hatte lange Silberohrringe und eine Silberkette zur Abrundung ihres Outfits gewählt.

Schlicht, aber sexy.

Joe hatte gesagt, sie sollte ein Restaurant auswählen. Ein Gehobenes, damit er sie zu einem anständigen Essen einladen konnte, weil sie immerhin seine Stadtführerin war. Er hatte gesagt, er habe gehört, dass italienisches Essen in dieser Stadt sehr gut sei. Da hatte er richtig gehört. Sie wählte das Tony's in der Market Street, auch wenn es ihrer Meinung nach das beste italienische Essen woanders gab. Die Reservierung war für acht Uhr. Es war fast sieben. Joe sagte, er hole sie um sieben ab und sie könnten vor dem Essen noch einen Cocktail an der Bar nehmen.

Sie hatte den ganzen Tag das Haus aufgeräumt, oder zumindest das Wohnzimmer und die Küche, die wie ein Kriegsgebiet ausgesehen hatte. Sie hatte gestaubsaugt, Staub gewischt und das Durcheinander weggeräumt, damit es nicht wirkte, als ob eine Irre oder ein Messie hier lebte.

Sie hatte Schmetterlinge im Bauch und war nervös. Wie verrückt war das?

Entspann dich, Jenna.

Sie musste wirklich öfter ausgehen.

Die Türklingel läutete und Jenna eilte aus dem Schlafzimmer, hielt am Spiegel kurz für einen letzten Blick an, um sicherzugehen, dass sie keinen Lipp-Gloss auf den Zähnen hatte. Alles war in Ordnung. Sie tuffte ihr Haar nochmal auf, ging zur Tür, atmete tief durch und öffnete.

Joe stand da mit Blumen in der Hand. Nette Geste.

„Hi. Komm rein."

Er lächelte und überreichte ihr die Blumen. Rosen. Wie unglaublich … unoriginell. Aber dennoch süß.

„Die sind für dich. Vielen Dank nochmal für das Angebot, mich herumzuführen."

„Gerne. Und danke für die Blumen. Lass mich sie ins Wasser stellen."

Er zog seinen Mantel aus. Joe trug schwarze Hosen, ein weißes Hemd, keinen Schlips, aber ein Jackett. Irgendwie locker, aber dennoch elegant. Er sah fantastisch aus. Joe war ein sehr gutaussehender Mann. Ein wirklich gutaussehender Mann.

Warum spürte sie dann kein Kribbeln?

Vielleicht, weil sie am Verhungern war. Sie hatte einen stressigen Tag, musste ein paar Dinge in der Bar erledigen, ein bisschen Buchhaltung machen, und sicherstellen, dass alles für ihre Vertretung bereit war, bevor sie nach Hause eilte, und sich für das Date fertigmachte. Dabei hatte sie wohl vergessen, zu Mittag zu essen.

Also war sie gestresst und unglaublich hungrig.

Nachdem sie die Blumen in eine Vase mit Wasser gestellt hatte, stand Joe im Wohnzimmer und sah sich um. Froh, die Unordnung beseitigt zu haben, ging sie zu ihm. Er besah sich die Kunst an der Wand.

„Das ist schön."

„Danke. Es ist eins meiner Lieblinge."

„Original?"

„Könnte man sagen. Wollen wir gehen?"

„Klar."

Er nahm ihren Mantel und half ihr hinein.

Die Fahrt in die Innenstadt dauerte nicht lange. Es hatte heute leicht geschneit und war bitterkalt. Joe benutzte den Parkservice des Restaurants, sodass sie mit ihren offenen Pumps nicht durch den Schnee manövrieren musste. Sie eilten nach drinnen, wo es warm und gemütlich war.

Er geleitete sie zur Bar und sie bestellten Drinks.

Es war schön, mal auf der anderen Seite der Bar zu sein und zu empfangen, statt zu bedienen. Jenna nippte an einem Martini und versuchte, sich auf einen spaßigen Abend zu freuen. Es war an der Zeit, zu entspannen und ihren umwerfenden Begleiter zu genießen, der seinen Höschenschmelzenden, braunen Blick ihr zuwandte.

„Also, erzähl doch mal, was man in deiner feinen Stadt so alles machen kann."

„Alles. Es gibt Kunst, Musik und Theater, falls du diese Dinge magst. Auch gibt es eine Menge Sport, was du wahrscheinlich im Riley's gesehen hast. Wir haben ein Football- und ein Baseballteam, sowie ein Hockeyteam."

„Ich bin nicht sehr für Sport, aber mich interessiert das Kunstmuseum."

Nicht für Sport und gutaussehend? Sie müsste jetzt eigentlich schon dahinschmelzen. „Magst du Musik?"

Er zuckte die Achseln. „Ich hab nicht viel Zeit zum Musikhören, also bin ich kein großer Fan."

Ihr Herz sank. Aber sie entschied, aufgeschlossen zu bleiben. „Was machst du so zum Spaß?"

Er lachte. „Ich bin seit zwölf Jahren am Medizin studieren. Da hatte ich gar keinen Spaß. Wenn ich nicht gearbeitet oder studiert habe, habe ich geschlafen."

„Da hast du recht. Das klingt nicht nach Spaß. Was ist dein Fachgebiet?"

„Kardiologie."

„Nicht so einfach."

„Ja, aber es macht mir Freude. Es ist das, was ich immer tun wollte. Schon als Kind wollte ich ein Arzt sein."

„Eine Familien-Dynastie-Sache?"

Er lachte. „Nein, keineswegs. Mein Vater war sein ganzes Leben lang ein Bauarbeiter. Meine Mutter war Sekretärin."

Er war so interessant, so vielschichtig, so schlau. Er war engagiert, motiviert, freundlich, und absolut keine Beleidigung für die Augen.

Sie gingen zum Essen ins Restaurant und er fing sie mit seinen Gesprächen ein, brachte sie mit Anekdoten aus seinem Medizinstudium und über den Horror im Leben eines Praktikanten zum Lachen. Er sprach aber nicht nur über sich selbst, er ermutigte Jenna auch, über sich und ihre Familie zu sprechen, über ihre Ziele und Träume für die Zukunft.

Er war fast der perfekte Mann.

Nach dem Essen fuhr er und sie führte ihn herum, erzählte ihm von ihren Lieblingsplätzen. Er schien fasziniert von der Geschichte der Stadt und erzählte ihr dann, was er gern tun würde.

„Wirst du dich hier niederlassen?", fragte sie ihn.

„Ich werde für ein paar Jahre hier sein. Ich weiß noch nicht, wo ich mich niederlassen will.“

„Wahrscheinlich irgendwo nahe bei der Familie, oder?“

Er fuhr vor ihr Condo und stellte den Motor ab. „Ich bin ein großer Junge. Ich muss nicht mehr nahe an Zuhause wohnen.“

Sie lachte. „Ich glaube, Familie bedeutet mir sehr viel. Ich kann mir nicht vorstellen, jemals weit von ihnen entfernt zu sein.“

„Das macht die Menschen so verschieden, Jenna. Ich mag die Freiheit, mein eigenes Leben zu leben. Du magst es, nahe bei denen zu sein, die du liebst.“

„Da hast du recht.“

Dann war die Unterhaltung vorbei und er beugte sich herüber. Sie wartete auf die Hitzewelle, die Explosion der Empfindungen. Seine Lippen strichen über ihre und er umschlang sie mit seinen Armen. Sie ließ sich willenlos von ihm küssen und vergrub ihre Finger in seinem Haar.

Seine Zunge fuhr über ihre.

Es war … nett.

Verdammt! Nett. Angenehm. Aber kein Feuerwerk. Nichts in ihrem Körper ging ab wie eine Rakete.

Dieser Mann war umwerfend, erfolgreich, witzig, und sie hatte gerade einen tollen Abend mit ihm gehabt. Aber da war kein einziges Hormon in ihr, das ihn sofort bespringen wollte.

Wie enttäuschend.

Er unterbrach den Kuss und lächelte sie an. „Wer ist der Kerl?“

Sie blinzelte. „Was?“

„Wer ist der Kerl, an den du gedacht hast, als du mich geküsst hast?“

„Da ist kein anderer Mann.“

Sein Blick sagte ihr, dass er ihr das nicht abkaufte. „Ich bin Arzt, Jenna. Ich mag nicht alles wissen, aber was ich kenne, ist Biologie und das Grundwissen der Chemie. Wir beide verstehen uns super.“

„Das tun wir.“

„Aber als ich dich eben geküsst habe, hast du es nicht gefühlt.“

Sie sah auf ihre Hände hinunter. „Es tut mir leid.“

Er tippte mit seinem Finger an ihr Kinn. „Entschuldige dich nicht für etwas, das du einfach nicht fühlst. Es ist entweder da oder nicht, und du kannst Chemie nicht herstellen. Ich hatte viel Spaß heute. Danke für die Stadtführung.“

Er öffnete die Tür und stieg aus, um ihre zu öffnen, dann brachte er sie an die Haustür.

Jenna drehte sich zu ihm um. „Ich wünschte wirklich, dass da was wäre, Joe.“

„Ich auch.“ Er küsste ihre Wange. „Wir sehn uns in der Bar.“

Sie sah zu, wie er wegging und wusste, dass Joe nie wieder einen Fuß in Riley's Bar setzen würde.

Was noch schlimmer war … sie hatte immer noch kein Date für die Hochzeit.

Sie drehte sich um und ging ins Haus.

Sieben

Die Hochzeitzeremonie war wunderschön gewesen. Die Kirche war mit weißen Calla Lilien und weinroten Rosen mit Schleierkraut und ausgesuchtem Grün geschmückt, das Jenna nicht kannte. Es war super schön. Ihr hatte der Atem gestockt, als sie Tara in ihrem Kleid über den weißen Teppich im Mittelgang hatte schreiten sehen. Sie sah umwerfend aus. Mick hatte Tränen in den Augen. Ihr großer, stark wie ein Bär Bruder hatte eine Träne vergossen.

Mick war jetzt ein verheirateter Mann. Jenna fand das immer noch schwer zu glauben. Ihr großer Bruder, der sie geneckt und auf sie aufgepasst hatte, als sie Kinder waren, hatte die Frau seiner Träume gefunden und sie geheiratet. Und er hatte einen Sohn im Teenageralter, den er adoptieren würde. Nathan würde ein Riley werden.

Manchmal drehte sich die Welt so schnell, dass ihr der Kopf schwirrte.

Jenna hatte am Altar gestanden und bei der Zeremonie dem Priester Vater Abrams wirklich gut zugehört, der über Liebe und Treue sprach, und darüber, diese eine Person zu finden, die für einen bestimmt war. Als sie sah, wie ihr Bruder und Tara einander angesehen hatten, wusste sie mit Sicherheit, dass sich zwei Menschen unmöglich mehr lieben konnten.

Schockierenderweise hatte sie weinen müssen. Sie hätte nie gedacht, dass das passieren würde. Stark sein und stoisch ruhig waren ihre Stärken. Aber sie stand am Altar und Tränen rollten über ihre Wangen, als Mick und Tara ihre Ehegelübde sprachen.

Vor Gavins und Liz' Hochzeit musste sie intensiver an ihrer inneren Stärke arbeiten.

Nach der Zeremonie blieb die Hochzeitsgesellschaft noch in der Kirche, um Fotos zu machen. Jenna musste zugeben, dass das Spaß gemacht hatte. Manchmal konnte die Familie erdrückend sein. Heut konnte sie nicht genug von ihr bekommen.

In einem freien Moment zwischen den Fotos umarmte sie

ihren Bruder.

„Ich freue mich so für dich."

Mick grinste und legte einen Arm um sie. „Danke. Ich bin ein Glückspilz."

„Das stimmt. Pass gut auf sie auf. Sie ist etwas Besonderes."

Er drückte Jennas Arm. „Ich weiß."

Der Tag wurde fantastisch. Kalt, aber hell und sonnig. Ein perfekter Tag ohne eine Wolke oder Regentropfen am Himmel.

Braut und Bräutigam waren glücklich, Jennas Eltern strahlten vor Glück und mehr konnte man nicht erhoffen.

Und die Kleider der Brautjungfern waren nicht unbequem – vielen Dank, Tara – und Jenna würde den Tag überstehen.

Nach der katastrophalen Episode mit Joe hatte sie es aufgegeben, einen Mann für die Hochzeit zu finden. Der arme Kerl. Sie fühlte sich furchtbar deswegen. Keine Dates mehr für sie. Nicht, ehe sie jemanden traf, der sie aus den Socken haute.

Korrektur. Nicht, ehe sie jemanden traf, der kein Sportler war, der sie aus den Socken haute.

Dieser Wunsch mochte ein schwerer Brocken sein, aber sie wusste, dass er da draußen irgendwo sein musste.

Momentan war es ihr egal. Sie hatte heute genug zu tun und ein Mann war nicht mal auf ihrem Radar.

Okay, einer war es.

Tyler.

Sie hatte ihn auf einer Kirchenbank sitzen sehen, als sie den Gang entlang gegangen war, und konnte nicht anders, als sein dunkles Haar zu bemerken, als er aufstand und sein Blick auf sie fixiert war.

Schmetterlinge. Gigantische Schmetterlinge flatterten in ihrem Magen, als sie ihn ansah. Sie sah schnell weg und zum Altar. Heute ging es um Mick und Tara, nicht um ihre widersprüchlichen Gefühle für Tyler Anderson.

Die Hochzeit war glatt und wunderschön verlaufen, ohne irgendwelche Probleme, was Taras Torschlusspanik linderte.

Wenn Jenna jetzt noch was zu essen und zu trinken bekäme, wäre der Tag perfekt.

Sie stapelten sich in die Limousinen und fuhren zum Empfang. Die Gäste waren schon dort, die Party eröffnet, und das Brautpaar wurde mit donnerndem Applaus empfangen. Mr. und Mrs. Riley. Jenna konnte sich noch immer nicht darangewöhnen, aber sie liebte Tara bereits wie eine Schwester und Taras Sohn wie einen Neffen. Es spielte keine Rolle, dass Mick nicht sein richtiger Vater war. Er war ein Familienmitglied der Rileys und würde es immer bleiben, von jetzt an bis für immer.

Nathan sah sehr gut aus in seinem Smoking. Fast siebzehn, und bald würde er ein echter Lady-Killer sein. Er passte definitiv zu den anderen Riley-Männern.

Ihre beiden Brüder und ihr Vater sahen ebenfalls umwerfend aus. Jenna konnte ein Grinsen nicht unterdrücken. Sie würde eine Menge Fotos von dem Fotografen bestellen müssen.

Als das Brautpaar auf dem Parkett den ersten Tanz eröffnete, fing Jennas albernes Wasserwerk wieder an zu laufen. Guter Gott, was war sie heute nur für ein hoffnungsloser Fall?

„Du bist heute auch voller Tränen." Ihre Mutter legte einen Arm um sie.

Jenna lehnte sich an sie und lachte. „Ich kann mir irgendwie nicht helfen. Sie sind so glücklich, Mom."

„Ich weiß. Und sie verdienen es. Ich hab noch nie zwei Leute so verliebt gesehen."

Jenna konnte nur nicken, während Mick und Tara tanzten. Tara sah atemberaubend aus in ihrem creme- und pinkfarbenen, trägerlosen Ballkleid, ein Traumbild mit ihrem hochgesteckten blonden Haar, Diamantentropfen in den Ohren und um ihren Hals – ein Hochzeitsgeschenk von Mick.

„Sie sieht aus wie die verdammte Cinderella."

„Sie ist atemberaubend. Genau wie du."

„Danke, Mom. Aber kein Vergleich. Heute ist Taras Tag."

„Du siehst toll aus, Jenna. Das rubinrote Kleid, das Tara ausgesucht hat, betont deine Augen und deine Haare. Und auch wie gut die Kleider Maggie und Elizabeth stehen – ich sage dir, sie hat für euch alle das Beste ausgewählt."

„Ja, das hat sie."

Jetzt mussten die zur Braut gehörenden tanzen, also tanzte

Maggie mit Gavin als Trauzeuge und Trauzeugin, Liz tanzte mit Gavins Cousin Cole und Jenna tanzte mit Nathan.

„Du siehst so erwachsen aus."

Nathan grinste. „So fühlt es sich auch an. Und manchmal fühle ich mich noch wie ein Kind."

Sie lachte. „Genieße die Momente, in denen du dich wie ein Kind fühlst. Das ist schneller vorbei als es dir lieb ist."

„Ich weiß. Bald bin ich auf dem College. Nur noch ein Jahr Highschool."

„Ich weiß nicht, ob wir schon bereit sind, dich gehen zu lassen."

„Ich weiß auch nicht, ob ich bereit bin, zu gehen."

„Oh glaub mir. Du wirst bereit sein. Zu viel von den Rileys kann erstickend wirken. Du wirst deine Koffer gepackt haben und dich nachts aus der Tür schleichen, damit wir dich nicht an uns binden können."

Er drückte ihre Hand. „Ich mag es, euch zur Familie zu haben, Jenna."

„Wir mögen dich auch, Nathan. Sehr sogar."

Er drehte sie, sodass sie Mick und Tara ansehen konnten. „Meine Mutter und Dad sehen glücklich aus."

„Das sind sie. Und das werden sie bleiben. Für immer."

Sie spürte, dass er sich entspannte.

Der Abend verlief reibungslos. Jenna aß schließlich etwas und war zufrieden. Alle tanzten und sie wanderte herum und sprach mit den Gästen.

„Hallo, Schöne."

Sie wurde hochgehoben und herumgewirbelt. Dann wurde sie abgesetzt und rollte mit den Augen, als sie das freche Grinsen ihres Cousins sah.

„Cole. Weißt du nicht, dass es unhöflich ist, eine Lady zu nerven?"

„Erstens bist du keine Lady, sondern meine Kusine. Und zweitens nerve ich Frauen immer."

Ihr Cousin Cole war schon immer eine Nervensäge, gleich nach ihren Brüdern, was das anging. Ein Sportler wie Mick und Gavin, spielte Cole in der NFL und war einer der besten Wide Receiver und spielte momentan für Green Bay. Und er besaß das gigantische Ego passend zu seinem gigantischen Talent. Aber sie liebte Cole fast so sehr wie ihre Brüder, trotz all der Jahre, in denen er sie als Kind geärgert hatte.

Ihr Onkel und ihr Vater mussten ein Höllenduo gewesen sein als Kinder, denn das hatten sie auf jeden Fall an ihre Söhne weitervererbt.

„Solltest du nicht bei den Jungs sein und trainieren?“

„Ich muss mich heute benehmen. Ich hab’s meiner Mutter und Tante Kathleen versprochen.“

„Und seit wann hältst du dich an Versprechen?“

„Nie. Aber wo sie beide hier sind und Adleraugen haben, hab ich keine andere Wahl.“

„Bist ganz der brave Pfadfinder?“

„Ja, ungefähr bis Mitternacht, und dann verlasse ich diesen Rummel und gehe in einen Club. Da warten ein paar Babes auf mich.“

„Und die Presse wird gleich hinter dir stehen, und darauf warten, dass du in einen riesigen Faustkampf gerätst oder einen neuen Skandal, der die Schlagzeilen machen wird. Der neue böse Junge des Footballs.“

Cole zuckte mit den Schultern und grinste dann, wobei die Grübchen in seinen Wangen seinem rauen guten Aussehen keinen Abbruch taten. Kein Wunder, dass die Medien ihn liebten.

„Hey, nicht meine Schuld, dass ich so fotogen bin.“

„Ja, dein Polizeifoto war charmant. Ich bin sicher, Onkel Jack und Tante Cara waren begeistert.“

„Das war Bullshit. Und ich habe gute Anwälte, sodass das schnell aus dem Gericht geflogen ist.“

Sie schüttelte den Kopf. „Es zahlt sich aus, viel Geld zu machen, vermute ich, aber du gehst auf die dreißig zu, Party-Boy. Wird es nicht Zeit, erwachsen zu werden?“

Er lachte. „Nenn mich Peter Pan. Es wird niemals Zeit, erwachsen zu werden.“

Sie winkte ab, indem sie den Kopf schüttelte. Cole war furchtbar, mit einem großgeschriebenen F. Großartiger Football-Spieler, aber er liebte sein öffentliches Leben. Vielleicht ein bisschen zu sehr.

Sie nahm sich ein Glas Champagner und sah Gavin und

Liz, sowie Mick und Tara beim Tanzen zu. Plötzlich spürte sie eine warme Präsenz hinter sich.

„Du tanzt gar nicht."

Tyler. Sie hatte ihn die letzten paar Stunden erfolgreich gemieden. Jetzt drehte sie sich um und sah ihn an. Oh, hatte er sich fein herausgeputzt. Er trug einen schwarzen Anzug mit Schlips, der ihm passte, als ob er für ihn geschneidert worden war. Sein dunkles Haar fiel über den Kragen und verlockte sie dazu, mit den Fingern durchzufahren, um zu prüfen, ob es genauso weich war wie es aussah.

„Nein, ich tanze nicht."

„Wer war der Kerl, mit dem du rumgehangen hast? Dein Date?"

Sie runzelte die Stirn. Dann begriff sie, dass er sich auf Cole bezog. Sie lachte. „Nein, das war Cole Riley, mein Cousin. Du könntest ihn vom Green Bay Team kennen. Er spielt Wide Receiver."

Tyler nickte. „Kam mir bekannt vor. Ihr Rileys brütet gern Sportler aus, was?"

„Und wie."

„Also wo ist nun dein Date?"

Sie weigerte sich, auf den Köder anzuspringen. „Habe heute niemanden mitgebracht."

Er hob eine Braue. „Oh, du hast mehr als einen?"

Sie antwortete nicht.

„Wie wär's mit einem Tanz?", fragte er.

„Wo ist denn dein Date?"

„Habe heute niemanden mitgebracht."

Sie lächelte über seine Wiederholung ihrer Worte. Die Musik war heiß und sie wollte tanzen. Sie hatte mehr als nur ein bisschen Champagner getrunken und fühlte sich gut. So gut, dass es von oben bis unten überall kribbelte. Heute ging es nur um Magie und Romanzen. Nicht, dass es eine Romanze zwischen ihr und Ty gegeben hätte. Aber es gab die Chemie und er war der heißeste Kerl hier, also konnte sie genauso gut mit dem Teufel tanzen, den sie bereits kannte.

„Klar. Lass uns tanzen."

*

Ty hatte nicht damit gerechnet, dass Jenna Ja sagen würde.

Er hatte gedacht, der Kerl, mit dem sie gesprochen hatte, war ihr Date. Er war erleichtert, als er hörte, dass es ihr Cousin war. Als er herausfand, dass sie keinen Begleiter mitgebracht hatte, hatte er den Plan gefasst, sie auf die Tanzfläche zu kriegen oder irgendwo allein. So oder so war er entschlossen, sie heute Abend in seine Arme zu bekommen, auch wenn er dafür ein paar geschickte Manöver einleiten müsste.

Und jetzt war es so leicht? Zur Hölle, umso besser.

Er nahm ihre Hand und führte sie zu der überfüllten Tanzfläche. Dann sah er zu, wie sie sich zum Rhythmus der echt heißen Tanzmusik bewegte. Sie sah heute wunderschön aus in dem Kleid, das jede Kurve ihres Körpers betonte – einem Körper, den sie zu bewegen wusste. Er wollte seine Hände auf sie legen, und fühlen, wie sie sich so ohne Kleidung bewegte. Sie schwang die Hüften und wirbelte herum, und sein Schwanz zuckte, als sie mit dem Hintern wackelte. Sie verlor sich in der Musik, hob die Arme in die Luft, wogte ihren Körper im Einklang zur Musik.

Er rückte näher an sie, schmiegte seinen Körper an ihren, legte einen Arm um ihre Taille, tanzte mit ihr zur Musik und erwartete, dass sie ihn wegstoßen würde. Stattdessen legte sie einen Arm um seinen und ließ ihren Kopf an seine Brust sinken. Er inhalierte ihren Duft und versuchte, mit ihr mitzuhalten, denn er war kein besonders guter Tänzer, und war froh, dass sie die Führung übernahm und offenbar wusste, was sie da tat.

Als sie sich umdrehte schlang sie einen Arm um seinen Nacken, presste ihren Körper an seinen und stieß ihn mit den Hüften an. Es musste ihr auffallen, dass er hart wurde. Aber sie kam noch näher und rieb sich an ihm. Zweifellos um ihn zu foltern, weil er ständig in der Bar auftauchte und sie anbaggerte. Aber als ihr Blick auf seinen traf, waren ihre klaren blauen Augen nicht mit Wut gefüllt, sondern nur mit Interesse.

Und als die Musik langsamer und sinnlicher wurde, stieß sie ihn auch nicht zurück und ließ ihn stehen, also nahm er ihre Hand in seine, legte einen Arm um ihren Rücken und zog sie an sich. Wahrscheinlich hätte er etwas sagen sollen, aber er wollte den Moment nicht zerstören. Wenn er sprach, würde sie sich vielleicht daran erinnern, mit wem sie da tanzte, also hielt er den Mund und war damit zufrieden, ihren Vanilleduft einzuatmen, der immer ein Teil von ihr zu sein schien. Er strich mit der Hand über ihren Rücken. Ihre Haut war zart.

Sie neigte den Kopf nach hinten und sah ihn an. „Du bist so schweigsam."

„Ich habe Angst, dass du davonläufst wenn ich rede."

Sie hob eine Braue. „Warum sollte ich das tun?"

„Weil du mich nicht magst."

Ihre Lippen verzogen sich zu einem Lächeln. „Ich hab nie gesagt, dass ich dich nicht mag."

Jetzt hob er eine Braue und schwieg.

„Okay, vielleicht habe ich diesen Eindruck erweckt. Aber die Musik ist schön und du fühlst dich gut an."

„Du fühlst dich auch verdammt gut an. Können wir die ganze Nacht auf der Tanzfläche bleiben?"

Sie kicherte und lehnte den Kopf an seine Brust. „Von mir aus, aber ich muss diese Schuhe loswerden. Meine Füße bringen mich um."

Er hielt inne. „Zieh sie aus."

Sie nickte. „Gute Idee."

Einzeln zog sie die Schuhe aus und überreichte sie ihm. Er hielt sie an den Schnüren hoch und dachte sich, jede Frau, die solch hohe Schuhe trug, musste einen Todeswunsch haben. „Wie laufen Frauen in sowas?"

„Es ist in unseren Genen. Deshalb sind Frauen das Meister-Geschlecht. Wir gebären und können hohe Schuhe tragen."

Er lachte. „Kein Wunder, dass deine Füße schmerzen." Sie glitt wieder in seine Arme und sie tanzten weiter. Der DJ war nett und spielte noch einen langsamen Song. Ty musste daran denken, ihm später ein Trinkgeld zu geben.

„Das ist eine schöne Hochzeit."

Sie grinste. „Ja, das war sie. Mein Bruder und Tara sind glücklich. Sie sind durch die Hölle gegangen, um so weit zu kommen. Sie verdienen es."

Er glaubte nicht recht an diese Bis-dass-der-Tod-euchscheidet-Sache. Aber er vermutete, dass es für manche Leute funktionierte. Er hoffte wirklich, dass es bei Mick und Tara für immer klappen würde, besonders, weil schon ein Kind betroffen war. Tyler wusste besser als irgendjemand sonst, was mit einem Teenager passieren konnte, wenn sich plötzlich die Familie, von der man dachte, sie sei glücklich, in Luft auflöste. „Ja, ich hoffe, es dauert an für sie."

„Das wird es. Sie haben die harten Sachen schon hinter sich. Der Rest der Ewigkeit kann nur noch leicht sein."

Er behielt seine Gedanken für sich. Es ergab keinen Sinn, ihre Seifenblase zum Platzen zu bringen. Wahrscheinlich glaubte sie an den Ritter in glänzender Rüstung, der die Prinzessin rettet, und an ein märchenhaftes Ende. Und an Liebe, die ausreicht, um jedes Problem zu besiegen.

Das war alles ein Haufen Blödsinn. Er kaufte das niemandem ab. Es zählte nur das Hier und Jetzt, und sich das zu nehmen, was gerade verfügbar war. Weil nichts für immer dauerte.

Inklusive dieses Liedes und Jenna in seinen Armen. Der DJ legte was Schnelleres auf.

„Danke für den Tanz", sagte Jenna. „Ich brauche jetzt einen Drink."

„Ich auch."

Statt wegzugehen, nahm sie seine Hand. „Ich kenne eine Abkürzung zur Bar."

Sie fragte nicht nach ihren Schuhen, also hielt er diese weiter fest und ließ Jenna ihn zur Bar führen. Er machte zwei Sitzplätze für sie ausfindig und bestellte zwei Drinks. Er wollte eine Limo und Jenna nahm noch ein Glas Champagner.

Sie überkreuzte die Beine, der Schlitz in ihrem Kleid teilte sich und legte die umwerfende Länge ihres schlanken Schenkels frei. Ty war es gewohnt, sie in Jeans und T-Shirt zu sehen und sah sich ordentlich satt, bevor er sich an die Bar lehnte und etwas trank.

„Kein Champagner für dich?", fragte sie.

„Das ist nicht meins."

Sie schmunzelte.

„Was ist?"

„Nichts. Musste nur daran denken, was ich neulich zu den

Mädels gesagt hab über Männer und ihre Wahl des Getränks."

„Ach ja? Und was war das?"

Sie schüttelte den Kopf. „Kann ich dir nicht verraten. Barkeeper-Geheimnis."

Das konnte er sich vorstellen. „Ich wette, du kannst alles über einen Kerl sagen, nur anhand dessen was er trinkt."

Sie runzelte die Stirn und stellte ihr Glas auf die Bar. „Glaubst du?"

„Barkeeper können tief blicken. Was würdest du über mich sagen?"

„Du magst Whiskey pur. Aber manchmal trinkst du Bier. Das bedeutete, du bist unabhängig und nicht leicht festzunageln. Du magst deine Freiheit, aber du bist nicht überheblich. Kein teurer Champagner für dich. Du magst nicht angeben, aber du bist wählerisch. Nein, warte. Das ist nicht das richtige Wort. Speziell. Das passt besser. Du bist speziell. Du angelst dir nicht einfach irgendeine Frau. Es muss die richtige Frau sein."

„Das alles weißt du nur von den Drinks, die ich bestelle?"

Sie nahm einen Schluck Champagner. „Ja. Und du angelst dir auch keine Frauen in meiner Bar."

„Vielleicht, weil ich auf dich warte."

Sie neigte den Kopf nach hinten und lachte, so wie er es liebte. „Du bist so ein Quatschkopf, Ty. Das mag ich an dir."

Er mochte ihr beim Reden zuhören. Sie hatte einen scharfen Verstand und ihr dabei zuzusehen, wie sich die Räder in ihrem Kopf drehten, machte ihn genauso hart, wie ihr bei ihren Bewegungen auf der Tanzfläche zuzusehen. „Du glaubst also, du kennst mich, was?"

„Eigentlich glaube ich, dass ich dich überhaupt nicht kenne. Die meisten Männer sind leicht zu durchschauen. Aber dich habe ich noch nicht kapiert."

Er nahm ein paar Schlucke Limo. „Da bin ich froh. Ich hasse es, vorhersehbar zu sein."

„Du bist alles andere als vorhersehbar. Du nervst mich. Du magst mich, und ganz offensichtlich willst du mich, und du machst kein Geheimnis daraus. Das gefällt mir, denn ich mag keine Spielchen. Auf der anderen Seite möchte ich nicht, dass du mich magst. Ich möchte, dass du verschwindest und mich in Ruhe lässt, damit ich aufhören kann, an dich zu denken."

Er grinste. Sie war ein bisschen betrunken, was bedeutete, sie war entspannt und verriet mehr von ihren Gedanken als ihr bewusst war. Was wiederum bedeutete, dass dies seine Gelegenheit war, die Dinge voranzutreiben, wenn er das Spiel heute Nacht richtig spielte.

„Ich kann auch nicht aufhören, an dich zu denken, Jenna."

Sie stützte die Ellbogen auf die Bar. „Wirklich?"

„Ja."

„Woran denkst du, wenn du an mich denkst?"

Das war ein Test. Sie probierte aus, ob er sie nur verarschte. Was er wirklich nicht tat.

„Ich denke an deinen Mund." Mit dem Daumen fuhr er über ihre Unterlippe. „Ich mag, was herauskommt, wenn du mit mir redest. Es ist frech und klug. Und natürlich mochte ich es, ihn zu küssen. Er ist weich und feucht und du windest dich unter mir, als wenn du haben wolltest, was ich zu bieten habe."

Ihre Brust hob und senkte sich.

„Ich mag es, wie du sprichst. Selbstbewusst und ein bisschen oberschlau. Das mag ich an dir auch. Es bedeutet, dass du kein Schwächling bist. Ich will keine Frau, mit der ich machen kann, was ich will. Ich will eine Frau, die ihren Mann stehen kann."

Sie leckte über ihre Unterlippe. Was verdammt ablenkend war, und er musste sich auf das konzentrieren, was er noch sagen wollte.

„Du hast die schönsten Augen, die ich je gesehen habe. Und mit ihnen siehst du eine Menge. Du konfrontierst Leute mit ihrem Blödsinn und offensichtlich weißt du viel über Männer."

„Ja? In welcher Beziehung?"

„Du weißt, wer es ehrlich meint und wer nicht. Du würdest auf keinen dummen Anmachspruch reinfallen."

Sie lachte leise.

„Ich mag die hier." Er berührte mit den Fingerknöcheln ihre vielen Ohrringe im linken Ohr und lehnte sich dichter zu ihr. „Bist du sonst noch irgendwo gepierct, Jenna? Ich habe

Nächte damit verbracht, mir das vorzustellen."

Ihre Augen verdunkelten sich. Interesse oder Begierde? Er war nicht sicher.

„Und deine Tattoos. Die törnen mich an." Er umfasste ihr Handgelenk und streichelte das Tattoo von Erde, Mond und Sternen. „Dann will ich dich ausziehen und deinen Körper erkunden. Also, ja, ich denke oft an dich, Jenna."

„Ich will dich nicht daten, Ty. Das habe ich dir schon gesagt. Du bist der falsche Typ Mann für mich."

„Das hast du gesagt."

Sie inhalierte tief und atmete wieder aus. „Das Problem ist, da ist diese Sache."

„Eine Sache."

„Ja. Diese Chemie-Sache zwischen uns. Sie stört mich, wenn ich mit anderen Männern ausgehe."

Oh, jetzt wurde es spannend. „Eine Chemie-Sache."

„Sex."

„Sex." Er schüttelte den Kopf. „Ja, das ist ein Problem." Er rieb seine Schulter an ihrer. Er verstand das mit der Chemie. Ihr einfach nur nahe zu sein, erweckte seinen Schwanz zum Leben.

Sie drehte sich auf dem Barstuhl und sah ihn an. „Das ist es. Was können wir dagegen tun?"

„Ich glaube nicht, dass Sex ein Problem für mich ist, Jenna. Du weißt bereits, wie ich fühle. Die Frage ist, was willst *du* dagegen tun?"

Sie ließ ihre Fingerspitze über das Revers seines Jacketts gleiten und ihr Blick verbrannte ihn von innen nach außen. Ja, da war definitiv Chemie. Es wunderte ihn, dass keine Flammen zwischen ihnen loderten. Sein Atem beschleunigte sich und wenn sie jetzt keine Entscheidung traf, musste er schnell verschwinden, denn diese Frau machte ihn wahnsinnig.

„Ich glaube, du solltest heute Nacht mit mir nach Hause kommen und dann können wir darüber reden", sagte sie.

„Bereit, wenn du es bist."

Acht

Jenna hatte genug Champagner getrunken, um zu wissen, dass sie angeheitert war, aber nicht so betrunken, dass sie nicht mehr wusste, was sie tat. Mit anderen Worten, wenn das hier vorbei war, würde sic cs nicht dem Alkohol zuschreiben können.

Heute Nacht lag etwas in der Luft. Vielleicht all die Liebe, die sie zwischen Mick und Tara spürte, was sie an ihre viel zu einsame Existenz erinnerte. Sie hatte es satt, immer allein nach Hause zu kommen, und warum sollte sie auch? Sie war eine erwachsene Frau und hatte das Recht, einen Mann mit nach Hause zu nehmen, wenn sie das wollte, und ihm den Verstand rauszuvögeln.

Ty machte nicht den Eindruck, sich schon nach einer Nacht Hals über Kopf zu verlieben. Sie glaubte nicht, dass er sie heiraten oder eine feste Beziehung eingehen wollte, was ihn perfekt machte. Er wollte sie nur flachlegen und sie brauchte wirklich einen, der sie nur flachlegen wollte. Es bestand jede Menge Chemie zwischen ihnen und sie hatte echt keinc Ahnung, weshalb sie ihm immer wieder einen Korb gegeben hatte. Heute war sie benebelt genug, dass sich all die Bläschen der guten Gründe, sich nicht mit ihm einzulassen, wie bei einem abgestandenen Glas Champagner in Luft aufgelöst hatten.

Außerdem ließ sie sich gar nicht mit ihm ein. Sie würden einfach nur Sex haben.

Weil ihre Eltern sie heute Nachmittag abgeholt und zur Hochzeit mitgenommen hatten, hatte sie ihr Auto nicht dabei. Nachdem sie sich von allen verabschiedet hatte und die Hochzeit sich dem Ende zuneigte, war nur noch der harte Kern am Party machen. Ty fuhr Jenna nach Hause.

„Schlüssel?“

Sie hob den Blick. Tyler und sie standen vor der Tür ihrer Wohnung. „Was?“

„Deine Schlüssel.“

„Oh. Klar.“ Sie wühlte in der Handtasche nach ihren Schlüsseln. Tyler nahm sie und öffnete die Tür, hielt sie auf und wartete, bis Jenna durchgegangen war. Sie schaltete das Licht an und er schloss die Tür hinter ihr.

„Schön hier."

„Lügner. Es ist ein Saustall."

„Du hast recht. Ich bin schockiert. Du hältst die Bar in einem Tip-Top-Zustand."

Sie drehte sich zu ihm um und sah, dass er sie angrinste. Und ja, es war ihr peinlich. Sie ließ die Handtasche auf den Couchtisch fallen. „Ich hatte es heute eilig, denn mein Dad stand schon in den Startlöchern und ich war spät dran." Sie hetzte durch das Wohnzimmer und sammelte ihre Yogahosen, Socken und Turnschuhe ein.

Ty griff nach ihrem Handgelenk. „Ich hab nur Spaß gemacht. Lass das Zeug fallen."

Sie sah ihn an. „Ich bin keine gute Hausfrau."

„Das ist mir egal. Wenn du mit zu mir gekommen wärst, hättest du den Pizza-Karton von gestern auf dem Tisch vorgefunden, leere Bier- und Limodosen, und die Klamotten von einer Woche überall verstreut."

„Echt?"

„Echt. Mir ist es egal, wie es hier aussieht. Deswegen bin ich nicht hier."

Sie atmete aus. „Möchtest du was zu trinken? Wir könnten uns hinsetzen und reden."

Er rieb an ihrem Handgelenk mit seinem Daumen. Ihr Puls beschleunigte sich.

„Hast du mich dafür eingeladen? Du willst, dass wir was trinken und reden?"

Sie schluckte, denn das war nicht alles, was sie wollte. Nicht von ihm. „Nein. Ich will nicht reden."

„Na dann." Er sah auf sie hinunter. „Du bist viel zu schön angezogen für das, was ich gern mit dir tun würde."

Ihr Herz hämmerte, ihre Brüste wurden strammer unter dem Material des Kleides. Sie hatte Probleme, normal zu atmen. Jenna war vorbereitet und bereit, wie schon seit Monaten. Sie fühlte sich, als ob sie mit ihm schon lange um den heißen Brei herumtanzte, und wollte jetzt nicht mehr warten, nur weil sie ein schickes Kleid trug.

„Ist mir egal." Sie legte einen Arm um seinen Hals und zog

seinen Kopf herunter. Als seine Lippen ihre berührten, explodierte ein Blitz in ihr. Das war es, was sie bei ihrem Date mit Joe vermisst hatte. Diese Welle der Hitze, diese Reaktion ihres Körpers auf das Küssen und Berühren. Als Ty seinen Mund auf ihren legte, spürte sie das bis hinunter zu den Zehen. Ein Kribbeln, ein Versprechen dessen, was er ihr noch geben würde.

Ty legte den Arm um ihre Taille und zog sie hart an seinen Körper.

Jenna ging in Flammen auf.

Sie fuhr mit den Händen über seine Arme, fühlte seine stahlähnliche Stärke. Sie glitt mit den Handflächen über seine Schultern und verwob sein Haar in ihren Fingern, was sie schon lange hatte tun wollen. Es war genau wie sie es sich vorgestellt hatte. Dick und weich, eine sinnliche Freude für ihre Finger. Als er den Kuss vertiefte, seine Zunge mit ihrer spielte, griff sie eine Handvoll Haar und hielt sich daran fest, was ihren ganzen Körper erzittern ließ.

Noch nie war sie so geküsst worden. Natürlich war sie schon oft geküsst worden. Hart und weich, und etwas dazwischen, aber das hier war ein Frontalangriff. Ty setzte mehr ein als nur seine Lippen. Seine Hände waren überall auf ihr, drückten sie am unteren Rücken sanft an ihn, während seine andere Hand in ihrem Genick lag, und seine Vorderseite – die harte *oh ich danke Gott, dass er ein Mann ist* - Vorderseite – sie gegen die Wand presste.

„Ich warte schon so lange darauf, wie ich dich kenne", flüsterte er, seine Stimme rau vor Beherrschung und seine Finger um ihre Hüften gelegt.

Er küsste ihre Wange entlang, ihr Kinn und ihren Hals, bis zum linken Ohr. Sie erzitterte, als seine Zunge über ihr Ohrläppchen fuhr und mit den Ohrringen spielte.

„Ich mag diese Ohrringe, Jenna. Sie sind sexy."

„Danke."

Seine Zunge glitt über ihre Kehle und dann über ihr Genick. Jenna erbebte erneut und ihre Knie wurden weich, als sie spürte, wie er an dem Reißverschluss des Kleides zog.

„Ich muss dich jetzt aus diesem Kleid bekommen."

Sie hätte nicht mehr zustimmen können. Als er den Reißverschluss öffnete, wollte sie sich umdrehen, aber seine Hände auf ihren Hüften hielten sie fest.

„Jesus."

„Was?"

„Das Tattoo auf deinem Rücken."

„Mein Drache."

„Ja, der ist umwerfend. Und wenn ich nicht so verdammt hart bin, werde ich ihn erforschen und über ihn lecken. Aber momentan sind da andere Teile von dir, die ich lecken will."

Sie schnappte nach Luft und konnte sich seine Zunge an ihr bereits vorstellen. An den Stellen von ihr, die schon schmerzten und pulsierten.

Er zog ihr das Kleid aus und legte es über das Sofa. Als er zurückkam, kniete er sich vor sie, legte die Hände an ihre Knöchel und strich ihre Beine hinauf.

„Deine Beine sind so sexy." Er küsste ihre Kniekehlen. „Und deine Schenkel. Ich kann es kaum erwarten, sie um mich geschlungen zu spüren." Dort küsste er sie auch, bevor er Jenna umdrehte, damit sie ihn wieder ansehen konnte.

Nur in Höschen und Schuhen fühlt sie sich vor ihm entblößt, aber dennoch unglaublich sexy und angetörnt.

Tyler war so zärtlich und das hatte sie nicht erwartet. Er war so ein großer Kerl. Sie hatte damit gerechnet, dass er trampelig, linkisch und ungeschickt herumstreicheln würde. Ein paar Minuten Vorspiel und dann geht's los – und nicht diese lustschmerzhaften, süßen Berührungen, die sie auf dem Boden zerschmelzen ließen. Sie war feucht und alles pulsierte vor Verlangen, ihre Nippel waren harte Punkte aus brennender Begierde, die um eine Berührung seiner Hände und seines Mundes bettelten.

Er streichelte ihre Beine erneut, sein seidiges, weiches Haar kitzelte ihre Haut. Sie war bereit, genommen zu werden, während er sich auf eine gemütliche Tour gen Süden ihren Körper entlang machte.

Als er nach ihrem Höschen griff, neigte er den Kopf zurück und sah zu ihr hoch. Das dunkle Verlangen in seinem Blick brachte ihren Puls zum Rasen. Sie wusste nicht, wie sie noch immer stehen konnte. Sie legte die Handflächen gegen die Wand, als er das Höschen über ihre Hüften zog und es um ihre Schenkel beließ, während er ihre Mitte bewunderte.

„Du *bist* dort gepierct.“ Er leckte über den kleinen Ring über ihrer Klit.

Kribbelnde Schockwellen der Lust vibrierten durch Jenna.

Er sah sie wieder an. „Du bist so verdammt sexy. Jenna.“

Er drückte seinen Mund gegen ihre Pussy und sie schmolz dahin. Seine Zunge war heiß und nass, und als er begann, sie zu lecken, musste sie sich an der Wand festhalten, denn sie war sicher, sie würde gleich vor Wonne sterben. Warme Spiralen der Lust drehten sich tief in ihr und sie verlor sich in dem Gefühl seiner Hände, die sich um ihre Hüften verkrampften und wieder lockerten, während er seine Zunge so intim über ihre sensible Haut strich und mit dem Piercing über ihrer Klit spielte. Sie war sehr empfindlich dort und es war lange her.

Ihr Höschen war noch auf ihren Schenkeln, ansonsten war sie bis auf die Schuhe nackt, und er trug noch seinen Anzug, kniete vor ihr und betete sie mit seinem Mund an … allein dieses Bild brachte sie fast zum Kommen. Aber es war so gut, sie wollte noch nicht. Sie liebte seinen Mund, liebte es, wie er sie mit der Zunge neckte, und dann ihre Klit in den Mund nahm und daran saugte. Erst sanft und leicht, dann stärker. Und wie er weiter nach unten ging und mit der Zunge in sie drang, hineinstach, als ob er sie vögeln wollte … all das war fast schmerzhaft vom Allerfeinsten. Sie verwob ihre Finger in seinem Haar und bäumte sich an ihm auf, stieß ihm ihre Mitte entgegen, wollte, dass er sie nahm und sie über den Rand der Beherrschung fliegen ließ. Sie brauchte diesen Orgasmus dringend. Ty war schon so lange in ihren Fantasien gewesen. Niemand anderer war dort für eine ganze Weile gewesen. Und sie würde sich ihn wie beim Exorzismus austreiben, indem er sie heute Nacht wieder und wieder zum Kommen bringen würde.

„Ja, Ty. Genau da. Saug meine Klit.“

Er nahm ihre Klit in den Mund, rollte die Zunge darüber und schob gleichzeitig einen Finger in ihre Pussy. Die Wellen begannen, als er anfing in sie zu pumpen, ihre inneren Wände drückten seine Finger und der Höhepunkt überrollte sie mit einer Kraft, die ihresgleichen suchte. Sie schlug mit dem

Kopf gegen die Wand, als der erste Schub ihres Orgasmus durch sie fuhr. „Oh Gott, ich komme." Sie bog sich seinem Gesicht entgegen, bettelte darum, dass er weitermachte, während sie mit einer Flut aus wilden Schreien kam. Er blieb bei ihr, fickte sie mit den Fingern und fuhr mit der Zunge über ihre Mitte, bis die letzten Wellen abgeklungen waren.

Außer Atem und total unfähig, sich selbst aufrecht zu halten, sank sie gegen ihn.

Tyler stand auf, legte einen Arm um sie und hielt sie fest, während sie zu Atem kam. Er zog ihr das Höschen aus und steckte zwei Finger in sie. „Ich mag es, zu fühlen, wie du kommst, wie dein Körper reagiert. Ich kann dich immer wieder und wieder kommen lassen, Jenna."

Das sinnliche Versprechen in seinen Worten hielt ihre Sinne wach. Sie wusste, dass sie kaum angefangen hatten, was ihr gefiel. So lange hatte sie in der sexuellen Dürreperiode gehangen, und weil sie das hier nur ein Mal machen würden, wollte sie so viel aus Ty herausholen wie sie konnte.

„Ich will dich nackt sehen", sagte sie und fuhr mit den Händen über seine Schultern."

„Kein Problem."

Er trat zurück und zog das Jackett aus, öffnete den Schlips und legte ihn ab.

Jenna zog sich die Schuhe aus. Allein ihn anzusehen erhitzte ihre Libido erneut. Sein dunkles Haar fiel über den Kragen des weißen Hemdes. Schnell öffnete er die Knöpfe und zog es aus. Eine gut definierte Brust kam zum Vorschein, mit ein paar dunklen Haaren, durch das sie gern mit den Fingern gestreichelt hätte, besonders über das V, das in seinem Hosenbund verschwand.

Er zog die Schuhe aus, öffnete den Gürtel und zog den Reißverschluss herunter. Ihre Kehle wurde trocken, als er die Hose auf den Boden fallen ließ, und dann die Socken und die Unterhose.

Nackt und hart war er alles, was sie sich je hätte vorstellen können. Breite Schultern, muskulös aber schlank an den richtigen Stellen, wohldefinierter Bauch und schmale Taille. Er war stark und absolut schön. Sie wollte ihn anfassen, ihn schmecken und ihn so lange betrachten, wie er es erlauben würde.

Er trat vor und legte einen Arm um sie, drückte sie gegen sich und küsste sie mit einer Leidenschaft, von der sie gedacht hatte, dass sowas für Hollywoodfilme reserviert war. Sein Mund auf ihrem – die Art, wie er den Kuss forderte – raubte ihr den Atem und erweichte ihre Muskeln.

Er umfasste ihren Nacken und beugte sie über seinen Arm, vertiefte den Kuss und streichelte mit seiner Zunge die ihre. Es war wirklich wie im Film, denn sie war sicher, sie würde gleich in Ohnmacht fallen.

Als er sie wieder aufrichtete, sah er ihr in die Augen.

„Du schmeckst gut."

Ihr Körper ging in Flammen auf, aber nicht vor Peinlichkeit. Sie liebte Sex. Nichts am Sex war ihr peinlich. Sie lächelte ihn an. „Wenn du mich dich kosten lässt, kann ich dir auch einen Bericht abgeben."

Er lachte. „Ja, dazu kommen wir mit Sicherheit noch, aber da ist noch so viel an deinem Körper, das ich noch nicht schmecken konnte." Er strich mit der Hand über ihre Brüste. „Wie diese beiden."

Ihre Brüste waren klein und wurden von Männern oft übersehen. Es gefiel ihr, dass sie ihm auffielen. Tyler sah ihre Brüste an, als wären sie ein Festmahl. „Nicht gepierct wie deine Klit."

„Noch nicht." Sie grinste ihn an.

Er hob eine Braue, legte eine Hand um eine ihrer Brüste und fuhr mit dem Daumen über den Nippel. Ihre Brüste mochten klein sein, waren aber dennoch sehr empfindlich. Sie schnappte nach Luft.

„Ja, das dachte ich mir", wisperte er, neigte sich herab und nahm den Nippel in den Mund.

Sie hatte keine Ahnung, was er sich gedacht hatte, denn als er seinen Mund auf sie legte, konzentrierte sich ihr Verstand nur noch auf das was er tat. Lust schoss von ihrem Nippel direkt gen Süden. Ihre Klit kribbelte und ihre Pussy erwachte erneut zum Leben. Ty saugte den Nippel in seinen Mund, leckte darum herum und stieß ihn mit der Zunge an, während seine Hand mit dem anderen spielte, daran zog, ihn zwirbelte, bis sie vor lustvollen Empfindungen aufschrie.

Dann nahm er den anderen Nippel in den Mund, wechselte zwischen den Brüsten ab, beschäftigte sich verschwenderisch mit ihnen, bis Jenna sich an seinen Armen festhalten musste, denn sie war sicher, gleich vor Lust zu sterben.

Zwischen ihren Beinen pulsierte das Verlangen nach ihm. Sie griff nach seinem Schwanz und streichelte ihn, liebte das Gefühl seiner pulsierenden Hitze in der Hand. Er stöhnte und eroberte ihren Mund mit einem wilden Kuss, der sie ermattet zurückließ.

Als er sie auf die Arme hob war sie dankbar, denn sie konnte nicht länger stehen. Er ging ins Schlafzimmer und legte Jenna auf das Bett, kroch hinterher, nahm sie in die Arme und rollte sie über ihn. Er nahm ihren Hintern in die Hände und hob sie hoch, über seine Erektion. Sie legte die Hände auf seine Brust und spreizte die Beine über ihm.

„Das ist mal ein Anblick", sagte er, griff nach ihren Brüsten und spielte mit ihren Nippeln.

Sie rieb sich an ihm und ihre Blicke trafen sich. Sanft kniff er in ihren Nippel. Jenna schnappte nach Luft.

„Ich mag das. Nimm sie in den Mund." Sie beugte sich über ihn und senkte einen Nippel zwischen seine Lippen. Er klemmte ihn zwischen seine Lippen und dem Gaumen ein, gab ihr genau den richtigen Druck, erhöhte das Lustgefühl dann, indem er fest daran saugte.

Sie griff ihm ins Haar und drückte die Brust tiefer in seinen Mund. „Ty, das mag ich wirklich."

Sofort rollte er sie auf den Rücken und legte seine Hand unter sie, um sie gegen sein Becken zu drücken. Sie rieb sich an seiner Erektion und ihre Säfte überzogen ihn. Bei dieser Reibung konnte sie kommen, aber das wollte sie nicht.

„Wenn du nicht in zwei Sekunden in mir bist, werde ich dich beißen."

Er sah auf sie runter. „Das könnte mir gefallen."

Sie presste sich gegen ihn. „Echt jetzt. In der Schublade hier sind Kondome." Sie deutete mit dem Kopf auf den Nachttisch.

Er hob eine Braue. „Du bist gut vorbereitet."

„Immer. Jetzt zieh eins über und besorg es mir."

„Ich habe meine eigenen mitgebracht."

„Wer ist hier jetzt gut vorbereitet?"

„Ich versuche, es zu sein."

Er stieg aus dem Bett, ging in das andere Zimmer und kam ein paar Sekunden später mit einem Dreierpack Kondome wieder.

Sie stützte sich auf dem Ellbogen ab. „Drei?"

„Ja, drei. Ich hoffe, du hast heute Nacht Schlafen nicht eingeplant."

Er zog ein Kondom über und drückte ihre Schenkel auseinander, zog Jenna an sich und küsste sie. Oh Mann, sie mochte seine Art zu küssen wirklich sehr, und wie ihre Lippen so perfekt zueinanderpassten. Er küsste mit einer Gründlichkeit, dass ihr schwindlig wurde, und das hatte nichts mit dem Champagner zu tun, den sie intus hatte. Er hatte schöne Lippen, die sie am liebsten stundenlang geküsst hätte.

Er küsste sie ausgiebig und schob ihre Beine weiter auseinander, sodass sie sich bereitwillig für ihn öffnete und er sich an ihrem Eingang reiben konnte. Langsam drang er in sie ein, ließ sie jeden Zentimeter spüren. Sie pulsierte innerlich, als er in ihr größer wurde, passte sich an ihn an, während alles in ihr alles an ihm entdeckte. Es war fast schmerzhaft süß, ein starkes Aphrodisiakum, was ihre Wände um ihn zusammenzog. Sie lauschte dem Klang seines Atems, der tief und schwer ging, so wie ihrer. Er roch so gut, frisch wie der Winter und sexy, moschusartig männlich. Sein Körper war eine harte Muskelfläche, aber seine Haut war dennoch weich. Als sie ihre Hände über ihn gleiten ließ, spürte sie ab und zu Erhebungen – Narben vielleicht? Das musste sie später erkunden, nach diesem ersten, aufregenden Rausch des ersten Mals.

Momentan achtete sie nur darauf, wie sich sein Körper auf ihrem bewegte, wie er sich aus ihr zurückzog und wieder eindrang. Er begann sanft, und sie war dankbar dafür, wenn es war schon so lange her. Aber sobald sich ihr Körper an ihn gewöhnt hatte, wollte sie mehr, und zeigte es ihm, indem sie sich ihm entgegen bäumte und das Tempo erhöhte. Und er war offensichtlich froh, ihr zu geben, was sie wollte, denn er zog sich halb zurück und stieß dann fester zu.

„Ja. Genau so. Härter.“

Er nahm ihre Hand in seine und verschränkte die Finger mit ihren. Dann gab er ihr, wonach sie verlangte, stieß in sie, rieb die Hüften im Kreis an ihr, bis sie Sternchen sah. Die wimmerte, ihr Körper verkrampfte sich um ihn, drückte ihn, was sie so nah an den Höhepunkt brachte, dass sie dagegen ankämpfen musste.

„Jenna.“

Sie fing seinen Blick auf und er hämmerte in sie, stieß mit einem Rhythmus in sie, der sie ein paar Mal am Rand des Orgasmus balancieren ließ, nur um sich wieder zurückzuziehen und sie wieder herunterzuholen. Jedes Mal stieß er gegen ihre Klit, und wusste genau, was sie fühlte und brauchte.

Der Mann war die reinste Magie.

Sie griff nach oben und fuhr mit den Fingern durch seine Haare. Er griff unter ihren Hintern und hielt sie fest. Sie konnte in seinen Zügen die Anstrengung sehen, als er das Tempo seiner Stöße erhöhte. Ihr war klar, dass sie sich nicht länger zurückhalten konnte, als er ihr einen Stoß nach dem anderen verpasste.

„Tyler. Davon werde ich kommen.“

„Dann lass es geschehen, Babe.“

Er nahm ihre Beine höher und stieß hart und schnell zu. Dann küsste er sie, leckte mit der Zunge die ihre. Das Gefühl schoss nach Süden und die Wellen des Orgasmus überfluteten sie. Sie stöhnte gegen seine Lippen und der Höhepunkt traf sie hart. Sie bohrte ihre Nägel in seine Haut und bäumte sich auf, als die süßeste Lust von allen sie durchströmte. Und als er stöhnte und mit ein paar harten Stößen kam, hielt sie sich an ihm fest und liebte das Gefühl, wie er sich verkrampfte und auf ihr erzitterte.

Er legte die Arme um sie und hielt sie fest, während sie beide zu Atem kamen.

Wow. Das war … unglaublich. Nicht, dass sie noch nie vorher guten Sex hatte, aber das hier war … wow.

Ja, sie hatten tatsächlich eine gute Chemie, das musste sie zugeben.

Dann war er plötzlich für ein paar Sekunden verschwunden, kam aber zurück und zog sie wieder in seine Arme.

Sie wusste nicht, ob er vielleicht gleich wieder gehen wollte. Manche Männer taten das, weil ihnen die Situation nach dem Sex unangenehm war. Nicht so Ty, der einfach weitermachte, ihren Körper zu streicheln und mit den Fingerspitzen gemächliche Kreise auf ihre Haut malte.

Jenna wusste nicht, wie sie sich jetzt verhalten sollte.

Sie konnte sich nicht an das letzte Mal erinnern, als sie einen Mann im Haus hatte. Sie war wählerisch. Und beschäftigt. Und sie zog ihre eigene Gesellschaft dem Nachhausebringen von irgendwelchen Männern vor. Mit neunzehn hatte sie das oft getan, als sie in ihre eigene Wohnung gezogen war. Das war ihre rebellische, unabhängige Phase, als sie zum ersten Mal ihre Freiheit genoss, ohne dass ihr die Eltern oder die Brüder über die Schulter geschaut hatten. Das hatte Spaß gemacht, aber es wurde ihr schnell langweilig. Sie war jung gewesen, aber erwachsener als die meisten Jungs, die sie mit nach Hause genommen hatte. Männer waren oft getarnte Jungs und sie hatte nur wenig Geduld mit den Spielchen, die sie spielten.

In den acht Jahren, in denen sie Verabredungen angenommen hatte, hatte sich nicht viel geändert. Die Männer waren so ziemlich alle gleich, musste sie enttäuscht feststellen. Allerdings kam sie nicht oft raus, um andere Typen Männer kennenzulernen. Normalerweise war sie in der Bar gefangen und wusste, dass diese Typen überhaupt nicht ihr Typ waren.

Also warum lag jetzt einer dieser Typen in ihrem Bett?

Weil er groß war, gut gebaut, umwerfend aussah und sie sein Haar berühren wollte. Nun ja, sie hatte sein Haar berührt, neben anderen Stellen.

„Du bist auf einmal so still, Jenna. Bist du müde?“

Sie sah ihn an. Er forschte in ihrem Blick. „Nicht müde. Nur nachdenklich.“

Er stützte seinen Kopf auf seine Hand auf. „Nachdenklich über Sex oder Hochzeit?“

Sie lachte. „Keins von beidem. Oder ich weiß nicht. Vielleicht ein bisschen von beidem.“ Sie wartete auf das Gesicht voller Panik nach dem Sex, den *Reh im Scheinwerferlicht* Ausdruck.

Nichts. Er schien interessiert zu sein.

„Sag mir, woran du denkst."

„Ich dachte an Micks und Taras Hochzeit und wie sehr sich mein Leben in den letzten Jahren verändert hat."

„Ja? Wie denn?"

Sie forschte in seinem Gesicht. „Willst du das wirklich hören?"

Er fuhr imaginäre Kreise auf ihrer Schulter nach und schien es nicht eilig zu haben, davonzustürmen. „Ich will das wirklich hören."

„Ich bin zu Hause ausgezogen, als ich neunzehn war. Es war ein befreiendes Gefühl für mich, denn vorher waren da immer meine Eltern und Mick und Gavin."

Seine Lippen kräuselten sich. „Eine Menge Überwachung, was?"

Sie setzte sich auf und lehnte sich an die Kissen. „Und wie. Ich habe im College studiert und im ersten Semester im Studentenwohnheim gewohnt. Ich hasste das. Die Mädchen waren alle Zicken, gingen voll in ihrem sozialen Umfeld und Clubs und Partys auf. Ich brauchte nicht lange, um herauszufinden, dass das Collegeleben nichts für mich war. Das Partyleben war mir zu intensiv, zu laut und viel zu oft. Ich gehörte zu den Wenigen, die tatsächlich etwas lernen wollten. Ich konnte nicht studieren, also zog ich wieder nach Hause. Großer Fehler."

„Weil wenn man einmal draußen ist, kann man nicht wieder zurück?"

Sie lachte. „Ja. Das war es. Ich konnte nicht mehr mit Regeln und anderen Leuten im Kreuz leben. Nicht, dass ich wild und verrückt sein wollte oder so etwas. Zumindest nicht damals. Ich brauchte einfach meinen Freiraum. Also hab ich mir ein Apartment gemietet und lebte zum ersten Mal allein."

„Das muss Spaß gemacht haben."

„Ja."

„Und hast du dann Party gemacht?"

Sie lachte wieder. „Und wie. Es gibt nichts Besseres als das Gefühl von Freiheit ohne Verbote. Soviel zu meinem Meckern über die Partys im Studentenwohnheim. Ich war so eine Scheinheilige, als ich am Ende dasselbe gemacht habe, sobald ich meine eigene Wohnung hatte."

„Ja. Kenn ich. Aber irgendwann wird man erwachsen und vernünftiger.“

„Stimmt. Es dauerte nicht lange, bis meine Noten schlechter wurden und ich feststellte, dass das Collegeleben nichts für mich ist.“

„Bist du so in der Bar gelandet?“

„Mehr oder weniger. Nach dem zweiten Jahr verließ ich das College und reiste ein Jahr herum, um einen klaren Kopf zu bekommen.“

„Wo warst du?“

„Mit ein paar Freunden in Kanada, dann rüber nach Paris, Deutschland und dann London. Da gab es dann noch mehr wilde und verrückte Zeiten.“

Er rieb ihr Handgelenk und dann wanderte sein Finger ihren Arm hinauf, wo das Tribal-Tattoo ihren Bizeps umrundete. „Kommen da deine Tattoos her?“

Ein Schauer durchlief sie bei seiner Berührung. „Von hier und da.“

Er setzte sich auf und streichelte mit dem Zeigefinger über ihre Schulter, ihren Hals und hinter ihr Ohr und spielte mit den Ohrringen. „Und was ist mit denen?“

„Das war nur eine Laune.“

„Ich mag sie. Sie sind sexy.“

Sie mochte es, wenn er ihr Ohr berührte. Sie mochte es, wenn er sie überall berührte.

„Und die Tattoos? Waren die auch eine Laune?“

„Sie bedeuten alle etwas.“ Sie streckte ihren Arm aus. „Sonne, Mond und Sterne erinnern mich daran, dass wo auch immer ich bin, meine Familie immer auf dieselbe Sonne, denselben Mond und dieselben Sterne blickt. Es hat mich getröstet, wenn ich allein gereist bin. Trotz meinem Freiheitsdrang und der Sehnsucht nach Abenteuer bekam ich irgendwann Heimweh. Da habe ich mir das Tattoo stechen lassen.“

Er umkreiste ihren Oberarm. „Und das hier?“

„Das Tribal-Band an meinem Arm war ein Freundschaftsritual in England.“

„Und der Drache?“

Sie lächelte. „Er ist mein Beschützer. Ich hatte einen guten Freund, der Tattoo-Künstler war. Ich kannte ihn seit der

Highschool und liebte seine Kunst. Er malte ihn für mich und ich verliebte mich auf den ersten Blick in Edgar und wusste, ich musste ihn an mir haben.“

Tyler hob eine Braue. „Edgar?“

Sie lächelte. „Das ist sein Name.“

„Du hast deinen Drachen Edgar genannt?“

„Halt den Mund.“

„Dreh dich auf den Rücken und lass mich ihn ansehen.“

Sie runzelte die Stirn. „Du wirst dich nicht über mich lustig machen, oder? Edgar bedeutet mir viel.“

Er umfasste ihr Kinn und küsste sie. „Jenna, ich würde mich nie über etwas lustig machen, das dir viel bedeutet.“

Ihr Magen zog sich zusammen. Verdammt sein sollte dieser Mann, dass er ihr so unter die Haut ging. Trotzdem würde sie ihn nach dieser Nacht kicken. Er war nicht der richtige Mann für sie.

„Jetzt dreh dich auf den Bauch, damit ich es sehen kann. Ich meine … ihn.“

Sie lächelte. „Okay.“

*

Tyler schluckte. Bei Jennas kurzem Haar hatte ihr Tattoo ihn schon lange gereizt. Ohne nahe an sie heranzugehen, hatte er immer nur hier und da einen flüchtigen Blick auf Farben und Teile der Form werfen können, hatte aber nie gewusst, was es war, nur dass es grün war und teilweise um ihren Hals geschwungen. Es war wie ein Necken, denn sie trug oft Schmuck, der es verdeckte, was ihn nur noch mehr anstachelte, es zu sehen zu bekommen.

Und jetzt, wo er es sehen konnte, jetzt, wo er sie nackt hatte …

Jetzt wo er sie nackt hatte, fielen ihm hundert andere Dinge ein, die er mit ihrem Körper tun wollte, aber er wollte auch immer noch das Tattoo sehen.

Der Schwanz wickelte sich um ihren Hals, die Spitze endete an der Seite ihrer Kehle. Unterhalb des Halses wurde es leicht breiter und wand sich um die Hügel ihrer Wirbelsäule. Wer das gemacht hatte, war verdammt gut, denn es wirkte, als ob es sich bewegte. Er fuhr es mit den Fingern nach. Die Farbe und die Zeichnung waren so real, dass er fast erwartete, die Schuppen des Drachens spüren zu können. Er hatte sogar Krallen und Flügel. Das verdammte Ding war wunderschön. Das sollte es natürlich auch sein, denn es zierte den Rücken dieser schönen Frau.

Er streichelte über ihren Rücken, berührte den Drachen, aber am meisten genoss er das Gefühl ihrer zuckenden und sich entspannenden Muskeln unter seiner Hand.

Sie zu lieben war völlig anders, als er es sich vorgestellt hatte … und viel mehr.

Jenna liebte Sex, schämte sich nicht für ihren Körper, und er wollte es immer wieder mit ihr tun. Sie war schlank und schön und empfänglich, und sein Schwanz wurde hart wenn er nur daran dachte, wieder in ihr zu sein, sie zu schmecken und zu berühren.

Aber ihm war klar, dass er auf die Bremse treten musste, denn für Jenna war es eine einmalige Angelegenheit.

Er wollte mehr als nur ein Mal mit dieser Frau.

Die Krallen des Drachens gruben sich in ihre linke Hüfte. Es wirkte fast dreidimensional. „Das Tattoo ist der Hammer."

„Danke."

„Wie lange hat es gedauert von Anfang bis Ende?"

„Drei Monate."

„Wow. Das nenne ich Hingabe, von dir und dem Künstler." Er massierte ihren Rücken, hielt den Druck leicht, achtete darauf, mit den Händen bis runter zu ihrem Hintern zu streichen und seine Finger etwas länger auf ihren Hinterbacken liegen zu lassen. Er küsste ihre Schulter und drehte Jenna, sodass sie ihn ansah. Ihre Brüste waren kleine, reife Pfirsiche, ihre Nippel rund und fest. Und sehr empfindlich, was ihm gefiel. Er massierte sie mit den Händen, leckte dann mit der Zunge über einen Nippel und sah zu, wie er sich aufstellte. Sie schnappte nach Luft, als er über die Spitze leckte. Dann drückte er ihre Brüste zusammen, sodass er seine Zunge über die eine und gleich über die andere rollen lassen, und ihre Nippel mit Lippen und Zähnen necken und zwicken konnte.

Ihre Taille war schmal, genau wie die Hüften, und ihre Beine waren atemberaubend und ganz klar das Aufregendste an ihr. Er berührte sie überall, massierte sanft und ruhig, was ihre Empfindungen verstärkte, bis sie sich unter seinen Händen wand. Als er mit den Händen über ihre Rippen und den Bauch strich, schnappte sie nach Luft und hob ihm die Hüfte entgegen. Sie wollte mehr und er wollte es ihr geben. Er hätte die ganze Nacht mit ihrem Körper spielen können. Als seine Hand über ihre Mitte strich und er sie über der Klit neckte, wurden ihre Augen dunkler.

„Fass mich an."

Ihre geflüsterten Worte ließen seinen Schwanz pochen. Er legte seine Hand über ihren Eingang. Sie war heiß, nass, und als sie sich ihm entgegenhob, benetzte er seinen Finger mit ihrer Feuchtigkeit und rieb sie über ihre Klit, wobei er seine Bewegungen auf den Bereich um das Piercing konzentrierte. Sie öffnete leicht die Lippen und atmete schneller. Er streichelte und spielte mit ihrer Klit, ging dann tiefer und steckte einen Finger in sie, während er das Zentrum ihres Universums mit dem Handballen weiterrieb, damit er sie an beiden Stellen verwöhnen konnte.

Sie griff nach seinem Handgelenk und pumpte seinen Finger in sie, hob die Beine und stemmte die Hacken auf die Matratze, um ihre Hüften zu heben und ihre Pussy gegen seine Hand zu drücken.

Oh, ja. Er beugte sich über sie und küsste sie, und sie griff nach seinem Haar. Ihre Leidenschaft übernahm, als er sie mit den Fingern fickte und sie zum Höhepunkt trieb. Ihre Schreie und das Stöhnen gaben ihm den Rest. Er zog seine Finger zurück, drehte Jenna auf den Bauch und schnappte sich ein Kondom.

Er legte einen Arm um ihre Mitte und zog sie auf ihre Knie, stieg zwischen ihre Beine und stieß in sie. Sie war eng und zuckte noch von ihrem Orgasmus. Er hielt einen Moment inne, um Jenna zu Atem kommen zu lassen. Aber das wollte sie nicht, denn sie stieß zurück und gegen ihn und füllte sich selbst mit seinem Schwanz.

Oh ja, das war so gut. Er hielt ihre Hüften fest, stieß zu und vergrub sich tief in ihr.

„Ja", sagte sie, ließ den Kopf fallen und drückte sich wieder gegen ihn.

Sie hatte einen süßen Hintern und in dieser Position konnte er alles sehen. Wie ihre Pussy nach ihm griff und ihn in sich hinein zog, wie sie sich an ihm abrollte, wenn er nach vorn stieß und ihr alles gab, was er hatte, und wie sie sich aufbäumte und den Kopf in den Nacken warf, wenn er in sie hämmerte. Sie griff nach dem Kissen und hielt sich daran fest, wenn er so fest zustieß, dass seine Eier gegen sie schlugen und ein feiner Schweißfilm bedeckte ihre Haut.

Ja, es war heiß hier, ein Feuer raste durch ihn, während sich seine Eier mit jedem Stoß mehr zusammenzogen. Er lehnte sich vor, um sie berühren zu können, spielte mit ihrer Klit, während er sich in sie bohrte.

„Das bringt mich zum Kommen", sagte sie mit angespannter Stimme. „Härter."

Das tat er. Er presste die Hüften gegen sie und rieb ihre Klit. Ihre Pussy verengte sich um ihn und er wusste, sie war soweit. Ihm ging es genauso, aber er wollte, dass sie zuerst kam.

„Ty."

Die Art, wie sie seinen Namen sagte, der dunkle, raue Tonfall, machte ihn fertig, und er wollte nur noch in sie hämmern und kommen. Als sie sich aufbäumte und erzitterte und die Kraft ihres Orgasmus ihn mitbeben ließ, ließ er sich ebenfalls gehen. Er hob ihre Hüften ein letztes Mal und stieß tief in sie, hielt dann inne und genoss die Empfindungen mit einem lauten Stöhnen.

Sie fiel auf das Bett und er warf das Kondom weg, rollte sie dann auf die Seite und zog sie an sich. Sie umfasste sein Genick und drehte sich halb um, damit sie ihn küssen konnte. Er erwiderte den Kuss. Er mochte ihren Mund, wollte, dass er sich um seinen Schwanz legte, aber Jennas Augen waren nur noch Schlitze und er erkannte, dass sie völlig fertig war. Er legte seine Hände auf ihren Arm und ihre Hüfte und war damit zufrieden, ihrem Atem zu lauschen, bis sie ihre Augen schloss.

Innerhalb von Minuten war sie eingeschlafen. Kurz darauf folgte er ihr.

Neun

Jenna blinzelte, öffnete die Augen und spürte ein ungewöhnliches Gewicht, das sie in die Matratze presste. Sie zog sich aus dem warmen Gefühl. Dann hörte sie ein Stöhnen.

Oh.

Ty. Stimmt ja.

Sie lächelte. Die Nacht war fantastisch gewesen. Mehr als fantastisch. Sie rollte sich auf den Rücken und sah Ty an. Er lag auf der Seite ihr zugewandt und schlief noch. Das schemenhafte erste Morgenlicht strömte in den Raum, sodass sie ihn sehen konnte. Er hatte sein Wort gehalten, was das *drei Mal* anging, und hatte sie mitten in der Nacht geweckt. Er war steinhart gewesen, hatte sich zwischen ihre Beine geschoben und sie seitlich von hinten genommen, sie mit langsamen und trägen Stößen geliebt und ihre Brüste gestreichelt. Sie wusste nicht, ob sie überhaupt ganz wachgeworden war, hatte nur die gemächliche Lust genossen, während er ihre Hüften gehalten hatte und langsam in sie gedrungen war, bis sich die Empfindungen gesteigert hatten. Und als sie kam, hatte sie gezittert und ihr Körper wurde von der süßesten Lust durchflutet. Dann stieß er noch ein Mal fest und tief zu, stöhnte und kam ebenfalls.

Sie schliefen danach sofort weiter. Es war atemberaubend. Sie spürte keine Reue, als sie neben ihm aufgewacht war. Wie könnte sie auch, nach dem besten Sex ihres Lebens?

Ein Eintagesbart hinterließ Stoppeln auf seinem Kiefer, sein Haar war von Sex und Schlaf durcheinander, und sie wollte auf ihn steigen und noch mehr von ihm haben. In ihrem Unterleib regte sich neues Verlangen.

Bis sie auf die Uhr sah.

Sechs Uhr dreißig. Mist. Sie wurde um acht bei ihren Eltern zum Frühstück erwartet, und danach würden Mick und Tara in die Flitterwochen fahren.

Sie schlüpfte aus dem Bett und ging unter die Dusche, wusch das Make-up von gestern und die Überreste des heißen Sex von ihrem Körper. Dann trocknete sie sich ab, machte sich die Haare und legte frisches Make-up auf, und ging leise aus dem Bad.

Ty hatte sich nicht gerührt. Anscheinend ein fester Schläfer. Sie schüttelte den Kopf, ging in den begehbaren Schrank und holte sich einen Pulli und eine Jeans, Unterwäsche, Socken und Schuhe, und zog sich in der Küche an, während sie Kaffee machte.

Sie hatte bereits eine Tasse Kaffee intus – vielen Dank dem Koffein – als sie ins Schlafzimmer zurückging. Er schlief immer noch. Der Glückliche. Am liebsten wäre sie für noch ein paar Stunden Schlaf wieder zu ihm gekrochen. Oder vielleicht auch für noch ein bisschen Sex.

Zu schade, dass sie beides nicht bekommen würde.

Sie setzte sich auf die Bettkante neben ihm und berührte seine Schulter. „Hey."

„Hmm."

„Ty. Tyler."

Er öffnete halb die Augen. „Ja. Hey, du bist angezogen."

„Ich muss heute zu meinen Eltern. Eine Familiensache."

Er schob die Decke halb nach unten und setzte sich auf. „Ja, okay. Ich werde gehen."

„Keine Eile. Die Haustür schließt sich von allein ab, wenn du sie zumachst. Ich muss gehen."

Er fuhr sich mit den Fingern durch die Haare und sah auf die Uhr. „Ja, ich auch. Ich habe heute ein Spiel."

„Okay. Mir hat es Spaß gemacht letzte Nacht."

„Mir auch."

Sie wollte aufstehen, aber er zog sie an sich und küsste sie innig. Sein Körper war warm und erinnerte sie an das, was sie letzte Nacht getan hatten. Als er den Kuss abbrach, wünschte sie wirklich, sie hätte heute keine Verpflichtungen. Besonders wegen der mächtigen Erektion, die sie unter der Decke sehen konnte. Sie wollte ihn anfassen, schmecken, mit ihm spielen.

Aber sie würde nie wieder mit Tyler Anderson spielen.

„Hab einen schönen Tag, Jenna."

Bedauern ließ sie seufzen. „Du auch."

Sie machte sich schnell davon, bevor sie etwas Dummes tun würde, wie ihn zu fragen, ob er sie wiedersehen wollte.

*

Ty sah den Ausdruck von Bedauern und Zögern in Jennas Augen.

Aber er kannte die Regeln. Nur ein einziges Spiel.

Aber er hatte auch nach dem Kuss die Hitze in ihren Augen flackern sehen. Sie mochte entschlossen sein, aber das war er auch. Und er gab nie auf.

Er warf die Decke zurück und ging ins Bad. Dann schnappte er sich seine Kleidung. Es ergab wenig Sinn, in Jennas Bad zu duschen, wenn er dieselben Sachen wieder anziehen musste. Das würde er zu Hause erledigen. Er zog sich an und folgte dem Kaffeeduft.

Jenna hatte ihm eine Tasse hingestellt, die er füllte und trank, dankbar für den Koffein-Kick, der ihn nach Hause bringen würde. Es war eine lange Nacht gewesen. Eine gute Nacht. Er lächelte bei der Erinnerung und wünschte sich noch so eine Nacht mit ihr.

Auf dem Weg nach draußen sah er eine Gitarre in dem zweiten Schlafzimmer stehen. Er hielt inne, sah sich im Raum um und entdeckte Notenblätter. Das war ihr privates Zeug und er sollte nicht herumschnüffeln, aber immerhin hatte sie ihn hier alleingelassen. Er setzte sich auf den Boden. Sie hatte ein paar gekaufte Songs, aber auch leere Seiten, worauf sie ihre eigene Musik schrieb.

Huch. Er hatte nicht gewusst, dass sie Lieder schrieb.

Er wusste nichts über Musik, aber Jenna anscheinend schon. Hier lagen Seiten über Seiten mit handgeschriebenen Songs.

Interessant.

*

Jenna zog die Jacke aus und eilte in die Küche, während sie ihre kalten Hände aneinander rieb. Alle waren schon da und der Duft nach Essen brachte ihren Magen zum Knurren. Gebratener Speck und irgendetwas Gebackenes. Sie war am Verhungern.

„Morgen. Bin ich zu spät?“

„Genau richtig“, sagte ihre Mutter. „Sie sind schon alle im Esszimmer. Du kannst die Muffins rüberbringen.“

Sie küsste ihre Mutter auf die Wange und nahm die Muffins mit.

„Wird Zeit, dass du auftauchst“, sagte Gavin. „Wir sind schon am Abmagern, während wir auf dich warten.“

Sie rollte mit den Augen und setzte sich. „Es ist fünf Minuten nach acht. Ich glaube nicht, dass du sterben musst.“

Sie umarmte Tara, die vor Glück strahlte. „Guten Morgen, Mrs. Riley.“

Tara grinste. „Es wird eine Weile dauern, bis ich mich daran gewöhnt habe. Tara Riley. Ich kann immer noch nicht glauben, dass es tatsächlich passiert ist. Er gehört mir.“

Mick kam und legte einen Arm um Tara. „Es ist passiert. Du bist meine Frau. Da kommst du nicht mehr raus.“

Tara neigte den Kopf zurück und sah Mick bewundernd an. „Keine Chance. Dich lasse ich nie mehr gehen.“

„Ihr beide macht mir Bauchschmerzen. Oder das ist nur Hunger.“

Mick und Mom setzten sich und sie alle hauten rein und aßen das wunderbare Frühstück, das ihre Mom gezaubert hatte. Jeder schien unglaublich hungrig zu sein und die Unterhaltungen wurden zu einem Rekapitulieren der Hochzeit.

Jenna genoss die Gespräche und hörte sich die Geschichten über gestern an. Mick war nervös gewesen und befürchtete, sein Ehegelübde zu vergessen. Tara war wie in Ekstase gewesen und Nathan war froh, es überstanden zu haben, ohne über seine edlen Schuhe zu stolpern. Gavin und Liz hörten sprachlos zu und dachten wohl über ihre eigene Hochzeit nach. Und ihre Eltern sahen alle mit so großer Freude an, dass Jenna Tränen in die Augen traten.

Das war ihre Familie und sie liebte sie so sehr.

Sie schenkte sich noch einen Kaffee aus der Kanne auf dem Tisch ein, fügte Milch hinzu und nahm die Tasse an die Lippen, schloss die Augen und atmete den Duft ein, während sie trank.

„Harte Nacht?“

Sie öffnete die Augen und sah Liz an. „Späte Nacht, wie bei euch allen.“

„Ich weiß nicht“, sagte Tara und betrachtete Jenna gründlich. „Du hast dunkle Ringe unter den Augen, aber deine

Wangen sind rosig."

Die Männer hatten sich jetzt ins Wohnzimmer verzogen und den Fernseher angemacht, Mom war in der Küche und Jenna war mit Liz und Tara allein im Esszimmer.

Liz neigte den Kopf. „Dunkle Ringe und rosa Wangen? Das kann nur eins bedeuten. Du hattest Sex."

Jennas Augen weiteten sich. „Hatte ich nicht."

„Doch", sagte Tara. „Meinst du, wir hätten noch nie Sex gehabt? Wir kennen den Ausdruck."

Jenna sah sich um, ob auch niemand zuhörte. Der Fernseher war laut und falls ihre Mutter etwas gehört hatte, würde sie nicht angerannt kommen, um Details zu erfahren. Gott sei Dank.

„Also, wer war der Kerl?"

„Ich will nicht darüber reden."

Liz sah Tara an. „Sie will nicht darüber reden. Sie streitet es aber auch nicht ab, was bedeutet, sie hatte definitiv Sex letzte Nacht."

Jenna hob das Kinn. „Ich verweigere die Aussage."

Tara nickte Liz zu. „Ich war zu beschäftigt gestern. Mit wem war sie zusammen?"

Liz klopfte mit einem perfekt manikürten Fingernagel auf den Tisch. „Warte. Sie hat niemanden mitgebracht, und soweit ich weiß, ist sie mit niemandem zusammen."

„Zumindest mit keinem, den wir kennen. Ich könnte Mick fragen."

„Ich könnte Gavin fragen."

„Hört auf jetzt! Beide! Da ist niemand. Nur eine zufällige Bekanntschaft."

„Zufällige Bekanntschaft, aha", sagte Liz. „Es war Ty."

Scheiße.

„Ty Anderson? Der Hockeyspieler?", fragte Tara. Sie wandte sich an Jenna. „Oh, der ist stöhnenswert. So heiß, Jenna."

„Und ein Hockeyspieler, und du weißt, wie ich über Sport denke und die Männer, die ihn treiben."

„Das sollte keine Rolle spielen, wenn du ihn magst", sagte Tara. „Und wenn du Sex mit ihm hattest, gehe ich davon aus, dass du ihn magst."

Liz sah von Tara zu Jenna. „Was hat Sport damit zu tun, die ganze Nacht aufzubleiben und ihm das Hirn rauszuvögeln?“

„Sie will sich mit niemandem einlassen, der was mit Sport zu tun hat“, erklärte Tara.

Liz runzelte die Stirn. „Warum nicht?“

Jenna zuckte mit den Schultern und stellte fest, dass sie albern rüberkam. „Weil ich den in meinem Job habe und in meiner Familie davon umgeben bin. Ich will einfach mal nichts davon hören, wenn ich mit einem Mann ausgehe.“

„Aber Sport ist in deinem Blut, Jenna.“

„Nein, Sport ist in *ihrem* Blut.“ Sie deutete Richtung Gavin und Mick. „Nicht in meinem.“

Tara lehnte sich zurück und trank an ihrem Saft. „Okay, das verstehe ich. Wirklich. Und als die Königin der Verleugnung verstehe ich auch, warum du nicht mit Ty zusammen …“

„So dumm das auch ist“, unterbrach Liz.

Tara nagelte Liz mit ihrem Blick fest. „Aber nichtsdestotrotz ist es ihre Begründung.“

Liz machte eine Handbewegung. „Wie auch immer.“

„So, aber trotzdem“, fuhr Tara fort. „War es gut?“

Das erweckte Liz’ Aufmerksamkeit erneut. „Ja, erzähl mal. Wie war es?“

Jenna schüttelte den Kopf. „Ihr seid genauso schlimm wie die Männer.“

„Männer quatschen nicht über Sex-Details“, sagte Tara.

„Nicht?“

Tara schüttelte den Kopf. „Nein. Mick hat mir erzählt, sie sagen zu ihren Freunden nur Sachen wie: Ich hab es ihr letzte Nacht so gut besorgt, sie konnte heute Morgen nicht laufen. Oder solche dummen Sachen. Aber keine Details. Wir wollen Details.“

„Okay. Ich hab es ihm so gut besorgt, er konnte heute Morgen nicht laufen.“

Liz schnaubte. Tara neigte den Kopf zurück und lachte laut.

„Worüber lacht ihr hier?“, fragte Mick.

„Frauengespräche“, sagte Tara und wandte sich wieder an

Jenna. „Und?“

„Und was?“

„Komm schon, Jenna, wir brauchen mehr als das“, sagte Liz. „Wie gut war es denn nun? Dieser Mann ist wie ein Sexgott aus dem Hockey-Olymp. Ich hab ihn spielen sehen. Mensch, er ist mein Klient. Sein Durchhaltevermögen auf dem Eis ist episch.“

Jenna lehnte sich auf ihrem Stuhl zurück. „Und du willst wissen, ob dieses Durchhaltevermögen bis ins Schlafzimmer hält.“

„Hölle, ja.“

Ihre Lippen zuckten, als sie sich an letzte Nacht erinnerte, und ihr Körper wurde heiß. „Dann … Hölle, ja.“

Liz klatschte mit der Hand auf den Tisch. „Wusste ich es doch. Nicht, dass ich mich beschweren wollte. Gavin …“

Jenna hielt eine Hand hoch. „Ist mein Bruder, also will ich nichts über deine Sexkapaden mit ihm hören.“

„Spielverderberin.“

Jenna stand auf und nahm die Kaffeekanne mit. „Ich fülle Kaffee nach. Du kannst mit Tara Sexgeschichten austauschen. Bin gleich wieder da.“

Sie ging in die Küche. Ihre Mutter hatte soeben ein Telefongespräch beendet.

„Entschuldige, Süße. Das war Diandra. Sie konnte nicht zur Hochzeit kommen, weil Bill eine Gallenblasennotoperation hatte.“

Jenna füllte die Kanne vom Kaffee auf der Küchenablage. Diandra war eine der besten Freundinnen ihrer Mutter. Sie und Bill waren über die Jahre so oft zu Besuch gewesen, dass sie für Jenna zur Familie gehörten. „Oh nein. Geht es Bill gut?“

„Ja. Er ist noch im Krankenhaus, weil sie ihm wegen einer Infektion Antibiotika geben mussten, aber morgen soll er nach Hause kommen. Sie war sehr traurig, weil sie die Hochzeit verpasst hat.“

Jenna lehnte sich an die Küchentheke. „Unter den Umständen verständlich. Ich bin froh, dass es Bill gut geht.“

„Ich auch. Worüber habt ihr Mädels gesprochen?“

„Nichts Besonderes. Hochzeitskram.“

„Es war eine tolle Hochzeit, oder?“

„Die Beste, Mom. Die absolut Beste.“

Und das war alles, was sie ihrer Mutter erzählen würde. Schlimm genug, dass Liz und Tara über Ty Bescheid wussten. Da sie nicht vorhatte, ihn wiederzusehen, ergab es keinen Sinn, ihn den Eltern gegenüber zuerwähnen.

*

Trotz des Mangels an Schlaf war Ty beim Spiel wie energetisiert.

Sie führten drei zu zwei bei noch vier Minuten Spielzeit im dritten Drittel. Nachdem er zwei Minuten wegen einem hohen Stock Foul bekommen hatte, lief er vor der Strafbank auf und ab. Noch fünfzehn Sekunden und er war wieder draußen.

Die Sekunden vergingen wie Stunden, während er auf der Strafbank war und es im Spiel draufankam. Er sah zu, wie die Zeit heruntertickte, sprang dann aufs Eis und nahm seine Position wieder ein. Wolkowski spielte ihm den Puck zu und er schlängelte sich durch die Verteidigung und zurück zu Eddie, brachte sich selbst in eine Position direkt vor dem Netz. Eddie schoss zu Victor, der den Puck zu Ty zurückfliegen ließ. Er hämmerte den Schuss Richtung Netz, aber der Tormann verteidigte gut und der Puck flog herum und hinter das Netz.

Verdammt.

Adrenalin pumpte durch seine Adern und er bewegte sich zurück, als der Montreal-Mittelspieler auf ihn zu gesaust kam. Er ließ ihn nicht vorbei und schlug den Schläger gegen den des Mittelmannes, nahm ihm den Puck ab, stemmte die Schlittschuhe ins Eis und raste wieder auf das gegnerische Tor zu.

Sein Gegner rammte die Schulter gegen Ty und stoppte dessen Vorwärtsbewegung, und sie kämpften um den Puck. Der Puck schlitterte frei und Ty raste hinterher, entschlossen, nicht aufzugeben. Jede Sekunde war eine Schlacht, die gewonnen werden musste. Er würde nicht zulassen, dass ihm der Mittelmann den Preis stahl.

Sie erreichten den Puck gleichzeitig und Ty wirbelte herum, drehte dem Mittelmann den Rücken zu. Er hob den Schläger und schlitterte den Puck von seinem Gegner fort. Er schlug ihn zu Victor, der ihn an Eddie weitergab.

Tyler raste zum Netz.

Eddie kämpfte gegen den Verteidiger um den Puck und schoss ihn zu Ty. Er spielte ihn hinter das Netz und schob ihn zu Victor, der in der perfekten Position rechts vom Tor war und ihn hineinschoss.

Die Lichter hinter dem Tor flammten auf und signalisierten den Erfolg. Sie punkteten und die Fans sprangen von den Sitzen.

Tyler glitt zu Eddie und Victor, sie schlugen die Hände zu einem High-Five zusammen, und beendeten das verdammte Spiel.

Tyler war aufgekratzt und bereit zum Feiern.

„Habt ihr Zeit, heute Party zu machen?“, fragte er.

Eddie war immer für eine After-Party zu haben. „Klar doch. Wenn du einen ausgibst.“

Ty schüttelte den Kopf. „Du bist so ein Geizhals, Eddie.“

„Ja, aber irgendwann werde ich ein reicher Geizhals sein, besonders wenn ich Kerle wie dich überreden kann, mir Essen und Bier auszugeben.“

„Ich gebe dir ein Essen aus für den Pass heute, und Victor für das Tor. Aber ihr könnt euer verdammtes Bier selbst bezahlen.“

„Alles klar“, sagte Victor. „Nach diesem Tor werden heute Abend schöne Frauen über mich herfallen.“

Ty tätschelte Victors Rücken. „Ich glaube, schöne Frauen fallen auch ohne Tore über dich her.“

Victor spitzte die Lippen und nickte. „Da hast du auch wieder recht.“

Sie gingen rüber zu *Riley's*. Nicht, weil er erwartete, dass Jenna dort sein würde. Es war Eddies Vorschlag gewesen, denn er mochte die Steaks dort und Renee, die niedliche Bedienung. Er versuchte immer noch, den Mut aufzubringen, sie anzusprechen, um mit ihr auszugehen. Und Victor hatte neulich eine Blonde dort gesehen, die er noch nicht ins Bett bekommen hatte, und er wollte sehen, ob sie heute wieder dort war.

Und wenn Ty das Essen bezahlen wollte, musste er schließlich mitkommen, oder? Zufälligerweise arbeitete Jenna heute Abend. Sowas von nicht seine Schuld.

Sie wirkte nicht überrascht, ihn hereinkommen zu sehen. Sie sah auch nicht froh aus, ihn zu sehen, aber auch nicht angepisst. Sie sah nur müde aus.

Renee arbeitete heute und brachte die Drinks herüber. Sie beäugte Eddie und er beäugte sie. Ty stieß Eddie mit dem Ellbogen in die Rippen. „Man sieht, dass sie dich mag. Frag sie."

Eddie errötete. „Vielleicht."

„Aber noch dieses Jahr, Blödmann."

„Glückwunsch zu diesem sauguten Spiel, Jungs", sagte Renee. „Die Schnäpse sind von Jenna fürs Gewinnen."

„Super!" Victor hielt ein Glas Wodka hoch. „Auf die *Ice*."

„Auf die *Ice*", sagte Ty, sah aber zu Jenna rüber, als er seinen Whiskey abkippte.

Er mochte den Hauch eines Lächelns auf ihrem Gesicht gesehen haben. Aber vielleicht bildete er es sich ein, denn es war so schnell verschwunden, wie er es gesehen hatte. Aber er war heute nicht wegen Jenna hier. Er wollte nur den Sieg mit den Kumpels feiern.

Sie bestellten Steaks, hatten ein paar Bier und Victor fand seine Blondine, die sich genauso freute, ihn wiederzusehen, wie er. Bald waren sie von aufgeregten Fans umgeben und sprachen über das Spiel. Es war ein hervorragendes Spiel gewesen. Ty wollte seinen Überschwang mit Jenna feiern, aber es war Samstagnacht und die Bar überfüllt. Sie war an der Bar vollbeschäftigt, aber nach gestern Nacht wäre er ein Arschloch, wenn er nicht zumindest zu ihr gehen würde und mit ihr redete. Er wartete, bis sie ein Tablett voller Getränkebestellungen fertigmachte, ging herüber und lehnte sich an die Ecke der Bar.

„Hi."

Sie spülte jetzt Gläser aus. „Hi. Verdammt gutes Spiel heute."

„Danke."

Noch hatte sie keinen Augenkontakt hergestellt, also wartete er, bis sie fertig war mit dem, was sie gerade tat. Danach ging sie zum anderen Ende der Bar und brachte einem Gast einen Drink.

Okay, sie musste sich um ihre Gäste kümmern. Er verstand das. Er konnte auch geduldig sein.

Aber als sie wieder an dieses Ende der Bar kam und ihn immer noch ignorierte, wurde ihm klar, dass etwas nicht stimmte.

„Du siehst müde aus."

Sie schenkte ihm ein halbes Lächeln. „Ich bin müde."

„Harte Nacht gestern?"

„Nein. Eine schöne Nacht gestern. Aber du weißt, dass das für uns alles war."

Ohne beleidigt zu sein lehnte er sich an die Bar. „Du kannst mich so einfach abhaken?"

Sie sah ihn so an, wie er schon viele Frauen angesehen hatte. Der *es war schön, aber* … Blick. „Tyler …"

Er lachte. „Schick uns Renee rüber, dass sie unsere Drinks nachfüllt. Und sieh zu, dass du heute Nacht Schlaf bekommst, Jenna."

Wäre er ein sensibler Mann, wären seine Gefühle jetzt wahrscheinlich verletzt gewesen. Gut, dass er kein Sensibelchen war und es sehr viel mehr brauchte, um ihm wehzutun.

Das Spiel war noch lange nicht vorbei. Sie dachte, sie wollte einen Kerl, der keinen Sport trieb? Er würde ihr einen finden. Oder sogar mehr als einen.

Zehn

Es lag etwas Seltsames in der Luft. Oder Jenna strahlte neue Arten von Pheromonen aus, denn sie wurde plötzlich von allen Seiten angebaggert. Die ganze Woche war sie von einem stetigen Strom von potenziellen Dates umgeben. Als ob jemand eine Anzeige über ihre Verfügbarkeit aufgegeben hätte. Aber das konnte nicht sein, also schob sie es auf die Pheromone.

Es hatte angefangen, als sie Good bye zu Tyler gesagt hatte. Als Erstes hatte sie diesen heißen Buchhalter aus dem West County getroffen, der in die Bar kam und sich sofort auf sie eingeschossen hatte, als ob sie die einzige Frau hier sei. Sie hatte sich geschmeichelt gefühlt, als er sie um eine Verabredung bat, aber er war nicht ihr Typ.

Am nächsten Abend war es der Kerl, dem das Autohaus gehörte. Wie hieß er noch gleich? Oh ja, Stan. Er sah gut aus und war sexy, auf eine streberische Art, mit schwarz gerahmter Brille und einem muskulösen Körper, der zeigte, wie viel Fitnesstraining er machte. Er war klug und sie liebte kluge Männer. Aber auch hier war wieder nicht genug Chemie zwischen ihnen, also lehnte sie eine Verabredung ab.

Dann traf sie das Model. Oh mein Gott im Himmel, hatte der gut ausgesehen. Er kam mit ein paar Leuten, Männer und Frauen, die genauso gut aussahen wie er. Alle in der Bar hatten innegehalten und ein paar Sekunden die Gruppe angestarrt, die wirkten, als wären sie soeben einem Fotoshooting entsprungen. Und als Robert – das war sein Name – sich an die Bar gelehnt und ihr sein Tausendwattlächeln präsentierte, hätte sie fast die Bierflasche in ihrer Hand fallenlassen.

Sie hatten sich fast eine Stunde unterhalten. Er trank Bier, was zeigte, dass er nicht anspruchsvoll war, und erzählte, dass er schon mit zehn Jahren ein Model war. Es war nicht, was er den Rest seines Lebens tun wollte, aber momentan konzentrierte er sich auf eine Karriere, die gut bezahlt wurde. Mt dem Geld wollte er ein Kunststudio eröffnen. Er zeigte ihr ein paar seiner Fotos auf dem Handy. Er war verdammt fotogen, mit einem Körper, der genauso gut aussah, wie sein

Gesicht.

Sie konnte sich immer noch nicht erklären, wieso er ausgerechnet sie anmachte, aber er wirkte nett und freundlich und ehrlich. Seine Freunde waren auch nette Leute, was wieder mal bestätigte, dass man ein Buch nicht nach dem Umschlag beurteilen konnte.

Als Robert sie um eine Verabredung bat, war sie entschlossen, ihren Horizont zu erweitern und sagte zu. Er nahm sie mit ins Kunstmuseum und überraschte sie mit einem breiten Wissen über Kunst. Er sagte, sie solle nach New York fahren, und sie erzählte ihm, dass sie den Louvre gesehen hatte. Sie sprachen beim Essengehen über Kunst. Er sagte, dass er gern malte, was einer der Gründe für das Kunststudio sei. Er wollte seine eigenen Werke und die von anderen Künstlern ausstellen.

Er war ein wirklich interessanter Mann. So verdammt gutaussehend, talentiert, motiviert und es machte Spaß, mit ihm zusammenzusein. Aber als er ihr einen Kuss zum Abschied gab, und auch noch ein guter Küsser war, passierte nichts. Nicht der kleinste Anflug von Anziehung. Nichts hatte gekribbelt, gestochen oder war explodiert. Nicht mal ein winzig kleines Gefühl.

Robert hatte gelächelt und gesagt, dass er sie am nächsten Tag anrufen würde, aber sie wusste bereits, dass sie ihn nie wiedersehen würde, denn da war einfach nicht diese Explosion von Anziehung, die sie bei Ty gespürt hatte.

Aber sie wollte diese Anziehung, verdammt noch mal. Es musste doch noch ein anderer Kerl irgendwo da draußen sein, mit dem sie ein Feuerwerk erleben konnte.

Jetzt, als sie darüber nachdachte, stellte sie fest, dass es anderthalb Wochen her war, seit sie Ty gesehen hatte. Nicht, dass ihr das aufgefallen wäre. Sie hatte viel in der Bar gearbeitet, sich mehr Schlaf gegönnt, und hatte alle Hände voll zu tun mit den Kerlen, die plötzlich in ihr Leben traten.

Heute Nacht hatte sie frei und fuhr zu ihren Eltern, um Mick und Tara zu sehen, die von den Flitterwochen zurückgekommen waren.

Liz war auch dort, aber Gavin war in Florida und bereitete sich auf das Frühjahrstraining vor.

Jenna war mehr als bereit für den Frühling, allerdings war St. Louis im späten Februar alles andere als frühlingshaft.

Sie wünschte, sie wäre jetzt in Florida. Aber kaltes Wetter und die Hockeysaison brachte Leute in die Bar, was gut war für das *Riley's*.

Als Mick und Tara durch die Tür kamen, war Jenna sofort grün vor Neid.

„Du bist so schön gebräunt", sagte sie und umarmte Tara, dann küsste sie ihren großen Bruder. „Ich hasse euch beide."

Tara grinste. „Es hat so viel Spaß gemacht. Wir lagen am Strand und saugten die Sonne ein, gingen Paragleiten und Schnorcheln, schwammen mit Delfinen und tauchten, und gingen auf eine Sonnenuntergang-Segeltour, die Mick nur für uns beide gebucht hatte. Es war so romantisch." Tara neigte den Kopf zu Mick, der sie küsste.

„Ihr beide seid so romantisch, dass mir schlecht wird."

„Wir sind frisch verheiratet. Ich bin sicher, dass das so sein soll", sagte Mick, zog Jenna in eine Umarmung und küsste ihre Wange. „Aber du wirst immer mein zweites Lieblingsmädchen sein."

Sie schubste ihn weg. „Oh hör auf. Du bist rührselig und das passt nicht zu dir."

Er lachte laut auf. „Hey, ich bin glücklich und verliebt. Ich darf rührselig sein."

„Das bist du. Es ist abstoßend. Wann hört das auf?"

Er zog Tara vor sich. „So schnell nicht."

Sie rollte mit den Augen und ging in die Küche, um ihrer Mutter beim Kochen zu helfen. „Von den beiden wird es einem übel."

Mom lachte. „Sie sind verliebt."

„Ja, ist das nicht jeder", murmelte sie und griff nach den Tomaten für den Salat.

„Vielleicht bist du als nächstes dran. Gavin und Mick haben die Liebe ihres Lebens gefunden."

Sie versuchte sich an einem Lächeln, aber merkte, dass es mehr ein Ausdruck von Qual wurde. „Nein danke, Mom. Noch bin ich nicht soweit."

Ihre Mutter legte Fleisch und Käse auf eine Platte und hob eine Augenbraue. Jenna kannte alle Gesichtsausdrücke ihrer

Mutter und wusste, was das bedeutete.

„Für mich sieht es nicht so aus, als ob du dich sonderlich bemühst."

„Eigentlich tue ich das. Das kannst du mir glauben."

„Du hast nur noch nicht den richtigen Mann gefunden."

Sie öffnete den Mund und wollte sagen, dass sie keine Zeit hatte, den richtigen Mann zu finden, weil sie immer in der Bar sein musste. Aber das würde ihren Eltern wehtun, deshalb sagte sie es nicht. „Ja, genau."

Ihre Mutter hielt inne und hob den Kopf. „Dich belastet etwas."

„Nein."

„Doch. Was ist los?"

„Es ist nichts, Mom, wirklich. Ich bin nur etwas müde. Gestern Nacht wurde es spät."

Ihre Mutter wischte sich die Hände an einem Handtuch ab, kam herüber und legte ihre Hand auf Jennas Stirn. „Geht es dir gut?"

Jenna lachte. Manchmal fühlte sie sich bei ihren Eltern, als wäre sie sechs Jahre alt. „Mir geht es gut. Nur gestresst."

„Fühlst du dich mit der Bar überfordert?"

„Nein."

Mom sah sie ungläubig an. „Du nimmst dir nicht oft frei. Du weißt, dass Dad und ich helfen könnten."

„Ich brauche keine Hilfe. Ich habe eine Vertretung und ich nehme mir auch frei." Sie legte die Hände über die ihrer Mutter. „Es ist alles okay mit der Bar und mein Liebesleben ist auch gut."

„Wirklich? Wie gut?" Natürlich musste Liz ausgerechnet jetzt reinkommen.

„Hi, Süße", sagte Mom und strahlte, als Elizabeth sie auf die Wange küsste. „Wir sprachen gerade davon, wie müde Jenna aussieht."

„Nein", sagte Jenna. „Mom sprach davon, wie müde ich aussehe. Ich versicherte ihr, dass alles in Ordnung ist."

„Geht es hier um die Arbeit oder einen Mann?"

„Beides", sagte Mom. „Ich glaube, sie verbringt zu viel Zeit bei der Arbeit und trifft sich mit niemandem."

Liz sah sie prüfend an. Liz war natürlich perfekt. Die Haare wie immer hochgesteckt, schönes Make-up, Lipgloss und ein Designer-Outfit. Ein lockerer weißer Pulli und blasse, enge Hosen mit Killer-Stiefeln, was höchstwahrscheinlich mehr kostete, als Jenna in einem Monat verdiente.

Und Gott, Jenna liebte sie. Der Anfang war holprig gewesen, als sie und Gavin anfingen, sich zu treffen, aber Liz hatte schon zur Familie gehört, bevor sie und Gavin sich verliebt hatten, und sie war jetzt wie eine Schwester für Jenna.

„Na ja, ich bin weit davon entfernt, jemanden für zu viel arbeiten zu kritisieren. Ich bin die Königin von viel Arbeit und wenig Spaß." Liz hämmert mit den Fingern auf die Arbeitsplatte. „Aber Mom hat recht, Jen. Du musst auch mal ausgehen."

„Ich hatte ein Date diese Woche."

„Wirklich? Mit wem?", fragte ihre Mutter.

Jenna zuckte die Achseln. „Irgend so ein Model."

Liz und Mom sahen einander an. „Oha, ein Model", sagte Mom.

„Erzähl." Liz hatte ein Strahlen in den Augen.

„Es hat nicht funktioniert."

„Warum nicht?" Mom sah enttäuscht aus und Jenna wünschte, diese Unterhaltung würde nicht stattfinden.

„Keine Chemie."

„Das ist schade. Aber zumindest kommst du mal raus." Mom nahm das Messer und schnitt weiter die Tomaten.

Gut. Vielleicht konnten sie jetzt das Thema ihres Flirt-Lebens beenden.

„Bedeutet aber nicht, dass du aufgeben musst nach nur einem schlechten Date", sagte Mom beim Schneiden.

Auf der anderen Seite würden sie das Thema dann wohl doch nicht fallenlassen.

„Du brauchst ganz klar etwas Hilfe."

Jennas Blick schoss zu Liz. „Nein, brauche ich nicht."

„Ich kenne viele Männer."

„Ja, Sportler. Du kennst meine Regel."

„Was für eine Regel?", fragte Mom.

„Jenna trifft sich nicht mit Sportlern."

Sie sah Liz an, die unschuldig dreinblickte. „Was? Ist das ein Geheimnis?"

„Du gehst nicht mit Sportlern aus?“ Mom sah verwirrt aus. „Warum denn nicht?“

Sie winkte ab. „Kein bestimmter Grund, Mom. Es ist nur, weil ich ständig von Sport umgeben bin, da will ich mich nicht auch noch mit ihm verabreden, verstehst du?“

„Glaub schon. Das machte mir allerdings Sorgen.“ Sie legte das Messer ab.

Auf keinen Fall wollte sie die volle Aufmerksamkeit ihrer Mutter. Wenn sie sich auf Jenna konzentrierte, bedeutete das meist Ärger.

„Warum sollte dich das sorgen?“

„Du hasst Sport.“

Jenna rollte mit den Augen. „Ich hasse Sport nicht. Ich wuchs damit auf. Ich liebe ihn. Ich will nur nicht damit ausgehen oder ihn heiraten.“

„Hm.“

Das war noch schlimmer. Die Prüfung ihrer Mutter, wenn diese darüber nachdachte, was Jenna gesagt hatte. Sie musste fliehen.

„Ich gehe mal nachsehen, was Dad so macht. Ihr kommt hier allein zurecht?“

„Klar. Geh nur.“

Sie eilte davon und ging ins Wohnzimmer. Dad war dort mit Tara, Mick und Nathan. Sie sahen sich ein Spiel an. Ausgerechnet Hockey. Was noch schlimmer war – ein *Ice*-Spiel.

Entweder das, oder Jenna müsste sich weiteren Konversationen über ihren Job und ihr Liebesleben mit ihrer Mutter stellen. Das geringere Übel, vermutete sie, und es war nichts anderes, als bei der Arbeit zu sein, wenn dort ein Spiel lief. Sie ließ sich neben ihren Dad auf das Sofa fallen.

„Was gibt’s, Mäuschen?“, fragte er und legte einen Arm um sie.

„Mom und Liz versuchen, mich zu reparieren.“

Dad runzelte die Stirn und sah sie von oben bis unten an. „Bist du kaputt?“

„Nein.“

Er nickte. „Na dann. Lass uns das Spiel ansehen.“

Sie dankte Gott für ihren Vater. Bei ihm war alles einfach, schwarz und weiß. Wenn man sagte, es ginge einem gut, dann war das so. Er glaubte einem. Oder er wollte einfach nur das Spiel sehen und nicht mit Weiberkram belästigt werden. Wahrscheinlich Letzteres, denn er war ein Mann, was ihr nur recht war. Solange sie nicht die Abwesenheit eines festen Freundes erklären musste und warum sie keine Sportler treffen wollte, war ihr alles recht. Sie machte es sich neben ihrem Vater gemütlich und lehnte sich an seine Schulter.

Das Spiel war noch im ersten Drittel. Normalerweise war sie in der Bar so beschäftigt, dass sie immer nur flüchtige Blicke auf die Spiele werfen konnte. Und ganz sicher sah sie sich in ihrer Freizeit keine Spiele an.

Es war das erste Mal, dass sie Ty in Aktion sah, ohne abgelenkt zu sein.

„Deine Jungs sehen gut aus, Elizabeth“, sagte Dad, als Liz und Mom hereinkamen.

„Ja, Tyler und Eddie sind tolle Spieler. Ich hab echt Glück, sie repräsentieren zu dürfen.“

Liz hob eine Braue Richtung Jenna, die ihre einen warnenden Blick zuschoss. Dass jeder von ihrer Nacht mit Ty wusste, war das Letzte, was sie wollte. Besonders nachdem sie ihrer Mutter erzählt hatte, dass sie keine Sportler traf.

„Anderson war eine gute Ergänzung für das Team“, sagte Mick.

„Dafür muss ich dir danken, Mick. Wenn du mich nicht gefeuert hättest, wäre ich nicht auf die Suche nach neuen Talenten gegangen und hätte ihn mir nicht eingefangen.“

„Siehst du? Aus dem Schlechten ergeben sich oft jede Menge gute Dinge. Mom und Dad kamen zusammen. Liz und Gavin haben sich verliebt, und Liz bekam neue Klienten. Dad und Liz haben sich versöhnt und sind wieder Freunde, und niemand ist mehr auf irgendwen sauer. Manchmal passieren schlechte Sachen aus gutem Grund.“

Alle sahen Nathan an.

„Kindermund“, sagte ihre Mutter mit einem Lächeln.

„Da hast du recht, Nathan“, sagte Mick und verstrubbelte Nathans Haare. „Und ich dachte, du hast nichts anderes getan, als aus dem Bett zu rollen für diese Frisur.“

„Alter. Du hast keine Ahnung.“

„Aber ich hab eine Ahnung, dass du eine Woche die Toiletten schrubbst, wenn du mich nochmal Alter nennst."

Nathan sah Mick entsetzt an. Tara lachte.

„Äh, ja, Sir."

Mick rollte mit den Augen. „So weit musst du nicht gehen."

Jenna lachte und alle wandten sich wieder dem Spiel zu. Sie versuchte, den *Ice* als Team zuzusehen, aber sie konnte nicht verhindern, sich immer wieder auf Tyler zu konzentrieren. Er beherrschte das Eis hervorragend und schien ständig um den Puck herum zu gravitieren. Das lag teilweise daran, dass er der Center-Mann war, aber er war auch sehr schnell auf den Schlittschuhen und scheute sich nicht vor hartem Körperkontakt was ihn oft in Zweikämpfe verwickelte oder ihn an die Bande schleuderte. Er steckte eine Menge Ellbogenrämpler und harte Stöße ein und landete oft auf dem Hintern. Das schien ihm nichts auszumachen. Er war genauso aggressiv wie die anderen Spieler, schubste mit den Ellbogen oder rammte jemanden, auch wenn er dafür abgestraft wurde. Er tat was auch immer er tun musste, um den Puck zu bekommen und damit weiterzuschlittern oder ihn an einen Mitspieler abzuspielen. Oft genug resultierte das in einem Tor, also funktionierte seine Methode.

Aber am Ende ging es ihr nur darum, dass es Spaß machte, ihm zuzusehen und er auch Resultate lieferte. Am Ende des ersten Drittels führten sie mit einem Tor.

„Das Essen ist fertig. Gehen wir ins Esszimmer?", fragte Mom.

Alle standen auf und verließen den Raum. Jenna blieb und sah Ty auf dem Eis zu.

„Du bist dem Typen total erlegen", flüsterte Liz, die die Nachhut bildete.

„Bin ich nicht. Ich habe nur das Spiel genossen."

Liz schnaubte. „Aha. Wo du doch so ein Sportfan bist."

Sie hob das Kinn. „Hey, es gehört zu meinem Job zu wissen, wie die Spiele stehen, damit ich mit meinen Gästen darüber reden kann."

„Schon klar. Es geht dir aber mehr darum, dass du deine Hände wieder um seinen Schläger legen willst."

Allein der Gedanke brachte ihr Gesicht zum Glühen. „Da

bis du sowas von auf dem Holzweg."

Liz sah sie ungläubig an. „Echt?"

„Total. Ich werde wieder mit den Verabredungen weitermachen, um euch alle aus dem Kreuz zu kriegen."

Sie gingen ins Esszimmer.

„Wirklich? Super. Ich könnte dir mit Sicherheit ein paar tolle Männer finden, die nichts mit Sport zu tun haben."

„Mach das."

„So gut wie erledigt."

„Was ist erledigt?", fragte Mom.

„Ich werde für Jenna die Kupplerin spielen", sagte Liz mit einem triumphalen Leuchten in den Augen. „Ich kenne viele Männer."

„Oh das ist wunderbar. Das ist lieb von dir, Elizabeth."

„Ja, sie ist ein Engelchen", sagte Jenna und setzte sich an den Esstisch.

Tara warf ihr ein wissendes Lächeln zu, und Liz grinste durch das ganze Essen hindurch.

Jenna würde sich merken, die nächste Einladung zum Essen mit der Familie abzulehnen.

Elf

Keine zwei Tage später schickte Liz ihr eine Nachricht, dass sie ihr einen Typen rüberschickte.

Jenna fühlte sich, als ob sie einen bezahlten Escort-Mann bekäme, aber Liz beteuerte, dass es ein Freund von ihr war und außerdem nichts mit Sport zu tun hatte.

Sie musste arbeiten, aber Liz sagte, sie bringe ihn nach ihrem Treffen mit einem Klienten zu ihr, was so um acht sein würde, was Jenna recht war, denn sie konnte die Bar sowieso nicht verlassen.

Und Ty war auch da, denn er hatte einen freien Tag.

Sie wünschte wirklich, er und seine Freunde würden eine andere Bar zum Abhängen finden. Aber da es echt schlecht für ihr Geschäft wäre, ihm zu sagen, er und seine Kumpel sollten sich vom Acker machen, musste sie es schlucken. Sportler waren einfach ein zu großer Faktor für das *Riley's*. Sie machten ihre Gäste glücklich und alles was ihre Gäste froh machte, war gut für das *Riley's*.

Es sah so aus, als habe Victor sich mit Lisa zusammengetan, dem platinblonden Barhäschen, das auch ein Stammgast war. Eddie hatte auch endlich den Mut gefunden, Renee um ein Date zu bitten. Und weil Ty, Victor und Eddie beste Freunde waren, ergab es Sinn, dass Ty mit ihnen zusammen hier war.

Trotzdem konnte sie nicht anders, als zu glauben, dass er nur wegen ihr und seinem Interesse an ihr so oft herkam. Auch wenn er die letzten paar Mal nicht unbedingt interessiert gewirkt hatte, seit sie ihn nach der Hochzeit hatte kalt abblitzen lassen.

Gott, sie war so zickig gewesen. Unfreundlich und ablehnend, als ob die Nacht, die sie zusammen hatten, ihr nichts bedeutete, dabei war es die beste Nacht seit Jahren, oder noch länger.

Weshalb es nicht noch einmal passieren durfte.

Ihn zu sehen erinnerte sie daran, wie toll es gewesen war, und dann wünschte sie, es könnte wieder so sein, was alles noch schlimmer und sie zickig und übellaunig machte.

Wenn Ty sie mit einem anderen Mann sah, würde er vielleicht auch weiterziehen und sie könnten beide darüber hinwegkommen, was in der Nacht der Hochzeit passiert war.

Sie hoffte, Liz hatte Talent im Männeraussuchen. Es musste einfach klappen.

Liz tauchte kurz nach acht auf, später als erwartet. Aber Dylan, der Mann, den Liz brachte, war das Warten wert. Er war ein Geschäftstyp, sah aber im Anzug höllisch heiß aus. Hellbraunes Haar, schöne blaue Augen, und die Art Lächeln, das einen Raum erhellte. Sehr groß und gut gebaut, und alle Frauen starrten ihn an, als er reinkam. Er besaß eine ruhige Präsenz, die die Aufmerksamkeit auf sich lenkte. Er wirkte rau und maskulin, aber freundlich. Sie mochte das.

Er blieb mit Liz und ihr an der Bar, war aber auf Jenna fokussiert. Sie machte eine Pause und stellte Renee hinter die Bar, denn der Andrang war gerade nicht so stark.

Das bedeutete, Eddie hing an der Bar herum und leistete Renee Gesellschaft, aber solange sie ihre Arbeit machte, störte das Jenna nicht.

Dylan trank Whiskey und Soda.

Ein Männergetränk. Sie mochte das an ihm. Er war ein Anwalt. Selbstironisch, witzig, charmant.

„Ich reise viel, was mir keine großen Gelegenheiten zum Verabreden lässt“, sagte er.

„Ich arbeite ständig, geht mir genauso.“

Er neigte sich zu ihr. „Bei deinem Beruf stelle ich mir vor, dass du oft angesprochen wirst.“

„Nicht wirklich. Ich habe viele Stammgäste. Sie sind recht beschützerisch. Und ich verabrede mich nicht oft. Ich bin wählerisch.“

Er sah sie an. „Das bin ich auch.“

Sie schien überhaupt nicht sein Typ zu sein. Er sollte mit einem Model zusammen sein, oder jemandem aus der Geschäftswelt, und nicht mit einer Frau mit Tattoos, Piercings und lila Streifen im Haar. Sie fragte sich, was er wohl in ihr sah.

„Was machst du so in der Freizeit, Dylan?“

„Ich gehe Bootfahren im Sommer. Ich mag alles, was Outdoor ist. Wandern, Campen, Wasserski, Fahrradfahren. Herumsitzen und nichts tun ist nichts für mich."

„Dann musst du den Winter hassen."

Er lachte. „Da bin ich viel im Fitnessstudio. Die haben da eine Kletterwand und da bin ich wann immer ich Zeit habe. Glücklicherweise habe ich ein paar Klienten in Colorado, wo ich Snowboarding und Skifahren kann."

Kein echter Sportler, aber definitiv ein Freizeitsportler. Als Ty rüberkam, um mit Eddie zu sprechen, meldete sich Dylans Radar.

„Hey, sind das nicht Tyler Anderson und Eddie Wolkowski von den *Ice*?"

„Ja."

„Du kennst die?" Er sah sie hoffnungsvoll an.

„Ja. Ich bin überrascht, dass Liz nicht erwähnt hat, dass die beide ihre Klienten sind."

Er wandte sich Elizabeth zu. „Dus hast mir nicht erzählt, dass du sie kennst."

Liz zuckte mit den Schultern. „Das Thema kam nicht auf."

„Mann, ich bin ein riesen Hockeyfan. Kannst du mich ihnen vorstellen?"

„Klar. Komm mit." Jenna nahm seine Hand, während Liz stumm vor sich hin kochte.

Das wäre zum Kaputtlachen, wenn es nicht so ironisch wäre.

„Hey Tyler, Eddie, das hier ist Dylan Manchester. Er ist ein großer Fan von euch."

Tylers Blick schweifte erst über sie, bevor er sich an Dylan wandte. Er schüttelte dessen Hand. „Immer schön, einen Fan kennenzulernen. Hi, Dylan."

Eddie schüttelte auch Dylans Hand und ehe sie sich versah, hatte Dylan sie für die Sportstars sitzenlassen.

Auch gut. Sie musste sowieso wieder hinter die Bar. Renee begab sich zu den Gästen an den Tischen und Liz sah sie misstrauisch an.

„Es ist, als ob du das geplant hättest."

Jenna rollte mit den Augen und richtete Getränkebestellungen. „Und wie hätte ich wissen sollen, dass er ein Hockeyfan ist? Du bist diejenige, die ihn hergebracht hat, erinnerst du dich?"

Liz starrte auf ihr Weinglas. „Ich muss mich zukünftig ganz offensichtlich mehr anstrengen und deine potenziellen Dates besser überprüfen.“

„Offensichtlich. Vielleicht ein Fragebogen?“

„Du bist so witzig.“

Sie schmunzelte. „Ich tue mein Bestes.“

„Aber ernsthaft, Jenna. Ärgert es dich nicht, dass er mit Ty und Eddie abgehauen ist?“

„Nein. Sollte es das?“

„Du hasst Sport.“

„Ich hab doch gesagt, ich hasse ihn nicht. Ich will nur mit niemandem ausgehen, der ihn liebt oder ausübt. Davon hab ich hier genug, wie du siehst.“

Liz seufzte. „Ich hatte solche Hoffnungen in Dylan gesetzt. Er ist so ein Augenschmaus.“

Jenna ließ ihren Blick die Bar entlang wandern, aber sie stoppte nicht bei Dylan. Sie konnte nicht verhindern, bei Ty hängen zu bleiben. Auch wenn Dylan zum tot Umfallen gut aussah, fing inmitten von den sabberwürdigen Männern Ty ihre Aufmerksamkeit ein. Er legte die Bierflasche an die Lippen und sie konnte nur noch an seinen Mund auf ihrem denken, und an die Art, wie er sie geküsst hatte. Sie sah, wie er geistesabwesend mit den Fingerspitzen über die kondensierte Feuchtigkeit der Flasche strich und mit den Männern lachte, und erinnerte sich an seine Berührungen, wie seine Finger auf ihrer Haut gespielt hatten.

Sie erschauerte.

„Es tut mir leid, dass es mit dir und Dylan nichts wurde.“

Sie richtete ihre Aufmerksamkeit wieder auf Liz. „Schon gut.“

Liz sah zum anderen Ende der Bar. „Oder vielleicht war es nicht Dylan, zu dem du geschaut hast.“

„Natürlich war er es. Er ist heiß.“

„Das ist Ty auch.“

„Ich habe nicht nach Ty gesehen. Das ist vorbei.“

Liz überkreuzte die Arme und legte sie auf die Bar. „Echt? Warum kämpfst du dagegen an, wenn doch die Anziehung zwischen euch so offensichtlich ist.“

„Ist gar nicht offensichtlich. Er ist längst weitergezogen,

genau wie ich.“

Liz lachte. „Bist du nicht. So lange wie ich hier bin hast du ihn die ganze Zeit angesehen.“

„Hab ich nicht – ach verdammt, ja, hab ich.“ Es ergab keinen Sinn, es abzustreiten, wenn es derart offensichtlich war. „Ich kann mir einfach nicht helfen. Er ist wie ein Virus, den ich nicht loswerden kann.“

„So schlimm, ja?“

„Er ist ständig hier.“

„Ich glaube nicht, dass er ständig hier ist. Es ist Hockey-Saison. Er spielt eine Menge Spiele und ist oft auf Reisen. Vielleicht fällt er dir nur mehr auf, wenn er hier ist.“

„Kann sein. Ich weiß es nicht. Es ist schwer, jemanden zu vergessen, mit dem man geschlafen hat, wenn der andauernd auf deiner Arbeit auftaucht.“

„Er belästigt dich also.“

„Kein bisschen. Er ignoriert mich.“

„Er hat dich abserviert.“

„Nein. Ich hab ihn fallenlassen.“

Liz warf die Hände in die Höhe. „Wo ist dann das Problem?“

„Ich weiß es nicht. Er ist einfach nur da und erinnert mich.“

„An was?“

Sie verengte die Augen. „Bist du sicher, dass du keine Anwältin bist?“

Liz lachte. „Ganz sicher. Aber ich weiß, dass er dir unter die Haut geht, also was ist da los zwischen euch?“

„Wir hatten eine umwerfende Nacht miteinander.“

„Dann geh und hab noch mehr davon. Niemand sagt, dass du den Kerl heiraten musst, aber wenn du Spaß mit ihm hattest, ist es doch egal, ob er Sport macht. Ich weiß zufällig genau, dass Ty nicht der Typ ist, der sich niederlassen und heiraten will.“

„Ist er nicht?

„Nein.“

Dann ging sie die Sache vielleicht total falsch an. Vielleicht sollte sie ihm einfach den Verstand rausvögeln und ihn aus dem System kriegen, und dann könnten sie separate Wege gehen. „Da könntest du recht haben. Ich habe einfach noch nicht genug von ihm und muss ständig an ihn denken. Aber es ist nicht so, dass er mir was bedeutet oder sowas."

„Genau. Du willst einfach noch etwas mehr von der Erotik haben, die er anzubieten hat."

Sie schnaubte. „So in der Art."

„Dann schnapp ihn dir."

„Falls er Interesse hat. Denk dran, ich hab ihn abblitzen lassen."

„Honey, er hat einen Penis. Er ist interessiert. Männer sind anders als Frauen, falls dir das noch nicht aufgefallen ist. Wenn er wirklich verletzt wäre, weil du ihn abserviert hast, glaubst du, er würde noch herkommen?"

„Gutes Argument." Ty verhielt sich nicht so, als sei er verletzt. Er lächelte immer noch und winkte ihr zu und war immer noch freundlich zu ihr. Er hatte nur Abstand gehalten. Immerhin war es das, was sie von ihm verlangt hatte. Sie hatte ihm gesagt, es sei vorbei. Aber jetzt wollte sie nicht mehr, dass es vorbei war.

Oh Mann. Wann war sie zu so einer Frau geworden?

„Ich weiß nicht, Liz. Er könnte denken, dass ich verrückt bin."

„Wir sind alle verrückt. Das ist es, was Frauen so interessant macht. Geh hin und sprich mit ihm."

„Vor meinem Date von heute Abend?"

„Pfft. Ich kümmere mich um Dylan. Ich muss sowieso über was Geschäftliches mit ihm reden. Und wenn Dylan verrückt nach dir wäre, hätte ihn kein Hockeyteam der Welt von dir wegholen können."

„Äh, ich war also gar nicht sein Typ?"

„Er mag große Titten."

Sie starrte auf ihre alles andere als großzügigen Brüste und dann auf Liz. „Und warum zum Geier hast du uns dann verkuppeln wollen?"

Liz zuckte mit den Schultern. „Um zu sehen, ob du das durchziehst."

„Du *bist* verrückt."

„Siehst du? Hab ich doch gesagt." Liz glitt vom Barhocker und ging rüber zu Dylan, zog ihn von seiner Anbetung der

Ice-Spieler fort und führte ihn an einen Tisch. Immer der Gentleman ließ er sich von Liz führen.

Nicht, dass Jenna etwas anderes von ihm erwartet hätte. Liz hatte eine dominante Präsenz und Männer tendierten dazu, zu tun worum sie gebeten wurden, wenn Liz das Kommando hatte. Liz brauchte nur zehn Minuten, um mit Dylan wieder an die Bar zu kommen und ihre Handtasche zu nehmen.

„Ich habe ein paar Papiere im Büro, die ich mir mit Dylan ansehen muss, also gehen wir jetzt."

Dylan schüttelte Jennas Hand. „Es war wirklich schön, dich kennenzulernen, Jenna. Du hast hier eine tolle Bar."

„Schön, dich kennengelernt zu haben, Dylan. Du bist jederzeit wieder willkommen."

Sie ging um die Bar und küsste und umarmte Liz. „Danke."

Liz' Augen funkelten verschmitzt. „Gerne. Und jetzt nutze deine Zeit gut."

Es gehörte nicht gerade in den Bereich ihres Erfahrungsschatzes, sich mit einem Kerl zu versöhnen, mit dem sie gerade erst Schluss gemacht hatte. Aber um Ty aus ihrem Leben zu exorzieren, musste sie erstmal genug von ihm kriegen, was bedeutete, zu Kreuze kriechen war angesagt.

Als Dylan weg war und Renee die Gäste bediente, waren die Jungs wieder an den Poolbillardtisch zurückgekehrt. Jenna fand es nicht besonders reizvoll, in ein Meer von *Ice*-Spielern zu waten und mit Ty zu reden, und ihn allein zu erwischen, könnte problematisch werden. Sie dachte darüber nach und überlegte sogar, Renee eine Notiz für Ty mitzugeben, verwarf das aber. Was, wenn er das seinen Freunden vorlas? Dann würden alle über sie lachen. *Und das hier ist nicht die Highschool, du Idiotin. Wo sind deine Eier geblieben?*

Sie nahm ihren Mut zusammen, rief eine der Bedienungen hinter die Bar und ging zu der Gruppe rüber.

„Wie geht's euch heute?"

„Super, danke. Die Steaks waren gut", sagte Victor mit einem Lächeln.

„Hi, Jenna." Ty lächelte sie an und wirkte freundlich.

„Hi."

„Tut mir leid, dass wir dein Date heute so beansprucht haben."

„Er war nicht mein Date. Er kam mit Liz.“

„Ja, aber sie hat ihn für dich hergebracht. Ich nehme an, die Dinge liefen nicht so gut?“

Sie biss sich auf die Wange, um sich davon abzuhalten, etwas zu sagen, das sie später bereuen würde. „Anscheinend nicht.“

„Schade.“ Er lehnte sich an den Billardtisch. „Vielleicht das nächste Mal.“

„Vielleicht.“

Das lief nicht so, wie sie es sich vorgestellt hatte. Sie wirbelte herum, um wieder an die Bar zu gehen.

„Jenna.“

„Ja?“

„Bist du aus einem bestimmten Grund hier rüber gekommen?“

Eier, Jenna, erinnerst du dich? Du hast ihn abserviert. Es liegt an dir, ihn dir wieder zu angeln.

Sie atmete durch, drehte sich um und lächelte. „Oh. Ja. Ich hab mich gefragt, wann du wieder einen Tag frei hast.“

„Mittwoch. Warum?“

„Würdest gern rüberkommen? Vielleicht zusammen Pizza essen oder sowas?“

Sie beobachtete, wie er eine Braue hob und wartete auf eine blöde Bemerkung.

„Ich dachte, du wolltest nach der Nacht nichts mehr mit mir zu tun haben?“

Und da war es schon. Sie verdiente es nicht anders.

„Ich habe es mir anders überlegt.“

Für eine Ewigkeit sagte er nichts.

Das war’s. Er würde Nein sagen und sie wäre die Blamierte. *Dumme Kuh. Du hättest es besser wissen sollen.*

„Ich mag Pizza.“

Sie atmete aus. *Danke dir, Ty.* „Super. So um sieben?“

„Klar. Bis dann.“

Sie schluckte und diese Schmetterlinge trampelten in ihrem Bauch herum. Verdammt sollten sie sein. Bald würde sie die Schmetterlinge in den Bauch von jemand anderem schicken. Sie musste nur Tyler aus ihrem System kriegen und dann würden die Schmetterlinge verschwinden.

Zwölf

Ty wusste genau, was Jenna vorhatte.

Er hatte die Parade der Männer gesehen, mit denen sie sich getroffen hatte. Schließlich hatte er ihr auch ein paar davon geschickt. Auch war ihm aufgefallen, dass keiner von denen lange geblieben war. Er war nicht sehr unglücklich darüber. Er hatte riskiert, sie mit einem von denen zu verkuppeln. Keiner von ihnen war ein Verlierer gewesen. Aber er kannte auch ihren Typ – er selbst. Sie hatte nur eine Weile gebraucht, um das herauszufinden.

Vielleicht war er nicht exakt der Mann ihrer Träume, aber dennoch war er hier, auf dem Weg zu ihrer Wohnung. Auf ihre Einladung hin. Sie hatte das Spiel nicht wirklich aufgegeben, aber sie versuchte offensichtlich, irgendwelche Dämonen auszutreiben, mit ihm in der Rolle des Belzebubs.

Er grinste, als er die Flasche Wein vom Beifahrersitz nahm und auf ihre Tür zuging. Das würde interessant werden.

Sie öffnete die Tür und er saugte den Anblick ein. Sie trug hautenge Jeans und ein lockeres Oberteil, das über ihre eine Schulterseite nach unten gerutscht war und Haut präsentierte, in die er seine Zähne graben wollte. Sie war barfuß und ihre Fußnägel waren schwarzweiß lackiert.

Niedlich.

„Hi“, sagte sie und ließ ihn herein.

„Ebenfalls hi. Du siehst hübsch aus.“

„Danke. Ich verhungere. Was für eine Pizza magst du?“

„Alles was Fleisch drauf hat.“

„Gut, das mag ich auch. Ich bestelle was.“ Sie sah auf die Flasche Cabernet in seiner Hand. „Wein?“

„Ich mag Wein. Passt zur Pizza.“

„Ja. Flaschenöffner ist in der rechten oberen Schublade neben dem Spülbecken. Mach sie ruhig schon auf, während ich die Pizza bestelle. Gläser sind im Schrank über der Spülmaschine.“

Er ging in die Küche, öffnete den Wein und fand zwei Gläser. Er lehnte sich an die Arbeitsplatte und ließ den Wein ein paar Minuten atmen. Jenna kam rein.

„Du kennst dich aus mit Wein."

Er überkreuzte die Arme. „Ich bin nicht bloß ein dummer Hockey-Affe. Ich kann so einiges. Wie zum Beispiel den richtigen Wein aussuchen für …"

„Pepperoniwurst- und Schinkenpizza."

Er hielt die Flasche hoch. „Ein weicher Jacob's Creek Cabernet."

„Oh. Australisch. Ich bin beeindruckt."

Er goss den Rotwein in die Gläser und gab ihr eins. Sie inhalierte den Duft und nahm dann einen Schluck.

„Gute Wahl. Und du hast recht. Perfekt für Pizza. Aber du kommst mir trotzdem nicht wie der Wein-Typ vor."

„Welchen Spaß würde es machen, wenn ich vorhersehbar wäre?"

„Ich muss wohl die Schublade überdenken, in die ich dich gepackt habe."

„Bedeutet das, du hast mich jetzt total durchschaut?"

Sie lachte. „Keine Chance."

Sie setzte sich auf das Sofa und er setzte sich neben sie. „Gut. Hoffentlich kann ich dich noch eine Weile im Ungewissen lassen."

„Da wärst du der Erste."

„Was war mit dem Typ neulich? Der mit dem Whiskey? Hast du den durchschaut?"

„Ich dachte, aber dann sah er euch Jungs und wurde spontan zum Fan, und das war's dann mit uns."

„Nur, weil er Hockey mag?"

„Nein. Es ist kein Funke übergesprungen."

Er neigte sich zu ihr und spielte mit einer ihrer Haarsträhnen. „Dieser Funke ist dir wichtig, ja?"

„Chemie ist mir wichtig. Es macht keinen Sinn, Zeit mit einem Mann zu verbringen, wenn die nicht da ist."

„Stimmt. Bin ich deshalb hier? Wegen der unbestreitbaren Chemie, die du mit mir hast?"

Sie sah ihn an. „So in etwa."

Er beugte sich zu ihr und fuhr mit den Lippen über ihre. Sie kam ihm entgegen, balancierte das Weinglas in einer Hand und legte die andere auf seine Brust.

Sein Herzschlag wurde schneller, als sie den Kuss erwiderte. Ja, diese Chemie zwischen ihnen war eine irre Sache. Er hatte noch nie eine Dürreperiode gehabt was Frauen anging, aber in letzter Zeit hatte er nicht mal das Interesse für einen zweiten Blick aufbringen können. Nicht seit Jenna. Irgendwas an ihr war in sein Hauptaugenmerk gerückt. Vielleicht musste er ein paar seiner eigenen Dämonen zerstören.

Er umfasste ihren Nacken und vertiefte den Kuss, glitt mit der Zunge in ihren Mund und schmeckte sie. Wein und Pfefferminz, eine berauschende Kombination, die seinen Schwanz erregte. Sein Körper erhitzte sich. Er wollte sie auf sich ziehen und ihre Kleider herunterreißen.

Schnell nahm er ihr das Weinglas aus der Hand und stellte es auf den Tisch. Sie leckte sich über ihre Unterlippe zog die Beine auf dem Sofa an sich.

„Sollen wir nicht auf den Pizzadienst warten?"

Er hob eine Braue. „Warum? Hast du pornöse Dreier-Fantasien mit dem Pizza-Boten im Sinn? Ist das der wahre Grund, warum ich heute hier bin?"

Sie neigte den Kopf nach hinten und lachte laut. „Ist das nicht eher eine männliche Fantasievorstellung? Das ganze Dreierding?"

Er sah sie fest an. „Ich teile mit keinem."

„Gut zu wissen. Ich steh da auch nicht so drauf."

„Gut. Jetzt, wo das geklärt ist …" Er streckte den Arm nach ihr aus.

Es klingelte an der Tür.

Zu blöd.

Jenna erhob sich vom Sofa, aber er war schneller an der Tür und bezahlte das Pizzaliefermädchen, die ihn erkannte.

„Du bist Tyler Anderson. Ich liebe Hockey. Ich bin ein großer Fan."

„Vielen Dank." Er zwinkerte ihr zu, gab zehn Mäuse Trinkgeld, woraufhin sich ihre Augen weiteten, und brachte dann die Pizza in die Küche.

„Oh, das riecht gut." Jenna holte Teller und sie luden Pizza darauf.

„Ich habe ein paar Filme, die wir ansehen könnten."

„Ach ja? Welche Art Filme?"

„Fantasy, Action, Liebe und Horror."

„Die mag ich alle."

Sie neigte den Kopf zur Seite. „Du würdest dir eine romantische Komödie ansehen?"

„Ich mag es, unterhalten zu werden. Was auch immer du aussuchst ist okay für mich, solange es kein Scheißfilm ist."

Jenna nahm ihren Teller und die Weinflasche und sie gingen ins Wohnzimmer. „Der Druck lastet jetzt auf mir."

„Welcher Druck?"

„Einen Film auszusuchen, der nicht scheiße ist."

Er nahm sich ein Stück Pizza und legte die Füße auf dem Couchtisch ab. „Ich bin leicht zu unterhalten, Jenna. Leg einfach einen Film ein und ich werde ihn mögen."

„Okay." Sie stand auf, legte eine DVD ein und drückte auf Abspielen.

Es war ein Horrorfilm.

Er liebte Horrorfilme. Viele Frauen taten das nicht. Ein Punkt für Jenna.

Sie aßen zu Ende und Jenna schaltete das Licht aus.

„Ja, so sollte man sich Horrorfilme ansehen."

„Denke ich auch." Sie trank ihren Wein aus und setzte sich neben Ty.

Er hob seinen Arm und sie kuschelte sich an ihn. Ty hatte sich schon mit vielen Frauen verabredet, was immer bedeutete, dass sie in einen Club gingen, eine Bar oder ein Restaurant, und dann Sex hatten. Das hier war anders. Zu Hause bleiben, Pizza essen und einen Film ansehen? Das hatte er schon lange nicht mehr gemacht. Mitten in der Saison war er ständig unterwegs. Das bisschen Freizeit, die er hatte, verbrachte er in einer Bar und spielte Poolbillard mit seinen Teamkameraden. Das entspannte ihn und er kam wieder herunter nach einem aufreibenden Spiel.

Aber das hier? Es war schön. Mit einer Frau zusammen sein und nichts weiter tun, als ihren Körper nah bei sich zu spüren und in der Geschichte eines grausigen Horrorfilms zu versinken? Yep, das war eine völlig andere Art der Entspannung.

Bei den Mörderszenen verspannte sich Jenna, als der Killer mit einem Messer aus den Schatten sprang. Sie verdeckte zwar nicht ihre Augen, aber gegen Ende des Films lagen ihre

Beine über seinen und sie saß praktisch auf seinem Schoß.

„Bist du sicher, dass du Horrorfilme magst?“, fragte er sie, als der Film vorbei war.

Sie griff nach ihrem Weinglas und hielt es, als er es ihr auffüllte. „Oh, sie machen mir eine Heidenangst. Ich liebe das. Heute Nacht werde ich wahrscheinlich Albträume haben.“

Er lachte und schüttelte den Kopf. „Also magst du es, Angst zu haben.“

„Bei Filmen, ja. Bei allem anderen nicht. Komm bloß nicht auf die Idee, dich in Ecken zu verstecken und mich anzuspringen. Ich würde einen Herzinfarkt kriegen und dich aus dem Haus werfen.“

„Ist notiert.“

Sie tranken Wein und Jenna legte eine Action-Komödie ein. „Nach dem Film brauch ich was Leichtes, um wieder runterzukommen. Etwas, das mich zum Lachen bringt.“

Der Film war witzig und voller Action, mit jeder Menge Explosionen und Autoverfolgungsjagden und tollen Spezialeffekten. Jenna hatte ein gutes Händchen im Filme aussuchen. Aber er musste zugeben, dass ihm der Erste besser gefallen hatte, vor allem, weil sie währenddessen so nah bei ihm geblieben war. Nicht, dass sie sich besonders weit entfernte während diesem Film. Er war nicht so interessiert an diesem, und seine Aufmerksamkeit wanderte zu Jennas Beinen, zu der Art, wie die Jeans eng anlag, als wäre sie an ihre Haut geklebt, wobei sie alle Kurven exakt hervorhob. Er spielte mit ihrem Haar und fuhr mit den Fingern durch die weichen Strähnen.

„Hast du dein Haar schon immer so kurz getragen?“

Sie nahm den Blick vom Fernseher. „In der Highschool ging es mir bis zur Taille. Es war saumäßig viel Arbeit es zu pflegen, und als ich auf Reisen ging, hab ich es abgeschnitten.“

Er zog an einer Strähne. „Es passt zu dir.“

„Ja? Wieso?“

„Dein Gesicht ist schmal und zu viel Haar würde erdrückend wirken. Außerdem kommen so deine Augen besser zur Geltung, und ich kann deine Ohrringe sehen. Und du hast wirklich niedliche Ohren. Das ganze Paket ist sexy.“

Sie drehte ihren Kopf leicht seitlich. „Äh, wow. Danke."

„Gern geschehen."

Sie gab ihm ihr Glas und er stellte es auf den Beistelltisch. Dann kletterte sie auf seinen Schoß. Er legte die Hände auf ihre Hüften und spürte die Wärme ihres Körpers durch ihre Jeans.

„Ich müsste lügen, wenn ich sagen würde, dass ich nicht schon den ganzen Abend daran gedacht habe."

Sie legte die Handflächen auf seine Brust. „An was?"

„An dich in dieser Position."

„Du magst es, wenn die Frau oben ist?"

„Ich mag dich auf meinem Schoß." Er bewegte seine Finger und testete die Nachgiebigkeit ihres Körpers. „Ich mag es, wenn ich spüre, wie du dich an mir bewegst."

Sie rutschte höher, bis ihr Schritt über der schnell wachsenden Wölbung in seiner Hose lag. „Ungefähr so?"

Er sah sie an. „Genau so."

„Das würde viel mehr Spaß machen, wenn wir beide nackt wären."

„Keine Eile." Er wusste, dass sie bereit war, diese Dämonen zu verbannen, aber wollte einfach nur ihren Körper auf seinem genießen. Sie würden später zu dem Nacktteil kommen. Er streichelte die Seiten ihrer Rippen und ihren Rücken und zog sie dann an sich. Ihre Brüste drückten sich an seinen Brustkorb, ihre Nase befand sich nur Millimeter vor seiner. Er griff ihr in den Nacken und zog sie näher, um sie zu küssen. Diesmal würde niemand sie unterbrechen.

Ein leises Seufzen entkam ihren Lippen, als sich ihre Münder trafen und ihre Lippen sich aneinander rieben. Er fing langsam und gemächlich an, seine Finger tanzten durch ihr Haar und so hielt er sie fest, während er mit dem Mund über ihren strich. Mit der Hand auf ihrem Rücken dirigierte er sie so, dass ihre Beine auf dem Sofa lagen und er sie wie ein Kind in den Armen hielt. Dann vertiefte er den Kuss, verlangte mehr, drang mit der Zunge in ihren Mund und spielte mit ihrer. Sie stöhnte und drückte sich enger an ihn. Ihm wurde heiß, er wurde härter, und er glitt mit der Hand über ihren Rücken und massierte ihre Hinterbacken.

Es wäre so einfach, ihr zu geben, was sie wollte. Sie auszuziehen und zu vögeln, sie beide zu befriedigen und diese Spannung loszuwerden, die sie beide antrieb. Aber das wäre zu einfach, und er wollte nicht, dass es so einfach war. Er wollte, dass es verdammt kompliziert war, damit sie nicht schon morgen wegrennen und sich einen anderen Kerl suchen würde.

Warum ihm so viel daran lag … er hatte keine Ahnung.

Er suchte nicht nach einer Beziehung oder irgendwas Festem. Trotzdem wollte er nicht, dass Jenna das bei jemand anderem fand. Sollte ihn das zu einem Arschloch machen, würde er damit leben müssen.

Er legte ihren Kopf in seine Armbeuge und drehte sie auf den Rücken, sodass er mit der Hand über ihre Brust streicheln konnte. Sie hatte heute Abend keinen BH und er hatte beobachtet, wie ihre Nippel bei jedem bisschen Kälte oder Reiz hart geworden waren. Es war ihm schwergefallen, sie nicht zu berühren, sie nicht in die Hand zu nehmen und die hervorstehenden Gipfelspitzen zu necken, wenn sie sich gegen ihr Shirt drückten.

Jetzt rieb er mit dem Daumen über den einen Nippel, dann über den anderen, und sah zu, wie sie bei der Berührung noch härter wurden. Er steckte seine Hand unter ihr Shirt und ihr Bauch zuckte, als er die Handfläche darauf legte. Er lächelte auf Jenna herunter, arbeitete sich ihre Rippen entlang und legte eine Hand über ihre Brust. Er liebte es, sie anzufassen, liebte den Funken der Leidenschaft in ihren Augen, wenn er mit dem Daumen über ihren Nippel strich.

„Zieh es aus, Babe."

Sie setzte sich auf und er hob das Shirt über ihren Kopf. Sofort lag sie wieder in seinen Armen und ihre Brüste waren entblößt. Jetzt konnte er damit spielen, konnte Jenna in seine Arme heben und mit der Zunge über ihre Nippel tanzen, sie lecken und daran saugen, bis er Jenna so süß nach Luft schnappen und sie lustvoll wimmern hörte.

Oh ja, er genoss es, ihr zuzuhören, mochte es, wie sie sich an ihm wand, während sie sich ihm zudrehte, um noch mehr von ihren Brüsten in seinen Mund zu bekommen. Er umfasste ihre Brust, tanzte mit der Zunge um den Nippel und saugte ihn zwischen seine Lippen, knabberte sanft daran, bis sie nicht mehr stillhalten konnte, bis sie stöhnte, sich in seinen Armen aufbäumte und ihre Nägel in seine Haut bohrte.

Als er mit der Hand über ihren Bauch strich und sich nach Süden vorarbeitete, holte sie zischend Luft und er lächelte.

Ja, genau dorthin wollte er. Zum Knopf ihrer Jeans. Er öffnete ihn, zog den Reißverschluss herunter und schob die Hand in ihre Hose.

„Ty."

Er war nicht sicher ob sein Name nur so dahingesagt war, oder aus Leidenschaft, oder als Bitte. Er wusste nur, dass sich ihre Haut unter dem dünnen, seidenen Höschen wie Feuer anfühlte. Er schob die Finger über ihre Mitte und berührte das Piercing. Ihr Körper vibrierte und ihr süßer Duft füllte die Luft. Er rutschte noch tiefer und spürte ihre Feuchtigkeit.

„Lass uns das ausziehen."

Sie griff nach den Jeans um ihre Hüften und schob sie herunter, trat sie ans Ende der Couch. Ihr Höschen hatte weiße und rosa Streifen und war durchsichtig. Die Seiten reichten kaum bis zu ihren Hüftknochen. Jenna griff danach, aber er stoppte sie.

„Lass das an. Es ist sexy. Ich will dich berühren."

Er legte die Handfläche über das Höschen und spürte die Hitze und die Feuchtigkeit durch das Material. Als er mit dem Finger darüberstrich, bäumte Jenna sich auf. Er schob den Stoff zur Seite und fuhr mit dem Finger über ihre Schamlippen. Sie fühlte sich dort wie Samt an, glatt und seidig. Er wollte sie lecken, ihre süßen Säfte auf der Zunge schmecken, bis sie kam.

Er setzte sie auf und lehnte sie an das Sofa, ging auf die Knie und schob ihre Beine an den Rand der Couch. Er nahm ihren Hintern in die Hände und neigte Jenna zu seinem Mund, sah sie an und leckte über ihr Geschlecht. Als er mit der Zunge mit dem Piercing spielte, ihre Klit einsaugte und die Knospe an seiner Zunge ruhen ließ, stieß sie ein „Oh!" aus. Ihr Geschmack brachte seinen Schwanz zum Pochen. Er wollte sie schreien hören, wollte, dass sie in seinem Mund kam.

Er leckte über ihre Schamlippen und tauchte dann in sie. Ihre Hüften kamen ihm entgegen und sie drückte ihm ihre

Pussy ins Gesicht. Ihre Reaktion machte ihn wahnsinnig. Es wäre so einfach, seinen Schwanz rauszuholen und in sie zu hämmern, bis sie beide kamen. Aber das hier war süße Lust für sie, und ihre Lust war ihm wichtiger. Seine eigene war später dran.

Alles an ihr törnte ihn an, angefangen bei der Art, wie sie ihm ihren Hintern entgegen hob, bis zu der Art, wie sich ihre Muskeln anspannten, wenn sie nahe am Höhepunkt war.

Mit der flachen Zunge an ihrer Klit spielte er mit dem Piercing. Ihr Schrei war ein tiefes Stöhnen, als sie kam und erbebte, und dann fast flüsternd stöhnte, was ihn fast um die Beherrschung brachte. Er küsste ihre Schenkel und den Bauch, ging hoch an ihre Brüste und beobachtete, wie diese sich mit ihrem schweren Atem hoben und senkten.

Sie hob den Kopf, lächelte zu ihm runter, griff nach ihm und drückte einen Kuss auf seinen Mund, leckte über seine Lippen und kostete ihren eigenen Geschmack auf ihm.

„Lecker“, sagte sie, zog ihm das Shirt aus und warf es zur Seite.

Sie legte die Hände auf seine Schultern und ließ die Finger dann an seinen Armen hinabgleiten. Er mochte es, wie sie ihn berührte, wie ihr Blick seinen Körper mit purer, weiblicher Faszination erkundete, was ihn stolz machte, ein Mann zu sein.

„Jetzt will ich dich auf dem Sofa“, sagte sie.

Gerne gehorchte er.

„Aber zieh erst die Hosen aus.“

Er grinste, kickte Schuhe und Socken fort, sah zu, wie sie auf dem Boden auf die Knie ging.

Oh ja! Ihm wurde klar, was sie vorhatte und seine Eier zogen sich zusammen. Der Gedanke an ihren Mund auf ihm brachte seinen Schwanz zum Zucken. Er wollte das, hatte in seinen Fantasien über Jenna immer wieder daran gedacht. Und er hatte jede Menge Fantasien über sie, wenn er nicht mit ihr zusammen war. Und auch wenn er es war.

Na gut, er dachte also oft an sie. Aber das bedeutete gar nichts. Nur, dass sie heiß war und er noch nicht genug von ihr hatte.

Es mochte eine Weile dauern, bis er genug von Jenna haben würde.

Sie erhob sich vor ihm und drückte ihre Brüste an seinen Brustkorb. Beim Reiz ihrer Nippel verlangte sein Schwanz schmerzhaft nach ihr. Er spreizte die Beine, aber sie zog sich zurück.

„Noch nicht. Ich habe was vor mit dir."

Mit dem Daumen strich sie über seine Unterlippe, dann mit der Zunge, und dann tauchte sie tief in ihn und holte sich einen heißen Kuss von ihm. Er legte die Arme um sie und zog sie an sich, streichelte die zarte Haut ihres Rückens, glitt tiefer und nahm sich eine Handvoll ihres süßen, runden Hinterns. Er zog sie gegen seinen Schwanz, wollte die Verbindung spüren. Seine Erektion pulsierte. Er hatte Jenna geschmeckt, auf sie gewartet und wollte in ihr sein – jetzt.

Aber Jenna hatte andere Pläne, denn sie zog sich zurück, setzte Küsse auf seinen Hals, wanderte seine Brust entlang, benutzte ihre Hände und den Mund, um ihn verrückt zu machen. Mit den Fingerspitzen reizte sie seine Nippel, fuhr mit der Zunge über die eine, dann die andere Brustwarze. Er sog scharf die Luft ein, als ein Blitz aus Lust bis in seinen Schwanz fuhr. Dieser zuckte zwischen ihnen hoch und er rieb ihn an Jennas Bauch.

Sie lachte, hob den Kopf und grinste. „Dazu komme ich noch. Hab Geduld."

Er fühlte sich nicht geduldig. Er gierte nach ihr.

Sie hatte einen Körper, von dem er nicht genug bekommen konnte, und ihre Berührungen machten ihn irre. Sie folterte ihn mit ihren Fingernägeln, harkte damit über seinen Körper und ihr Mund folgte dem Pfad. Sie leckte ihn, zog die Zähne über seine Haut, bis er die Hüften vom Sofa hob. Er wusste nicht, ob er mehr davon wollte, oder es nicht mehr ertragen konnte. Er wusste nur, dass es sich verdammt gut anfühlte und er ihre Hände und ihren Mund an seinem Schwanz spüren wollte. Und als sie ihre Hände auf seine Schenkel legte und den Kopf hob, um ihn anzusehen, war er bereit, zu betteln.

Aber das brauchte er nicht, denn sie griff seinen Schaft und rieb ihn hoch und runter. Mit beiden Händen. Er legte den Kopf nach hinten und beobachtete, wie sie mit dem Daumen über die Spitze streichelte. Seine Eier zogen sich zusammen und sein Schwanz zuckte, als sie ihn mit festem Griff drückte.

Gott, er könnte seine Ladung sofort abschießen, allein beim Anblick ihrer Hände an ihm. Als sie sich vorbeugte und ihre Lippen um die Spitze legte, biss er die Zähne zusammen, denn ihr Mund war heiß und nass und es war die süßestes Höllentortur, verabreicht von einer wunderschönen Frau. Ihre Zunge rollte um seine Spitze, dann über die Unterseite seines Schaftes, und spielte danach mit der Zungenspitze mit seinen Eiern und kümmerte sich dann um seinen Sack.

„Himmel, Jenna, das ist so gut."

Sie nahm seine Eier in den Mund und rollte mit der Zunge darum, leckte dann wieder hoch zu seinem Schwanz, tanzte mit der Zunge überall an ihm entlang, ehe sie ihn in den Mund nahm. Sie blies wie eine Göttin, wie der Traum eines jeden Mannes. Er beugte sich vor und vergrub seine Finger in ihrem Haar, half ihr, einen Rhythmus zu finden. Er konnte nicht anders und drückte sie herunter, damit sie alles von ihm aufnahm, und fragte sich, ob sie davor zurückscheuen würde.

Aber sie machte einen bestätigenden Laut, legte die Hand um den Schaft und, um ihn zu drücken und zu reiben. Seine Eier erzitterten. Er konnte nicht viel mehr von dieser Behandlung überstehen. Er knirschte mit den Zähnen, sein Körper spannte sich an vor Verlangen, zu kommen. „Oh ja, ich werde kommen." Er wollte ihr Zeit geben, sich zurückzuziehen und ihn loszulassen, aber sie presste die Lippen fest um seinen Schwanz. Der Schweiß brach ihm aus, als der Orgasmus durch seinen Körper raste, ihn erzittern und so stark zucken ließ, dass seine Beine bebten. Zu sehen, wie Jenna alles aufnahm, ihre Kehle arbeitete, als sie schluckte, steigerte die Intensität seines Höhepunkts.

Als es vorbei war, ließ Jenna ihn los und küsste seinen Schwanz. Sie leckte sich über die Lippen und stieg auf Ty, um ihn zu küssen. Er umfasste ihren Nacken und glitt mit der Zunge in ihren Mund, noch immer zittrig von der Intimität, die sie ihm geschenkt hatte.

Sie legte den Kopf auf seine Brust und streichelte ihn, gab ihm Zeit, sich zu erholen. „Du schmeckst gut", sagte sie.

Er grinste. „Du auch. Und danke. Ich habe es genossen."

„Ich auch. Ich wollte das schon lange mal tun, aber du hast immer mich verwöhnt."

Er rieb ihren Rücken und liebste es, wie sie sich seiner Hand entgegen hob, als ob sie mehr davon wollte. „Ich mag es, dich zu küssen und zu berühren. Es gefällt mir, zu wissen, dass dir gefällt, was ich mit dir mache."

Sie hob den Kopf und sah ihn an. „Alles, was du mit mir machst, gefällt mir. Aber das ist dir sicherlich schon aufgefallen."

„Dein Körper reagiert sehr leicht."

„Nicht bei jedem. Aber bei dir? Definitiv ja."

„Es gibt andere?"

Sie lachte. „Nein. Ich glaube, das weißt du auch. Und was ist mit dir, heißer Hockeyspieler? Und mit Liz als deine Agentin? Sie wird dir andauernd Frauen nachwerfen."

„Nach dem Desaster mit Mick hat sie sich das abgewöhnt. Sie sagt, sie wird sich für immer aus dem Liebesleben ihrer Klienten raushalten."

„Das glaube ich. Nicht, dass du ein Problem damit hättest, ganz allein jede Menge Frauen anzuziehen."

Interessant, dass sie wissen wollte, ob er sich mit anderen Frauen traf. Und er hatte gedacht, es sei ihr egal. Vielleicht irrte er sich da.

Er streichelte über ihre Rippen, dann zog er Jenna auf seinen Schoß und umfasste ihre Brust. „Ich habe keine Zeit, Frauen hinterherzujagen."

„Du hast aber ganze Arbeit geleistet, mich zu jagen."

„Ah ja, aber du bist was Besonderes."

„Ja? Wie meinst du das?"

„Mir gefällt dein Aussehen, wie du schmeckst, wie du unter meinen Händen und meinem Mund dahinschmilzt." Er streichelte ihre Nippel mit den Daumen.

Sie sog scharf die Luft ein. „Oh, das fühlt sich gut an. Kneif sie."

Er nahm ihre Nippel zwischen Daumen und Mittelfinger und drückte sie leicht. „Ich mag es, dass ich dich so berühren kann und du sagst mir was dir gefällt."

„Gott, ja, das gefällt mir. Fester."

Es gefiel ihm, dass sie ein bisschen Schmerz mochte, dass er sie nicht wie eine zerbrechliche Blume behandeln musste. Sein Schwanz fühlte sich an wie pulsierender Stahl, als er seinen Griff um ihre Nippel festigte. Er zog und drehte sie, bis Jenna nach Luft schnappte. Sie griff nach ihren Brüsten, kaute auf ihrer Unterlippe und presste ihre Pussy an seinen Schwanz.

„Kannst du dich so selbst zum Kommen bringen?“, fragte er.

„Wahrscheinlich.“

„Mach es. Ich will zusehen.“

Sie bewegte sich vor und zurück, rieb ihre nasse Mitte an seinem Schaft. Er spürte stellenweise das winzige Piercing, als sie über seine stahlharte Erektion wippte. Die Muskeln ihrer Schenkel arbeiteten, während sie sich vor und zurück neigte und seinen Schwanz benutzte, um es sich selbst zu besorgen. Als sie nach unten griff und ihre Klit rieb, hielt er es nicht mehr aus. Er hielt sie fest, lehnte sich vor und fischte ein Kondom aus seiner Hosentasche. Er riss die Verpackung auf und Jenna rutschte ein Stück zurück, sodass er es in Rekordgeschwindigkeit überziehen konnte. Sie erhob sich und pfählte sich selbst auf seinem Schwanz, schrie auf, sobald er vollständig in ihr war. Sein Schaft zuckte, als sie ihn umgab und ihn mit kleinen Impulsen massierte.

„Ich bin sowas von bereit, zu kommen“, sagte sie schwer atmend. Sie lehnte sich zurück und legte die Hände auf seine Schenkel. „Besorg es mir und nimm mich dann hart.“

Er befeuchtete seine Finger mit ihren Säften und rieb dann über ihre Klit.

„Oh, genau da.“ Sie sah ihn direkt an, während er in sie pumpte und ihre harte Knospe massierte. „Ja, das bringt mich zum Kommen, Ty.“

Er spürte, wie die Kontraktionen ihres Höhepunkts ihn in eine enge Schraubzwinge nahmen. Sie stöhnte und ritt ihn hart, als sie kam, warf sich nach vorn, hob und senkte sich schnell auf seinen Schwanz. Ihr beim Kommen zuzusehen war magisch. Sie kam mit voller Kraft und stieg von einem Gipfel zum anderen. Er kam ihren Stößen mit allem was er hatte entgegen, bis er sich nicht länger zurückhalten konnte.

Er legte seine Arme um sie und nahm einen ihrer Nippel in den Mund und saugte ihn tief ein, während er mit einem starken Stöhnen kam. Jenna wob ihre Finger in sein Haar und hielt sich an ihm fest, als er bebend und stöhnend seinen Samen abschoss.

Er leckte ihren Nippel, zupfte daran mit seiner Zunge und liebte die Vibration ihres zufriedenen Seufzens, als sie wieder zu Atem kamen. Er ließ sich ins Sofa fallen und Jenna wischte ihm das Haar aus der Stirn. Ihre Wangen waren gerötet und ihre Nippel angeschwollen. Das Nachspiel mit ihr machte immer viel Spaß. Sie war nicht schüchtern, was ihren Körper und den Sex anging, was sicherlich auch dazu beitrug, warum er es so genoss, mit ihr zusammen zu sein.

„Ich hab Hunger", sagte sie.

„Da ist noch Pizza."

Sie nickte. „Ich liebe kalte Pizza."

Er klatschte ihr auf den Hintern. „Ich auch."

Sie stieg von ihm herunter. „Gut. Du wirst das Protein brauchen, denn ich bin bald für die nächste Runde bereit."

„Unersättlich, was?"

Sie griff nach ihren Kleidern und ging Richtung Badezimmer. „Du hast keine Ahnung wie sehr."

Dreizehn

Normalweise würde sich Jenna nicht als sexuell ausgehungert bezeichnen. Zwar liebte sie Sex, sehnte sich immer nach einem guten Orgasmus, aber es war schwer, einen Mann zu finden, der ihr im Bett ebenbürtig war.

Ihr war klar, dass sie mit Ty ein Problem haben würde. Es machte nicht nur Spaß, mit ihm zusammenzusein, er war auch ein sexueller Dynamo. Er bot ihr alles, was sie wollte, und noch mehr. Er war nicht anhänglich, jammernd, metrosexuell oder unterwürfig. Überraschenderweise waren das viele Männer. Sie wollte im Bett nicht die Führung übernehmen. Ab und zu war okay, aber sie wollte einen Mann, der wusste, was er tat mit seinem Schwanz. Ty wusste das definitiv. Sie bekam Hitzewellen, wenn sie nur daran dachte, was er damit alles tun konnte. Und mit seinen Händen. Und mit seinem Mund. Verdammt.

Auch angelte er nicht nach Komplimenten für sein sexuelles Können – was nicht überraschenderweise auch eine Menge Männer taten. Er schien zufrieden zu sein, mit ihr Sex zu haben und genoss es offensichtlich genauso immens wie sie. Und nicht ein Mal hatte er gefragt, ob es schön für sie gewesen war, oder ob er gut genug war. Er ging einfach davon aus, dass er ihre Welt aus den Angeln hob, was er auch getan hatte. Das hatte sie ihm ganz klar bewiesen.

Sie gaben ein gutes Paar ab, und war das nicht einfach zum Kotzen, denn ihre Absicht war, so viel Spaß aus ihm rauszuholen, wie sie konnte, und wenn sie seiner müde werden würde, ihn zu kicken.

Das klang furchtbar, aber zur Hölle, taten Männer das nicht ständig? Warum sollte sie das nicht auch können?

Außer, dass er jetzt auf dem Boden ausgebreitet vor ihrem Sofa lag. Sie hatten Pizza gegessen, wieder Sex gehabt, und sahen sich noch einen Film an. Ty schien damit zufrieden zu sein, Limo zu trinken und die Nacht damit zu verbringen, mit ihr abzuhängen. Er hatte keine Forderungen gestellt, außer der ihres Körpers, der an all den richtigen Stellen wund war.

Sie hatte eine großartige Nacht gehabt und war noch lange

nicht fertig mit Ty.

Der Film war zu Ende und Ty sah nach hinten. „Hat der dir gefallen?“

Das hatte er. Und auch ihm. Er hatte viel gelacht und sogar bei dem emotionalen und rührseligen Teil nach ihrer Hand gegriffen, als er Jenna schniefen gehört hatte. Und, was ein Bonus war, er hatte sich nicht über sie lustig gemacht. Es sprach viel für einen Mann, der eine Frau unterstützte, die an traurigen Stellen von Filmen heulte. „Es war eine schöne Liebesgeschichte.“

Er drehte sich zu ihr um. „Das war es. Sie haben beide Fehler gemacht und dummen Mist, über den sie sich wieder vertragen mussten, also war da eine Balance auf beiden Seiten. Sie hatten beide Unrecht.“

„Das stimmt. Sie mussten erst beide wachsen und Dinge über sich selbst herausfinden, ehe sie am Ende zusammenkamen.“

Er grinste. „Ja. Es war eine gute Geschichte. Mir gefiel, dass er ihr den Welpen aus dem Tierheim geschenkt hat.“

„Oh wie süß. Du wirst weich bei Tieren, oder?“

„Jedes Mal. Aber verrate mein Geheimnis nicht. Das könnte mein Macho-Killer-Image auf dem Eis zerstören.“

„Dein Geheimnis ist bei mir sicher.“

„Gut zu wissen. Jetzt verrate mir dein Geheimnis.“

Sie hob eine Braue. „Was für ein Geheimnis?“

Er stand auf und streckte die Hand aus. Neugierig legte sie ihre Hand in seine und er zog sie auf die Beine und ging mit ihr durch den Flur.

„Ich hab das hier neulich gesehen, als du mich hier alleingelassen hast.“

Er hielt vor der Tür des Musikzimmers an. Sie runzelte die Stirn und verstand dann, worauf er sich bezog. „Oh, die Gitarre?“

„Ja. Und die Musik. Du komponierst.“

Sie zuckte mit den Schultern, entschlossen, die Musiksache herunterzuspielen. „Ein bisschen.“

Er lehnte sich an den Türrahmen. „Sieht aber nach mehr aus als nur ein bisschen. Und du kannst auch spielen.“

„Auch nur ein bisschen.“ Sie war überrascht, dass ihm das

überhaupt aufgefallen war.

„Kannst du auch singen?"

„Ein bisschen."

„Toll. Spiel was und sing für mich."

Sie schüttelte den Kopf. „Oh nein, das mach ich nur für mich selbst."

„Warum?"

„Weil es mich entspannt und etwas ist, das ich gern in der Freizeit mache."

„Ich meine, warum singst und spielst du nur für dich selbst? Bist du so schlecht?"

Sie hob das Kinn. „Nein, ich bin nicht schlecht."

„Dann spiel für mich."

„Nein."

Er nahm ihre Hand in seine. „Ich möchte dich hören, Jenna. Bitte spiel etwas für mich."

Die Aufrichtigkeit in seiner Stimme, in seinem Ausdruck, berührte etwas in ihr. Sie spielte nie für andere Leute. Nicht seit Europa. Und das war lange her. „Ich weiß nicht so recht."

„Nur einen Song. Du hast all die Musik hier. Lass mich nur einen Song hören."

„Gut." Sie setzte sich auf den Boden und nahm die Gitarre.

Er grinste, kam in den Raum und ließ sich in den Sessel fallen und sah so begeistert aus, als hätte er soeben Plätze in der ersten Reihe bekommen, um Nickelback oder Beyoncé oder jemand anderen Berühmten zu sehen.

„Ich hoffe, du erwartest jetzt nichts Lebensveränderndes."

„Ich erwarte gar nichts, Jenna. Ich will dich einfach nur hören."

Sie wärmte ihre Finger an den Saiten etwas auf und fing dann an zu spielen. Erst nur Musik, um sich daran zu gewöhnen, tatsächlich wieder vor jemandem zu spielen. Aber als der Song ihren Kopf ausfüllte, vergaß sie, dass Ty hier war, und sie tat, was ganz natürlich passierte – sie sang und die Worte strömten aus ihr heraus, während sie die Saiten der Gitarre bespielte. Es war einer der Songs, den sie neulich geschrieben hatte. Über den Wunsch nach Freiheit, über das Gefühl, gefangen zu sein und angekettet. Sie stellte eine Brücke zu ihren Träumen her, zu all den Orten, die sie besuchen würde, wenn sie frei wäre. Es war ein langsamer, melancholischer Song, aber voller Hoffnung.

Als sie fertig war, sah sie auf und Ty war vorgebeugt, seine Ellbogen lagen auf seinen Knien.

„Wow, Jenna. Du bist umwerfend."

Sie spürte Hitze vom Hals bis in die Wangen. „Meinst du?"

„Oh ja. Ich meine, viel unglaublicher als ich dachte."

Ich Lippen kräuselten sich. „Du hast also gedacht, dass ich scheiße bin."

„Ich dachte, es ist nur etwas, das dir Spaß macht. Ich hatte nicht erwartet, dass du so verdammt gut darin bist. Du hast eine fantastische Stimme. Und dieser Song. Hast du ihn geschrieben?"

Sie nickte.

„Wie lange komponierst du schon?"

Sie zuckte die Achseln.

„Jenna."

„Schon lange."

Er fuhr sich mit den Fingern durch die Haare, stand auf und setzte sich ihr gegenüber auf den Boden. „Ich bin kein Musikexperte, aber das war gut. Wirklich gut."

„Danke."

„Wie lange spielst du schon?"

„Auch wieder: schon lange."

„Erzähl mir davon."

„Es ist wirklich keine große Sache."

Er sah sich um und sein Blick überflog die Notenblätter, die im ganzen Raum verteilt waren. „Ganz offensichtlich ist es eine große Sache für dich. Du komponierst, du spielst. Erzähl mir davon."

Sie atmete durch. „Ich hatte ein paar Musikkurse im College, bevor ich es hingeschmissen habe. Das hat mir sehr viel Spaß gemacht."

„Und?"

„Nichts. Ich mochte einfach nur die Kurse und vermisste die ganze Musiksache nachdem ich mit der Schule fertig war. Also fing ich an, Songs zu schreiben."

„Sing noch was anderes."

Sie konnte nicht gegen den kleinen aufregenden Stich ankämpfen, der durch sie schoss. „Okay."

Dieses Mal wählte sie einen schnelleren Song, einen bekannten, den jeder aus dem Radio kannte. Es war eines ihrer Lieblingslieder und passte zu ihrer Stimmlage. Sie sang ihn andauernd und fühlte sich gut danach. Als sie fertig war, klatschte Tyler Beifall und lachte.

„Danke", sagte sie.

„Also warum machst du das nicht … irgendwo."

„Irgendwo?"

„Ja, auf einer Bühne. Öffentlich."

Sie schnaubte, stellte die Gitarre wieder in die Halterung und erhob sich vom Teppich. „Also bitte. Ich bin ein Amateur."

Er stand ebenfalls auf. „Amateur, von wegen." Sie wollte rausgehen, aber er hielt sie an der Hand zurück. „Du bist eine unglaubliche Sängerin, Jenna. Die Leute sollten dich hören können."

Sie runzelte die Stirn. „Nein."

„Warum nicht?"

„Weil ich nicht will." Sie ging ins Wohnzimmer, während Tys Worte durch ihren Kopf sausten.

„Hast du Angst, öffentlich zu singen?"

„Darum geht es nicht."

„Worum dann?"

Sie nahm den leeren Pizzakarton und begann, aufzuräumen. „Lass es gut sein, Ty."

Aber er folgte ihr in die Küche. „Du verschwendest dein Talent."

Sie ignorierte ihn und nahm den Müll aus dem Eimer. Er nahm ihn ihr ab und band ihn zu, trug ihn hinaus und gab ihr so eine Minute zum Einatmen und frustriert wieder auszuatmen. Sie biss sich auf die Lippen, um die Tränen zurückzuhalten. Sie sang nie vor irgendjemandem. Nicht mehr. Keiner kannte ihr Hobby. Es war immer nur für sie dagewesen, eine Möglichkeit, ihre Frustrationen, ihre Gefühle herauszulassen, über was auch immer in ihr vorging.

Warum hatte sie vor ihm gesungen? Es ergab keinen Sinn. Sie hätte es für sich behalten sollen. Stattdessen hatte sie für ihn gespielt. Hatte nicht nur einen bekannten Song gesungen, sondern auch noch einen, den sie selbst geschrieben hatte.

Es gefiel ihm, und er hatte den Eindruck gemacht, als ob sie wirklich gut war. Er hatte einen Nerv getroffen, war in ihre Träume und Fantasien gedrungen, und brachte sie dazu, Dinge zu wollen, die sie niemals haben konnte.

„Wo sind deine Müllbeutel?"

„Was?" Sie hatte ihn nicht wieder reinkommen hören.

„Müllbeutel für deinen Mülleimer."

„Oh. Ach so. Unter der Spüle." Sie zwang sich zur Konzentration und drehte sich um. „Das kann ich machen."

„Schon erledigt."

„Okay, dann danke."

„Gern geschehen."

Sie drehte sich um, aber er schlang die Arme um sie und zog sie an seine Brust. „Du bist eine tolle Sängerin, Jenna. Ich wollte dir nur ein Kompliment machen, nicht dich verärgern."

Sie seufzte. Sie hatte überreagiert. „Dafür danke ich dir. Und ich bin nicht sauer."

Er neigte den Kopf zur Seite. „Ich glaube, da ist noch mehr an der Geschichte."

„Nicht wirklich."

Er sah sie an. „Was auch immer es ist, du kannst mit mir darüber reden."

„Als ich in Deutschland war, habe ich gespielt. Die haben eine tolle Musikszene und ich war mit ein paar Bands befreundet. Ich lebte meinen Traum und hatte die beste Zeit meines Lebens mit komponieren und singen."

Er kreuzte die Arme vor der Brust und lehnte sich an die Arbeitsplatte. „Ja? Das klingt super."

„Das war es auch. Wir bekamen ein Vorsingen für eine große Show. Allerdings wollten sie nur die Band. Nicht mich. Sie hassten meine Stimme und sagten, ich würde die Band blockieren."

„Autsch."

„Die Band warf mich raus und das war das Ende meiner Singerei."

„Jenna, Ablehnungen sind Teil des Geschäfts, oder?"

Sie zuckte die Achseln. „Vielleicht. Ich weiß es nicht. Ich war einfach nicht gut genug."

Er stieß sich von der Theke ab und kam zur ihr rüber, legte die Hände auf ihre Schultern. „Du bist gut genug. Du hast eine unglaubliche Stimme. Vielleicht warst du nicht die richtige Stimme für diese eine Band. Das bedeutet nicht, dass deine Stimme nicht gut genug war. Denn sie ist gut genug. Ich denke, du hast eine fantastische Stimme."

Sie sah ihn an. „Sie ist ganz okay. Zum Singen in der Privatsphäre meines Schlafzimmers."

„Blödsinn. Sie ist wunderbar."

Ihre Lippen kräuselten sich. „Du bist nicht gerade ein Talentsucher. Aber ich bin dir dankbar, dass du so denkst."

„Was ist danach passiert?"

„Nichts."

„Du meinst, du hast aufgehört zu singen?"

„Nein, natürlich nicht. Wie du an dem Chaos in meinem Büro erkennen kannst, schreibe ich immer noch Songs und singe sie."

„Aber nicht in der Öffentlichkeit."

„Äh, nein. Nicht bis heute Abend. Für dich. Was man aber wohl nicht als öffentliches Singen bezeichnen kann."

Seine Augenbrauen hoben sich. Sie wusste, dass er noch etwas sagen wollte, aber vielleicht hatte er den flehenden Blick in ihren Augen gelesen, denn er lächelte und sagte: „Dann fühle ich mich geehrt. Danke."

„Gern geschehen."

Er beugte sich hinab und strich mit seinen Lippen über ihre. „Du bist eine Frau mit vielen Talenten."

Froh, dass die Spannung gewichen war, lachte sie. „Ja, ich bin eine erstklassige Barkeeperin."

„Ja, das auch, aber das sind nicht die Talente, die mir gerade in den Sinn kommen."

„Oh, nicht? Und was kommt dir gerade in den Sinn?"

„Etwas mehr Schlafzimmerorientiertes."

Er hob sie auf die Arme und trug sie durch den Flur zum Schlafzimmer. Sie erkannte die offensichtlich amouröse Absicht in seinem Gesicht und lächelte. „Wenn wir schon von jemandem mit vielen Talenten reden …"

Vierzehn

Ein paar Tage später bat Ty Jenna um eine Verabredung und war überrascht, als sie zusagte.

An dem anderen Abend war sie verärgert gewesen, war aber schnell darüber hinweggekommen. Sie war nicht eine dieser Frauen, die sauer wurden und es blieben.

Was gut war, denn er hatte spezielle Pläne für heute Abend und es könnte passieren, dass sie wieder sauer auf ihn wurde. Hoffentlich würde er alles so hinkriegen, dass sie niemals erfahren würde, dass er es eingefädelt hatte.

Um acht holte er sie ab. Sie hatte Jeans an und ein sexy Shirt, das sie mit einer Lederjacke bedeckte und mit hochhackigen Stiefeln ergänzte. Sie sah so heiß aus, dass er Ausgehen vergessen und stattdessen ihre Jeans von ihr schälen und sie nackig machen wollte. Aber das war nicht das Ziel des heutigen Abends.

Zumindest war es nicht das Ziel des Abends, mit dem er beginnen wollte. Er hoffte, später noch dort hin zu kommen. Er konnte sich nicht helfen. Dorthin wanderten seine Gedanken einfach immer, wenn er mit ihr zusammen war.

Sie stieg in sein Auto, machte es sich bequem und streckte die Beine aus, verschränkte die Füße über den Knöcheln. Sie drehte sich zu ihm und die langen silbernen Ohrringe baumelten neben ihrem Hals.

„Du siehst heute wunderschön aus." Er lehnte sich rüber, gab ihren Lippen einen leichten Kuss und es schmeckte nach etwas Intensivem. Er leckte sich über die Lippen.

„Kirsche", antwortete sie ihm. „Und danke. Du siehst auch ziemlich heiß aus."

Er hatte sich kaum aufgebrezelt. Er trug Jeans, ein Hemd und seine Lederjacke gegen die Eiseskälte in der Luft. „Danke."

Er fuhr auf den Highway.

„Wohin fahren wir?"

„Zu einem Club, über den ein paar Frauen und Freundinnen der Jungs ständig reden. Soll heiß sein. Viel gute Musik und tolle Spiele."

„Es ist keine Sportbar, oder?"

Er lachte. „Es gibt in dem ganzen Ding keinen einzigen Bildschirm."

„Dann werde ich ihn lieben."

Die Fahrt dauerte nicht lange, der Club war in der Innenstadt, wo man keinen killermäßigen Club erwarten sollte, aber der Parkplatz war voll. Sie musste ein Stück weiter an der Straße parken. Ty half Jenna aus dem Auto, nahm ihre Hand und sie gingen zu dem Club.

„Ich habe von dem Club gehört", sagte Jenna, als sie sich der Tür näherten. „Ein paar Freunde sprachen davon, hier gewesen zu sein. Die sagten, es sei schwer, überhaupt reingelassen zu werden. Ich konnte das wegen der Lage kaum glauben, aber jetzt verstehe ich, wovon sie geredet haben."

Da war eine Warteschlange. „Brandschutzauflagen wahrscheinlich", sagte er und sah Jenna an.

„Vielleicht hätten wir früher kommen sollen."

„Wir werden reinkommen."

Sie lachte und betrachtete die Schlange. „Ja, um Mitternacht."

Er ging direkt zur Eingangstür und grinste den muskulösen Türsteher an.

„Hi, Tyler."

„Wie geht's, Greg?"

„Gut." Greg öffnete ihnen die Tür. „Habt Spaß, ihr zwei."

„Danke." Ty gab ihm ein Trinkgeld und geleitete, trotz der Beschwerden derer, die in der Kälte warteten, Jenna durch die Tür.

Sobald sie drin waren, wandte sie sich an ihn. „Bist du wirklich so bekannt, oder warst du schon mal hier?"

Er grinste. „Ich bin zum ersten Mal hier. Greg ist beim Sicherheitsdienst bei den *Ice*-Spielen. Ich sah ihn, als wir vorbeigefahren sind, und dachte mir, er lässt uns vielleicht an der Schlange vorbei."

„Glück gehabt."

„Ja, oder?" Er legte seine Hand auf ihren unteren Rücken und führte Jenna in den Club.

Es war kein rockiger Tanzclub mit lauter Techno-Musik. An einer Seite war eine Bar und eine Bühne in der Mitte, mit vielen Tischen darum verteilt. Momentan war eine Band auf der Bühne und spielte coole Countrymusik.

„Oh, das sieht nach Spaß aus“, sagte Jenna an ihn gewandt, als sie sich durch die Menge wühlten und einen freien Tisch suchten. Sie fanden einen am anderen Ende des Clubs und setzten sich. „Ganz anders, als ich erwartet hatte.“

„Ja? Was hast du denn erwartet?“

„Bei der Schlange da draußen? Was Lauteres, große Lichtanlage und viele Bässe. Ich dachte, es ist einer dieser heißen, neuen Tanzclubs.“

Er lachte. „Das wirst du hier nicht finden.“

Die Bedienung kam und sie bestellten Drinks.

„Meine Freunde haben mir erzählt, dass es ein toller Club sei, aber sie haben nicht gesagt von welcher Art. Diese Band ist gut.“

„Ja.“

Sie lehnten sich zurück und hörten zu, tranken etwas und sahen allen beim Tanzen zu. Tyler wartete darauf, dass Jenna das Buch auffiel und die Stifte und Karten auf dem Tisch. Bis jetzt war sie von der Band abgelenkt und vom sich im Club umsehen. Außerdem hatte sie garantiert den natürlichen Drang, die Bar zu beobachten und die Barkeeper. Die Konkurrenz abchecken und so.

Aber als die Band zu Ende gespielt hatte, ihre Instrumente nahm und unter donnerndem Applaus die Bühne verließ, runzelte Jenna die Stirn.

„Das war's schon?“

„Ich glaub schon.“

„Das war aber kurz.“

Dann ging eine Sängerin auf die Bühne, ein Mädchen in Jeans und Sweatshirt. Sie hatte neon-orange Turnschuhe an und ihr Haar zu Zöpfen geflochten. Niedlich. Der Ansager forderte das Publikum auf, Marie zu begrüßen, und alle klatschten und brüllten. Musik begann und Marie sang. Sie war recht gut.

Jenna runzelte wieder die Stirn und dann sah sie das Buch auf dem Tisch. „Oh, das ist Karaoke oder sowas.“

„Wirklich? Die Band machte Karaoke?“

„Ich weiß nicht.“ Sie nahm das Buch und blätterte es

durch. „Nein, es ist Open-Mic heute. Man kann seine Band mitbringen oder allein singen, oder sie haben Playback-Musik, zu der man singen kann."

„Aha. Das ist ja cool."

Sie sah ihn seitlich an. „Hast du das nicht gewusst?"

„Woher zum Geier sollte ich das wissen? Ich war noch nie hier. Wie ich schon sagte, ein paar der Frauen erwähnten, dass sie hier waren und dass es toll war, also dachte ich, wir probieren es mal aus. Denn es ist ja schließlich keine Sportbar und so."

Sie sah ihn an, als ob sie ihm nicht glaubte, aber wandte sich wieder Marie zu und ließ das Thema fallen.

So weit, so gut.

Er würde Jenna heute auf diese Bühne bringen.

Und er würde nicht mal etwas tun oder sagen müssen, um sie dort hin zu bekommen.

*

Jenna betrachtete sich für ein paar Stunden die Parade der Talente, die auf die Bühne ging, und war zugegebenermaßen fasziniert, beeindruckt und auch entsetzt.

Aus irgendeinem Grund waren die Leute nicht zu schüchtern, zu zeigen was sie konnten, ob es nun gut war oder schlecht. Und einige, die wirklich furchtbar waren oder völlig betrunken, dachten, dass sie super klangen, was die Zuschauer nicht zu stören schien. Die Menge war höflich, neckte den Künstler manchmal oder buhte ein wenig, je nach dem, was geboten wurde, und klatschte oft auch begeistert, denn einige Leute waren wirklich talentiert.

Das Ganze roch immer noch verdächtig wie von Ty arrangiert, aber er hatte sie nicht gefragt oder ermutigt, auf die Bühne zu gehen und zu singen. Vielleicht war er ehrlich und hatte tatsächlich nicht gewusst, dass das hier eine Bühne war, wo Talente zeigen konnten, was in ihnen steckte. Er lehnte sich nur zurück, trank etwas und machte Kommentare über wen er gut oder schlecht fand.

Sie stimmte ihm hundertprozentig bei seiner Beurteilung zu.

Trotzdem war sie angespannt und wartete darauf, dass er jeden Moment vorschlagen würde, dass sie sich zum Singen melden würde. Was sie nicht tun würde. Sie konnte nicht. Nicht mehr, seit dieses furchtbaren Erlebnisses in Deutschland, wo man ihr sagte, sie sei nicht gut genug.

Nie wieder würde sie sich so etwas antun.

Es waren jetzt zwei Stunden vergangen und Ty hatte noch kein Wort in der Richtung verloren.

Sie war besser als die Hälfte der Leute, die betrunken da rauf schlenderten, um den letzten Hit von Katy Perry, Miranda Lambert oder Adele zu trällern.

Verdammt.

Ich könnte den Leuten hier Feuer unter dem Hintern machen und sie von den Stühlen reißen.

„Ich bin sicher, du könntest das, wenn du es wolltest."

„Was?"

„Ihnen Feuer unterm Hintern machen und sie von den Stühlen reißen."

Oh Gott, hatte sie das laut ausgesprochen?

Sie wartete darauf, dass Ty noch mehr sagte, sie drängen oder ermutigen würde und sie irgendwie auf die Bühne zwang. Aber das tat er nicht. Stattdessen machte er der Bedienung ein Zeichen und bestellte noch etwas zu trinken.

Das hier war ihre Chance.

Wenn sie da hoch wollte und singen, wäre es ihre eigene Entscheidung und von niemandem sonst. Ty würde sie ganz offensichtlich nicht auffordern oder beschwatzen. Sie kaute auf ihrer Unterlippe, während eine Band zu spielen anfing und sich Gäste auf der Tanzfläche einfanden.

„Magst du tanzen?", fragte Ty.

„Gern." Alles, was sie vom Herumsitzen und Brüten abhielt.

Die Band war gut, spielte leichte Rockmusik, mit einer Sängerin, die in einem schäbigen Hippie-Look auftrat. Jenna mochte ihre Stimme, und als die Melodie langsamer wurde, zog Ty Jenna an sich und legte die Arme um sie. Schnell vergaß sie die Musik und fiel ganz in das Gefühl, wie sich sein Körper an ihrem anfühlte. Sein Schenkel rutschte zwischen ihre Beine, als sie sich im Rhythmus über die volle Tanzfläche bewegten.

Sie legte den Kopf an seine Brust und inhalierte die frische Männlichkeit seines Duftes, ihre Finger fuhren über die festen Hügel seiner Schultern. Sie war so mit ihren Unsicherheiten beschäftigt gewesen, dass sie sich gar nicht erlaubt hatte, die Freude der Gesellschaft dieses erstaunlichen Mannes zu genießen. Erst jetzt bemerkte sie die neidischen Blicke der Frauen um sie herum, und ihr wurde klar, wie viel Glück sie hatte, in Tys Armen zu sein. Mindestens zehn Frauen starrten sie an und würden liebend gern mit ihr tauschen.

Was für eine Idiotin sie doch war. Es ging nicht immer nur um sie.

„Was denkst du?“, fragte er.

Sie sah zu ihm hoch. „Über was?“

„Diese Band.“

„Oh. Die sind echt gut.“

„Ja. Ich mag die Sängerin. Ich würde sie aber gern mal ohne die Gitarren hören. Sie singt diesen Song wirklich klasse.“

„Ja.“ Er hatte recht. Die Band übertönte sie. Ihre Stimme war kristallklar, aber zu viel Bass und Gitarre verwässerten sie. „Als Solo-Akt wäre sie besser.“

„Das denke ich auch. Manche Stimmen sind besser ohne eine Band dahinter.“

Die Band bekam gute Reaktionen, aber nicht gute, wie die Sängerin bekommen hätte, hätte sie ihre tolle Stimme als Solo-Akt präsentiert.

In diesem Moment wurde Jenna klar, dass sie da hoch musste und singen. Nicht, dass das für irgendjemand anderen von Bedeutung gewesen wäre als für sich selbst, aber sie musste es tun. Nur für sie selbst. Nur, um zu sehen, welche Reaktionen sie bekommen würde. Nur, um sich zu beweisen, dass sie keine totale Versagerin war.

Das mit Deutschland war viele Jahre her. All die Jahre hatte sie ihre Stimme in ihrem Haus versteckt, obwohl Singen alles war, was sie wirklich tun wollte, und Menschen zu haben, die ihr zuhörten.

Nur noch ein Mal beurteilt werden. Sollte man sie von der Bühne buhen, wüsste sie wenigstens Bescheid.

Als das Lied vorbei war, ging sie mit Ty wieder an den

Tisch zurück und Jenna bestellte etwas Härteres.

Ty hob eine Braue. „Jetzt geht's an die harten Sachen?"

Sie wappnete sich und sah ihn an. „Ich werde singen."

„Wirklich." Er lehnte sich auf dem Stuhl zurück. „Welches Lied hast du ausgesucht?"

„Ich hab keine Ahnung." Sie nahm das Buch und blätterte es durch, suchte nach Liedern, die sie gut genug kannte, um sie problemlos vor einer Menge zu singen. Sie fand ein paar, die ihr gefielen und in ihrem Stimmumfang lagen, nahm dann eine Karte und schrieb eins auf. Ehe der Mut sie verließ, brachte sie die Karte dem DJ.

Dann kam die Panik.

Sie ging zum Stuhl zurück und ließ sich darauf fallen. Ihr Herz klopfte zu schnell, ihre Handflächen wurden feucht und Übelkeit breitete sich in ihrem Magen aus.

„Wirst du das überleben?"

Sie hob den Kopf. „Das weiß ich noch nicht. Wieso?"

„Du siehst blass aus. Du musst das nicht machen."

„Ich will aber. Es wird Spaß machen."

„Ja, du siehst aus, als ob du gleich live ins Fernsehen kommst."

Sie stützte den Kopf mit ihrer Hand ab. „Halt den Mund."

„Falls du auf der Bühne kotzen musst, werde ich schnell mit einem Eimer da sein."

Sie funkelte ihn an. „Sehr witzig."

Sie musste noch drei Sänger lang warten, dann wurde ihr Name aufgerufen. Das Grauen in ihrem Magen wurde zu heißen und kalten Wallungen. Ihre Füße fühlten sich taub an, als sie den Stuhl zurückschob.

Ty stand auf und nahm ihre Hand, zwang sie, ihre Aufmerksamkeit auf ihn zu richten. „Hab Spaß, Jenna. Du kannst wirklich singen."

Sie nickte und ging auf die Bühne, wo sie erst erkannte, wie viele Leute in diesen Club gezwängt waren, als sie über das Meer erwartungsvoller Gesichter blickte. Der DJ gab ihr ein Mikrofon, stellte sie vor und nannte den Song, den sie gleich singen würde, trat zurück und ließ sie im Rampenlicht allein stehen.

Was, wenn sie versagte und die Leute lachen würden, oder

noch schlimmer, sie ausbuhten? Tyler sagte, sie sei gut, aber sie schlief mit ihm, also zählte seine Stimme nicht.

Das hier war der ultimative Test und als die Musik begann, wusste sie, dass sie es sich jetzt nicht mehr anders überlegen würde. Sie hob das Mikro und fing an zu singen, und das Lied war ihr so bekannt wie ihr eigener Name. Sie hatte es schon Hunderte Male gesungen. Es war ein zwanzig Jahre alter Song, aber einer ihrer Lieblinge. Ein süßer Pop-Song über Liebe und Romantik und den Mann ihrer Träume.

Ihre Beine schlotterten. Hölle, alles an ihr zitterte, aber Gott sei Dank nicht ihre Stimme. Sie legte alles was sie hatte in den Song, ließ sich in den Text fallen, sang für die Menge und zwang sich dazu, diese direkt anzusehen. Sie sah Ty da draußen und wie er sie anlächelte. Sie schoss sich auf sein Gesicht ein, konzentrierte sich auf seinen Blick, entspannte ihren Körper, versank in der Musik und schaffte auch noch die letzten Noten.

Als sie den donnernden Applaus und die begeisterten Rufe hörte, konnte sie nicht ganz glauben, dass das alles real war. Sie dachte, vielleicht träumte sie diese Nacht nur, und war ziemlich sicher, jede Minute in ihrem Bett aufzuwachen.

Schließlich zwang sie ihre Beine, sich zu bewegen und trat zurück.

„Du hast eine Hammerstimme", sagte der DJ, als sie ihm das Mikro zurückgab. „Ich hoffe, das war nicht das einzige Lied, das du für uns gesungen hast."

Sie grinste und umarmte ihn, verließ dann die Bühne und saugte alle Komplimente auf, die sie auf dem Weg zum Tisch zurück erhielt, wo Ty sie in die Arme zog. Sie küsste ihn und ließ ihre Erleichterung und Dankbarkeit in den Kuss einfließen.

„Wow", sagte er, als sie sich trennten. „Wer hätte gewusst, dass Singen dich so antörnt."

Sie entspannte sich endlich genug, um zu lächeln. „Ich bin nur froh, dass ich es geschafft habe."

„Du warst unglaublich. Hast du die Menge gehört? Sie standen hundertprozentig hinter dir."

Sie setzten sich und Jenna trank einen großen Schluck Wasser. „Es war unbeschreiblich. Ich hätte nie gedacht … also ich hab das damals in Europa geliebt. Die Zuschauer schienen mich zu lieben. Aber ich habe immer mit Bands gesungen. Nie allein. Ich wusste nicht, dass es so sein könnte. Und als sie mich gekickt haben und mir sagten, ich sei nicht gut genug …"

„Jetzt weißt du, dass du gut genug bist. Du bist fantastisch, genau wie ich gesagt habe."

Adrenalin rauschte durch sie und plötzlich konnte sie nicht mehr stillsitzen. Sie rutschte unruhig auf dem Stuhl herum und war bereit, auf die Bühne zu springen und dem Kerl, der soeben zu singen angefangen hatte, das Mikro abzuringen. „Ich möchte vielleicht noch mal singen."

Er lehnte sich auf dem Stuhl zurück. „Das kann ich mir vorstellen. Wer mag schon kein Publikum? Ich weiß, dass ich es mag. Es macht mich schneller auf dem Eis."

Sie lachte. „Bin ich deshalb am Zittern und will alle anderen von der Bühne treten und den Rest der Nacht selbst singen?"

Eine Seite seines Mundes hob sich zu einem wissenden Grinsen. „Genau."

„Es ist ein mächtiges Gefühl."

Schnell schrieb sie das nächste Lied auf, das sie singen wollte, und wartete ungeduldig darauf, dran zu sein. Die anderen Sänger und Bands vor ihr hörte sie kaum. Als ihr Name aufgerufen wurde, konnte sie ihre Aufregung kaum in sich behalten. Das zweite Mal dort hinauf zu gehen war so viel leichter und sie saugte den Applaus auf wie ein Schwamm, als sie auf der Bühne stand. Diesmal sang sie einen schnelleren, modernen Pop-Song und war überglücklich, als die Leute aufstanden und dazu tanzten. Sie fühlte sich so wohl auf der Bühne. Mit einer Live-Band wäre es noch besser gewesen, sie war daran gewöhnt, aber sie nahm, was sie kriegen konnte. Am Ende applaudierten und pfiffen alle. Sei hätte nicht berauschter sein können, wäre sie betrunken gewesen, was sie nicht war.

Sie ging zu ihrem Platz zurück und leerte ein ganzes Glas Wasser.

„Ich würde sagen, du bist hier heute Abend der Hit."

Sie grinste. „Eine Menge der Acts heute sind Hits."

„Ich glaube, du hattest den lautesten Applaus."

„Du bist mein Date. Du musst das sagen."

Er nahm einen Schluck Limonade und sah sie prüfend an. „Nein, das muss ich nicht."

Okay, dann also nicht. Er hätte einfach höflich und nicht sehr mutmachend sein können. Er hatte sie zwar nicht gedrängt, aber er hatte ihr gesagt, dass sie eine gute Sängerin war. „Danke. Ich freue mich, über deinen Glauben an mich."

„Hey, ich bin kein Musik-Mogul, aber ich erkenne eine gute Stimme, wenn ich sie höre. Was wirst du jetzt daraus machen?"

Sie schnaubte. „Nichts."

„Nichts?"

„Ja, ich meine, was sollte ich schon tun?"

„Ich weiß nicht. Etwas aus deinem Talent machen."

„Und was? Zu einem Reality-Show-Gesangscasting gehen? Das ist nicht mein Ding."

„Das meinte ich nicht. Aber mit so einer Stimme könntest du eine Menge machen. Eine Karriere als Sängerin."

„Ich hab schon eine Karriere."

„Du hast einen Beruf. Das ist nicht dasselbe."

Sie zuckte mit den Schultern. „Das reicht mir. Ich bin das erste Mal seit Jahren da hochgegangen und hab in der Öffentlichkeit gesungen. Das war monumental. Und genug."

„Du gibst dich damit zufrieden, aber das ist überhaupt nicht dasselbe. Hast du nie darüber nachgedacht, etwas zu machen, das du wirklich liebst?"

Darüber hatte sie sehr viel nachgedacht. Seit ihrer Kindheit hatte sie diesen Traum. Ein Traum, der immer wieder zur Seite geschoben wurde. Sie wollte nicht über Dinge grübeln, die sowieso nie geschehen würden.

Bis heute, wo sie endlich ihre zerbrochenen Träume aus der Schachtel gelassen hatte, in der sie so viele Jahre gefangen waren. Jetzt, wo sie das getan hatte, wirbelten Möglichkeiten durch ihre Gedanken.

Es wurde Zeit, ihre Träume wieder einzuschließen, denn sie würden nicht wahr werden.

„Du könntest …"

„Nein, könnte ich nicht. Ich will nicht darüber reden. Es ist spät, ich bin müde und möchte nach Hause gehen." Sie stand auf und machte sich auf den Weg, ohne zu wissen, ob Ty ihr folgte.

Als sie nach draußen trat, war er an ihrer Seite, nahm ihre Hand trotz ihrer spontanen Weigerung, als sie die Straße überquerten. Sie benahm sich kleinlich und schmollte, trotz des tollen Abends. Ihre Laune war im Keller und sie wusste nicht, warum. Es gab keinen Grund, Ty für etwas verantwortlich zu machen. Nichts davon war seine Schuld.

Gott, es war eiskalt draußen, die scharfe Kälte biss sich durch ihre Kleidung. Ihre Ohren stachen und sie wünschte, sie hätte sich eine Mütze mitgenommen. Sie gingen zu seinem Auto und er hielt ihr die Tür auf, stieg dann ein und startete den Motor. Sie wickelte den Mantel enger um sich, um die Kälte abzuwehren. Nach ein paar Minuten erfüllte Hitze den Wagen und endlich hörte sie auf zu zittern.

Während Tyler fuhr konzentrierte sie sich auf die Straße vor ihnen, warf aber ab und zu einen Blick auf Ty. Er sollte sauer auf sie sein. Sie benahm sich wie ein Kind im Club, rannte davon, bloß weil sie nicht hören wollte, was er zu sagen hatte.

„Es tut mir leid", sagte sie schließlich.

„Was denn?"

„Ich habe abrupt den Club verlassen und bin rausgestürmt, ohne dich zu fragen, was du eigentlich wolltest. Du hast vielleicht noch länger bleiben wollen."

„Ich hatte nichts dagegen, zu gehen."

Was ihr nichts darüber sagte, wie er über ihr Verhalten dachte. Sie lehnte den Kopf zurück gegen die Kopfstütze. „Diese ganze Gesangsache geht mir unter die Haut."

„Offensichtlich. Aber warum?"

„Es war sehr lange nichts weiter als ein Hobby. Nur eine Fantasie. Niemand weiß davon, außer dir. Und dann heute …"

„Wurde es real."

Sie betrachtete den silbernen Ring an ihrem Daumen. „So ungefähr."

„Hat es Spaß gemacht?"

Sie drehte den Kopf und sah Ty an. „Ja."

„Dann ist das für heute gut genug, oder?"

„Da hast du recht."

Aber es war nicht gut genug, denn jetzt fühlte sie sich verunsichert. Als ob sie am Rand einer Klippe stand und einen Blick auf den Himmel erhascht hatte, und jetzt nur noch losfliegen musste. Sie war bereit gewesen, auf dieser Klippe einen Sprung ins Blaue zu wagen. Das Problem war, dass sie allerdings auch wie ein Stein auf dem Boden landen könnte. Sie vertraute ihren Flügeln nicht. Sie wusste nicht einmal, ob sie überhaupt welche besaß.

Und eine dicke Mauer stand ihr im Weg. Unverrückbar. Undurchdringlich. Sie wollte nicht darüber nachdenken, nicht von etwas träumen, was sie nie haben würde.

Es war sowieso ein dummer Traum. Sie würde niemals berühmt werden und niemals eine Sängerin sein. Sie führte die Bar der Familie. Nichts anderes würde sie je tun.

Ty fuhr in eine Parklücke vor ihrer Wohnung und stellte den Motor ab. Sie legte ihre Hand auf seine.

„Stell den Motor nicht ab. Das Auto wird nur auskühlen."

„Mit anderen Worten, du willst nicht, dass ich mit hochkomme."

„Es ist spät. Und du hast morgen ein Spiel."

Er hob eine Braue. „Ich bin ein großer Junge. Ich darf lange aufbleiben. Wenn du mich loswerden willst, Jenna, benutze klare Worte und sag mir, dass du nicht willst, dass ich mit reinkomme."

Sie schluckte. „Ich will nicht, dass du mit reinkommst."

Er öffnete die Tür, ging um den Wagen herum und öffnete ihre. „Trotzdem bringe ich dich an die Haustür."

Sie wusste nicht, in was für einer Stimmung sie war, aber es war keine gute. Sie ließ es an Ty aus, was sie hasste, denn er hatte nichts getan. Sie fischte ihre Schlüssel aus der Tasche und drehte sich zu Ty um. „Ich bin nur müde. Es war ein langer Tag."

Er lächelte auf sie hinab und nahm ihr die Schlüssel aus der Hand. „Du schuldest mir keine Erklärungen."

Er öffnete die Tür, gab ihr die Schlüssel zurück, zog Jenna an sich und strich mit den Lippen über ihre. Eine Flamme loderte tief in ihrem Bauch auf und der kurz gemeinte Kuss verwandelte sich in etwas Heißeres. Trotz der bitteren Kälte hielt sie sich an ihm fest und wollte ihn nicht loslassen.

Bitte ihn rein, Idiotin.

Aber etwas hielt sie zurück.

Er verdiente ihre schlechte Laune nicht.

Ein andermal.

Sie zog sich zurück und leckte über ihre Lippen. „Danke für den schönen Abend."

Sein Blick brachte die kaum gestartete Flamme in ihr erneut zum Aufflackern.

„Nichts zu danken. Gute Nacht, Jenna."

Sie verharrte an der Tür, während Ty zum Auto ging, und alles in ihr wollte ihm nachrufen und ihn bitten, zurückzukommen. Aber sie hinderte sich selbst daran und als er ins Auto stieg, ging sie ins Haus, schloss die Tür und lehnte sich dagegen.

Ja, wieder etwas, das sie haben wollte und es sich aber nicht erlaubte.

Fünfzehn

Ty attackierte den Puck mit aller Macht, rempelte den Verteidiger mit der Schulter zur Seite und glitt zügig über das Eis.

Es war ein hartes Spiel gegen Vancouver und er schwitzte unter seiner Montur. Das Team trat ihnen gehörig in den Arsch und sie lagen um zwei Tore zurück, aber er gab niemals auf. Auch seine Teamkameraden nicht. Es war der Anfang des dritten Drittels, was bedeutete, dass sie noch viel Zeit hatten. Sie mussten nur konzentriert bleiben, das Spiel enger machen, und dann auf den Sieg hinarbeiten. Ein Tor nach dem anderen.

Er schob den Puck in die Mitte, fuhr um den Verteidiger herum und legte einen Pass zu Victor hin, glitt zum Netz, rang vor und zurück mit dem Gegner, während Eddie gegen den Verteidiger kämpfte, um in seine Position zu kommen.

Komm schon, Mann, arbeite mit Victor und Jerry zusammen.

Der Verteidiger schoss den Puck hinter das Tor und er kam zurück wie eine Flipperkugel und flog in Richtung Vancouvers Seite des Eises.

Verdammt. Schnaufend schwang er auf Verteidigung um, benutzte seinen Schlagstock, um deren Mittelmann am Angreifen zu hindern. Aber sie waren zwei gegen einen und umfuhren ihn. Jerry und Steve waren da, der Tormann in Position.

Sie schossen. Daneben. Die Verteidiger schoben den Puck zurück aufs Eis und Jerry schoss ihn zu Ty. Ty nahm ihn an und diesmal war Victor neben ihm, als sie ihn vor und zurück schossen, ließen die Gegner zappeln. Victor schoss zu Eddie und Ty ging mit Victor in der Nähe des Tors in Position.

Jemand rammte ihn, aber er hielt den Puck mit dem Schläger, weigerte sich, ihn aufzugeben, kämpfte um ihn, während er Richtung Tor raste. Er gab ihn an Victor ab, der ihn Richtung Netz schoss. Der Tormann schob ihn wieder raus, aber Eddie war da und hämmerte ihn sofort wieder rein.

Ein Tor aufgeholt. Ja!

Jetzt mussten sie das nur noch verteidigen.

Ty und seine Gruppe gingen auf die Bank und die Nächsten gingen raus. Es fiel ihm schwer, auf der Bank zu sitzen, denn er wollte immer draußen sein und spielen.

Sie erreichten mehr Torchancen als Vancouver. Sie sollten das Team eigentlich schlagen können, aber sie waren am Anfang zu träge gewesen und Vancouver war sofort über sie hergefallen. Dumm. Jetzt mussten sie dafür bezahlen. Sie brauchten noch zwei Tore oder würden ein Spiel verlieren, das sie gewinnen mussten. Er sah auf die Uhr. Noch acht Minuten.

„Czenzcho ist heute lahmarschig", sagte er zu Eddie und Victor, als sie auf der Bank darauf warteten, wieder dran zu sein. Tyler hatte gelesen, dass sich Vancouvers Star-Verteidiger noch von einer schweren Grippe erholte. Ihm war aufgefallen, dass es den Mann langsamer machte. „Wenn wir uns auf ihn konzentrieren, mit zwei Spielern auf ihn losgehen, können wir an ihm vorbeikommen und die zwei Tore machen."

Eddie nickte.

„Das machen wir", sagte Victor, als ob die benötigten Tore schon eine abgemachte Sache wären.

„Gut. Sagt es den anderen und lasst uns den Job erledigen."

Nachdem Vancouver eine Strafe wegen Cross Check kassiert hatte, war es nun an ihnen, zuzuschlagen. Victor verfolgte Czenzcho mit aller Kraft und Eddie war bei ihm. Tyler kreiste zurück, trieb sich am Tor herum, kämpfte gegen den anderen Verteidiger und wartete nur auf die Gelegenheit, den Puck ins Netz zu befördern.

Victor eroberte den Puck und schoss ihn zu Ty, aber der Schuss wurde vom Verteidiger abgefälscht. Eddie erreichte ihn, rammte Czenzcho und schoss auf das Tor. Der Puck wurde vom Tormann abgelenkt aber der Rückprall traf nur auf Luft und der Puck fiel herunter.

Ty war an Ort und Stelle und ließ den Puck direkt ins Netz segeln und punktete ein Tor.

Gleichstand. Das Adrenalin schoss in fiebrige Höhen.

Zwei Minuten später schoss Eddie bei einem Zwei-Mann-Gegenangriff einen zwischen die Beine des Tormanns hindurch und das war's dann.

Verdammt befriedigendes Comeback. Für diesen Sieg hatten sie sich den Arsch aufgerissen und sie hatten ihn dringend gebraucht. Auf dieser Tour hatten sie drei von vier Spielen verloren, und das war gelinde gesagt Scheiße. Tyler war ausgelaugt und wollte wieder auf dem heimatlichen Eis spielen. Vielleicht wäre das auch gut für ihr *mojo*, das Spielerglück.

Er ging duschen, schob den Kopf unter das dampfend heiße Wasser, um die Geräusche der feiernden Teamkameraden nicht mehr zu hören. Nicht, dass er nicht daran teilhaben wollte – das würde er. Später. Momentan musste er in seinem Kopf allein sein und darüber nachdenken, was zur Hölle die letzten paar Spiele mit ihm los war.

Er hatte alles richtig gemacht. Das hatten sie alle, verdammt nochmal. Aber irgendwas stimmte nicht. Er kapierte nur nicht, was genau nicht funktionierte. Ihre Torchancen lagen über dem Durchschnitt, aber sie waren punktemäßig unterlegen, was ihn sauer machte. Er konnte nicht die Verteidigung oder den Tormann verantwortlich machen, denn sie alle gewannen oder verloren als Team.

Er würde sich die Videoaufzeichnungen ansehen müssen, um es herauszufinden. In der Zwischenzeit würde er den heutigen Sieg als Wendepunkt betrachten, froh sein, nach Hause fliegen zu können und ein paar Tage Zeit zu haben, sich zu sammeln, bevor eine Reihe Heimspiele anstanden.

Er nahm die Seife und rieb sich damit ein, wobei seine Gedanken zu Jenna wanderten. Er hatte sie seit der nicht sehr subtilen Abfuhr, die sie ihm in der Nacht nach dem Club gegeben hatte, nicht mehr gesehen. Irgendwas an dem Singen hatte sie aufgebracht. Er hatte keine Ahnung gegen welche Art Dämonen sie kämpfte, aber er verstand, dass sie Abstand und Zeit brauchte, um darüber nachzudenken, also hatte er sie nicht bedrängt. Aber er hatte sie vermisst, was ihn ziemlich überraschte. Er genoss es, mit ihr zusammenzusein, aber er hatte gedacht, dass es nur des Spaßes wegen war. Dass er einfach gern Zeit mit ihr verbrachte und gern in der Bar abhing. Sie war nicht wie die anderen Frauen, die er normalerweise traf. Sie war komplex und interessant und er machte sich über den sexuellen Teil ihrer Beziehung hinaus Gedanken über sie, was sie fühlte und dachte.

Er stellte die Dusche ab und fuhr mit den Fingern durch sein Haar. Ja, er konnte es kaum erwarten, wieder nach Hause zu kommen. Aber dieses Mal würde er ein anderes Spiel spielen.

*

„Zwei Margaritas, einen mit extra Salz. Eine Bloody Mary, einen Dewar's Neat, einen Dirty Martini, und drei Budweiser."

Jenna nickte und beeilte sich, die Getränkebestellung der Bedienung zu erledigen, während sie gleichzeitig zwei Bier über die Bar zu ihren Stammgästen schob, und einen Gast abkassierte, der nach Hause gehen wollte.

Seit die Happy Hour angefangen hatte, ging das schon so.

Die Arbeit war die Hölle. Jede verdammte Nacht liefen Hockey-Spiele und die *Ice* waren auf Tour, was bedeutete, dass die Fernseher in der Bar ständig liefen. Sie war gezwungen gewesen, Tys Gesicht und seinen Körper auf mehreren Bildschirmen gleichzeitig zu sehen.

Noch schlimmer war, dass sie sich beschissen gefühlt hatte, als sie die ersten drei Spiele verloren. Auch wenn sie noch so sehr versuchte, die Spiele zu ignorieren, während sie sich um ihre Gäste kümmerte, ließen sie deren Stöhner und Flüche doch immer wieder hinschauen und sehen, wie schlecht die *Ice* gespielt hatten. Und weil die Medien es liebten, sich auf jede Art von Verzweiflung zu stürzen, hatte sie Nahaufnahmen von Tylers geknicktem Gesicht gesehen, zusammen mit den anderen Spielern. Am Ende des dritten Spiels standen Wut und Frustration in seinem Gesicht, dass es ihren Magen verkrampft hatte. Sie wünschte, es wäre ein Heimspiel gewesen, sodass er und die anderen Jungs in die Bar hätten kommen können, um sich trösten zu lassen.

Aber sie konnte nur daran denken, wie sie ihn abgewiesen hatte und vor ihm geflüchtet war in dieser Nacht. Er war so lieb zu ihr gewesen, so mutmachend, und sie hatte nur an sich selbst gedacht. Und als er sie brauchte, hatte sie nicht mal genug Rückgrat gehabt, das Telefon zu nehmen und ihn wenigstens mit Worten zu unterstützen.

Gott sei Dank hatten sie das vierte Spiel gewonnen. Auch noch mit einem fantastischen Von-hinten-durch-die-kalte-Küche-Sieg. Die ganze dritte Spielzeit war zum Nägelkauen aufregend gewesen. Sie hoffte, es war eine wunderbare Kehrtwende und sie hätten jetzt zum Start der Heimspiele eine Gewinnersträhne.

Und was, wenn sie nicht gewonnen hätten? Was, wenn sie die ganze Tour verloren hätten? Was hätte sie dann getan?

Nichts.

Pfft, sie war vielleicht ein Freund.

Aber sie war mehr als ein Freund, oder? Und das war das Problem, mit dem sie sich herumschlug, und weil sie sich zurückhielt, warum sie nicht angerufen oder ihm geschrieben hatte. Ihre Beziehung war in einer Art Schwebezustand. Sie war nicht seine feste Freundin, aber sie war für ihn mehr als ein Freund.

Sie hatte keine Ahnung, wie sie sich verhalten sollte.

Ja, klar, Jenna. Du hast so einen Schiss, dich mit ihm einzulassen, dass du dich selbst zurückhältst und dich weigerst, Ty zu zeigen, dass er dir vielleicht doch etwas bedeutet.

Sie war so ein Feigling. Auf mehr als nur eine Weise.

Angeekelt von ihr selbst warf sie den Einweg-Wischlappen in den Müll und wollte über ihre Fehler nicht nachdenken. Glücklicherweise war die Bar voll und sie konnte sich in der Arbeit vergraben, aber Gedanken an Ty krochen immer wieder hoch, egal wie sehr sie sich bemühte, sie zur Seite zu drängen.

Sie würde sich der Sache – ihm – stellen müssen und damit zurechtkommen. Sie konnte sich nicht länger verstecken.

Es war kein Spieltag heute, also rechnete sie damit, dass er und die Jungs auftauchen würden. Sie würden alle moralische Unterstützung von den Fans in der Bar erhalten, und vielleicht hätte sie dann ein paar Minuten, um Ty zur Seite zu nehmen und mit ihm zu reden.

Sie waren Freunde, würde sie ihm erklären. Sie hatten Spaß zusammen, aber es war an der Zeit, dass sie sich zurückzog und ihm sagte, dass mehr nicht drin war. Sie war ihm bereits zu nahe gekommen und hatte es zugelassen, dass sie emotional wurde, wenn er verlor. Verdammt nochmal, sie hatte freiwillig Hockey angesehen und für einen guten Ausgang mitgefiebert.

Das durfte nicht passieren. Ihr Leben und ihre Zukunft war hier in der Bar. Sie mochte nicht alles kontrollieren können, aber sie konnte kontrollieren, für wen sie ihr Herz verlor, und das würde kein Sportler sein.

Die lauten Rufe ließen sie zur Eingangstür blicken, wo Eddie, Victor und ein paar andere *Ice*-Spieler reinkamen. Es war so voll, dass sie nicht alle sehen konnte, und sie war so beschäftigt, dass sie nicht wegkam, um sie zu begrüßen. Erst eine Stunde später rief sie Renee hinter die Theke und machte eine Pause. Sie hatte Ty nicht gesehen, aber die Bar war von Wand zu Wand voller Menschen und die Jungs spielten Pool-Billard im hinteren Teil der Bar, wo sie nicht direkt hinsehen konnte. Jetzt ging sie um die Bar, begrüßte ihre Gäste, hielt an jedem Tisch an und fragte, wie es den Leuten ging und ob alles in Ordnung war. Bei den Stammgästen blieb sie etwas länger, denn sie kannte sie gut, und viele davon kannten ihre Eltern und erkundigten sich nach der Gesundheit ihres Vaters nach seiner Operation letztes Jahr.

Sie brauchte fast eine Stunde, bis sie bei den Billardtischen ankam, wo ein paar der Stammgäste sie anflirteten. Es war nur ein harmloser Spaß, denn sie alle standen hinter ihr und behandelten sie wie eine Schwester. Aber ihr Blick ging zu den *Ice*-Spielern am Ende der Bar.

Sie konnte Ty nicht finden. Vielleicht sprach er mit jemandem in einem anderen Bereich der Bar. Schließlich löste sie sich von der Gruppe und ging zu den *Ice*-Spielern, stellte sich zwischen Eddie und Victor.

„Hey, ihr habt endlich ein Spiel gewonnen."

Eddie rollte mit den Augen. „Oh Mann. Es war ein tolles Spiel. Hast du es gesehen, Jenna?"

Sie klopfte ihm auf den Rücken. „Tue ich das nicht immer? Das habt ihr wirklich gut aus dem Dreck gezogen. Vorher sah es nicht so gut aus."

„Ich weiß. Wir waren auf dem Weg nach unten, aber jetzt werden wir ein paar Leuten in den Hintern treten, wo wir wieder auf heimatlichem Eis sind."

Jubel kam um sie herum auf, und die Spieler hoben ihre Biere, um den Fans zuzuprosten. Jenna hing eine Weile dort herum und plauderte mit ihnen, aber Ty tauchte nicht auf. Ihr blieb keine andere Wahl, als zu fragen.

„Also wo ist euer anderer bester Spieler heute?"

„Ty? Er ist nicht mitgekommen. Sagt, er hat Sachen zu besorgen."

„Oh."

„Oder *es jemandem* zu besorgen", sagte Victor mit einem wissenden Grinsen. Die Männer lachten.

„Genießt den Abend. Die nächste Runde geht auf mich." Sie ging und das Gejohle fing wieder an. Sie schüttelte den Kopf und winkte den Jungs, aber ihr Magen zog sich zusammen.

Er war nicht hier. Er hatte andere Sachen zu tun. Was für Sachen?

Sie schickte Renee weg und ging hinter die Bar, schnappte sich leere Bierflaschen und warf sie in die Wertstofftonne mit wütender Wucht. Was, wenn er heute ein Date hatte? Sie hatte klargestellt, dass sie beide keine Zukunft hatten. Sie hatten nur ein paar Mal Sex und sie hatte ihn das letzte Mal voll abblitzen lassen. Was hatte sie erwartet? Dass er zurückkam und sich noch mehr von dieser Art Behandlung abholte?

Ja, klar. Männer lieben sowas.

Außer, dass es genau das war, was sie erwartet hatte. Sie war so selbstgefällig und arrogant und sicher, dass er zurückkommen würde, egal wie sie ihn behandelte.

Aber er kam nicht zurück und jetzt vermisste sie ihn. Sie vermisste wie er roch, wie er sich anfühlte, und sie vermisste sein sexy Grinsen. Sie vermisste es, mit ihm zu reden.

Und was willst du dagegen unternehmen, Jenna?

Normalerweise würde sie gar nichts tun. Sie rannte Männern nicht hinterher.

Aber sie war mit Ty noch nicht fertig.

Sechzehn

Ty hatte die Füße auf dem Sofa und der Spiele-Controller lag auf seinem Schoß, während er dem Feind nachstellte.

„Ja, du Bastard. Du kannst abhauen, aber du kannst dich nicht verstecken, weil ich genau weiß wo du bist.“

Leise wie eine Sturmwolke schlich er sich hinter sein Ziel und zögerte nicht, als er das Messer zog und dem Feind die Kehle durchschnitt. Blut quoll aus dem Hals des Opfers und tropfte zu Boden. Er lachte, als er Killer-Punkte kassierte für den Online-Gegner.

„Hab deinen Arsch erwischt, Warlord.“ Wer auch immer Warlord war. Wahrscheinlich irgendein Zwölfjähriger, der so ein brutales Spiel nicht spielen sollte, aber er war nicht dessen Vater. Er warf den Controller auf das Sofa, stand auf und fuhr sich mit den Fingern durch das Haar.

Das Spiel war eklig. Aber seltsam süchtigmachend. Sollte er je Kinder haben, würde er sie nicht in die Nähe solcher Videospiele lassen. Er würde deren Hintern aus dem Haus zerren, sobald sie laufen konnten, um Sport zu treiben.

Ja, klar. Wahrscheinlich würde er mit ihnen auf der Couch sitzen und genau solche brutalen Spiele mit ihnen spielen.

Oder, da sei Gott vor, er würde Mädchen haben und am Ende Spiele spielen, die mit Regenbogen-Ponys zu tun hatten. Oder Barbie. Oder was von Disney.

Urks. Allerdings schockierte ihn der Gedanke an ein kleines Mädchen mit einem langen Pferdeschwanz, das mit einem Fußball spielt oder auf dem Eis läuft so wie er – nur eben als Eiskunstläuferin – nicht so sehr, wie noch vor ein paar Jahren.

Was zur Hölle war nur los mit ihm? Er würde nicht heiraten und schon gar keine Kinder haben.

Nicht so bald. Nein, niemals. Das Leben eines Kindes versauen, so wie seine Eltern es mit ihm gemacht hatten? Nein. Dafür wollte er nicht verantwortlich sein.

Sein Handy klingelte und er runzelte die Stirn. Er wusste nicht, wie viel Uhr es war, aber es war spät. Er nahm das Telefon und war überrascht, Jennas Nummer zu sehen.

„Hi", sagte er.

„Auch hi. Ich weiß, dass es sehr spät ist. Hast du schon geschlafen?"

Er lachte. „Äh, nein."

„Bist du bei einem Date?"

Typisch Jenna, sie kam gleich zur Sache. „Nein. Du?"

„Natürlich nicht. Ich habe heute gearbeitet."

Er sah auf das Telefon. Es war gerade mal Mitternacht. „Solltest du nicht immer noch bei der Arbeit sein?"

„Ja. Aber ich wollte dich sehen. Bist du zu Hause?"

Er lächelte. „Klar. Komm rüber."

„Bin gleich da."

Interessant.

Und Mist, seine Wohnung sah aus, wie nach einem Wirbelsturm. Sportausrüstung im Wohnzimmer verteilt, überall leere Dosen, und er war ziemlich sicher, dass es nach Sportsocken roch.

Er räumte schnell auf und staubsaugte, und sprühte dann überall dieses Zeug, das Gerüche vernichtet. Hoffentlich killte es auch natürlichen Männermief.

Bis Jenna klingelte, hatte er geduscht und es geschafft, eine Jogginghose und ein T-Shirt anzuziehen.

Sie sah toll aus und er konnte nicht verhindern, Freude in seinem Bauch zu spüren, als er sie an seiner Tür sah.

„Hi. Komm rein."

Sie trat ein. Sie roch gut, als hätte sie gerade ein Parfüm aufgesprüht, das wild und moschusartig roch. Er wollte näher rangehen und seine Nase an ihrem Hals reiben, um den Geruch besser erforschen zu können, aber er widerstand dem Drang, weil er keine Ahnung hatte, weshalb sie hier war.

Er nahm ihr den Mantel ab. „Möchtest du etwas trinken?"

„Nein, danke."

„Okay. Setz dich. Ich habe das Schlimmste der Apokalypse beseitigt, aber es sieht heute nicht gut aus hier."

Sie lachte. „Du kennst meine Wohnung, mir wäre das nicht aufgefallen."

„Ja, aber hier lebt ein Kerl. Glaub mir, das wäre dir aufgefallen. Besonders der Geruch von dreckigen Socken."

„Das bezweifele ich. Ich habe zwei Brüder, schon vergessen?“

„Ah, ja. Die Runde geht an dich.“ Er setzte sich auf das Sofa neben sie.

Sie nahm den Controller in die Hand. „Du hast ein Videospiel gespielt?“

„Yep.“

„Ich dachte, du siehst dir Spiele an, um herauszufinden, warum ihr unterwegs so bescheiden gespielt habt.“

„Wir sehen uns jede Menge Videos von den Spielen an. Und wir haben beschissen gespielt, weil wir es zu verbissen versucht haben. Hockey ist ein mentales Spiel genau wie ein physisches. Wenn du deinen eigenen Kopf zu sehr ins Spiel bringst, verdirbt das die Leistung.“

„Glaubst du wirklich, das ist das Problem?“

„Ich weiß, dass es das ist. Wir sind das beste Team in der Liga. Wir können die Liga gewinnen und zu den Playoffs gehen mit diesem Talent. Aus irgendeinem Grund sind wir abgefallen, weil alle anfingen, sich um diese Tour Sorgen zu machen und vor dem Kaliber der gegnerischen Teams Schiss zu kriegen. Wenigstens konnten wir das letzte Spiel der Tour retten.“

„Das habt ihr.“

So viel Spaß es auch machte, seine Spiele nachzubesprechen, es wurde Zeit das hier zu beenden und herauzufinden, warum Jenna wirklich hier war. „Bist du deswegen hergekommen? Um meine Spiele zu analysieren?“

Sie holte tief Luft. „Wow. Du legst ein Tempo vor.“

„Du hast dieses Meeting einberufen. Da können wir auch zur Sache kommen.“

„Du hast recht.“ Sie drehte sich halb zu ihm um, zog ein Knie auf das Sofa.

Sie sah heute hübsch aus. Sie hatte ein Kleid aus Jerseystoff an, das an ihren Kurven klebte, mit dunklen Strumpfhosen und Schuhen, die bis um die Knöchel gingen. Ihr Haar stand nach oben ab und ihre hängenden Ohrringe funkelten in dem Licht der Lampen neben seinem Sofa. Sie wirkte sanft und weiblich und er wollte sie an sich ziehen und alles an ihr küssen, was er sehen konnte … gefolgt von den Teilen, die er nicht sehen konnte.

Sie war schweigsam und kämpfte offenbar mit dem, was sie zu sagen hatte. Aber diesmal war es ihre Sache. Er würde nicht anfangen, egal wie sehr er das auch wollte.

Sie legte den Ellbogen auf die Couchlehne, und dann ihr Kinn auf ihre Handfläche, blickte durch das Wohnzimmer, auch wenn es da nichts zu sehen gab. Ein paar Bilder, etwas mistige Kunst, die er gekauft hatte, weil Liz sie ihm empfohlen hatte, ein paar Staubfänger, die er gekauft hatte, weil sie ihm gefallen hatten. Aber er glaubte nicht, dass Jenna seine Kunstgegenstände bewunderte. Sie hatte etwas auf dem Herzen, aber brachte es nicht heraus. Sie betrachtete den Ring an ihrem Daumen, umfuhr ihn mit den Fingern. Es tat weh, sie so mit sich kämpfen zu sehen.

Er stand auf, ging zur Haustür, nahm seine Jacke und ihren Mantel. „Komm."

„Wohin gehen wir?"

„Aus."

*

Als Ty gesagt hatte, sie würden ausgehen, hatte Jenna gedacht, sie würden herumfahren, dann etwas frische Luft schnappen, sodass sie den Kloß im Hals loswurde und ihre Stimme wiederfinden würde.

Sie hatte keine Ahnung gehabt, dass sie um ein Uhr morgens in einer verdammten Eishockey-Arena landen würden.

Wer hätte gedacht, dass er so viel Einfluss hatte, in die Arena reinzukommen?

Und jetzt war sie zusammengeschnürt in Schutzkleidung und hatte Schlittschuhe an. Ty schob sie auf das Eis, das Licht ging an, und Ty schlitterte auf sie zu mit zwei Schlägern in der Hand.

Gott, sie hatte nicht gewusst, wie umwerfend sexy er in seinen Hockeyklamotten war. Auf dem Fernseher war es eine große Distanz und sie war noch nie bei einem Spiel. Jedenfalls nicht mehr seit ihrer Kindheit. Aber ihn so auf sich zukommen zu sehen, wie beim Spiel nach vorn gebeugt, den Puck vor sich hin spielend … heilige Hölle, es törnte sie so an, dass sie bis zu den Schlittschuhen runter schockiert war.

„Du hast was auf dem Herzen“, sagte er, glitt um sie herum, spielte den Puck zwischen ihren Schlittschuhen hindurch und nahm ihn hinter ihr wieder auf. „Ich denke viel nach, wenn ich auf dem Eis bin. Es hilft, den Kopf klar zu kriegen. Lass uns ein bisschen spielen, und vielleicht kannst du dann sagen, was du zu sagen hast.“

Genau wie ihre Brüder konnte sie Schlittschuhfahren. Sie war in der Eisarena gewesen, seit sie ein kleines Mädchen war, und hatte daher kein Problem, mit Ty mitzuhalten, aber sie war natürlich kein Profi. „Wir hätten auch einfach auf dem Sofa bleiben und darüber reden können.“

Er hob die Maske und grinste. „Meine Art macht mehr Spaß.“

Er spielte ihr den Puck zu und schlitterte rückwärts. „Stell dir vor, ich bin der Verteidiger meines Tors. Und jetzt versuch, den Puck an mir vorbei zu schlagen.“

Er würde sie vernichten. Das wusste sie bereits, aber sie war ehrgeizig genug, um es zu versuchen. Sie bewegte sich vorwärts, fühlte sich aufgeblasen und behindert durch die Ausrüstung und halb blind durch den Helm. Trotzdem glitt sie voran und versuchte, den Puck nicht zu verlieren, während sie auf Tyler zuhielt, der auf dem linken Kreis stand, wo das Tor wäre.

Dann bewegte er sich vorwärts und kam wie ein Hochgeschwindigkeitszug auf sie zu. Sie bewegte sich nach rechts, aber er war in Sekunden bei ihr, schlug ihr den Puck weg und zwang sie dazu, sich umzudrehen oder rückwärts zu fahren. Rückwärts war sie nicht so schnell wie vorwärts, also musste sie sich umdrehen, was sie langsamer machte. Er war schon am anderen Ende, als sie sich umgedreht hatte. Er brachte den Puck über die Mitte und schob ihn zu ihr zurück.

„Du bist langsam. Jetzt versuche, ihn zu erwischen.“

„Wenn ich dir den Stock zwischen die Beine ramme, wirst du auch langsamer werden“, sagte sie, als Ärger in ihr hoch kochte.

Er lachte und entfernte sich. „Das würde dir eine Strafe einbringen.“

Sie funkelte ihn an. „Mit wem wirst du spielen, wenn ich auf der Strafbank sitze?“

„Das war nicht die Art Strafe, an die ich gedacht habe."
„Ach? An welche Art hast du denn gedacht?"
Er legte den Schläger hinter ihren Rücken und zog sie an sich. „Ein Timeout."
„Nix da, Anderson." Sie stieß sich von ihm ab, übernahm den Puck und raste auf das imaginäre Tor zu, denn da hing kein Netz. Es war klar, dass sie gegen Tys Tempo auf dem Eis nicht ankam, aber sie wollte ihr Bestes geben. Sie sah ihm rechts von ihr und gab Gas, hob den Schläger und schoss den Puck, traf das Tor und warf jubelnd den Stock in die Luft. Sie stoppte ein paar Meter von Ty entfernt. Sie stützte die Hände auf die Knie, denn sie war so außer Atem, dass ihre Brust schmerzte, aber sie grinste wie eine Verrückte. Es hatte sich toll angefühlt.
Er stoppte neben ihr. Sie drehte ihm den Kopf zu. „Ich habe ein Tor geschossen."
„Das hast du. Fühlt es sich gut an?"
„Und wie. Aber ich habe das Gefühl, du hast mich gewinnen lassen."
Er hob die Maske und funkelte sie fest an. „Weib, du weißt wie ehrgeizig ich bin. Glaubst du wirklich, ich würde dich gewinnen lassen?"
Sie blinzelte, sah ihn prüfend an. „Vielleicht nicht. Du würdest eher versuchen, mich fertigzumachen."
„Da hast du recht."
Er kam näher, drängte sie an die Bande, bis sie gefangen war. Er zog ihr den Helm aus und ließ ihn auf das Eis fallen.
„Du sollest besser auf dein Equipment aufpassen. Es soll immerhin deinen Kopf schützen", sagte sie.
„Das sind Übungsklamotten. Wir behandeln unsere Ausrüstung wie Gold."
Er zog die Handschuhe aus und legte eine Hand in ihren Nacken. Seine Finger waren kalt. Sie fühlte sich an ihrer erhitzten Haut wunderbar an. Wer hätte gedacht, dass man auf Eis derartig schwitzen konnte? Sie wusste, dass die Jungs schwer ackerten, wenn sie ein Spiel hatten. Wenn sie zusah, wunderte sie sich immer, wie schnell sie Eislaufen konnten, ohne total erschöpft zu sein. Tys muskulöser Körper zeigte, wie schwer sie dafür arbeiteten.

Als er mit dem Daumen über ihren Puls am Hals fuhr, wurde ich noch wärmer, besonders von der Art, wie sein gepolsterter Körper sie gegen die Wand drückte. Er drückte sich noch näher an sie, bis sie seinen warmen Atem in ihrem Haar spürte. Ihre Nippel wurden hart.

„So", sagte er. „Weißt du jetzt, wie du mir sagen kannst, was du sagen willst?"

Sie zog die Handschuhe aus und ließ sie fallen, legte ihre Handflächen auf seine Brust und wünschte, da wäre nicht all dieses … Zeug zwischen ihnen, damit sie seine Haut berühren konnte. „Nicht wirklich. Ich bin verwirrt."

„Über?"

„Dich und mich."

„Was an uns verwirrt dich?"

Er streichelte mit dem Daumen hinter ihrem Ohr, seine Hand glitt in ihr Haar. Wie sollte sie reden, wenn er sie auf diese Art berührte?

„Ty."

„Ja."

Sein Blick bohrte sich in ihren und sie glaubte, es interessierte ihn nicht sehr, was sie zu sagen hatte, was ihr recht war, denn ihr war nicht mehr nach Reden. Er neigte ihren Kopf zurück und ihre Lippen teilten sich für ihn, als sein Mund ihren bedeckte. Sein Kuss war hungrig, ließ ihre Muskeln zucken, als seine Lippen über ihre strichen und nach mehr verlangten. Das war kein leichter und gemütlicher Kuss, er war fest und leidenschaftlich, seine Zunge glitt zwischen ihre Zähne, um die ihre zu lecken. Sie schnappte nach Luft und hielt sich an ihm fest, während er sie gegen die Wand drückte und dem Kuss alles abverlangte, ihr den Atem stahl, als er seinen Arm um sie legte und auf intimste Weise seinen Körper an ihren presste. So eingeklemmt konnte sie nichts weiter tun, als sich an ihn zu klammern. Das Eis war sehr rutschig und sie drückte die Kanten eines der Schlittschuhe hinein, um die Balance zu behalten, krallte sich in Tys Schulterpolster, während er sie bewusstlos küsste.

Sie stand in Flammen, ihr Körper brauchte seine Berührungen, seine Haut an ihrer. Sie hatte ihn vermisst. Hatte das hier vermisst. Die Verbindung zu ihm auf diese intime Art.

Sie wollte nicht reden, wollte nicht besprechen, was in ihrem Kopf alles verdreht war, oder all die Gründe, warum sie nicht bei ihm sein wollte, weil im Moment nichts davon eine Rolle spielte.

Sie wollte mit ihm zusammensein. Hier und jetzt, mit Hitze und Kälte um sie, was sie einen Rausch von Sehnsucht und Begierde versetzte.

Als er von ihrem Mund abließ, waren seine Lider halb geschlossen und Verlangen verdunkelte seine Augen zu einem sturmigen Grau. Das wollte sie sehen, darauf wollte sie sich konzentrieren. Alles andere war nur irrelevanter Kram, den sie im Moment nicht ordnen wollte.

Nicht, wenn er sie so ansah.

Sie schluckte, ihre Kehle war trocken. Sie leckte über ihre Lippen und Ty fokussierte seinen Blick auf ihren Mund, küsste sie erneut, saugte ihre Unterlippe zwischen seine Zähne, bis sie den Kopf zurücklegte und vor purer Lust stöhnte. Er setzte Küsse auf ihr Kinn, den Hals, und fuhr mit den Zähnen über ihre Haut.

„Ty, bitte."

„Ich liebe es, wenn du meinen Namen sagst. Hast du eine Ahnung, was das mit mir macht?"

„Nein. Sag es mir."

„Ich glaube, ich zeige es dir lieber."

In der nächsten Sekunde hatte er ihre Schutzkleidung geöffnet und ausgezogen, und dann seine eigene, und auf das Eis geworfen. Es war entschieden kälter ohne all die Polsterung. Ihr Kleid und die Strumpfhosen waren nicht warm genug. „Mir ist kalt. Können wir jetzt gehen?"

„Ich werde dich wärmen."

Er legte die Hände um ihr Gesicht und küsste sie, dieses Mal mit einem sanften Streicheln seiner Lippen, und dann stoppte er. Sie hielt den Atem an, wartete darauf, dass er weitermachte. Er zog sich zurück und seine Lippen verzogen sich zu einem Lächeln, das ihre Welt aus der Balance brachte. Sie streichelte seine Lippen und stellte sich dann auf die Spitzen der Schlittschuhe, um an seinen Mund zu reichen. Er legte die Arme um sie und küsste sie innig, sodass sie vergaß, dass sie fror. Seine Hände und sein Körper waren wie ein

Hochofen, als er sie damit umschlang und sie in seine Hitze zog. Seine Lippen waren fest und fordernd, ließen sie von innen nach außen schmelzen. Sie war erstaunt, dass das Eis unter ihnen nicht schmolz und sie in einem See versinken ließ.

Seine Hand fand ihre Brust und modellierte sie, und Feuer breitete sich in ihr aus. Sie bäumte sich gegen seine Hand auf und Ty spielte durch das Material ihres Kleides mit ihrem Nippel. Oh, sie wollte nackt sein, aber es hatte etwas Primitives hier draußen auf dem Eis, voll bekleidet, und seine Hände auf ihr. Er schob seinen Schenkel zwischen ihre Beine und hielt sie so stabil, während sein Mund köstliche Dinge mit ihren Lippen machte und seine Hände mit ihren Brüsten.

Sie brannte lichterloh. Kombiniert mit dem Stehen auf den kalten Eis war das ein Kontrast, der ihre Sinne entflammte und ihre Erregung steigerte. Sie wollte mehr als dieses vollbekleidete Petting. Mit der Hand schlüpfte sie unter sein Shirt und berührte seine nackte Haut, spürte die Wärme seines Rückens.

Er nahm den Mund von ihrem und sah auf sie herunter, legte eine Hand auf ihre Wange. Jenna hielt den Atem an, als sein Hand an ihrem Hals herunter strich und über ihre Brüste. Er fuhr eine imaginäre Linie über ihren Körper nach, ließ Jenna nach Luft schnappen, als er südlicher ging, sie neckte, aber nicht dort berührte, wo sie ihn haben wollte, wo sie voller Verlangen pulsierte. Er nahm den Saum des Kleides und hob es hoch, glitt mit der Hand über ihr Geschlecht und legte die Handfläche auf das dünne Material ihrer Strumpfhosen. Sie stöhnte leise, als seine Hand über das Verlangen strich, das sich dort gesammelt hatte. Jenna bäumte sich an Ty auf, während sie versuchte, auf den Schlittschuhen die Balance zu halten. Ty hatte sie fest im Griff, denn er fühlte sich auf dem Eis mehr zu Hause als sie.

„Hier?“, fragte sie.

„Ja. Genau hier.“

„Wie?“

„Wir werden es herausfinden. Ich will dich, Jenna.“

Ihre Blicke vereinten sich und sie erkannte das starke Verlangen in seinen Augen, an den angestrengten Zügen, und daran, wie seine Muskeln unter ihren Händen härter wurden. Das katapultierte ihre Begierde in fieberhafte Höhen. Der Gedanke, ihn hier auf dem Eis zu lieben, schien plötzlich perfekt.

Ty fuhr mit den Händen in den Bund ihrer Strumpfhose und fand die Hitze ihres Zentrums. Jennas Atem beschleunigte sich, als seine eiskalten Finger die warme Feuchte ihres Geschlechts berührten. Sie klammerte sich an seine Schultern, während er mit ihrer Pussy spielte, mit dem Ring um ihre Klit und sie dort streichelte.

„Deine Finger sind kalt.“

„Sorry.“

„Macht nichts. Gott, das fühlt sich gut an. Steck sie in mich.“

Er glitt mit zwei Fingern in sie und fuhr hinein und hinaus, bis sie dachte, vor lauter Lust sterben zu müssen. Sie schmolz um seine Finger herum, zuckte innerlich, als er mit der Hand über ihre Klit rieb. Sie lehnte sich gegen ihn, wollte mehr, wollte auch ihn anfassen können. Seine Erektion war in den Jogginghosen deutlich abgebildet. Sie legte die Hand darüber, streichelte seinen Schaft und im Rhythmus ihrer Bewegungen glitten seine Finger tiefer in sie.

„Ich brauche dich, Ty. Schluss mit dem Vorspiel.“

Er lächelte verschlagen, beugte sich und ergriff ihre Strumpfhose, zog sie herunter bis an ihre Knöchel. Er nahm ein Kondom aus seiner Hosentasche und zog sich die Hose herunter und befreite seinen harten Schwanz.

Sie leckte sich die Lippen und schluckte, wurde ungeduldig, während er sich das Kondom überzog. Dann presste er Jenna gegen die Holzwand. Er hob ihr Kleid und packte ihren Hintern, spreizte ihre Beine so weit es die Strumpfhosen und die Schlittschuhe zuließen. Als er in sie eindrang, fühlte es sich himmlisch an. Kalt und heiß, und sie dachte, spätestens jetzt müsste das Eis unter ihnen schmelzen. Sie schrie auf und hielt sich an Ty fest, als er in sie stieß und bei jedem Stoß ihre Klit reizte. Da ihre Beine praktisch geschlossen waren, spürte sie jeden Teil seines Schwanzes in ihr, jeder Teil von ihm berührte sie, spreizte sie, machte sie wahnsinnig. „Oh es ist so gut. Ja, genau so.“

Seine Finger bohrten sich in ihren Hintern wo er sie hielt, und seine Stöße waren zuerst gemächlich. Aber sie wollte so viel mehr. „Fester. Mach es hart und lass mich kommen."

Er stieß wieder in sie, rieb sich dann an ihr und schickte Funken der Lust in ihre Mitte. Sie biss sich auf die Lippe, als er weiter in sie stieß, und spürte, dass er noch mehr anschwoll. Sein Schwanz zuckte und zitterte und auch sie war nah dran. Sie krallte die Finger in seine Schultern und kam seinen Stößen entgegen, was ihm zum Stöhnen brachte und ihr mehr von dem gab, was sie brauchte.

„Ich werde in dir kommen, Jenna."

Seine Worte raubten ihr die Beherrschung und ließ sie mit den ersten Wellen des Höhepunkts erbeben. „Ja. Mach es mir noch härter. Ich komme."

Mit einem harten Stoß nagelte er sie praktisch an die Holzwand. Sie kämpfte um Halt auf dem Eis, aber Ty hielt sie mit seiner Kraft, hielt sie aufrecht, während er in sie hämmerte. Es traf sie wie eine Explosion. Sie kam mit einem wilden Schrei, der sie in tausend Stücke riss. Ty küsste sie, stöhnte in ihren Mund und leerte sich in ihr, wobei er zitterte und bebte und Jenna weiter festhielt. Sie atmete schwer, schwitzte, ihre Beine zitterten, und hätte Tyler sie losgelassen, wäre sie auf ungebremst dem Eis aufgeschlagen. Aber er hatte sie noch immer fest im Griff und zog sich schließlich aus ihr zurück, zog seine Hose hoch und ging kniete sich auf das Eis, um ihre Strumpfhose hochzuziehen. Er stand wieder auf, legte den Arm um ihre Taille und drückte ihr einen warmen, liebevollen Kuss auf die Lippen, der sie erschauern ließ. Sie legte den Kopf gegen die Wand und sah Ty an, immer noch so aufgewühlt, dass sie einen Moment nicht sprechen konnte.

Dann grinste sie ihn an. „Nimmst du all deine Eroberungen für Sexspielchen mit aufs Eis?"

Er runzelte die Stirn. „Ich hatte noch nie Sex im Stadion mit irgendeiner Frau, oder überhaupt auf dem Eis. Nur mit dir."

Er sammelte die Ausrüstung ein.

Verdammt. Jetzt kam sie sich wie etwas Besonderes vor.

Und nun war sie genauso weit wie vorher und hatte keine Ahnung, wie zur Hölle sie es ihm sagen sollte.

Siebzehn

Liz stützte den Kopf in ihrer Hand ab. „Mir ist langweilig."

Jenna grinste, nahm die Flasche vom Tisch und füllte Elisabeths Glas nach. „Dir ist nicht langweilig. Du hast einen tollen Job, der dich auf Trab hält. Dein Problem ist, dass du Gavin vermisst."

„Natürlich tue ich das, aber das würde ich niemals jemandem außer dir gestehen." Sie nahm das Glas und nippte daran. „Das Frühjahrstraining ist Mist. Baseball ist Mist."

Jenna unterdrückte ein Lachen. „Du hast dich bereiterklärt, ihn zu heiraten. Und du kennst seinen Beruf. Er war dein Klient, bis ihr verlobt wart, und du ihn aufgeben musstest wegen dem Interessenkonflikt."

„Ja, das gefiel mir nicht, aber was sollte ich machen? Ich kann nicht für jemanden verhandeln, in den ich verliebt bin. Ich kann nicht objektiv sein, wenn es ihn betrifft. Aber ich habe ihm eine tolle Agentur gefunden. Nicht so toll wie ich natürlich."

„Natürlich."

Liz hatte sie heute Morgen angerufen und sie um ein Treffen zum Mittagessen gebeten, und da Jenna einen freien Tag hatte, traf sich das prima. Nach ihrem letzten Zusammentreffen mit Ty brauchte sie eine andere weibliche Meinung, und Liz war jemand, der unverblümt aussprach was er dachte. Jenna vertraute nicht vielen Menschen, aber Liz gehörte zu den wenigen.

„Du könntest nach Florida fliegen und ihn besuchen."

„Ich bin eine Ablenkung und er muss sich auf die Arbeit konzentrieren."

Jenna nahm sich etwas von dem Brot auf dem Tisch und wedelte mit vor Liz herum. „Ich bin sicher, dass er dich genauso vermisst, wie du ihn. Er würde wahrscheinlich viel besser spielen, wenn du da wärst."

Liz zuckte die Achseln. „Vielleicht. Vielleicht auch nicht."

„Sind deine Freundinnen Haley und Shawnelle dort?"

„Shawnelle. Haley konnte nicht, denn sie studiert."

„Dann könnte Shawnelle sicherlich auch eine Freundin

brauchen. Du solltest hinfliegen."

Liz lehnte sich zurück und nahm sich auch ein Stück Brot. „Das sollte ich wohl." Sie sah Jenna an. „Gott, ich bin ein Wrack, Jen. Wer konnte ahnen, dass ich mich so heftig in einen Kerl verliebe? Er macht aus mir eine schmalzige Romantikerin. Ich kann immer nur an ihn denken. Wenn er unterwegs ist, dann schreiben wir uns romantische, sexy …"

Jenna hielt eine Hand hoch. „Zu viel Information. Denk dran, Gavin ist mein Bruder."

Liz grinste. „Pech gehabt. Du bist meine Freundin und musst dir den Sexteil auch anhören. Stell dir einfach vor, er wäre jemand anderes. Ich kann nicht genug von ihm kriegen. Ich dachte, ich sei alt genug, um über Schwärmerei hinaus zu sein, dass es nachlassen würde, wenn wir erstmal eine Weile zusammen sind, aber das hat es nicht. Wenn überhaupt ist es eher noch stärker als früher. Nicht nur der heiße Sex, auch wenn der immer noch spektakulär ist. Aber die Romanze, wie ich mich fühle, wenn er mich ansieht oder meine Hand hält. Es ist wie ein gottverdammtes Märchen."

Jennas Herz machte einen Hüpfer. „Das ist Liebe, Schätzchen. So sollte es sein."

„Das mag scin. Ich habe das nur nicht gewusst." Liz griff Über den Tisch und drückte Jennas Hand. „Ich werde jetzt total sentimental und sage dir, wenn es dich trifft, wird es wie ein Blitz in dein Herz fahren und du wirst niemals wieder dieselbe Person sein. Es wird dich verändern."

Jenna lachte. „Ich glaube nicht, dass alle Menschen auf dieselbe Art lieben."

Liz nahm ihr Glas, trank, und schmierte dann Butter auf ihr Brot. „Nicht? Sieh dir Tara und Mick an. Ihre Hochzeit war wie ein verdammter Disney-Film. Ich habe noch nie zwei verliebtere Leute gesehen. Gavin und ich sind genauso. Du kannst mir nicht erzählen, dass der Blitz nicht zwei Mal einschlagen kann." Liz sah sie direkt an. „Oder drei Mal."

Jenna zuckte mit den Schultern. „Ich bin nicht verliebt."

„Vielleicht noch nicht, aber es wird passieren, und wenn es soweit ist, wirst du es bis in die Zehen spüren. Und dann wirst du wissen, dass das kein anderer Mann im Universum kann."

„Bei dir klingt das so einfach."

Liz lachte. „Einfach? Nein, einfach ist das nicht, denn er ist auch der Einzige, der die Möglichkeit hat, dir richtig wehzutun. Und verdammt, wenn es wehtut, dann richtig schlimm. Aber er ist auch derjenige, den du von ganzem Herzen lieben wirst."

„Guter Gott, dich hat es mächtig erwischt."

„Ja, oder? Ich hab ja gesagt, dass ich furchtbar verliebt bin."

Jenna lachte. Als sie und Liz ihr Essen aßen, plauderte Liz über ihre und Gavins Hochzeitspläne und Jenna dachte über das ganze Liebesding nach. Es war der Stoff, aus dem Märchen waren, und Liz hatte Sternchen in den Augen, weil sie Hals über Kopf in Jennas Bruder verliebt war. Jenna könnte darüber nicht glücklicher sein, aber sie war nicht sicher, ob sie ihr die Fantasievorstellung abkaufte, dass man seinen Seelenpartner fand, die eine Person, die für einen bestimmt war, und wenn man diese Person gefunden hatte, war das erledigt und man würde sich nie wieder nach einer anderen Person umdrehen.

Es war eine nette Theorie, aber sie glaubte nicht, dass das Realität entsprach.

Sowas traf einfach nicht auf jeden zu. Es war bei Liz und Gavin so und bei Tara und Mick, und sie freute sich für alle, aber bisher hatte noch keiner ihre Welt auf den Kopf gestellt und ihr Herz Liebeslieder singen lassen.

Aber sie hatte für Tyler gesungen. Sie hatte nicht mal vor ihrer eigenen Familie gesungen, vor den Menschen, denen sie am meisten vertraute. Aber dennoch hatte sie für Tyler gesungen. Was nicht bedeutete, dass sie wie verrückt in ihn verliebt war oder sowas.

Und vielleicht flatterte etwas in ihrem Bauch, wenn sie ihn sah, aber das war sicherlich nur sexuelle Anziehung und das würde vergehen, wenn sie noch ein paar Mal mit ihm geschlafen hatte, denn sie hatte noch nie eine Beziehung, die länger als ein paar Wochen gedauert hatte.

Tyler und sie näherten sich langsam der Ein-paar-Wochen-Markierung. Sie kannte ihn schon seit Monaten, auch wenn sie noch nicht so lange miteinander schliefen. Es war abzusehen, dass sie sich bald langweilen würde.

„Vielleicht müssen wir dir einen tollen Kerl suchen."

Jenna sah von ihrem Teller hoch. „Was? Nein. Das haben wir schon versucht. Nein, danke."

„Hey, ich kann nichts dafür. Ich möchte, dass du genauso glücklich wirst wie ich. Du hast noch keinen gefunden, er in dir etwas auslöst, oder?"

Sie wollte das nicht beantworten.

Liz hob eine Braue. „Triffst du dich mit jemandem?"

„Nicht wirklich. Na ja, so ähnlich."

„Was soll das denn bedeuten?"

„Tyler Anderson und ich treffen uns öfter mal."

„Echt?" Elizabeths Augen weiteten sich. „Tyler? Ich dachte, das Sexfest an Micks und Taras Hochzeit war eine einmalige Sache?"

Sie schob den Teller beiseite, denn ihr Appetit war verflogen. „Das dachte ich auch."

„Was ist passiert? Ich weiß, dass du ihn in der Nacht beobachtet hast. Rockt er deine Welt?"

„Ich hab keine Ahnung. Er taucht immer wieder auf, also hab ich immer wieder Sex mit ihm."

„Interessant." Liz nahm noch einen Schluck Wein. „Der Sex muss wirklich gut sein."

„Das ist er."

„Aber etwas belastet dich. Da muss also noch mehr sein."

Jenna zuckte die Achseln. „Da ist nicht mehr als das. Es ist rein körperlich. Du weißt, wie ich über Sportler denke. Da kann niemals mehr als nur Sex sein."

„Hm." Liz sah Jenna seitlich an und widmete sich dann ihrem Salat.

„Was meinst du mit Hm?"

„Nur, dass du dich ganz schön dagegen wehrst. Wenn er dir nichts bedeuten würde, würdest du einfach darüber lachen und ihn genießen, bis sich das Neue daran abnutzt, und ihn dann verlassen. Ich habe den Verdacht, dass er dir unter die Haut geht."

„Wohin er mir geht, ist in meine Unterwäsche, was genau dort ist, wo ich ihn haben will."

Liz wand sich. „Oh, die Bilder, die jetzt in meinem Kopf

kreisen."

„Hör auf damit. Du sollst dir nicht Ty und mich beim Sex vorstellen."

„Warum nicht? Nur, weil du dich bei dem Gedanken an deinen Bruder und mir beim Sauereien machen ekelst, heißt das noch lange nicht, dass ich mir Ty nicht nackt vorstellen darf."

„Er ist dein Klient, Elizabeth."

„Und?"

„Du bist böse."

Liz grinste und hob ihr Weinglas. „Danke für das Kompliment. Und wo wir gerade von Tyler sprechen, ich muss ihn heute nach dem Spiel treffen, um ein paar Details für eine neue PR-Kampagne zu besprechen. Komm doch mit."

„Zu seinem Hockeyspiel? Äh …"

„Was denn? Hast du Angst, an einem Sportevent teilzunehmen?" Liz lehnte sich vor und flüsterte. „Oh mein Gott, es könnte dir gefallen. Wäre das nicht furchtbar?"

Sie funkelte Liz an. „Du bist so ein Luder."

„Da, schon wieder. Machst mir Komplimente." Liz lächelte selbstzufrieden und wusste, dass Jenna die Herausforderung annehmen würde.

Sie hatte recht. „Okay. Ich komme mit."

„Natürlich. Ich hole dich um halb sieben ab."

Jenna hatte gedacht, Liz hätte ihnen Plätze in der Besitzerlounge oder in einer der VIP-Lounges reserviert, wo sie sich in die Versenkung begeben könnte, ohne dass Ty überhaupt mitbekam, dass sie da war. Und wenn Liz ihn nach dem Spiel treffen würde, wollte Jenna dort abwarten, bis die Geschäfte erledigt waren.

Aber dann gingen sie hinunter anstatt hinauf, und Liz führte sie ganz runter zur ersten Reihe. Sie setzten sich direkt hinter das Glas und Jenna murmelte einen Fluch, besonders weil sie gleich neben der Spielerbank saßen. Das bedeutete, sie würde Ty aus der Umkleide kommen und gehen sehen, und was noch schlimmer war … er würde sie auch sehen.

Wahrscheinlich war er im Spiel-Modus und achtete nicht auf das Publikum, außer auf den Jubel wenn die *Ice* punkteten. Sie hatte bestimmt gar nichts zu befürchten.

„Warum diese Plätze?", fragte sie, als sie sich setzten und sie froh war, unter der Jeans Strumpfhosen anzuhaben. So nah am Eis war es verdammt kalt.

„Es gibt nichts Besseres, als so nah an der Action zu sein. Ich dachte mir, du würdest gern sehen, wie Ty jemanden gegen die Glaswand klatscht."

„Aha. Ganz bestimmt."

„Versuch bitte, etwas begeisterter auszusehen."

Sie kuschelte sich enger in ihren Mantel ein und entschied, vor dem Spiel unbedingt noch einen Kaffee ergattern zu müssen. „Du weißt doch, wie sehr ich Sport liebe."

„Zynikerin."

„Ich sage nur wie es ist. Ich bin nur wegen dir hier."

Liz lehnte sich rüber und stieß Jenna an, um ihre Aufmerksamkeit über ihre rechte Schulter zu dirigieren. „Ich halte deinen letzten Kommentar für Blödsinn, denn es wird gleich ein Spektakel auf dem Eis passieren."

Sie wollte Liz noch eine bissige Retourkutsche verpassen, aber die Spieler brachen durch die Doppeltür der Umkleide und Jenna hielt die Luft an. Sie war nicht sicher, ob sie wollte, dass Ty sie sah oder nicht, aber als die Spieler über den Gummiteppich zur Bank strömten, konnte sie nicht leugnen, nach nur einem Mann Ausschau zu halten.

Als sie ihn sah, war sein Kopf in die andere Richtung gewandt und er sagte etwas zu Eddie. Er rauschte direkt an ihr vorbei, ohne sie zu sehen. Sie war erleichtert. Er zog seine Ausrüstung an und schlittschuhte auf das Eis.

Er würde gar nicht wissen, dass sie da war. Sie lehnte sich zurück und sah zu, wie die Spieler Runden drehten, um sich aufzuwärmen, und grinste, als die *San Jose* Spieler reinkamen und alles anfing, sie auszubuhen.

Sie war so auf die Spieler konzentriert, dass sie Ty nicht bemerkte, bis er direkt vor ihr mit dem Schläger gegen das Glas klopfte und sie fast einen Satz aus dem Sitz machte. Ty zwinkerte, grinste und lief wieder fort.

Das mit dem Verstecken hatte sich jetzt wohl erledigt.

Sie konnte sich nicht erinnern, wann sie das letzte Mal ein Spiel live gesehen hatte. Ihr Vater und ihre Brüder waren oft zu Spielen gegangen und hatten sie zu ein paar mitgeschleift, wenn ihre Mutter auch mitkommen wollte, aber da war sie noch ein Kind gewesen. Natürlich liefen die Spiele auch immer im Fernsehen und sie hatte eine Menge davon gesehen. Im Riley-Haushalt wuchsen alle mit Sport auf. Es gab kein Entkommen.

Aber so nah war sie noch nie dran gewesen, ihre Zehen froren bereits ein, so dicht am Eis, ihre Finger konnten das Glas berühren. Und als sich die Spieler aufstellten, lehnte sich Jenna vor, faltete die Hände und ihr Körper spannte sich an, als der Schiedsrichter den Puck in der Hand hielt und so tat, als ob er ihn gleich fallenlassen würde.

Dann fiel der Puck und das Spiel startete. Die Spannung ließ nicht nach, als sie sich schnell auf das Tor der *San Joses* zubewegten. Jenna und Liz erhoben sich und feuerten die *Ice* an, die darum kämpften, den Puck ins Tor zu bekommen, kreischten laut auf, als der *San Jose* Verteidiger ihn zurückschoss und die *Ice* mit einer Gegentorschance bedrohte. Die *Ice* wehrten das ab und schickten den Puck zurück in das Territorium der *San Joses*. Tyler schnappte ihn sich und Eddie war bei ihm und raste wieder auf das Tor zu.

So ging es das ganze erste Drittel hin und her. Die Teams waren sich ziemlich ebenbürtig. Das Drittel endete ohne Tore.

Jenna ließ sich auf ihren Sitz fallen und sah zu, wie sich die Spieler verteilten. Tyler sah genauso frustriert aus, wie sie sich fühlte und stellte keinen Augenkontakt her. Sie verstand, dass er seinen Kopf beim Spiel behalten musste, anstatt mit ihr zu flirten.

Sie wandte sich an Liz. „ Das war ziemlich intensiv."

„Gehst du nie zu Spielen?"

„Äh, nein."

„Nie?"

„Nicht, seit ich ein Kind war."

Liz rollte mit den Augen. „Dann verpasst du was. Es gibt nichts Atemberaubenderes als ein Hockeyspiel." Sie zeigte wie zum Beweis auf das Eis. „In diesem Fall habe ich glaub ich die ganze Zeit nicht geatmet."

„Es war interessant."

„Interessant, ja? Du warst davon gefesselt. Ich wette um zwanzig Mäuse, dass du heute noch kreischen und aufspringen wirst, wenn die *Ice* ein Tor machen.“

Jenna drehte sich zu ihr um und war ganz sicher, dass sie das nicht tun würde. „Die Wette gilt.“

Das zweite Drittel begann damit, dass die San Joses sich ständig verteidigen mussten, was bedeutete, dass die *Ice* mit Toren drohten und Jenna Ty aus der Nähe zu sehen bekam. Als er sich mit einem der Verteidiger um den Puck schlug, rammten sie die Bande genau dort, wo Jenna und Liz saßen. Instinktiv wollte sie nach ihm greifen, ihn wissen lassen, dass sie für ihn da war, aber sie unterdrückte den Drang. Aber das war ein verdammt hartes Spiel, und als *San Jose* das erste Tor schoss, sank ihr Magen.

„Verdammt.“

Sie kämpften so tapfer, hatten mehr Torchancen als *San Jose*. Sie schafften es nur nicht, den Puck ins Netz zu befördern.

Liz tätschelte ihre Hand. „Gib die Jungs nicht auf. Sie sind unerschütterlich.“

Sie hatte noch nicht aufgegeben. Auch wenn sie nicht zu Spielen ging, hatte sie eine Menge davon in der Bar gesehen. Sie kannte dieses Team. Sie vollbrachten Wunder, wenn sie zurücklagen.

Wie erwartet legten sie ein powervolles Drittel hin und ein Tor in der letzten Sekunde der zweiten Period hin. Ein Pass vom rechten Flügel von Meyers auf Lincoln, dem anderen Mittelspieler der *Ice*. Es blieb so auch im dritten Drittel und Jenna wollte aus der Haut fahren. Die Action war intensiv und das Spiel brutal. Ty war blutig geschlagen worden, als er gegen die Wand rammte und mit einem Gegenspieler kämpfte. Am Ende hatten sie sich mit Fäusten geprügelt. Jenna hatte die Hände an das Glas gelegt und sich gewünscht, sie könnte ihm da draußen irgendwie helfen. Ihr Herz pochte in ihrer Kehle, als sie aufeinander einschlugen und der Schiedsrichten tatenlos daneben stand. Sie wusste, dass das zum Spiel gehörte und die Fans es liebten, aber das hier betraf ihren Mann und der Kampf fand direkt vor ihr statt.

Endlich schritten die Schiedsrichter ein und beendeten den

Kampf. Jenna atmete aus, als Ty aufstand, scheinbar unverletzt, bis auf das Blut auf seinem Trikot und einem erneuten Angriffsversuch auf den Verteidiger. Der Schiedsrichter intervenierte und schickte alle beide auf die Strafbank.

Sie war stinksauer. Ty hatte den Streit nicht angefangen. Wofür zur Hölle wurde er bestraft? Sie überkreuzte die Arme und ihr Fuß klopfte auf den Boden, bis die längsten zwei Minuten dieses Abends vorbei waren und Ty wieder aufsprang. Als Ty von der Strafbank kam und auf das Eis zurückkehrte, waren noch drei Minuten zu spielen. Sie mussten einfach gewinnen. Und sie würden gewinnen. Das Spiel war schnell, es ging zwischen *San Jose* zu den *Ice* und zurück, wobei sich der Puckbesitz alle paar Sekunden änderte. Beide Teams wollten den Sieg unbedingt.

Ty übernahm den Pass von Victor und griff das Tor an, während der Verteidiger an ihm klebte. Er machte einen Pass zu Eddie, der zur Victor zurückschoss.

Jenna war auf ihren Füßen, als sich Ty vor dem Netz positionierte, den Verteidiger abwehrte, und als Victor den Puck herübersegeln ließ, schob sich Ty vor den Verteidiger und schoss den Puck ins Tor.

„Ja! Ja, ja, oh Mann, ja!", schrie sie, sprang auf und ab, stieß ihre Faust in die Luft und jubelte mit der Menge mit.

Sie sah zu, wie die Sekunden verrannen und *San Jose* versuchte, sich anzupirschen, aber die *Ice* hielten Stand und gewannen das Spiel. Jenna war heiser von ihren Rufen und Schreien.

Als sie sich umdrehte, streckte Liz ihr die Hand entgegen. „Ich will meine zwanzig Mäuse."

Jenna rollte mit den Augen und suchte in ihrer Handtasche ihre Geldbörse. „Miststück."

„Ich hab dich auch lieb. So, und jetzt gehen wir und warten auf deinen Freund."

Sie folgte Liz die Treppen hoch. „Er ist nicht mein Freund."

„Du weißt, was Shakespeare über die Frau sagte, die zu viel widersprochen hat."

Es wäre kindisch, Liz die Zunge herauszustrecken, aber Jenna hatte alle Lust dazu.

Sie folgte Liz zu den Umkleideräumen. Sie warteten davor, während die Spieler nach und nach auftauchten und die Presse ihre Interviews führte. Als Ty herauskam grinste er und ging auf Jenna zu, legte die Arme um sie, hob sie hoch und setzte einen heißen Kuss auf ihre Lippen, der etwas in ihrem Bauch zum Flattern brachte. Er setzte Jenna wieder ab und lächelte Liz an.

„Danke, dass ihr hergekommen seid."

„Es war ein tolles Spiel", sagte Liz, während sie die Treppen hoch gingen. „Hat euch etwas Zeit gekostet, es zu retten."

Er legte einen Arm um Elisabeths Schultern. „Hey, die Fans mögen ein bisschen Spannung."

„Die Fans lieben einen glatten Sieg."

„Sie wollen unterhalten werden. Ein enges Spiel reißt sie von den Stühlen."

„Blödsinn. Ihr Jungs wollt auch am liebsten im ersten Drittel mit drei oder vier Toren führen, damit ihr euch dann nur noch verteidigen müsst. Binde mir keinen Bären auf, Anderson."

Jenna Lippen zuckten amüsiert, als Ty und Liz den ganzen Weg bis zu den privaten Clubräumen diskutierten, wo Liz dann Papiere aus ihrer Aktentasche zog. Jenna nahm sich eine Dose Limo, während die beiden über die PR sprachen.

Frisch geduscht war Tys Haar noch feucht und die Enden lockten sich an seinem Hals. Sie trank ihre Limo und beobachtete, wie er sich über den Tisch beugte und sich sein Henley-Shirt eng an seine Rückenmuskeln schmiegte. Ihm beim Spielen zuzusehen zeigte seine enorme Kraft, die unglaubliche Stärke und Ausdauer, die man für diesen Sport brauchte. Sie sah es an seinem wohlgeformten Körper und an seinen Narben. Das Spiel war brutal und lief nicht ohne physische Schäden ab. Sie war froh, dass er gut in Form war, aber, oh Mann, es war ein hartes Spiel gewesen und er war ein paar Mal gegen die Bande gedonnert worden. Das im Fernsehen zu beobachten war eine Sache, aber so nah dran eine ganz andere.

Es juckte sie in den Fingern herüberzugehen und ihre Hände über seine Schultern streichen zu lassen, um sie an seine Stärke zu erinnern und sich zu versichern, dass es ihm wirklich gut ging. Sie wollte die Hitze spüren, von der sie wusste, dass er sie in Wellen ausströmte. Sogar auf dem kalten Eis war seine Haut in der letzten gemeinsamen Nacht heiß gewesen und sein Körper war ein einziger Muskel. Nach einer Dusche roch er kühl und frisch wie das Eis. Sie wollte ihr Gesicht an seinem Hals vergraben und seinen Duft inhalieren. Ihre Nippel wurden hart und zwischen ihren Beinen zuckte es.

Sie seufzte und nahm einen Schluck Limo. Okay, sie hatte ganz offensichtlich immer noch nicht genug von ihm. Sie würde Überstunden einlegen müssen, um ihn aus ihrem System zu kriegen.

Endlich erhob sich Liz. „Okay, das war's. Jenna, kommst du mit mir?"

Jenna sah Ty an.

„Sie kommt mit mir."

Liz verzog die Lippen zu einem wissenden Lächeln. „Gut. Ich bin dann weg. Habt Spaß heute Abend, ihr zwei."

Sie winkte Jenna und ging aus der Tür.

Wieder allein. Mit Ty.

Achtzehn

Es wurde still im Raum, als Ty herüberkam wo Jenna saß. Er hielt sie zwischen seinem Körper und dem Barhocker gefangen. „Wie hat dir das Spiel gefallen?“

Sie zuckte die Achseln. „Ganz okay. Etwas langweilig.“

Er drückte seine Lippen auf die Seite ihres Halses. „Echt?“

„Ja. Liz musste mich ein paar Mal anstoßen, um mich zu wecken.“

„Also hast du mein Tor nicht gesehen?“

Ihre Atmung beschleunigte sich, als er ihr Ohrläppchen leckte.

„Nein. Das hab ich verpasst. Sorry.“

„Schon gut. Wie du gesagt hast, es war ein ziemlich lahmes Spiel.“

Sie umfasste sein Gesicht mit den Händen. „Es war ein tolles Spiel. Ich habe es sehr genossen.“

„Für jemand, der Sport nicht mag.“

Sie erlaubte sich ein kleines Lächeln. „Ja. Allerdings ein hartes Spiel. Du bist verprügelt worden.“

Er lachte. „Ich werde immer verprügelt. Aber ich bin stark, ich werde damit fertig.“

Sie wischte ihm das Haar aus der Stirn und sah den Riss über seiner rechten Augenbraue. Es klebte ein Pflaster darüber, aber es war geschwollen. Als er sich mit dem anderen Typen geprügelt hatte, waren ihnen die Helme davongeflogen.

„Ein Faustkampf?“

„Ich sah schon schlimmer aus, und nicht nur auf dem Eis.“

„Echt? Das musst du mir erzählen.“

Er packte sie an den Hüften. Zog sie an die Kante des Hockers und zog sie zwischen seine Beine. „Vielleicht erzähle ich dir irgendwann von meiner Kindheit.“

„Hast du auf der Straße gelebt und um dein Überleben gekämpft?“

Er schnaubte ein Lachen aus. „Äh, nein. Aber ich habe mich oft geprügelt.“

Sie lehnte sich zurück und legte die Arme auf die Hockerlehnen. „Muss wohl in deiner Natur liegen."

„Vielleicht. Meine Eltern offerierten mir Sport, um die Energie aus mir zu nehmen. Ich mochte Hockey, weil es aggressiv ist. Ich spielte es sobald ich mich auf Schlittschuhen halten konnte. Und manchmal benutzten wir die Schläger für mehr als nur den Puck hin und her zu bewegen."

Sie sah ihn an und fragte sich, was für ein Kind er wohl gewesen war und wie sein Spiel wohl ausgesehen hatte. „Schwerter?"

Seine Lippen hoben sich. „So ähnlich. Man kann eine Menge Schlachten mit Hockeyschlägern spielen."

„Das kann ich mir vorstellen."

„Kannst du? Wie stark bist du eigentlich?"

Sie kratzte mit den Nägeln über seine Arme. „Genauso stark wie du. Ich habe mit meinen Brüdern und ihren Freunden Football gespielt, Baseball, Basketball und Hockey, und ich habe genauso gut ausgeteilt wie eingesteckt."

Er drückte ihre Beine zusammen und plötzlich wurde es heißer im Raum. „Du kannst also mit den Jungs ganz schön hart rangehen, was?"

„Darauf kannst du wetten."

„Du bist keine dieser Heulsusen, die kein bisschen Hitze vertragen können."

„Auf keinen Fall."

„Wie viel kannst du einstecken?"

Ihre Brüste schmerzten und ihre Mitte pulsierte bei dem Wissen, dass sie ihn wollte, und sie wusste genau, wohin das hier führte. „Wie viel kannst du geben?"

Er hob sie vom Stuhl in seine Arme, sein Mund presste sich auf ihren und er küsste sie so fest, dass er ihr Luftschnappen verschluckte. Sie verwob ihre Finger in seinem Haar und zog daran, während er ihren Hintern umfasste. Sie schlang die Beine um seine Hüften und klammerte sich an ihm fest, als er zum Tisch ging und sie darauf absetzte.

Sie atmete schwer, als er von ihr abließ. „Kommen hier keine Leute rein?"

Er ging schnell zur Tür und verriegelte sie, nahm dann eine Fernbedienung, drückte einen Knopf, und die Jalousien fuhren über die Fenster, durch die man das Eis überschauen konnte, und hüllten sie beide in komplette Privatsphäre.

Er drehte sich zu ihr um. „Zieh die Hosen aus."

Sie zog die Schuhe aus und glitt aus den Jeans und den Strumpfhosen, bis sie nur noch in Unterhosen und Shirt war. Er schwebte über ihr, bückte sich dann und küsste ihr Knie. Sie strich mit den Fingern durch sein Haar und liebte die Weichheit, die in krassem Gegensatz zu seiner sonstigen Härte stand.

Er küsste sich seinen Weg ihre Schenkel entlang, und als er ihren Hinter an die Kante des Tisches zog, lehnte sie sich auf ihre Hände zurück, wollte verzweifelt von ihm berührt, von ihm geschmeckt und zum Kommen gebracht werden. Ihre Mitte pochte vor freudiger Erwartung auf das, was nun kommen würde. Das hier war so verboten und der Gedanke, dass jemand sie stören könnte, erregte sie ungemein.

„Ich denke an dich, wenn ich nicht bei dir bin", sagte er und küsste ihren Innenschenkel. „Ich denke an dein Lächeln, dein Lachen und daran, wie schön du bist."

Seine Hand fuhr über ihr Höschen und sie atmete aus.

„Ich denke an deine Pussy und wie süß sie schmeckt, und an dein Gesicht, wenn du kommst."

Er legte eine Hand unter ihren Hintern und hob sie an, schob ihr Höschen zur Seite und legte seinen Mund auf sie.

„Oh ja, das ist es, was ich will", wisperte sie und legte eine Hand auf seinen Kopf, als er seine Zunge über ihre Klit gleiten ließ. Wärme explodierte in ihr und er streichelte ihr Geschlecht mit den Lippen, und zog die Zunge über ihre Schamlippen, fickte sie mit seiner Zunge, bis sie glaubte, es vor Lust nicht mehr auszuhalten. Sie bäumte sich auf, wollte mehr und mehr, aber es würde nicht mehr lange durchhalten, denn er zog mit den Zähnen an ihrem Piercing, spielte mit der Zunge damit, und die Vibrationen brachten sie zum Höhepunkt. Er saugte an ihrer Klit und sie kam mit einem Wimmern und versuchte, es zu unterdrücken, denn sie waren an keinem Ort, an dem sie den Schrei herauslassen konnte. Ty hielt sie fest, seine Zunge an ihrer Klit, während der Orgasmus in süßen Wellen durch sie rollte und sie zum Zittern brachte.

Er zog sie vom Tisch und küsste sie, ließ sie ihre eigene salzige Süße schmecken. Ihre Beine zitterten und sie hielt sich an Ty fest. Ihr Schenkel rieb an seiner Erektion, was ihre eigene Erregung wieder anfachte. Sie rieb seinen Schwanz durch die Hose und erntete ein tiefes Stöhnen. Er zog sich zurück, zog ihr das Höschen herunter und beugte sie über den Tisch. Dann öffnete er seinen Reißverschluss und befreite seinen Schwanz.

„Mal sehen, wie hart du es wirklich magst."

Ihre Pussy pulsierte. Er riss die Verpackung eines Kondoms auf und positionierte sich hinter Jenna. Er spreizte ihre Beine, streichelte ihren Hintern, spreizte ihre Backen, streichelte sie zwischen den Beinen und rieb ihre Pussy. Sie konnte es nicht länger ertragen. Über die Schulter sah sie ihn an.

„Ty, mach schneller."

Sie spürte seinen Schwanz an ihrem Eingang. Er neckte sie mit der Spitze. Sie hob den Hintern, ging auf das Necken ein, bis er endlich in sie stieß und sich in ihr versenkte.

*

Ty hielt inne, sein Schwanz zuckte, als er sich in Jennas süße, heiße Pussy bohrte. Sie machte ihn wahnsinnig, forderte ihn heraus, ihr das zu geben, was sie beide wollten. Sie kam ihm mit dem Hintern entgegen, folterte ihn mit heißem Stöhnen und Wimmern, das ihm bis in die Eier fuhr.

Als er tiefer zustieß, löschte ihr Stöhnen jegliche Beherrschung, an die er sich noch geklammert hatte. Seine Finger kniffen in ihren Hintern, während er noch härter in sie hämmerte.

Sie belohnte ihn, indem sie den Kopf zurückwarf. „Ja. Oh Gott, ja!"

„Du hast so einen süßen Hintern, Jenna." Er gab ihren Backen einen leichten Klaps und ihre Pussy wurde enger um ihn, während Jenna stöhnte. Sie legte den Kopf auf ihre Hände und ihre Finger umfassten den Rand des Tisches.

Er gab der anderen Seite einen Klaps und rammte sich in sie. Sie kam ihm entgegen und bat damit um mehr. Sie sorgte dafür, dass er heute intensiv kommen würde. Sein Schwanz wurde dicker, seine Eier waren so zusammengezogen, dass er jeden Moment explodieren würde. Er gab ihr noch einen Klaps, diesmal härter. Sie stöhnte lauter und ihre Pussy verteilte ihre Säfte auf seinen Eiern. Er griff herum und rieb ihre Klit mit einer Hand, und schlug mit der anderen auf ihren Hintern.

„Oh Gott, ich komme. Nimm mich härter, das bringt mich zum Kommen."

Er fand ihre Klit, rammte seinen Schwanz tiefer, klatschte auf ihren Hintern und spürte, wie sich ihre Pussy um ihn zusammenzog. Sie stieß mit den Hüften zurück gegen seinen Schwanz, warf den Kopf zurück und schrie als sie kam. Zu fühlen, wie ihre Muskeln in melkten und zu sehen, wie sie kam, war das Heißeste, was er je gesehen hatte. Er verlor die Beherrschung, griff nach ihren Hüften und stieß tief in sie als er kam und dabei ebenfalls einen Schrei ausstieß.

Er schlang die Arme um sie und legte den Kopf auf ihren Rücken, um nach Luft zu schnappen. Dann drehte er sie zu sich um, küsste sie und streichelte ihre Hinterbacken. „Hab ich dir wehgetan?"

Sie hob eine Braue. „Natürlich nicht. Ich hab doch gesagt, dass ich stark bin."

Er lachte. „Ja, das bist du."

„Ich habe es genossen, Tyler."

Er atmete zittrig aus. „Ich auch."

Sie zogen sich an und gingen.

Er brachte sie nach Hause und sie nahm ihn mit rein. Sie hatten beide Hunger, also machte sie ein paar Eier mit Speck. Danach saßen sie im Wohnzimmer und tranken Saft, und sie sang wieder für ihn. Es hatte ihn überrascht, dass sie nicht widersprochen hatte, als er sie danach gefragt hatte. Vielleicht gewöhnte sie sich langsam daran.

Als sie mit einem Lied fertig war, lächelte er sie an. „Das war schön."

Ihre Wimpern sanken auf ihre Wangen. Sie war immer noch nicht daran gewöhnt, Lob für ihre Stimme zu bekommen. „Danke."

„Warum singst du nie für deine Familie?"

Sie zuckte die Achseln. „Ich weiß nicht."

„Du kannst Gitarre spielen. Das müsste deine Familie eigentlich wissen."

Sie lehnte die Gitarre ans Sofa. „Eigentlich nicht. Ich habe erst Gitarrenstunden genommen, als ich zu Hause ausgezogen war. Und das Spielen hab ich im Ausland gelernt."

„Und sie haben dich nie singen gehört? Nicht mal als Kind?"

„Oh doch. Ich war als Kind im Kirchenchor. Aber solo? Nein, nie."

Da war noch mehr. Er spürte es. „Ist deinen Eltern nie deine erstaunliche Stimme aufgefallen, nicht mal, als du ein Kind warst?"

Ihre Lippen hoben sich zu einem Hauch eines Lächelns. „Im Chor fällt das nicht auf."

Er sah sie prüfend an. „Da ist etwas, das du mir nicht erzählst. Was ist es?"

„Nichts. Nichts Wichtiges."

„Alles an dir ist wichtig. Ich hab dir schon mal gesagt, dass du mir alles erzählen kannst."

„Es ist albern."

„Und?"

„Als Kind wollte ich Gesangsunterricht nehmen. Ich fragte meine Eltern, aber Mom war eine Tanzlehrerin und da ich das einzige Mädchen war, musste ich natürlich Tanzstunden nehmen. Ballett, Stepptanz, Jazz, das ganze Programm."

„Okay. Aber was war mit Gesangsstunden?"

„Das musst du verstehen. Da waren Mick und Gavin und all der Sport. Jeden Abend der Woche. Und dann meine Tanzstunden. Und Mom und Dad mussten arbeiten. Es war einfach keine Zeit dafür. Und dann wegen des Geldes. All diese Aktivitäten waren teuer. Besonders Gesangsstunden. Die Tanzstunden waren kostenlos, denn Mom war die Lehrerin."

Jetzt kapierte er. „Verstehe. Die Bedürfnisse aller hatten Priorität, und was du wolltest, wurde ans Ende der Schlange geschoben."

„So war es nicht."

„Entschuldige das nicht, Jenna. Du konntest deinen Traum nicht leben, aber deine Brüder schon."

„Sie haben Schulsport gespielt. Das war viel billiger."

„Das ist alles Blödsinn. Du wolltest singen. Hast du ihnen das gesagt?"

Sie sah auf ihre Hände. „Ich habe gefragt. Ein Mal."

„Und?"

„Mom erklärte mir, dass mit dem Tanzen und den Jungs im Sport nicht genug Zeit dafür wäre. Und nicht genug Geld. Sie sagte, vielleicht später mal, wenn mehr Geld da sei für Gesangsstunden. Aber ich habe nie wieder danach gefragt."

„Und dein Traum ging in Rauch auf."

Sie sagte nichts, aber Ty konnte sich vorstellen, wie das für sie gewesen sein musste. Hätte man ihm nicht erlaubt, Hockey zu spielen, hätte ihn das zerstört.

Er strich ihr Haar aus dem Gesicht. „Das tut mir so leid."

„Keine große Sache. Man kann nicht alles haben."

„Es ist aber eine große Sache. Es ist das, was du geliebt hast."

„Ich mochte das Tanzen auch."

„Ja, ich mochte auch Basketball, aber das war nicht, was ich liebte. Ich konnte tun, was ich liebte."

Sie sah ihn an. „Ich auch, als ich in Europa war."

Und dann zerstörte wieder jemand ihren Traum. Sie tat ihm leid. „Jetzt hast du eine neue Chance."

„Oh, das glaube ich nicht. Ich habe schon eine Karriere."

„Du hast einen Beruf. Du hast so ein großes Talent, Jenna. Warum bist du nicht da draußen und zeigst es?"

„Weil ich damit zufrieden bin einfach zu singen. Ich brauche kein Publikum."

„Damit bist du wirklich zufrieden? Du schreibst all diese Songs und versteckst dich in deinem Zimmer, um sie zu singen. Und es reicht dir, dass du die Einzige bist, die das hört?"

Sie antwortete nicht, aber er sah, wie ihr Blick zur Gitarre huschte.

„Du hast Angst."

Ihr Blick schoss zu ihm zurück. „Nein."

„Doch. Du hast Angst, nicht gut genug zu sein. Die alte Ablehnung hält dich immer noch zurück."

„Blödsinn." Ihre Augen verengten sich. „Und wieso ist dir das überhaupt so wichtig?"

„Weil ich das kenne."

Sie lehnte sich vor. „Wie meinst du das?"

„Professionell Hockey spielen ist ganz anders als aus Spaß oder im College. Es bedeutet, es für Geld zu tun und Karriere damit zu machen. Glaubst du, ich hatte keine Angst, zu versagen? Ich mag nicht gern versagen."

„Also hast du mal darüber nachgedacht, es nicht zu tun?"

„Yep. Ich war gut und wusste es. Mein Bauchgefühl sagte mir, dass ich es schaffen kann, aber ich war nicht prädestiniert dafür ein zukünftiger Superstar mit Erfolgsgarantie zu werden. Wenn ich es nicht geschafft hätte, wäre ich nicht sicher gewesen, ob ich mit der Abfuhr hätte umgehen können."

Sie nahm seine Hand in ihre. „Es ist schwer, sich dem auszusetzen. Die Möglichkeit, zu versagen, ist für viele Menschen schwer zu ertragen. Ich werfe dir nicht vor, vorsichtig gewesen zu sein."

Er lachte. „Süße, ich war nicht nur vorsichtig. Ich hätte es beinahe sein lassen, aus Angst, ich könnte nicht erfolgreich werden. Es war das Dümmste, das ich je fast getan hätte."

„Was hatte deine Meinung geändert?"

„Meine Mom. Sie sagte, dass mir immer alles zu fiel und dass ich ein echtes Talent hätte. Ich war immer ein Gewinner und das war klasse und so, aber bis ich nicht mal bei etwas versagt hatte, konnte ich nicht wertschätzen was Erfolg wirklich bedeutete."

Jenna nickte. „Deine Mutter klingt nach einer sehr weisen Frau."

„Da bin ich nicht sicher. Sie hat auch ihre Fehler und Schwächen. Aber zu wissen, dass sie versagt hatte und sich zusammengerissen hat, um wieder neu anzufangen, ließ mich daran glauben, dass ich das auch könnte."

„Klingt, als ob sie weiß, wovon sie spricht. Die Stimme der Erfahrung und all das."

„Ja. Ich hörte auf ihren Rat und sprang ins Ungewisse."

„Hattest du Angst?"

„Wie verrückt. Und ich hab ein paar Mal versagt. Habe den Hintern voll bekommen in den Clubs und musste mich wieder hocharbeiten. Habe auf dem Weg gelernt, dass man hart für den Erfolg in dem Sport arbeiten muss und die falsche

Einstellung einen schneller wieder runterbefördert als man spucken kann, und nur die Besten nach oben kommen.“

„Du hast ja eine erfolgreiche Karriere, also musst du etwas richtiggemacht haben.“

Er nickte. „Ein paar Dinge, ja. Aber nur um die Ecke spähen ist ein Fehler. Du kannst nicht alles zu Tode grübeln. Wie die verlorenen Spiele in letzter Zeit. Darüber nachdenken hilft nicht. Wenn man sich nur auf die Fehler konzentriert, kannst du den Erfolg nicht im Auge behalten. Ich glaube nicht, dass irgendein Sportler oder Künstler das jemals vergisst. Wenn sie es vergessen, werden sie höchstwahrscheinlich verlieren.“

„Also willst du mir sagen, dass ich nicht die Einzige bin, die Angst hat.“

Er rieb mit dem Daumen über ihre Hand. „Genau, Babe, du bist nicht die Einzige.“

„Ich werde darüber nachdenken.“

„Vielleicht könntest du damit anfangen vor deiner Familie zu singen.“

Ihre Augen weiteten sich. „Nein. Das kann ich nicht.“

Er rollte mit den Augen. „Ich glaube, du tust deiner Familie Unrecht. Sie machen einen sehr unterstützenden Eindruck.“

„Ja, sie unterstützen einen wunderbar, und das ist genau das Problem.“

Er runzelte die Stirn. „Versteh ich nicht.“

Sie rieb ihre Schläfen. „Ich weiß.“

„Dann erklär es mir. Deine Eltern scheinen alle ihre Kinder zu lieben. Ich glaube nicht, dass eine Rolle spielt, was sie darüber denken. Egal wie, irgendwo solltest du anfangen. Wie willst du sonst deine Träume erreichen? Was willst du machen?“

„Hab ich dir doch schon gesagt. Ich mache schon …“

Er legte einen Finger auf ihre Lippen. „Nicht wirklich. Was sind deine Träume? Sei ehrlich zu mir. Was würdest du wirklich am liebsten mit deinem Leben machen?“

Jenna wollte Ty mit einer weiteren lahmen Ausrede abspeisen, aber sie hatten heute ein echt tiefes Gespräch und er hatte sich ihr über seine eigenen Ängste geöffnet. Es war nur gerecht, wenn sie nun genauso offen war.

„Ehrlich gesagt, eins der Dinge, über die ich öfter nachgedacht habe, ist eine zweite Bar eröffnen, nur diesmal für das Singen. Wie der Karaoke-Club in dem wir waren. Aber meiner wäre anders. Statt nur ab und zu einen Open-Mic-Abend zu veranstalten, wäre immer Open-Mic. Und wir hätten live Band statt eine Karaoke-Maschine. Nur eine Musikbar. Ohne Fernsehbildschirme."

Er lachte. „Du hast dir darüber anscheinend schon viele Gedanken gemacht."

Sie zuckte die Achseln. „Ab und zu."

„Ich halte das für eine gute Idee. Es gäbe dann die Riley's Sportbar und die Riley's Musikbar."

„Ja. Es ist allerdings ein Luftschloss."

„Warum?"

„Wer sollte das leiten? Ich leite die Sportbar. Meine Eltern sind schon fast in Rente. Sie lassen sich gar nicht mehr in der Bar sehen, und sie arbeiten dort auch nicht mehr. Ich leite sie allein. Ich bin für die Bar verantwortlich."

„Muss es denn unbedingt ein Familienmitglied sein, das die Bar führt? Du hast ein paar Filialleiter beziehungsweise Stellvertreter oder?"

„Es ist so eine Art Familientradition, dass die Bar von der Familie geführt wird, also ja. So war es schon immer. Ich habe Stellvertreter, aber sie gehören nicht zur Familie. Mir würde nie einfallen, Mom und Dad zu fragen, ob ich die Verantwortung in die Hände von Stellvertretern legen darf."

„Ich glaube, du hängst dich viel zu sehr an diesem Familiending auf. Das Hauptaugenmerk liegt auf der Bar und wie sie geführt wird. Wenn du Leute hast, die sie effizient leiten können, ist es doch egal, ob deren Nachname Riley ist oder nicht. Diese Assistenten führen die Bar ja schon, wenn du frei hast."

Sie hob das Kinn. „Das ist was anderes. Das ist nichts Festes, und die Stammgäste wissen, dass ein Riley die Bar führt. Das erwarten sie auch. Das erwarten meine Eltern. Mein Vater. Nach seinem Herzinfarkt letztes Jahr will ich nicht, dass er denkt, er müsse zur Arbeit zurückkommen, nur damit ich eine neue Bar eröffnen kann."

Aha. Das war es also. „Also kommen deine Träume schon

wieder auf die lange Bank."

„Nein. Ich habe meinen Weg gefunden und gehe ihn."

„Du setzt dich viel zu sehr unter Druck, um dem zu entsprechen, was andere von dir wollen, anstatt das zu tun, was du willst. Warum kannst du nicht haben, was du haben willst?"

„Weil es nicht geht, und so ist das nun mal."

Es klang eher so, dass sie Angst hatte, sich zu fragen, was sie überhaupt wollte. Angst hatte, den Schritt nach vorn zu machen und sich ihren Traum zu schnappen.

Es gab nicht viel mehr, was Tyler tun konnte, um sie zu drängen. Jenna musste diesen Schritt allein tun.

*

Verdammt sein sollte Tyler dafür, dass er ihr die Idee mit der zweiten Bar in den Kopf gesetzt hatte.

Sie konnte an nichts anderes mehr denken.

Eine verrückte Idee, die niemals real werden würde, aber nun, wo sie aus den dunklen Untiefen ihrer Träume und Fantasie-Schubladen ausgegraben worden war, konnte Jenna sie nicht mehr dorthin zurückverbannen.

Vor einer Woche hatte sie angefangen, Pläne für eine neue Bar zu zeichnen. Ty war wieder auf Tour und wenn sie nicht arbeitete, hatte sie genug Freizeit dafür. Ihr Verstand wollte die Idee nicht loslassen.

Mit Ty zu sprechen, sich ihm wirklich zu öffnen und über die Kindheit zu reden und was passiert war, und für ihn zu singen, machte seltsame Dinge mit ihr. Sie hatte noch nie jemandem von ihrer Kindheit erzählt. Auch nicht von Europa. Warum hatte sie Ty als ihren persönlichen Vertrauten benutzt? Weil er immer die richtigen Fragen stellte? Oder weil er es ihr so einfach machte, es ihm zu erzählen? Sie wusste es nicht. Zugegeben, es war irgendwie schön. Aber sie wusste es besser, als von einer permanenten Beziehung mit ihm auszugehen. Es war gut so wie es war. Für jetzt.

Interessant, wie schnell sich die Dinge verändert hatten, seit sie Tyler sowas wie regelmäßig traf. Auf keine Feste-Beziehung-Art, aber auch nicht mehr Nur-zusammenschlafen-Art. Wenn er unterwegs war, schrieb er Textnachrichten und rief sie täglich an. Sie hatte sich daran gewöhnt, von ihm zu hören, und vermisste ihn, wenn er auf Reisen war. Am Telefon, wenn die *Ice* das nächste Mal in Chicago spielten, sie mitkommen sollte, um seine Eltern kennenzulernen. Sie hatte geantwortet, dass sie entsetzt sei, dass ihre Beziehung in die Phase *Eltern kennenlernen* geraten war, und ihm gesagt: auf gar keinen Fall. Er hatte gelacht und gedroht, dass er sie bei Nacht und Nebel entführen und in ein Flugzeug werfen würde, aber sie müsse mit ihm nach Chicago fliegen.

Ehrlich gesagt war sie neugierig auf seine Familie und freute sich auf das nächste Spiel in Chicago, um zu sehen, ob er seine Drohung ernst meinte.

Heute traf sie Tara und Liz zum Mittagessen, was sie versuchten mindestens ein Mal die Woche zu tun. Sie aßen in einem Restaurant in der Innenstadt, weil Liz in ein paar Stunden einen Kliententermin hatte und Tara hatte heute Abend einen Event, zu dessen Vorbereitung sie gleich nach dem Essen eilen musste. Jenna hatte noch ein paar Stunden Zeit, bevor sie in der Bar sein musste, also würde das ein entspannendes Mittagessen für sie werden.

„Jetzt wo ihr verheiratet seid, ist es ein Wunder, dass Mick dich aus den Augen lässt", sagte Liz zu Tara, nachdem sie Essen bestellt hatten.

„Ich werde ihn gar nicht mehr sehen wenn das Camp in den Sommer startet. Ich werde eine Strohwitwe sein wie du", sagte Tara.

Liz nickte. „Ich weiß. Das ist doof. Die Woche in Florida war allerdings wunderbar."

„Du siehst schön gebräunt aus", sagte Jenna. „Ich bin neidisch."

„So gebräunt wie jemand mit meiner hellen Haut werden kann, nachdem ich mich mit Lichtschutzfaktor fünfzig plus eingeschmiert habe."

„Und wie geht es meinem Bruder?"

Liz seufzte. „Dein Bruder ist atemberaubend."

Tara lachte.

„Würg. Zu viel Information." Jenna verzog das Gesicht. „Nicht das, was ich wissen wollte. Ich meinte das Frühjahrstraining.“

„Oh, seine Statistik ist super. Innerhalb und außerhalb des Schlafzimmers.“

Tara prustete.

„Ist das alles, woran du denken kannst?“, fragte Jenna.

„Wenn man es nicht regelmäßig bekommt, ja. Dann ist es alles, woran ich denken kann. Wenn ich nicht so verdammt viel Arbeit in meinem eigenen Job hätte, würde ich mich in das Strandhaus in Florida parken, nackt auf dem Bett ausgebreitet, bereit für ihn nach jedem Spiel.“

Jenna legte den Kopf in ihre Hände. „Ich gebe auf. Ich sollte nicht mehr zu euren Mittagessen kommen.“

„Apropos Leute, die es regelmäßig bekommen, wie läuft es mit Ty?“, fragte Liz.

Sie hob den Kopf und sah Taras verblüfftes Gesicht, gefolgt von einem Lächeln.

„Oh, du triffst dich noch mit Ty? Details bitte.“

„Wieder“, sagte Liz zu ihr. „Kein großes Geheimnis, oder?“

„Jetzt nicht mehr, wo du es herausposaunt hast, Plappermaul.“

Liz zuckte mit den Schultern, aber wirkte nicht im Mindesten schuldbewusst. Jenna wandte sich an Tara. „Ja, ich treffe mich noch mit Ty.“

„Und?“, fragte Tara.

Sie seufzte. „Es ist gut. Nett. Wir haben Spaß, das ist alles.“

Tara nahm einen Schluck Wasser. „Hmm.

Liz wedelte mit der Gabel in Richtung Tara. „Das ist genau, was ich auch gesagt habe. Aber ich sage dir, die Funken, die zwischen den beiden gesprüht sind nach dem letzten Hockeyspiel, zu dem ich sie mitgenommen hab, haben beinahe mich in Flammen gesetzt. Ich glaube, zwischen den beiden geht eine Menge mehr vor als nur *nett*.“

Jenna schluckte einen Bissen Essen und legte ihre Gabel ab. „Er hat mich gebeten, mit ihm nach Chicago zu kommen und seine Eltern kennenzulernen.“

„Das hat er gefragt? Oh, Mann, das bedeutet viel.“ Tara sah Liz an und dann wieder Jenna. „Das klingt ernst.“

Jenna zuckte die Achseln. „Ich weiß nicht. Da ist nichts

Ernstes. Es ist wirklich nur eine Affäre."

„Ja, das dachte ich bei mir und Gavin auch", sagte Liz.

„Ich auch bei Mick", sagte Tara und hielt die Hand mit ihrem Ehering hoch. „Und schaut was daraus geworden ist."

Jenna lachte. „Wir werden nicht heiraten. Wir sind nicht mal verliebt. Es ist nur Sex."

„Süße", sagte Liz. „Wenn dich ein Kerl nur als einen lockeren Fick betrachtet, nimmt er dich nicht mit nach Hause zu seinen Eltern. Er meint es ernst mit dir."

„Glaubst du wirklich?"

„Definitiv", sagte Tara. „Die Frage ist, meinst du es auch ernst mit ihm?"

„Ich weiß nicht. Eigentlich nicht. Er ist nicht mein Typ."

Liz schnaubte. „Ja, er hat so viele Fehler."

„Das stimmt." Tara hob die Hand und begann, an den Fingern abzuzählen. „Er ist hässlich. Arm. Hat einen schlechten Job, null Persönlichkeit."

„Furchtbare Frise. Und dieser Körper … igitt", fuhr Liz fort. „Sein Lächeln ist jämmerlich. Kein Sinn für Humor. Er ist so unfreundlich, dass Kinder und Hunde schreiend vor ihm wegrennen …"

„Oh, haltet den Mund ihr zwei. Ihr wisst was ich meine. Er ist nicht die Art Mann, den ich mir aussuchen würde."

Tara ließ ein leises Lachen hören. „Das sind sie selten. Aber sie schleichen sich dir unter die Haut und überraschen dich zu Tode, und plötzlich bist du Hals über Kopf verliebt und du kannst absolut nichts dagegen machen."

Verliebte sie sich in Ty?

Gott, sie hoffte nicht. Das war überhaupt nicht Teil ihres Plans.

Neunzehn

Jenna saß in einem verdammten Flugzeug Richtung Chicago.

Wie zum Geier hatte es so weit kommen können?

Sie gab Liz und Tara die Schuld daran. Irgendwann bei dem Mittagessen hatten sie sie überzeugt, dass sie sich wohl in Ty verliebt habe. Oder wenn es keine Liebe war, dann zumindest etwas, das verlangte, es sich genauer anzusehen und etwas länger in der Beziehung zu bleiben. Als Ty dann tatsächlich anbot, nach Chicago zu seinen Eltern mitzukommen, war sie nicht schreiend in die andere Richtung gerannt.

Ty hatte alles arrangiert, inklusive eines Tickets erster Klasse. Jenna entschied, das Ganze als einen Mini-Urlaub von ihren Pflichten an der Bar zu betrachten, und sonst nichts.

Die Maschine landete und ein Gentleman holte sie bei der Kofferübergabe ab, indem er ein Schild mit ihrem Namen hochhielt. Er fuhr sie in einem Privatwagen in ein verdammt luxuriöses Hotel. Für das Spiel heute hatte sie einen VIP-Platz, zusammen mit Spielerfrauen oder Freundinnen, die auch für das Spiel eingeflogen waren.

Jenna blieb gerade noch genug Zeit zum Duschen und Umziehen, als sie sich auch schon mit den Frauen unten treffen musste, und in das Auto steigen, das sie zum Stadion fuhr, in dem die *Ice* heute gegen Chicago spielten.

Zugegebenermaßen war sie aufgeregt. Sie hatte Crista und Leslie im Flugzeug kennengelernt und saß im Stadion neben ihnen. Leslie war mit Jeff Lincoln verheiratet, dem anderen Mittelfeldspieler der *Ice*, und Crista war mit Ruddy Meyers verlobt, einem der Flügelspieler.

Leslie war eine Pistole, so feurig wie Jeff kühl und reserviert war. Sie war groß, klassisch schön, hatte einen unglaublichen Körper und rabenschwarze Haare, die ihr kerzengrade über den Rücken fielen. Sie sah aus wie ein Victoria's Secret Unterwäschemodel, obwohl sie Lehrerin für Mathe und Wissenschaften war. Jenna konnte sich gut vorstellen, dass die pubertierenden Jungs von Mrs. Lincoln fantasierten.

Crista war eine hübsche, blauäugige Blondine. Jenna fand heraus, dass sie eine Bibliothekarin war und so intelligent, dass Jenna sich unzulänglich vorkam. Aber Cristas Wissen war so verdammt unglaublich, dass Jenna ihr eine Million Fragen gestellt hatte. Da sie selbst praktisch in Bibliotheken aufgewachsen war, hatten sie die Liebe zu Büchern gemeinsam und hatten auf dem Flug die ganze Zeit geplaudert.

„Ich bin noch immer schockiert, dass ihr beide in Sportler verliebt seid", sagte Jenna, als sie sich gesetzt hatten.

„Warum?", fragte Crista.

„Ich weiß nicht. Ich schätze ich unterliege der Illusion, dass Sportler bestimmte Arten von Frauen anziehen …"

„Flittchen?", bot Leslie an.

„Ich konnte das nicht sagen, ohne uns alle zu beleidigen."

Crista lachte. „Ich habe Ruddy im College kennengelernt. Wir waren in derselben Geschichtsklasse. Er ist so intelligent. Ich habe mich zuerst in sein Gehirn verliebt, aber ich liebe Sport."

„Ich auch", sagte Leslie. Ich kann nur ein gewisses Maß an Mathe und Wissenschaft ertragen. Wenn die Schule aus ist, ist Sport mein Ventil. In der Highschool habe ich Basketball gespielt und ich liebe Tennis, aber Hockey hat so etwas … Primitives."

„Es kurbelt meinen Motor an", sagte Crista. „Meinen Mann da draußen zu sehen, wie er versucht ein Tor zu machen oder mit dem Gegner um den Puck kämpft. Das ist einfach heiß. Oh. Vielleicht bin ich wirklich ein Flittchen."

Jenna lachte prustend. „Wenn du eins bist, dann sind wir es alle."

Es war eine Offenbarung, zuzuhören, wie diese beiden unglaublich intelligenten Frauen über Hockey und ihre Männer sprachen. Allerdings hatten sie auch nicht Jennas Leben, ihre Vergangenheit oder ihren Job.

Für sie war es anders.

Trotzdem wurde sie beim Spielstart von deren Enthusiasmus angesteckt und jubelte für mehr als nur für Ty. Sie behielt auch ein Auge auf Cristas und Leslies Männer. Die Reaktionen der Frauen auf ihre Männer war wie eine Studie über Beziehungsdynamik. Diese kühlen, professionellen Frauen wurden plötzlich zu verrückten Hockey-Fanatikerinnen, brüllten das gegnerische Team an und bejubelten das *Ice*-Team mit hochgereckten Fäusten. Jenna machte voll mit, unfähig, sich zurückzuhalten. Als die Action begann, war es einfach ansteckend. Im ersten Drittel lagen die *Ice* zwei Tore vorn, und sie wollte, dass Ty sie hören konnte, als er den Puck hatte, dass er irgendwie ihre Unterstützung spüren konnte, als er gegen den Verteidiger kämpfte oder gegen die Bande geschleudert wurde, oder als er und Eddie den zwei gegen einen Durchbruch schafften. Sie wollte ihn wissen lassen, dass sie ihm den Rücken stärkte, auch wenn sie von dem Geschrei ihre Stimme verlor.

Chicago holte auf, aber die *Ice* gewannen am Ende mit einem Tor. Es war ein Triumph und Crista, Leslie und Jenna waren völlig außer sich.

Nach dem Spiel wurden sie ins Hotel zurückgebracht.

„Wer braucht was zu trinken? Ich auf jeden Fall", sagte Leslie und führte sie in die Hotelbar. „Nach diesem Spiel fühle ich mich total ausgewrungen."

Jenna folgte ihr und sie fanden einen Tisch. Leslie bestellte eine Flasche Wein und bald tranken und lachten sie zusammen, als hätten sie sich schon ihr ganzes Leben gekannt. Ein paar der anderen Frauen kamen dazu und eine weitere Flasche Wein wurde bestellt. Jenna goss ein. Alle tranken. Als Barkeeper konnte sie ihr eigenes Trinken gut einschätzen und darauf achten, dass alle anderen Spaß hatten. Und warum auch nicht? Keiner musste heute fahren, also wollte sie, dass sich alle gut unterhielten. Bald würden auch die Männer auftauchen.

„Du trinkst ja gar nichts." Leslie verengte die Augen.

Jenna hielt ihr Weinglas hoch. „Doch."

„Nicht so viel wie alle anderen." Crista nahm die Weinflasche und füllte Jennas Glas nach.

„Ich stehe eigentlich nicht so auf Wein."

„Oh. Und was trinkst du sonst?"

„Whiskey."

Leslie schnippte mit den Fingern und die Bedienung erahnte ein großes Trinkgeld und war sofort zur Stelle. „Wie willst du ihn?"

Jenna lachte und schüttelte den Kopf. „Mit Eis."

„Bringen Sie der Lady was sie haben möchte. Vom obersten Regal."

Drei Whiskey später wandte sich Jenna an Crista und Leslie. „Ich glaube, ihr beide wollt mich betrunken machen."

„Natürlich", sagte Crista. „Du kannst doch nicht nüchtern bleiben, wenn alle anderen sich besaufen."

„Ich vertrage sehr viel Alkohol. Ich besitze eine Bar, weißt du?"

Leslie zeigte mit dem Finger auf sie und schwankte auf ihrem Stuhl hin und her. „Was nichts damit zu tun hat, den Auswirkungen des Alkohols zu entgehen."

„Das stimmt. Trotzdem ist meine Toleranz höher, während ihr beide immer zugedröhnter werdet."

Crista sah Leslie an. „Sie hat recht. Wir sind besoffen. Ich schäme mich so."

Leslie prustete los. Es wurde immer lauter hier und Jenna wusste nicht mehr, wann sie sich das letzte Mal so amüsiert hatte.

Es wurde noch spaßiger, als die Spieler kamen.

Ty grinste, als er sie sah. Er kam zu ihr und nahm sich einen Stuhl. „Hast du Spaß?"

„Sie versuchen, mich betrunken zu machen, indem sie mir Whiskeys bestellen."

Er nahm das Glas, das vor ihr stand, und exte es. „Funktioniert es?"

„Nicht wirklich."

Seine Mundwinkel hoben sich. „Du bist tough."

„Sagte ich ja bereits."

Sie blieben eine Weile bei den Spielern und ihren Frauen und sprachen über das Spiel. Ein paar der Spielerpaare entschlossen sich, etwas essen zu gehen.

„Magst du auch?", fragte Ty.

Jenna schüttelte den Kopf. „Ich möchte mit dir allein sein. Wir könnten den Zimmerservice rufen."

„Klingt super." Er stand auf und hielt ihr die Hand hin.

Sie gingen zu den Aufzügen. Als die Tür geschlossen war, drückte Jenna Ty gegen die Wand und erhob sich auf die Zehenspitzen.

„Bist du sicher, dass du nicht betrunken bist?"

„Vielleicht ein bisschen.“ Sie legte die Hände auf seine Brust und fuhr dann an seinem Bauch hinab. „Mmm, hart hier.“

„Weiter unten wird es auch gerade hart.“

„Wirklich?“ Sie umfasste seine Erektion und glitt mit der Hand darüber.

„Du bringst mich dazu, mit einem Steifen zu unserem Zimmer gehen zu müssen.“

Sie neigte den Kopf in den Nacken und lächelte Ty an. „Yep.“

„Du bist ein gemeines Weib, Jenna Riley.“

Die Aufzugtüren öffneten sich und Ty nahm Jenna vor sich, für den Fall, dass draußen jemand auf den Lift wartete. Sie spürte die Wölbung seiner Erektion an ihrem Hintern.

Jenna kicherte.

„Das wirst du mir büßen.“ Er schubste sie leicht aus dem Aufzug und sie gingen den kurzen Weg zu ihrem Zimmer. Dann schloss er die Tür und verriegelte sie, drückte Jenna an die Wand und betätigte den Schalter neben ihr, sodass der Raum in gedimmtes Licht gehüllt wurde. „Jetzt bin ich dran.“

Er ließ die Jacke von ihren Schultern auf den Boden gleiten, hob ihre Arme und nahm ihre Handgelenke zusammen. Er wanderte ihre Arme entlang und über ihre Brüste, blieb dort für eine Sekunde, und wusste, dass sie es liebte, wenn er ihre Nippel berührte. Sie drückte sich in seine Hand, aber er ging tiefer, über ihren Bauch, neckte sie, indem er die Finger in ihren Hosenbund steckte und sie nach ein paar Sekunden wieder fortnahm.

„Ty.“

Der Raum drehte sich. Sie leckte sich über die Lippen und wartete darauf, dass er sie wieder berührte. Er sah auf sie herunter, sein Gesicht gezeichnet von harten Linien der Entschlossenheit, seine Augen stürmische Seen des Verlangens. Sie sah einen Hunger darin, der sie immer wieder feucht und begierig machte. Sie wand sich an ihm, wollte ihn anfassen, aber er ließ sie nicht los. Stattdessen fuhr er mit den Kippen ihren Hals entlang, zog mit der Zunge über ihre Kehle, bis er die empfindliche Stelle nahe an ihrem Ohr fand und sie dort leckte. Er spreizte ihre Beine und stieß seine Erektion gegen ihre Hüften. Sie ritt seinen Schenkel, ihre Klit war überempfindlich und sie lehnte den Kopf gegen ihn und rieb sich an ihm.

Er berührte ihr Kinn mit einem Finger. „Sieh mich an."

Sie schluckte. Er umfasste ihr Genick und nahm ihren Mund für einen heißen, festen Kuss, benutzte seine Zunge, um ihn in Besitz zu nehmen, bis sie nur noch die rasende Begierde ihres eigenen Körpers spürte. Er gab ihre Hände frei und sie schlang die Arme um ihn, ihre Nägel gruben sich in seine Schultern, die Leidenschaft wuchs, sie riss mit den Fingern an ihm, an seinem Shirt, bis er die Arme hob und sie es ihm auszog.

Sie kratzte mit den Nägeln über seinen Rücken und biss ihm in die Unterlippe. Er knurrte und zerrte an ihrer Bluse, fummelte an den Knöpfen herum, wurde es leid und zerriss sie einfach, und der Klang der fliegenden Knöpfe auf dem Marmorboden echote durch den großzügigen Raum. Als Nächstes verschwand ihr BH, der ebenfalls heruntergerissen wurde, als Ty die Geduld mit allem verlor, was nicht leicht auszuziehen war.

Er zog sich die Hosen aus, während sie ihre Schuhe und die Hose auszog. Ihr Höschen fiel auf den Boden, als auch Ty endlich nackt war. Er zog sie in seine Arme und sie schafften es nur bis zum Teppich im Wohnzimmerbereich der Suite, ehe er sie auf den Boden legte und über ihr war. Er öffnete die Kondomverpackung innerhalb von Sekunden.

Und dann war er in ihr und sie schrie auf, als er sie ausfüllte. Sie brauchte das – brauchte ihn – so sehr, dass Tränen in ihren Augen stachen. Sie blinzelte sie fort, während Ty sie ansah und in sie stieß, ihr Knie anhob, damit er noch tiefer eindringen und sich noch intimer an ihr reiben konnte, bis sie meinte, zu explodieren.

Sie kratzte ihre Nägel über seine Brust und Ty presste die Zähne zusammen, bog sich dann, um einen ihrer Nippel in den Mund zu nehmen, knabberte daran und spielte damit, bis sie wieder und wieder kam und dachte, vor unerträglicher Lust sterben zu müssen.

Aber er beendete es nicht. Er hielt inne und wartete darauf, dass sich ihr Puls wieder beruhigte. Dann fing er wieder an, sich in ihr zu bewegen. Er nahm sie langsam und entspannt, heizte die Lust erneut an, bis sie wieder genauso weit war wie er. Als er ihre Beine über seine Schultern legte und tief in sie eindrang, kam sie ihm entgegen, gab ihm alles was er wollte und mehr. Sie griff zwischen ihre Beine und rieb ihre Klit, wollte noch einmal kommen, aber diesmal mit ihm.

„Fuck, ja", sagte er und hämmerte tief und hart in sie, während sie sich selbst zum Kommen brachte.

Diesmal kam er mit ihr, ließ ihre Beine herunter, damit er seine Lippen auf ihre legen konnte und ihre Schreie verschlucken, die sich mit seinem Stöhnen mischten.

Es war intensiv. Weltenerschütternd.

Und jedes Mal festigte es die Verbindung zwischen ihnen, die sie nicht anzuerkennen wagte, obwohl sie wusste, dass sie täglich stärker wurde.

*

Ty hatte keine Ahnung, wieso er Jenna nach Chicago eingeladen hatte.

Er nahm nie Frauen mit zu seinen Eltern. Seine Familie war … zerbrochen. Defekt. Die letzten Menschen auf der Welt, die er der Frau, die ihm etwas bedeutete, vorstellen wollte.

Der Frau, die ihm etwas bedeutete.

Ja, in diese Richtung bewegte er sich mit Jenna. Sie bedeutete ihm etwas. Darüber hinaus hatte er keinen Schimmer, was zur Hölle gerade passierte. Und jetzt hatte er sie auch noch zu seiner Familie eingeladen.

Was für ein Witz. Er musste verrückt geworden sein, das zu tun, aber nun war sie hier und es gab kein Zurück.

Er hatte ihr so viel zu erklären, sie zu warnen. Er hätte sie niemals hierher bringen sollen.

Aber seine Eltern – wer sie waren und warum sie so waren – sagte eine Menge darüber aus, wer er war. Und falls sie mit dieser Beziehung noch weiter gehen würden, war ihm wichtig, dass sie wusste, woher er kam.

Sie hatten eine Stadtführung gemacht und die wichtigsten Sehenswürdigkeiten abgeklappert. Es hatte Spaß gemacht, ihr

Chicago zu zeigen. Schade, dass es nicht Sommer war, sonst hätte er sie gern zum Spazieren am See mitgenommen. Aber es gab trotzdem noch viel zu sehen, also waren sie im Museum und hatten sich ein paar historische Orte angesehen. Es hatte ihr Spaß gemacht. Und natürlich hatte er sie in ein paar der besten Restaurants und Bars geführt. Außerdem konnte man Chicago nicht besuchen, ohne die tolle Pizza zu probieren, also hatten sie das auch getan. Natürlich hatte sie ihn herausfordern müssen und es ergab sich eine hitzige Diskussion über St. Louis gegen Chicago Pizzas.

Eins der Dinge, die er so an Jenna mochte, war ihre Eigenart, kein Mauerblümchen zu sein. Sie war nicht die Art Frau, die zu allem Ja und Amen sagte, nur um ihn zu halten. Sie diskutierte gern mit ihm. Und sie liebte es, recht zu haben. Ihm machte das Diskutieren auch Spaß, und es gab nichts Bösartiges an ihrem Meinungsaustausch. Keiner wollte den anderen verletzen, sie genossen nur das Geplänkel und standen beide hinter dem, woran sie glaubten.

Diese Beziehung mit ihr was ganz anders als die zwischen seinen Eltern.

Um von seinen Eltern zu sprechen … jetzt, wo Jenna und er die Sehenswürdigkeiten, das Essen und die Clubs hinter sich hatten, konnte er nicht länger hinauszögern, zum Essen zu seiner Mutter zu fahren. Er schuldete Jenna, sie zumindest darauf vorzubereiten.

Sie zog sich an, also ging er ins Bad. Er lehnte sich an den Türrahmen und sah, wie Jenna sich im Spiegel betrachtete. Sie hatte ein Kleid angezogen, ganz untypisch für sie. Es war schwarz und sehr hübsch, mit ausgefallenen Stiefeln und dunklen Strumpfhosen, was sie so sexy machte, dass er Jenna sofort ausziehen wollte.

Sie richtete die lange silberne Kette um ihren Hals. „Sehe ich okay aus?"

Er stieß sich von der Tür ab und trat ein. „Du siehst mehr als nur okay aus." Er gab ihr einen Kuss auf den Hals. „Du bist wunderschön."

„Danke."

„Komm her. Ich muss mit dir reden." Er nahm ihre Hand, führte Jenna ins Schlafzimmer und setzte sie auf das Bett.

„Oh-oh. Das klingt gar nicht gut."

Er setzte sich auf einen Stuhl dem Bett gegenüber und zögerte das Unvermeidbare hinaus, indem er aus dem Fenster auf die Stadt hinaussah. Heute war ein wolkenverhangener Tag. Es könnte sogar schneien.

Er spürte eine Berührung am Knie und sah Jenna an.

„Ty. Was ist los?"

„Deine Eltern haben eine unglaubliche Ehe. Du bist Teil einer glücklichen Familie."

Sie sagte nichts. Dafür war er dankbar.

„Ich hatte gedacht, ich sei auch Teil einer glücklichen Familie. Ich, meine Mom und mein Dad. Alles war super, bis ich zehn wurde. Dann fingen sie an, sich zu streiten. Sie versuchten, es unter Kontrolle zu halten oder zu warten, bis ich abends ins Bett ging, aber die Lautstärke war unüberhörbar und man kann Kindern nichts verheimlichen. Kinder sind klug. Sie merken, wenn ihr Universum aus der Balance gerät. Wie auch immer, ich hörte sie jedenfalls streiten. Erst dachte ich, es war eine einmalige Sache, aber dann passierte es am nächsten Abend wieder, und am übernächsten. Und dann dehnten sie es auch auf die Tage aus. Sie stritten sich nicht in meiner Anwesenheit oder so, aber sie hörten auf, miteinander zu reden. Die Anspannung im Haus wuchs, bis sie mir die Lebensfreude abwürgte. Ich bewegte mich nur noch wie auf rohen Eiern um meine Eltern und glaubte, wenn ich mich gut benehme, werden sie aufhören zu streiten und alles wäre wieder wie früher. Es betraf alle Bereiche meines Lebens. Meine Freunde kamen nicht mehr zu uns. Meine Noten wurden schlechter und ich wollte nicht mehr zu Hause sein. Sie hassten einander so sehr."

Er sah, dass Tränen in Jennas Augen stiegen und es gefiel ihm nicht, dass er sie verursachte.

„Ich kann mir kaum vorstellen, wie das für dich gewesen sein musste, das als ein Kind erleben zu müssen. Dir ist aber hoffentlich klar, dass es nicht deine Schuld war."

„Heute, ja. Damals nicht. Ich glaubte, wenn ich nur etwas leiser sprach oder mich braver benahm, könnte ich ihr Verhalten ändern. Aber nach einer Weile war es mir egal, denn es schien ihnen auch egal zu sein. Ab da ging es mit meinem

eigenen Verhalten bergab."
„Hattest du irgendwelche Tanten oder Onkel, mit denen du darüber reden konntest?"
„Ja, aber sie konnten auch nichts daran ändern. Sie konnten genauso wenig tun wie ich. Und sie haben sich auf die eine oder andere Seite geschlagen, also war das auch nicht besser."
„Wann haben sie sich dann schließlich scheiden lassen?"
„Als ich vierzehn war."
„Das sind ganz schön viele Jahre der Qualen."
„Ja. Jedenfalls werden wir heute bei Mom zu Abend essen. Sie lebt immer noch in dem Haus, in dem ich aufgewachsen bin. Mein Vater hat wieder geheiratet und wohnt in einer Eigentumswohnung am See. Wir werden ihn und meine Stiefmutter später auf ein paar Drinks treffen."
„Okay."
„Die Sache ist die … ich liebe meine Eltern, aber meine Mom verdrängt immer noch ein paar Sachen von damals, also musst du dich darauf vorbereiten. Sie ist etwas konservativ, wenn du verstehst, was ich meine."

*

Jenna fragte sich, ob Tylers Mutter die Einzige war, die davon bitter wurde. Sie wollte ihn fragen, was die Ehe seiner Eltern zerbrochen hatte, aber die Frage drang zu tief und vielleicht wusste er das gar nicht. Sie sah noch immer den Schmerz in seinem Gesicht, die Anspannung in seinem Kiefer. Das hier war nicht leicht für ihn.

Sie konnte sich nicht vorstellen, dass ihre Eltern nicht mehr zusammen waren. Allein der Gedanke schmerzte, was sie für Ty mitfühlen ließ. Aber die Realität war nun mal, dass sich viele Eltern scheiden ließen, und der Schock die Kinder jahrelang belastete.

Sie stand auf und legte die Arme um ihn. „Das tut mir sehr leid."
„Was?"
„Was du durchmachen musstest. Das Ende der Ehe deiner Eltern."
Er lehnte den Kopf gegen ihren. „Es ist lange her."

„Aber bestimmt tut es immer noch weh.“

Er zuckte mit den Schultern und fuhr sich mit den Fingern durch das Haar. „Sie waren einfach nicht gut füreinander. Meine Mutter ist sehr ruhig und unauffällig, ist gern zu Hause bei der Familie. Mein Vater ist übermütig und liebt es, zu unterhalten und auszugehen. Sie waren schon immer ein Gegensatz der Persönlichkeiten. Ich weiß nicht, wie sie überhaupt zusammengekommen sind.“

Sie nahm seine Hand. „Manchmal ziehen sich Gegensätze an. Erst später erkennt man, dass es nicht funktioniert, dass die Gegensätze, die am Anfang spannend waren, einen später anfangen zu zermürben.“

Er nickte. „Ich glaube, genau das ist ihnen passiert. Es gab keine Affäre, nichts Skandalöses, was die Ehe beendet hat. Sie stellten nur fest, dass sie nicht mehr zusammenpassten.“

Jenna schmerzte es, dass die Ehe von Tys Eltern zu Bruch ging, und damit das Ende der Stabilität war, die er bis dahin gewöhnt gewesen war. Scheidung war niemals leicht für die Kinder. Sie hatte ein paar ihrer Freunde das durchmachen sehen und den Schaden, den es in deren Leben angerichtet hatte. „Blöderweise gibt es keinen Test auf Kompatibilität, mit dem man messen könnte, ob Paare zusammenbleiben, egal was auf diesen Online-Partnervermittlungsseiten behauptet wird. Es ist immer ein Risiko, wenn man zustimmt, den Rest seines Lebens mit einem Partner zusammensein zu wollen. Traurigerweise sind die Kinder meist die Leidtragenden.“

Sie lehnte sich an ihn. Sein Finger hob ihr Kinn an und er legte seine Lippen auf ihre. „Mir geht es gut, Babe. Es ist lange her. Aber danke für dein Verständnis. Bist du jetzt bereit dafür?“

Sie schaffte es, strahlend zu lächeln. „Klar. Ich freue mich darauf, deine Eltern kennenzulernen.“

Er lachte kurz auf, woraufhin sie sich fragte, was ihr da wohl bevorstand.

Sie stiegen in das Auto, das Ty gemietet hatte, und fuhren in eine niedliche Gegend, wo es viele kleine Reihenhäuser gab, die sich aneinanderkuschelten. Er parkte vor einem der schmalen Häuser, zweistöckig und hellblau mit weißen Fensterläden. Jenna verliebte sich sofort in das Häuschen. Sie wollte es fotografieren. Sie wollte darin leben. Die Ausstrahlung war warm und heimelig und sie konnte sich Kinder vorstellen, die die Straße hoch und runter rannten. Kein Wunder, dass Tys Mutter hiergeblieben war.

„Was machst du?“, fragte er, als sie auf dem Gehweg vor dem Haus standen.

Sie legte den Kopf zurück und sah Ty an. „Ich stelle mir dich hier als Kind vor.“

„Ja?“

„Ja. Du passt hier her.“

Tyler legte seine Hand in ihre. Ein kleines Erkerfenster war an der Seite der vorderen Terrasse zu sehen. Sie fragte sich, was für ein Zimmer das war. Wenn es zum Wohnzimmer gehörte, konnte sie sich einen leuchtenden Weihnachtsbaum dahinter vorstellen, der einladend strahlte und die Leute begrüßte, die vorbeispazierten. Da die Häuser so eng standen, gab es hier bestimmt eine zusammenhaltende Nachbarschaft. Allerdings könnte das auch eine reine Fantasievorstellung sein, von ihrem Gehirn kreiert.

Sie gingen die blaugestrichenen Stufen zur Terrasse rauf.

„Ich liebe dieses Haus“, flüsterte sie Ty zu und drückte seine Hand. Sie konnte ihn in ihrem Geist von der Terrasse in den schmalen Garten oder in die Büsche springen sehen. Jungs machten sowas.

Er öffnete die Tür und sie gingen rein. Die Räume waren gemütlich und warm, die Decken hoch. Das Haus verströmte ein antikes Flair, trotz des übergroßen, flachen Fernsehbildschirms an der Wand im Wohnzimmer. Und ja, das Erkerfenster gehörte zum Wohnzimmer.

Eine winzige Frau stürmte herein und wischte sich die Finger an ihrer Küchenschürze ab.

„Ty“, sagte sie mit leiser, aber dennoch aufgeregter Stimme.

Jenna trat zurück und sah zu, wie Ty seine Mutter in eine Umarmung hob, ihre Wange küsste und sie wieder auf den Boden stellte. Seine Mutter war geradezu atemberaubend. Züge einer chinesischen Porzellanpuppe, dunkles Haar zu einem Pferdeschwanz gebunden. Sie trug ein cremefarbenes Kleid, das teuer gewesen sein musste, und Pumps. Jenna war froh, sich auch herausgeputzt zu haben.

„Ich bin so froh, dass du da bist.“ Seine Mutter strahlte zu ihm auf und der Stolz, den Jenna in ihrem Gesicht sah, war offensichtlich. „Jetzt stell mir deine Bekannte vor.“

Jenna fiel sofort auf, dass sie Bekannte gesagt hatte. Nicht Freundin. Seine Mutter wollte Distanz zwischen Ty und Jenna. Ordnungsgemäß notiert.

„Mom, das ist Jenna Riley. Jenna, das ist meine Mutter, Louise Davis.“

Nicht Anderson? Tyler hatte nicht erwähnt, dass sie wieder geheiratet hatte. Aber okay.

„Schön, Sie kennenzulernen, Mrs. …“

„Du kannst mich Louise nennen. Schön, dich zu treffen, Jenna.“

„Danke, Louise. Dein Haus ist wunderschön.“

„Danke. Bitte zieh deinen Mantel aus und mach es dir bequem. Möchtest du einen Cocktail?“

„Nein, danke. Ich würde gern das Haus sehen.“

„Natürlich. Tyler, mach einen Rundgang mit ihr. Ich kümmere mich um das Essen. Ich hoffe, du magst Beef Wellington, Jenna.“

Wow. „Das liebe ich. Danke.“

Tyler nahm ihre Hand. „Dann machen wir also einen Rundgang. Lass uns oben beginnen.“

Sie folgte ihm die Treppe hinauf. Oben hielt er an. „Hier gibt es wirklich nichts zu sehen.“

Sie drückte gegen seine Brust. „Halt den Mund. Ich will das Haus sehen.“

Er rollte mit den Augen und führte sie durch den Flur. „Das hier das Zimmer meiner Mutter.“

Es war perfekt. Gemütlich und weiblich, mit einem Mauve farbenen Bettüberwurf, Kissen in Erdtönen, einer antiken Kommode, und einem Badezimmer daneben. Der Raum war in einem hellen Beige gestrichen, mit eierschalfarbigen Holzverkleidungen.

„Ich könnte in so einem Raum sowas von wohnen. Hat deine Mom ihn selbst eingerichtet?“

„Ja, das ist ihr Ding. Ich glaube, jedes Mal wenn ich herkomme, hat er eine andere Farbe.“

Sie lachte. „Du weißt, was man über das weibliche Vorrecht seine Meinung zu ändern sagt."

„Ja, und meine Mom tut das oft."

Sie gingen weiter zum nächsten Zimmer. „Nähraum. Hier macht sie die ganzen Stoff- und Nähsachen."

Der Raum war voller Materialien. Luxuriöse, juwelenhafte Stoffe und gedämpfte Beigetöne. Es gab einen Bereich zum sitzen und einen zum arbeiten und Bücher über Design und Material. Auch wenn das nicht Jennas Gebiet war, schrie die Frau in ihr entzückt auf. „Oh, ist das schön."

„Weiberkram."

Sie rollte mit den Augen und sie gingen weiter den Flur entlang.

„Das ist mein Zimmer. Sei auf was gefasst."

Er öffnete die Tür und es war, als hätte die Zeit stillgestanden. Es war klein. Ein Bett stand unter einem Doppelfenster und der Raum war hellblau gestrichen. Pokale füllten die Regale an den Wänden. Ein kleiner Schreibtisch bildete eine Ecke des Raumes. Fotos von Ty in allen möglichen Altersabschnitten füllten einige der Regale. Jenna trat in da Zimmer und betrachtete die Bilder. Auf einem fehlte Tyler ein Vorderzahn, und auf einem fiel sein Haar über seine Augen, so wie es das heute noch tat, und auf einem war er noch ein Baby.

Sie legte eine Hand auf ihr Herz und sah zu Tyler hoch. „Das ist so süß."

„Ich habe versucht, sie zu überreden, das ganze Zeug einzupacken und auf den Dachboden zu bringen, aber sie lässt mich nicht. Das ist gruselig."

„Ist es nicht. Sie liebt dich eben sehr."

„Sie könnte ein Gästezimmer aus dem Raum machen."

Jenna setzte sich auf das Bett. „Warum sollte sie?"

„Weil Menschen sich weiterentwickeln sollten. Ich bin kein Kind mehr."

„Vielleicht liebt sie die Erinnerungen an dich. Sieh dir die ganzen Pokale und Urkunden an." Sie stand auf und las die eingerahmten Urkunden, die Tys Erfolge und Leistungen zeigten. Sie drehte sich zu ihm um. „Warst du ein schlaues Kerlchen!"

Er kreuzte die Arme vor der Brust. „Nicht nur ein dummer Sportler, nicht wahr?“

Sie erfuhr täglich mehr über ihn und ihr gefiel, was sie sah. „Deine Mutter ist einfach furchtbar stolz auf dich.“

„Sie könnte auch stolz auf mich sein, indem sie meinen Kram in ein Sammelalbum klebt.“

Sie lachte. „Meine Eltern haben einen Pokalraum im Haus. Zeug von Mick, Gavin und meiner Kindheit, von der Schule bis zum College. Erinnere mich daran, ihn dir zu zeigen.“

„Echt?“

„Yep. Ein Raum, nur uns Kindern und unseren Erfolgen gewidmet. Also glaub mir, das macht nicht nur deine Mom. Und uns ist es genauso peinlich wie dir. Manche Eltern geben gern mit ihren Kindern an. Deine Mutter ist nicht gruselig.“

Er zuckte die Achseln. „Vielleicht nicht. Aber mir würde es besser gefallen, wenn das Zimmer ein Futon oder ein ovales Bett hätte. Etwas für meine Mutter. Es ist, als ob ich gestorben wäre und sie will nichts hier drin verändern. Sie hat einen Schrein daraus gemacht.“

Jenna schnaubte. „Das ist ein Eltern-Ding. Gewöhn dich dran.“

Sie gingen wieder nach unten und durch das Esszimmer, in dem ein rechteckiger Kirschholztisch mit Tischdecke stand, sowie ein dazu passender Geschirrschrank mit Aufsatz. Die Möbel mussten antik sein.

Ty führte sie in die Küche, die schon mal modernisiert worden sein musste. Sie hatte dunkel Granitarbeitsplatten, Kirschholzschränke und Edelstahlgeräte, plus viele Fenster.

„Oh, ich liebe deine Küche, Louise.“

Sie drehte sich um und lächelte. „Danke. Wenn ich nicht gerade nähe, probiere ich neue Rezepte aus, sodass ich viel Zeit hier drin verbringe. Vor ein paar Jahren habe ich hier renoviert und habe die veralteten Geräte und die geschmacklosen Arbeitsplatten rausgeworfen. Raus mit dem Alten und rein mit dem Neuen, sage ich immer.“

„Außer in meinem Zimmer“, grummelte Ty.

„Hey, ich mag dein Zimmer“, sagte Jenna und nahm das Glas Wein, das Louise ihr anbot.

„Ich auch. Einige meiner schönsten Erinnerungen sind aus Tylers Kindheit. Und ich möchte, dass er sich zu Hause fühlt, wenn er zu Besuch kommt, was nicht oft genug ist."

„Weil ich zu groß bin, um in dem alten Bett zu schlafen", sagte Tyler und rollte mit den Augen, als seine Mutter ihm den Rücken zudrehte."

Jenna grinste ihn an.

Tys Mutter führte sie ins Wohnzimmer, wo sie sich hinsetzten und tranken.

„Du bist nicht zu groß für das Bett. Es ist extra ein langes", sagte seine Mutter und trank von ihrem Wein.

„Meine Erinnerungen funktionieren prima, auch wenn du mein Zimmer nicht so lässt wie als ich sechs Jahre alt war."

Louise wandte sich an Jenna. „Das ist ein konstantes Streitthema zwischen uns. Es gefällt ihm nicht, dass ich seine Sachen nicht einpacke und auf den Dachboden räume. Aber ich liebe die Erinnerungen an seine Jugendzeit." Sie nippte an ihrem Wein. „Damals war das Leben einfacher."

Jenna sah kurz zu Ty rüber. Er zuckte die Achseln.

„Ich habe dein Nähzimmer gesehen, Louise. Und dein Schlafzimmer ist toll. Hast du die Tagesdecke und die Gardinen selbst gemacht?"

Sie lächelte strahlend. „Ja. Meine Mutter hat mir das Nähen beigebracht. Ich habe aber erst die Zeit dazu, seit ich vor ein paar Jahren in Rente ging."

„Oh, wie schön für dich. Was hast du gemacht, bevor du pensioniert wurdest?"

„Ich war Assistentin der Geschäftsleitung bei einer Bank. Vor Jahren fing ich an mit Kirchenarbeit und dann arbeitete ich als Sekretärin. Habe mich über die Jahre hochgearbeitet bis zur Geschäftsleitung. Das war viel Arbeit und ich bin froh, es hinter mir zu haben."

„Es klingt aufregend."

„Ja, das war es", sagte sie, atmete tief durch und seufzte. „Aber das Nähen hat mir immer am meisten Freude gemacht. Jetzt wo ich die Zeit dafür habe, mache ich viel für das Haus. Ich habe sogar Freunde, die mich schon gefragt haben, ob ich ihre Häuser neu gestalten kann."

Jenna sah die Freude in Louises Gesicht. „Hast du dein eigenes Geschäft daraus gemacht?“

Sie lachte. „Nein. Das mache ich nur aus Spaß.“

„Du kannst das sehr gut. Du könntest ins Design-Gewerbe gehen.“

Sie schien über die Idee nachzudenken. „Das könnte ich wohl, was? Daran hatte ich noch nicht gedacht. Es war nur ein Hobby.“ Dann wedelte sie mit der Hand durch die Luft. „Aber es ist zu spät für mich, sowas anzufangen.“

„Nein, ist es nicht. Es ist nie zu spät ein eigenes Gewerbe zu gründen. Du bist immer noch jung genug und hast ganz offensichtlich das Talent und die Ambitionen dazu.“

„Meinst du?“ Ihre Augen leuchteten. „Ich habe keine Ahnung von Geschäftsgründung.“

„Meine Familie hat auch ein eigenes Gewerbe. Ich könnte dir ein paar Tipps geben.“

*

Jenna und Tys Mutter verbrachten die nächsten paar Stunden damit – auch während des Essens – über Geschäftsgründung zu sprechen.

Ty hatte das Schlimmste erwartet. Seine Mutter hatte noch nie eine Frau gemocht, die er mitgebracht hatte. Sie war unfreundlich und unhöflich gewesen und hatte immer etwas an der Frau gefunden, das sie auseinandernehmen konnte. Allerdings hatte er das letzte Mal ein Mädchen mitgebracht, als er in seinen frühen Zwanzigern war und noch im College. Mom hatte gewollt, dass er sich auf die Schule konzentrierte anstatt auf Frauen. Und sie war immer noch wegen der Scheidung verbittert gewesen. Er war einfach davon ausgegangen, dass seine Mutter für immer verbittert sein würde.

Aber sie war jetzt anders. Entspannter. Oder es war Jenna, die eine andere Seite von ihr herausbrachte. Jenna hing nicht die ganze Zeit an ihm und hatte keinen Besitzerstempel auf ihre Beziehung gemacht. Sie schien aufrichtig daran interessiert, seine Mutter kennenzulernen, ohne zu versuchen, sich bei Mom beliebt zu machen, oder ihr zu zeigen, dass sie und Ty ein Paar waren.

Aber so war Jenna. Sie konnte gut mit Menschen umgehen

und wusste, wie sie die Leute locker machen konnte. Das machte das *Riley's* so erfolgreich. Sie machte ihre Gäste glücklich, was nicht nur daraus bestand, ihnen Getränke zu servieren.

Nach dem Essen gab es Nachtisch und Jenna erzählte Mom alles über ihre Familie.

„Du hast also Brüder, die auch Sport treiben?"

„Ja. Mick spielt Football und Gavin Baseball."

„Hast du auch mal was gespielt?"

„Basketball und und Volleyball in der Highschool. Heute spiele ich nur noch, wenn mich die Familie zu einem Basketballspiel zu Hause zwingt."

Seine Mutter lachte. „Ich kann mir vorstellen, dass es nicht einfach war, mit den Jungs aufzuwachsen."

„Es war eine Herausforderung. Aber ich habe es geschafft."

„Das hast du. Ich wette, du kannst auch mit meinem Sohn umgehen."

Jenna sah Ty an und lächelte. „Da gibt's nichts, womit man umgehen lernen müsste. Du hast einen tollen Sohn großgezogen, Louise."

Seine Mutter blinzelte ein paar Mal. „Danke. Ich bin sehr stolz auf ihn."

Oh-oh. Er musste hier raus, bevor die Wasserhähne aufgedreht wurden. „Nun, wir müssen jetzt gehen."

„So früh?"

„Es tut mir leid, ja."

Sie erhoben sich und Tyler ging die Mäntel holen.

Jenna umarmte seine Mutter. „Es war so eine Freude, dich kennenzulernen, Louise. Ich hoffe, ich werde die Gelegenheit noch mal bekommen. Aber du hast meine Nummer. Wenn du das mit dem Gewerbe ernst meinst, ruf mich an."

Seine Mutter drückte Jenna innig. „Ich werde dich auf jeden Fall anrufen." Sie hielt Jenna an den Armen fest. „Ich sage das nicht oft, eigentlich erinnere ich mich nicht daran, das je zu einem Date meines Sohnes gesagt zu haben, aber ich bin sehr froh, dich kennengelernt zu haben, Jenna Riley. Und ich hoffe, ich werde dich wiedersehen."

„Ebenso." Jenna grinste und ging aus der Tür.

Mom zog Ty in eine enge Umarmung. Er bückte sich, damit sie seine Wange küssen konnte. „Ich weiß nicht, wo du diese Frau gefunden hast, mein Sohn, aber lass sie bloß nie wieder gehen.“

Zwanzig

Eins erledigt, weiter ging's. Sie fuhren in die Innenstadt, wo sein Vater und seine Stiefmutter eine Wohnung hatten.

„Ich weiß gar nicht, warum du so eine Angst hattest, dass ich deine Mutter treffe."

Er warf Jenna einen Blick zu. „Ich habe nie gesagt, dass ich Angst hatte."

„Du hast so getan, als sei sie eine Art mütterliche Medusa."

„Hab ich nicht."

„Aber fast."

Er zuckte die Achseln. „Sie hat sich verändert. Früher war sie viel verkrampfter."

„Sie ist eine wunderbare, warme und freundliche Frau. Ich hatte viel Spaß mit ihr."

„Anscheinend ist sie endlich über ihre Bitterkeit weggekommen, denn glaub mir, ich hatte etwas ganz anderes erwartet."

Jenna lachte und tätschelte seine Hand. „Du machst dir zu viele Sorgen."

„Wahrscheinlich."

„Okay, jetzt erzähl mir was von deinem Dad."

„Er ist ein großer, friedlicher Bär von einem Mann, der seine – ich weiß gar nicht, wie ich das erklären soll – *übertrieben gesellige Natur* benutzt, um alles auch nur annähernd Unbehagliche oder Unangenehme zu überdecken. So war es schon immer. Wenn es Stress gab, kam Sean Anderson und machte einen Witz, um alle zu beruhigen. Er lacht sich immer einen Weg aus jedem Problem. Genauso kann er Leute beleidigen. Mit einem Lächeln und lockeren Lachen. Seine Einstellung ist, wenn er lächelt, während er jemanden ein Miststück oder ein unnützes Arschloch nennt, ist das erlaubt. Natürlich hat das nicht so gut funktioniert, als er sich mit Mom gestritten hat. Meine Mutter fand nicht, dass alles unter den Teppich kehren und es auslachen eine gute Lösung war, mit ihren Problemen fertigzuwerden."

„Hm, nein, sicher nicht", sagte Jenna.

„Aber ich glaube, im Laufe der Jahre hat er ein paar Dinge

gelernt, denn meine Stiefmutter Gloria ist klasse. Sie sind jetzt seit zehn Jahren verheiratet."

„Du magst sie?"

„Ja. Sehr. Sie hat nie versucht, meine Mutter zu sein, nur ein Freund. Sie kannte die Grenzen, aber sie war immer für mich da, wenn ich sie gebraucht habe. Und sie lässt meinem Vater nicht alles durchgehen, was ich bewundere."

„Klingt, als ob sie sich gut ergänzen."

„Das tun sie. Aber ich muss dich warnen, denn man kann sich auf Dad nicht einstellen, weil man nie weiß, was als nächstes aus seinem Mund kommt."

„Ah, okay." Sie hatte keine Ahnung, was genau er damit meinte.

Sie nahmen den Lift in den sechzehnten Stock des Wohnungskomplexes. Tyler legte seine Hand auf Jennas unteren Rücken und drückte auf die Türklingel. Jenna fiel das Kinn herunter, als sich die Tür öffnete und eine ältere Version von Ty vor ihr stand. Während seine Mutter klein und zierlich war, war dieser Mann riesig und hatte welliges, dunkles Haar, das von Silber durchzogen war.

„Hallo, mein Junge, komm rein."

Er zog Tyler in eine Umarmung und Jenna sah, dass die beiden ungefähr dieselbe Größe hatten, wobei Tyler leicht größer war. Sean war breiter gebaut und nicht so schlank und muskulöse wie Tyler. Sie trat ein und konnte nicht fassen, wie ähnlich sie sich sahen. Sean Anderson war sehr gutaussehend, immer noch gut in Form, und seine Frau Gloria war eine umwerfende Rothaarige mit einer kurvenreichen Figur und einem überschäumenden Lächeln.

Gloria eilte herbei und gab Tyler einen Kuss und eine Umarmung und schüttelte enthusiastisch Jennas Hand. „Wir sind so aufgeregt, dich kennenzulernen, Jenna", sagte sie. „Bitte komm rein."

Die Wohnung war modern, mit schwarzen und weißen Möbeln und einem Klavier über dem tieferliegenden Wohnzimmer. Die bodentiefen Fenster boten einen atemberaubenden Blick über die Stadt und den See.

Sie setzten sich an einen Tisch nahe der Fenster.

„Ich dachte mir, da du nicht von hier bist, möchtest du

vielleicht die Aussicht auf die nächtliche Stadt genießen“, sagte Gloria. „Besonders, wo wir das Glück haben und es heute Nacht klar ist.“

„Es ist wunderschön“, sagte Jenna. „Ihr müsst es hier lieben.“

„Ja. Im Sommer gehen wir am See spazieren. Im Winter benutzen wir das Fitnessstudio hier im Haus. Wir müssen aktiv bleiben, stimmt's, Junge?“, sagte Tys Vater.

„Aber immer“, sagte Ty.

Sein Dad tätschelte ihn auf dem Rücken. „Natürlich bleibt er hier aktiv auf dem Eis. Ich könnte nicht stolzer sein, auch wenn du gerade mein Team besiegt hast.“

„Sean“, sagte Gloria und schüttelte den Kopf. Dann wandte sie sich an Jenna. „Ich weiß nicht, wie er für das andere Team sein kann, wenn sein eigener Sohn für die *Ice* spielt.“

„Hey, ich bin schon immer für das ansässige Team. Außerdem wechselt Tyler oft. Wie soll ich auf dem Laufenden bleiben und wissen, für welches Team er dieses Jahr spielt? Ich bin loyal. Tyler versteht das, oder?“

„Klar tue ich das, Dad. Aber ich würde niemals gegen mich wetten.“

Jenna lachte.

„Das sage ich ihm auch immer“, sagte Gloria. „Ich setze mein Geld auf dich, Honey.“

Tyler lehnte sich rüber und küsste Glorias Wange. „Danke, Gloria.“

„Hey, der Junge ist stark. Er kann es mit ein bisschen Konkurrenz aufnehmen. Und er weiß, dass ich immer für ihn bin.“ Er wandte sich an Jenna. „So, Jenna, erzähl mir von dir.“

Oha. Blitzschneller Themenwechsel. Es war nicht leicht, da mitzuhalten, aber sie schaffte es. Sie erzählte über die Familienbar und ihre Rolle darin. Sie tauschten ein paar Cocktailrezepte aus und Sean unterhielt alle mit Witzen und lustigen Anekdoten aus Tys Kindheit, aber Jenna merkte, dass Ty unruhig war und sich unbehaglich fühlte.

„Sean, was machst du beruflich?“

„Mir gehören ein paar Autohäuser in der Stadt. Ich bin schon seit vierzig Jahren im Geschäft.“

Sie konnte ihn sich als Verkäufer gut vorstellen. „Wie interessant."

„Er macht sogar Werbung im Fernsehen", sagte Gloria mit sichtbarem Stolz in ihrem Lächeln.

„Oh, wie aufregend."

Sean grinste. „Ja, wir kaufen eine Menge Fernsehzeit. Man muss den Leuten seinen Namen vor die Nase halten, sonst vergessen sie einen." Er schlug Ty auf den Rücken. „Stimmt's, mein Sohn?"

„Ganz genau, Dad."

„Dafür hast du ja diese tolle Agentin, die dir Deodorant und Shampoo Werbespots verschafft. Um die Fans interessiert zu halten. Sie zu den Spielen zu bringen. Die Männer wollen wie du sein und die Frauen wollen dich in die Federn kriegen." Er sah Jenna an. „Was auch immer nötig ist, um meinen Jungen im Rampenlicht zu halten, stimmt's, Honey?"

Jenna blinzelte. „Klar."

Tys Vater war anstrengend. Sie glaubte nicht, dass er wirklich an Tylers Karriere interessiert war, er wollte ihn nur *ganz oben* sehen. Kein Wunder, dass Ty sich unwohl fühlte.

Sie hielten es zwei Stunden aus, dann erhob sich Ty. „Wir haben morgen einen frühen Flug und sollten jetzt gehen."

Sie verabschiedeten sich.

„Es war eine Freude, dich kennenzulernen, Jenna", sagte Gloria. „Ich hoffe, wir werden dich bald wiedersehen."

„Das hoffe ich auch."

Sean schüttelte ihre Hand. „Du bist ein süßes Mädchen. Tyler hat einen guten Geschmack bei Frauen. Hatte er schon immer. Genau wie sein alter Vater." Er legte einen Arm um Gloria.

Tyler brachte Jenna zur Tür. „Bis später, Dad."

Schweigend fuhren sie mit dem Aufzug nach unten und sprachen auch nicht viel auf der kurzen Fahrt zum Hotel. Zurück in ihrer Suite legte Jenna die Arme um Ty.

„Womit hab ich das verdient?"

„Aus keinem bestimmten Grund." Vielleicht brauchte sie die Nähe mehr als er, aber sie dachte sich, dass ihm genauso ging.

„Mein Vater kann ein Arschloch sein."

„Nein, das ist er nicht."
„Doch."
„Deine Eltern unterscheiden sich wie Tag und Nacht. Deine Mutter ist eher still und reserviert. Dein Dad ist sehr gesellig. Mir ist klar, warum sie nicht gut zusammenpassen."
Seine Lippen hoben sich. „Das ist nett ausgedrückt."
„Ich mag Gloria."
„Ich auch. Und mein Vater liebt es, Leute zu beeindrucken. Er weiß nur nicht, wie man das macht, und klingt deshalb oft wie ein Arsch. Er müsste soziale Kompetenzen üben. Meine Mutter arbeitete fast ihr ganzes Leben. Und wenn sie nicht gearbeitet hat, bediente sie sich mich und Dad. Nach der Scheidung wusste sie nicht, was sie mit sich selbst anfangen sollte, also blieb sie zu Hause und sammelte Erinnerungen, wie diesen verdammten Schrein von mir. Sie näht und backt und hat einen kleinen Freundeskreis, den sie schon immer hatte, und hat nicht mehr geheiratet. Sie hat ihren Mädchennamen wieder angenommen, weil sie meinen Vater so sehr hasst. Sie hatte einfach nicht herausgefunden, wie sie ein neues Leben anfangen konnte. Sie ist in diesem Haus wie gefangen. Ich glaube, du hast ihr heute geholfen. Danke."
„Gern geschehen, aber ich denke, deine Mutter ist sehr wohl darüber weggekommen. Sicher nicht sofort, aber jeder packt die Dinge in seinem eigenen Tempo an."
„Da magst du recht haben."
Jenna strich Haare von seinen Augenbrauen. „Du musst dich nicht für deine Eltern entschuldigen. Sie sind wie sie sind und haben nichts damit zu tun, wer du bist."
Er sah auf sie herunter. „Sie haben alles damit zu tun, wer ich bin."
„Meinst du? Ich glaube das nicht. Ich denke, wir formen unsere eigene Identität. Wir sind nicht an unsere Eltern gefesselt, an deren Vergangenheit oder ihre Fehler. Wir müssen nicht sein, wie sie, ob positiv oder negativ."
Er streichelte mit dem Daumen über ihre Unterlippe. „Vielleicht."
„Da gibt es kein vielleicht. Du wirst, wer du sein willst, und nicht wer deine Eltern sind oder waren. Es liegt allein an dir."
„Du tust mir gut", sagte er.

„Echt? Und ich dachte die ganze Zeit, dass du derjenige bist, der mir guttut."

Jenna drückte Ty auf das Sofa des Wohnzimmers der Suite. Sie ging zur Tür und dimmte das Licht herunter. Dann stellte sie sich vor Ty und zog Stiefel und Strümpfe aus, das Höschen, zog den BH unter dem Kleid heraus, bis sie nur noch das brandheiße kleine Schwarze trug. Sie kniete sich auf den Teppich vor das Sofa und krabbelte zwischen Tys Knie, kratzte mit den Nägeln über seine Schenkel.

*

Ty hielt den Atem an, als sich Jenna zwischen seine Schenkel schob. Er sollte derjenige sein, der sie verwöhnte, nicht andersherum, aber er fand verdammt noch mal keinen guten Grund, sich dagegen zu wehren. Sein Schwanz war hart und drückte gegen den Reißverschluss seiner Hose, und ihre Hände waren auf dem Weg zu seinem Gelobten Land. Auf keinen Fall würde er sie jetzt aufhalten.

Ihr Haar wirkte wie mitternächtliches Silber im gedämpften Licht des Raumes, ihre Augen verschleiert und dunkel, als sie nur kurz die Wimpern hob, um ihn neckend anzusehen, ehe sie den Kopf senkte und in sein Knie biss.

Er lachte. „Du suchst etwas zum Reinbeißen? Ich zeig dir, wo du beißen kannst."

„Ich glaube, ich kenne deine Anatomie gut genug, um selbst dahin zu finden. Hab Geduld."

Sie kratzte mit den Nägeln über seine Schenkel, griff dann nach seiner Gürtelschnalle, wobei sie sich verdammt viel Zeit ließ, diese zu öffnen, bevor sie an den Reißverschluss ging. Jede Bewegung des Verschlusses brachte ihn dazu, mit den Zähnen zu knirschen. Sie machte absichtlich langsam, dabei wollte er nur das verdammte Ding aufreißen und seine harte Erektion befreien.

Als die Hose endlich offen war, zog sie ihm die Schuhe und Socken aus und neckte ihn, indem sie mit den Händen in seine Hosen fuhr.

„Du hast schöne Waden für einen Kerl."

Er konnte nicht einmal mehr sprechen. Seine Kehle war

ausgetrocknet. Er wollte ihre Hände und ihren Mund an seinem Schwanz spüren, anstatt poetische Dinge über seine anderen Körperteile zu hören. Aber es war ihre Verführung und er hatte stillzusitzen und es zu ertragen.

Sie zog seine Hose und Unterhose über seine Hüften, zerrte sie von seinen Füßen und warf sie auf einen Stuhl. Sein Schwanz zuckte hoch, war bereit, genommen zu werden, aber sie ignorierte ihn und knöpfte stattdessen sein Hemd auf. Einen Knopf nach dem anderen ... langsam.

Verdammt noch mal!

„Lass mich das machen." Er griff nach den Knöpfen, aber sie nahm seine Hände und legte sie auf das Sofa.

„Nein, das ist mein Job."

Mist.

Sie öffnete den zweiten Knopf, und den dritten, dann den vierten, und ihm brach der Schweiß aus. Wer hätte geahnt, dass Knöpfe aufmachen ihn noch härter werden ließ?

Als sie den letzten Knopf geöffnet hatte, spreizte sie das Hemd und legte ihre Handflächen auf seine Brust. „Ich liebe deinen Körper, Tyler, die Glätte deiner Brust." Sie malte Linien über seine Rippen und seinen Bauch. „Wie sich deine Muskeln unter meinen Händen bewegen."

Seine Bauchmuskeln zuckten, während sie tiefer glitt, und freudige Erwartung erfüllte ihn, als sie ihn unterhalb des Nabels streichelte. Sie beugte sich hinab und küsste ihn dort und ihre Brüste strichen über seinen Schwanz. Das feuerte seine Vorstellungskraft an. Am liebsten hätte er die Spitze seines Schwanzes über ihre empfindlichen Nippel gerieben. Wie würde sie darauf reagieren? Er speicherte sich das für später ab.

Momentan konzentrierte er sich auf ihre Hände, wie sie diese auf seine Schenkel legte. Ihre Berührung war leicht, ihre Nägel die reinste Folter, als sie mit ihnen über seine Innenschenkel fuhr. Seine Eier zogen sich zusammen und er presste die Zähne aufeinander, verkniff sich, Jenna anzubetteln, seinen Steifen anzufassen, auch wenn er das noch so sehr wollte.

Sie erhob sich und lag zwischen seinen Beinen, legte ihren Körper leicht auf seinen und drückte ihre Lippen auf seine.

Er wollte seine Arme um sie legen, aber sie nahm seine Hände und legte sie wieder auf das Sofa.

„Nein. Fass mich nicht an. Lass mich dich berühren."

„Das wird mir schwerfallen, Jenna."

Sie lächelte an seinen Lippen. „Das ist der Plan."

Sie küsste ihn, ihre Zunge umrundete seine Unterlippe, ehe sie ihren Mund auf seinen legte. Er schmeckte Wein und etwas Süßes, Zimt vielleicht. Sie vertiefte den Kuss, nahm seinen Kopf in ihre Hände und bewegte ihren Körper auf seinem auf verführerische Weise.

Er wollte sie anfassen, ihr Kleid hochheben und ihren nackten Hintern fühlen. Aber das war ihr Spiel und er würde sich an die Regeln halten … noch. Also behielt er seine Hände bei sich, während sie sich auf ihm wand und ihn verrückt machte, bis all sein Blut und jeder Gedanke zu seinem Schwanz rauschte.

Sie fuhr mit den Lippen über seinen Kiefer und knabberte leicht daran. Er knurrte und sie antwortete mit einem tiefen, kehligen Lachen, das seine Eier zum Erzittern brachte.

„Jenna", sagte er warnend.

Sie ignorierte ihn und strich mit der Zunge über seinen Hals bis zur Schulter. Dann biss sie ihn wieder, diesmal fester. Er machte einen Zischlaut und grub die Finger in das Sofa. Wenn es nach ihm ginge, würde er sie schnappen, auf seinen Schwanz setzen und sie vögeln, bis sie beide kommen würden. Er war mehr als bereit und ihr Duft füllte den Raum. Er würde ihnen geben, was sie beide brauchten.

Aber es ging nicht nach ihm.

Sie küsste seine Brust und strich mit der Zunge leicht über seine Nippel. Diese richteten sich auf und sie nahm einen zwischen die Zähne und spielte damit.

Er holte zischend Luft und bohrte seine Fersen in den Teppich. Sie biss fester zu, entließ dann den Nippel und schenkte ihm ein teuflisches Lächeln.

„Komm hoch", sagte er.

Sie schüttelte den Kopf und sank tiefer, leckte mit der Zunge über seinen Bauch. Das seidige Material ihres Kleides schwebte über seinen Schwanz, ihr Körper schleifte über seinen.

„Du versuchst, mich umzubringen."
„Ich versuche, dich zu verwöhnen."
„Es würde mich verwöhnen, wenn du auf meinen Schwanz steigen und mich ficken würdest."
Sie lachte. „Später."
Sie sank auf den Teppich und küsste seine Schenkel, wobei sie sich langsam an seinen Schwanz und seine Eier annäherte. Jedes Mal, wenn sie nah dran war, hielt er den Atem an, und atmete enttäuscht wieder aus, wenn sie sich wieder entfernte.
Die Frau verstand etwas vom Foltern.
Als sie über seine Eier leckte, entkam ihm ein tiefes Stöhnen und er war sicher, im Himmel angekommen zu sein. Und als ihre Zunge eine Spur zog von der Unterseite seines Schwanzes bis zur Spitze, wusste er, dass er eine Menge Kopfrechnen zu tun hatte, um zu verhindern, dass er seine Ladung sofort abschoss, denn er war bereit, zu explodieren.
Sie tanzte mit der Zunge über die Spitze und nahm ihn dann bis tief in ihre Kehle auf. Er stöhnte und sah zu, wie sein Schwanz in ihrem Mund verschwand, während er gleichzeitig das Saugen spürte und die nasse Hitze. Sie umfasste seine Eier mit den Händen und drückte sie sanft, während sie seinen Schwanz zwischen Zunge und Gaumen gefangen hielt, ließ dann los, rollte mit der Zunge darüber und ließ die Spitze aus dem Mund springen, um sie wie einen Lutscher zu lecken.
Seinen von ihrem Mund nassen Schwanz zu sehen, ließ seine Eier zu harten Knoten werden. Und als sie ihn wieder tief aufnahm und beim Schlucken zusammendrückte, war ihm klar, dass er nicht lange aushalten würde.
„Jenna, ich werde gleich in deinen Mund kommen."
Sie packte den Schaft an der Basis und fing an zu pumpen, während ihr Kopf gleichzeitig auf und ab fuhr und ihre Zunge über ihn strich. Er spürte den Orgasmus wie einen Zug heranrasen und stemmte die Fersen in den Teppich und schob den Schwanz tief in ihren Mund. Als er kam, fühlte es sich an, als ob die Spitze seines Schwanzes fortflog. „Oh, ja." Er explodierte, füllte ihren Mund mit seinem heißen Samen, sein ganzer Körper bebte und zitterte vor Anstrengung, als er alles was er hatte in sie pumpte. Sie saugte fest an ihm und

drückte seine Eier, bis er komplett leer war.

Er war fix und fertig. So fertig, dass er kaum noch atmen konnte. Für Minuten konnte er nichts anderes tun, als einfach nur dazuliegen, seinen Kopf gegen das Sofa zu lehnen und Jennas klopfendes Herz an seinem Schenkel zu spüren.

Als er endlich den Kopf heben konnte, streichelte er über ihr Haar. Sie schien zufrieden damit zu sein, dazuliegen und auf ihn zu warten, aber er wusste, dass sie mehr brauchte. Und er auch.

Schließlich zog er Jenna auf seinen Schoß und vergrub die Finger in ihrem weichen Haar. Er legte die Lippen auf ihre und nahm sich den Kuss, den sie ihm verweigert hatte. Mit einem sanften Stöhnen erwiderte sie den Kuss und seine Zunge schlüpfte in ihren Mund und leckte über ihre samtige Zartheit. Er hob ihr Kleid und füllte seine Hände mit ihrem süßen Hintern, fuhr mit den Fingern über ihre seidige Haut und drückte Jenna an seinen schnell wieder hart werdenden Schwanz.

„Berühr mich“, sagte sie und bäumte sich auf.

Er füllte seine Hände mit ihren Brüsten, wollte sie nackt haben, damit er ihre Nippel saugen konnte, liebte aber gleichzeitig, wie sexy sie in dem Kleid aussah. Er wollte in ihr sein, solange sie das Kleid noch anhatte. Die Seide streichelte seine Beine, neckte ihn mit dem, was er nicht sehen konnte. Er spielte durch die Seide mit ihren Nippeln, bedeckte eine Brust mit seinem Mund, saugte den Nippel durch den Stoff an.

Sie schnappte nach Luft und griff nach seinem Kopf, hielt ihn dort, während er seine Zähne benutzte, um sie zu verwöhnen.

„Ich liebe es, wenn du mich so anfasst“, wisperte sie.

Er nahm den anderen Nippel zwischen die Finger und drückte ihn. Sie klemmte ihn zwischen ihren Schenkeln ein, zeigte ihm wie sehr es ihr gefiel. Er lehnte sie etwas zurück, damit er an seine Hosen kam und ein Kondom aus der Tasche nehmen konnte.

„Lass mich das machen“, sagte sie und öffnete die Verpackung.

Sie streifte ihm das Kondom über und ihre Hände waren

warm und sanft, als sie es zentimeterweise herunterzog, bis er vollständig umhüllt war. Aber erst wollte er dafür sorgen, dass sie kam, wollte, dass sie erschüttert und zittrig war, wenn er seinen Schwanz in sie gleiten ließ.

Er hob das Kleid an und legte eine Hand auf ihre Mitte. Sie war feucht und ihr süßer Duft berauschte ihn mehr als jeder Alkohol es jemals könnte. Er streichelte sie, spielte mit ihrer Klit mit der Fingerspitze, bis sie ihren Kopf nach hinten neigte und ihm ihre Pussy entgegenstreckte. Er steckte einen Finger in sie und spürte, wie sie sich um ihn zusammenzog und erbebte. Er rieb mit dem Daumen ihre Klit, woraufhin sie wimmerte. Er liebte es, zu sehen, wie ihr Körper auf ihn reagierte, zu sehen, wie sie das Gesicht verkrampfte, wenn sie dem Orgasmus näher kam. Er bewegte seinen Finger in ihr und strich mit dem Daumen über das Piercing.

„Ich werde kommen, Tyler."

Er bewegte die Finger schneller und drückte den Handballen auf ihre Klit. Sie kam. Ließ den Kopf an seine Schulter sinken und ritt auf den Wellen ihres Höhepunktes. Er behielt die Finger in ihr, während die Zuckungen nachließen, und zog Jenna dann auf seinen Schoß und seinen Schwanz. Als er in sie drang, konnte er immer noch die Erschütterungen ihres Körpers spüren.

„Mmm", sagte sie und nahm in voll auf. „Das ist so gut."

Ihr Kleid breitete sich um sie beide aus und er konnte es nicht sehen, konnte ihre Vereinigung nur spüren. Er schloss die Augen und gab Jenna Zeit, sich an ihn in ihr zu gewöhnen und sich von ihrem Orgasmus zu erholen.

Als sie anfing, sich vor und zurück zu bewegen, öffnete er die Augen, nahm ihr Kleid in eine Faust und hielt ihre Hüfte mit der anderen Hand, und hob Jenna auf seinem Schwanz auf und ab. Er fühlte seine dicke Härte in ihr, spürte, wie ihr Körper ihn zusammendrückte, als er in sie stieß.

Ihr Gesicht war erhitzt, die Lippen leicht geöffnet und sie sah auf ihn herunter. Hielt sich an seinen Schultern fest und ihre Nägel bohrten sich in ihn, wenn er Jenna anhob. Sie hatte langsam begonnen, aber jetzt wurde es intensiver und ihre Bewegungen schneller. Ihre feuchten Körper bewegten sich im selben Rhythmus. Er kannte ihren Körper nun schon wie seinen eigenen und spürte, wenn sie zu zittern anfing und sich um ihn zu verengen. Er ergriff ihren Hintern, zog sie vor und zurück, und sie explodierte, ihre Augen weiteten sich und ihre Pussy drückte ihn zusammen wie ein Schraubstock, melkte den Samen aus ihm heraus. Sie hielt seinen Blick, während sie beide kamen. Er sah den Sturm in ihren Augen und gab ihr denselben Blick, ihr Name entkam seinen Lippen und ein wildes Stöhnen, als er tief in sie stieß und bei dem intensiven Orgasmus erbebte, der ihn zittrig zurückließ.

Jenna sank an ihn und sie blieben zusammen liegen. Ty streichelte ihren Rücken und ihr Haar.

„Ich muss duschen", sagte sie irgendwann.

*

Jenna lehnte sich gegen die Wand in der Dusche und glaubte, zu müde zu sein, um sich mehr als abzuduschen und dann ins Bett zu fallen. Aber Tyler legte seinen Mund auf ihre Nippel und ihre Libido erwachte zu neuem Leben, es pulsierte verlangend in ihr, als ob sie nicht bereits zwei unglaubliche Orgasmen gehabt hätte.

Er glitt mit der Hand zwischen ihre Beine und streichelte sie, während er an ihren Nippeln saugte. Sie griff nach einer Handvoll seiner Haare und hielt sich daran fest, als drängende Lust von ihren Brüsten zwischen ihre Beine schoss. Sie bestand nur noch aus blindem Verlangen, während heißes Wasser auf sie herunterregnete und ihre Mitte überwältigend pochte.

Als Tyler auf die Knie ging und ihre Pussy leckte, versank sie in einem erotischen Nebel von der Anbetung, die seine Zunge und seine Lippen ihr entgegenbrachten. Sie sah hinunter zu ihm, wie er sie leckte, und erbebte, wenn seine Zunge in ihr verschwand. Ihre Beine zitterten, als sich der Höhepunkt aufbaute. Und als er seinen Mund auf sie legte und saugte, explodierte sie.

„Ty!", rief sie, bäumte sich an seinem Gesicht auf, bevor die Wucht des Orgasmus sie an die Wand zurückschleuderte. Er hielt ihre Hüften in festem Griff, bis sie wieder herunterkam, das Wasser rann über ihr Haar und strömte über ihren

Körper.

Er erhob sich, nahm ihren Mund in Besitz und drang in sie. Sie schnappte nach Luft und sah ihn an.

„Scheiße. Lass mich schnell ein Kondom holen."

Sie hielt ihn fest. „Bleib."

„Ich bin sauber. Die machen ständig Bluttests mit mir. Medizinische Untersuchungen. Ich hab nie …"

Sie legte einen Finger auf seine Lippen. „Ich nehme die Pille. Es ist alles okay."

„Jenna."

„Liebe mich, Tyler."

Er stieß in sie und küsste sie, schluckte ihre Lustschreie mit seinem Mund und seiner Zunge. Er wurde so dick in ihr und sein Körper rieb sich an ihrem, sodass sie schon wieder kurz vor dem Kommen und darüber erstaunt war. Aber sie wollte ihn nur noch ein paar Momente länger so spüren, so nackt, so intim.

Er hob ihr Bein und legte es um seine Hüften, hielt sie so fest, während er quälend langsam in sie stieß, was sie von innen heraus zum Schmelzen brachte. Er strich ihr das Haar aus dem Gesicht und sein Blick war so intensiv, so voller Unausgesprochenem, dass es ihr den Atem raubte.

Sein Kiefer war zusammengepresst und er hämmerte nun härter in sie. Als er sie küsste, erreichte sie den Höhepunkt und spürte seine Hitze und Kraft als er kam. Sie hielt sich an ihm fest und er stieß ein letztes Mal zu, erbebte dann an ihr und sein Mund war an ihrem Hals versenkt.

Es war so perfekt gewesen, ihn so pur und ungeschützt in sich zu spüren. Irgendwie fühlte sie sich ihm jetzt noch näher.

Aber jetzt war sie fix und fertig, erschöpft und durch und durch befriedigt.

Ty hob sie unter den Wasserstrahl und wusch sie sanft ab. Dann zog er sie aus der Dusche. Sie lächelte ihn müde an, als er ihr Haar trockenrubbelte.

„Ich werde es morgen kämmen", sagte sie.

Er nahm sie auf die Arme und trug sie zu dem riesigen Bett, wo er sie ablegte und sich neben sie legte.

Sie war schon eingeschlafen, ehe er das Licht ausmachte.

Einundzwanzig

Jenna hatte sich in die Scheiße geritten.

Sie saß am Sonntag im Wohnzimmer ihrer Eltern und erkannte, dass sie höchstwahrscheinlich den größten Fehler ihres Lebens gemacht hatte. Sie hatte Ty zum Essen eingeladen.

Es war in einem schwachen Moment passiert. Völlig befriedigt von all dem umwerfenden Sex hatte sie ihn eingeladen, als sie im Flugzeug auf dem Rückweg von Chicago waren. Sie hatte gedacht, er würde sicher sowieso Nein sagen, weil er ein Spiel hätte oder nicht in der Stadt sein würde. Schließlich behielt sie seinen Spielplan nicht im Auge.

Er hatte aber kein Spiel an dem Tag, denn er würde am nächsten Tag wieder auf Tour gehen.

Also hatte er zugestimmt.

Für ihre Familie bedeutete einen Mann zum Essen rüberbitten nichts weniger als eine Liebeserklärung.

Was es natürlich nicht war.

Oder?

Was fühltc sic für Ty?

Das war eine Frage, auf deren Beantwortung sie nicht vorbereitet war, oder sich darin zu vertiefen, denn Ty würde in ungefähr zehn Minuten hier sein und sie war so nervös wie eine Braut am Hochzeitstag.

Oh, eine schlechte Analogie. Ganz schlecht.

„Worüber grübelst du da drüben nach?“

Jenna blickte hoch und sah ihre Mutter herüberstarren. „Ich? Ich grübele nicht.“

„Du kaust an deiner Unterlippe. Das machst du immer, wenn du dir Sorgen machst.“

Sie nahm die Zähne von der Lippe und lächelte. „Ich mache mir über gar nichts Sorgen, Mom.“

„Sie lügt. Sie bringt einen Kerl zum Essen mit und gerät in Panik. Sie denkt, wir nehmen ihn ins Kreuzverhör.“ Mick drückte ihr einen Kuss auf den Kopf, ging an ihr vorbei und klaute sich eine Karotte von der Platte auf der Kochinsel.

Mom wedelte mit dem Schneidemesser in seine Richtung.

„Mach das noch mal und du hast heute Küchendienst."

Mick zuckte die Achseln. „Den hab ich doch sowieso. Das macht mir keine Angst." Er nahm sich ein Stück Staudensellerie, zwinkerte Jenna zu und ging zurück ins Wohnzimmer.

„Es ist ein trauriger Tag, wenn meine Kinder keine Angst mehr vor dem Küchendienst haben."

Jenna lachte, nahm sich einen Stuhl von der Kochinsel und begann, einen Dip anzurühren. „Er ist jetzt ein verheirateter Mann. Ich bin sicher, Tara trägt ihm täglich Küchendienst auf."

„Das stimmt", sagte Tara, kam rein und nahm sich den Stuhl neben Jenna, und ein Messer, um Sellerie und Karotten zu schneiden. „Große, starke Hände sind prima, um damit fettige Töpfe zu reinigen."

„Jenna ist nervös, weil ihr Freund zum Essen kommt."

Jenna funkelte ihre Mutter an.

„Ty kommt zum Essen?" Tara drehte sich zu ihr und lächelte. „Wie schön. Also wird es langsam ernst zwischen euch."

Sie wusste, sie hätte ihm absagen sollen. Sie könnte sagen, sie hätte die Grippe. Oder Lepra.

„Es ist nichts Ernstes. Wir treffen uns nur öfter. Und es ist nur ein Essen."

„Aber es ist Essen mit Familie", sagte Tara. „Das ist eine große Sache."

„Du hast noch nie jemanden eingeladen", erinnerte sie ihre Mutter.

Nein, das hatte sie nicht. Genau aus diesem Grund. Der Inquisition. „Hört mal her, es ist keine große Sache. Wir sind nur Freunde. Und Ty war schon oft hier. Es ist ja nicht so, dass er euch alle zum ersten Mal sieht."

Liz schnaubte, als sie reinkam. „Du und Ty seid mehr als nur Freunde. Mom, du solltest die Funken sehen, die die beiden versprühen, wenn sie im selben Raum sind. Du wirst Topflappen brauchen, wenn Jenna in Tys Nähe ist, denn sie wird feuerheiß."

„Du bist sowas von nicht witzig." Wo war das schwesterliche Unterstützungsteam wenn sie es brauchte?

Liz umarmte sie und dann Tara. „Kann ich was helfen?"

„Tee machen", sagte Mom.

„Klar."

Das Thema änderte sich und sie sprachen über Gavin und wie es ihm in Florida erging. Jenna war froh, nicht mehr im Mittelpunkt zu stehen.

Bis es an der Tür klingelte.

„Ich gehe schon", rief sie, schwang sich vom Barhocker und wischte sich die Hände an einem Handtuch ab.

Bis sie durch den Flur war, hatte Nathan Ty schon reingelassen und ins Wohnzimmer geführt. Dad hatte ihn bereits in eine Hockey-Unterhaltung gezogen.

„Hi", sagte sie und steckte die Hände in die Taschen ihrer Jeans. Er sah heute köstlich aus in seinen verwaschenen Jeans und einem Sweatshirt. Er hielt einen Strauß Wildblumen in der Hand.

„Hi."

„Sind die für mich?"

„Nein, die sind für deine Mutter."

Dad warf ihr ein breites Grinsen zu.

Jennas Herz klopfte wild. „Oh. Na dann komm mit in die Küche."

„Behalte ihn nicht zu lange bei den Frauen", sagte Dad.

„Nein."

Sie gingen durch den Flur und Ty stoppte sie auf der Hälfte, zog sie in seine Arme und küsste sie, bis sie keine Luft mehr bekam.

„Ich dachte mir, das könnte heute meine einzige Chance sein."

Ihr Körper öffnete sich für ihn, gewärmt von dem Kuss und seiner Nähe. „Danke. Das rettet meinen Tag."

Er nahm ihre Hand und sie gingen in die Küche, aber sie ließ ihn los, als drei sehr neugierige Augenpaare auf sie starrten.

„Tyler. Wie schön, dich wiederzusehen", sagte Mom.

„Mrs. Riley. Die hier habe ich Ihnen mitgebracht."

„Schleimer", wisperte Liz.

Tyler drehte sich ihr zu und zwinkerte.

„Oh, die sind aber schön. Danke. Und nenn mich Kathleen." Sie ging auf Ty zu, legte die Hände um sein Gesicht und küsste hin auf die Wange. „Greifst du bitte nach oben auf den Schrank und reichst mir eine Vase?"

„Jawohl, Ma'am."

Er gab ihr die Vase und ihre Mutter füllte sie mit Wasser.

„Ich arrangiere sie für dich, Mom", sagte Tara und nahm sie ihr ab.

„Tyler, am besten gehst du schon mal ins Wohnzimmer zu den Jungs. Wir werden bald essen."

Er sah zu Jenna, die nickte. Dann schockierte er sie zu Tode, indem er sich herunterbeugte und sie leicht auf den Mund küsste.

„Wir sehen uns gleich", wisperte er an ihre Lippen und verschwand dann.

„Na gut." Mom kreuzte mit dem Holzkochlöffel in der Hand die Arme vor der Brust. „Ihr trefft euch nur ab und zu, ja? Keine große Sache, ja?"

„Ich weiß nicht, wie es euch geht, aber es wurde grade ein bisschen heißer hier drin", sagte Tara.

„Sagte ich doch." Liz legte ein freches Grinsen auf.

Jenna sah alle an und zuckte dann mit den Schultern. „Okay, vielleicht ist es ein bisschen mehr als das."

„Oh, es ist viel mehr als das", sagte Mom.

„Ich würde sagen, du bist fast vom Stuhl gesunken, als er dich geküsst hat", sagte Tara und fächelte sich mit einer Serviette Luft zu. „Und wir anderen wären beinahe mit dir umgekippt."

Liz verengte die Augen und sah Jenna an. „Du liebst ihn."

„Nein."

„Warum leugnest du das, Jenna? Wovor läufst du weg?" Mom kam um die Insel herum und sah sie an. „Gibt es ein Problem mit der Beziehung? Mit Ty?"

Sie wollte diese Unterhaltung nicht führen. Nicht jetzt und besonders nicht mit ihrer Mutter. „Es gibt kein Problem mit der Beziehung oder mit Ty. Wir sind nur einfach nicht verliebt."

„Leugnerin", sagte Liz und betonte jede Silbe einzeln. „Ty benimmt sich jedenfalls verliebt."

„Tut er das? Woran erkennst du das?"

„Ein Mann küsst keine Frau vor den Augen ihrer Mutter,

es sei denn er hat aufrichtige, ernsthafte Gefühle für die Frau“, sagte Tara.

Liz nickte. „Ganz genau.“

Jenna blickte ihre Mutter an, die wie alle anderen nickte. „Da muss ich den Mädels zustimmen. Den Mann hat es schwer erwischt.“

Sie konnte nicht verhindern, dass ein heißer Schauer ihren Rücken hinunter lief. Ty war in sie verliebt?

Nein.

Das war nur, was Mom, Tara und Liz aus dem Kuss gefolgert hatten. Es stimmte nicht. Er hatte nie ein Wort von Liebe gesagt. Allerdings hatte sie das auch nicht getan. Denn sie würde sich nicht in einen Hockeyspieler verlieben.

Als die Snacks zubereitet waren, trug Jenna sie ins Wohnzimmer. Die Jungs sahen sich ein Rennen an. Tyler saß auf dem Sofa, die Arme auf den Knien, ganz von dem, was im Fernseher vorging, gefesselt, wie auch Dad, Mick und Nathan.

„Nummer sechsunddreißig sieht dieses Jahr gut aus“, sagte Dad.

„Auf keinen Fall“, sagte Ty. „Gerüchte sagen, dass er sich mit dem Chef der Crew nicht versteht und der Besitzer wird ein paar Änderungen vornehmen. Er hat Glück, wenn er mit dem Wagen durch die Saison kommt.“

Dad funkelte Ty an. „Nur weil du einer von diesen Nummer siebenundvierzig Arschleckern bist, heißt das nicht, dass du alles weißt, Sohn.“

Tyler lachte. „Denk an meine Worte. Er wird es nicht mal durch die halbe Saison schaffen.“

„Ich habt beide Unrecht“, sagte Mick. „Nummer fünfzehn gilt es dieses Jahr zu schlagen.“

Jenna rollte mit den Augen. „Nicht streiten, Jungs. Ich bringe Snacks.“ Sie stellte die Platte auf den Couchtisch. Ty nahm ihre Hand und zog Jenna auf die Couch neben ihm.

Keiner der Jungs, inklusive ihres Vaters, machte einen Kommentar darüber, dass sie und Tyler sich aneinanderkuschelten. Keiner sah sie auch nur an, denn alle waren zu sehr von dem Rennen eingenommen. Zweihundert Meilen die Stunde waren offenbar aufregender als Tys Arm um sie. Außerdem waren es Männer. Es kümmerte sie nicht.

Sie machte eine zu große Sache daraus. Sie musste sich entspannen.

Es war Spaghetti-mit-Fleischklößchen-Tag, eins ihrer Lieblingsessen. Mom hatte Brot dazu gebacken und der Duft durchdrang das ganze Haus. Als das Essen fertig war, war Jennas Magen schon im Knurr-Modus.

Sie versammelten sich um den Tisch und schlugen beim Essen zu, wobei die Gespräche verstummten, weil alle ihre Teller und Münder füllten.

„Ty, das letzte Mal warst du hier, als Gavin dich mitgebracht hat“, sagte Dad. „Und Liz ist deine Agentin. Und jetzt bist du hier als Jennas Freund.“

Oh, Mist. Jenna hielt inne, die Gabel auf halbem Weg zum Mund, und sah Ty an.

Nett, ihn so in den Mittelpunkt zu stellen, Dad. Worauf willst du hinaus?

Anscheinend auf gar nichts, denn er führte den Gedanken nicht weiter fort, und überließ es Ty, auf diese Nicht-Frage etwas zu erwidern.

„Ja. Ich freue mich, wieder hier zu sein. Ich habe Kathleens gute Küche vermisst.“

Dad strahlte mit einem breiten Grinsen. „Kann meine Frau kochen, oder was? Sie ist fantastisch. Einige der guten Gerichte im *Riley's* sind Kathleens Rezepte.“

„Oh, Jimmy. Du bringst mich zum Erröten.“

„Hey, das ist nur die Wahrheit.“

„Ich liebe die überbackenen Steaks im *Riley's*, Kathleen“, sagte Ty. „Das esse ich immer wenn ich dort bin.“

Jenna atmete erleichtert aus. Ty schien sich kein bisschen an dem Freund-Kommentar zu stören. Vielleicht hatte es das auch nicht. Vielleicht hatte er gar nicht gehört, dass er als ihr Freund bezeichnet wurde, oder er wischte es als bedeutungslos weg.

„Du bist so nett, Ty“, sagte Mom. „Danke dir.“

„Nein, ich danke dir. Ich bekomme nicht oft Hausmannskost gekocht, also finde ich das ganz klasse.“

„Kocht Jenna nicht für dich?“

„Sie muss arbeiten und ich bin lange bei den Spielen. Aber

sie hat schon mal für mich gekocht."

„Ich koche nicht", sagte Jenna. „Ich komme zum essen hierher."

„Also wenn ihr zwei irgendwann heiratet oder sowas, wirst du lernen müssen wie es geht."

Sie zuckte zusammen bei diesem Kommentar ihres Vaters. „Wir werden nicht heiraten, Dad. Wir treffen uns nur."

Ty griff nach ihrer Hand und drückte sie. „Hey, ich kann gut mit dem Gasgrill umgehen, also werden wir nicht verhungern."

Dad nickte. „Gut zu wissen. Dieses Mädel arbeitet viel zu viel. Man sollte meinen, inzwischen hätte sie das Kochen lernen müssen."

Jenna biss die Zähne zusammen. Es gab vieles, was sie herausplappern wollte, aber sie riss sich zusammen. Dad war auf viele Weise ein traditionsbewusster Mensch, aber es machte ihm nichts aus, dass Jenna die Bar fast sieben Tage die Woche führte. Wenn er sich die Mühe machen würde, ab und zu mal vorbeizukommen und zu übernehmen, würde sie vielleicht die gottverdammte Zeit finden kochen zu lernen, oder könnte ein paar der Hundert anderen Dinge tun, zu denen sie nie kam.

Wie zum Beispiel ein eigenes Leben zu führen.

Sie senkte den Kopf und Schuldgefühle überschwemmten sie. Letztes Jahr war ihr Vater fast an einem Herzinfarkt gestorben. Sie hatte kein Recht, mit dem Finger auf ihn zu zeigen, weil er nicht mehr in die Bar kam. Er konnte tun was er wollte in seinem Leben. Sie war einfach nur verdammt froh, dass er noch lebte.

Ty tätschelte unter dem Tisch ihren Schenkel. „Alles okay?"

Sie nickte kurz. „Ja."

„Wie läuft die Bar, Jenna?", fragte Mom.

Sie hob den Kopf hatte wieder ein Lächeln aufgelegt. „Super. Es ist fast jeden Abend wirklich sehr voll."

„Auch in der Woche?", fragte Dad.

„Auch in der Woche. Durch Basketball und Hockey ist immer Betrieb. Es schadet auch nicht, dass einige der *Ice*-Spieler das Riley's zu einem Zuhause außerhalb ihres Heims gemacht haben."

Mom lächelte Ty warm an. „Wir bedanken uns dafür, dass du in die Bar kommst. Unsere Stammgäste lieben es, Sportler dort zu treffen."

„Jenna leitet die Bar ganz toll. Es herrscht eine gute Atmosphäre dort, das Essen ist umwerfend und die Leute sind freundlich. Die Jungs und ich betrachten die Bar als unser Zuhause."

„Gut", sagte Dad. „Hoffentlich bleibt das auch so. Für Kathleen und mich war sie immer ein Heim."

„Du solltest ab und zu mal hingehen, Dad", sagte Jenna. „Deine Stammgäste vermissen dich."

Er zuckte mit den Schultern. „Es macht nicht mehr so viel Spaß wie früher."

„Weil du kein Bier mehr trinken kannst", sagte Mom. „Aber das bedeutet ja nicht, dass du mit deinen alten Freunden keinen Spaß mehr haben kannst."

„Und du kannst das alkoholfreie Bier trinken", erinnerte Jenna ihn. „Das schmeckt wie das echte. Ich würde mich freuen, dich dort zu sehen. Und alle anderen auch."

„Vielleicht schaue ich irgendwann mal vorbei und überzeuge mich davon, dass mein Mädchen den Job genauso gut macht wie ich."

Wenn das so weiterging, würde sie am Ende des Abends einen Zahnarzt brauchen. Ich Kiefer schmerzte vom Zusammenbeißen.

Nach dem Essen und Küche saubermachen gingen alle ins Wohnzimmer. Mom nahm sich ihr Strickzeug, Tara und Liz setzten sich zusammen und besprachen etwas für Elizabeths Hochzeit, und die Männer sahen sich den Rest des Rennens an.

Ty und Jenna räumten die letzten Töpfe in der Küche weg.

„Heute wäre eine gute Gelegenheit für dich, die Erweiterung zu erwähnen", sagte Ty.

Sie reichte ihm einen Topf. Er hockte auf dem Boden und schob die Töpfe in den Schrank.

„Welche Erweiterung?"

„Eine zweite Bar zu eröffnen."

„Nein. Gar kein guter Augenblick." Dafür wäre nie der

richtige Moment.

Er nahm den letzten Topf, stellte ihn zu den anderen, erhob sich dann und lehnte sich an den Tresen. „Warum nicht?“

„Du hast meinen Dad gehört. Ich glaube nicht mal, dass er mit zutraut, das Riley's nach seinen Vorstellungen zu führen.“

Tyler lachte. „Für mich klang das mehr nach gut gemeintem Necken.“

Sie zog einen der Barhocker hervor und setzte sich halb darauf. „Du kennst meinen Dad nicht. Er mag neckend klingen, aber er beschützt die Bar mit seinem Leben. Und er ist traditionsbewusst. Er würde der Erweiterung niemals zustimmen.“

„Und das wirst du nie wirklich wissen, wenn du nicht mit ihm darüber sprichst. Wie ist die finanzielle Situation?“

„Es ist reichlich Geld vorhanden.“

„Dann schreib einen Geschäftsplan und präsentiere ihn ihm. Es ist eine gute Idee, Jenna, noch dazu eine, wo du mit deinem eigenen Talent Geld verdienen kannst.“

„Du bedrängst mich geradezu damit. Warum?“

„Erstens weil ich glaube, dass du als Barkeeper dein Talent verschwendest. Zweitens weil ich denke, wenn du eine zweite Bar aufmachst, du dort singen könntest, was dich glücklicher machen würde, denn es wäre etwas, was du wirklich liebst. Drittens weil es eine gute Geschäftsinvestition wäre. Du weißt bereits, wie man erfolgreich eine Bar führt. Ich glaube, du könntest das auf die Beine stellen.“

Alles was er sagte ergab Sinn. Es war logisch begründet.

Aber sie würde es nicht tun. Sie schüttelte den Kopf und rutschte vom Stuhl. „Das Risiko ist zu groß. Dad würde nicht zustimmen.“

Was noch wichtiger war … sie stimmte dem nicht zu.

Sie wollte die Küche verlassen, aber er nahm ihre Hände. „Dann überzeuge ihn. Du bist die wortgewandteste Frau die ich kenne. Du willst mir erzählen, du kannst dich nicht gegen deinen Vater durchsetzen? Geh zu ihm bewaffnet mit einem guten Geschäftsplan und zwinge ihn, zuzuhören. Sing für deine Eltern. Nimm sie mit in den Club, in dem wir waren, und zeige ihnen, wie sowas funktioniert."

Sie entriss ihm ihre Hände. „Nein. Das werde ich nicht tun. Nur weil du es für eine gute Idee hältst, heißt das nicht, dass ich das machen will."

„Du hast Angst, diesen Schritt zu wagen, genau wie du Angst hast, vor der Familie zu singen."

Sie blickte in den Flur, um sicherzugehen, dass sie niemand hörte. „Ich habe es satt, immer wieder dieselbe Unterhaltung mit dir zu führen. Ich will nicht mehr darüber reden."

Aber Ty wollte das Thema nicht fallenlassen. „Erst dachte ich, es ist die Angst vor dem Versagen. Jetzt glaube ich, du hast Angst vor dem Erfolg."

„Das ist lächerlich. Ich glaube einfach nicht, dass eine zweite Bar eine gute Idee ist."

„Was nichts damit zu tun hat, vor deiner Familie zu singen. Du hast Angst, dass du so gut bist, dass sie dich noch mehr singen hören wollen. Oder dass sie vielleicht auf die Idee kommen, dass du etwas mit deiner spektakulären Stimme tun solltest. Und dann wärst du gezwungen, aus deiner gemütlichen Ecke zu kommen – aus diesem Kokon, in den du dich so sorgsam gehüllt hast – und etwas gegen das Unglücklichsein zu unternehmen."

„Was? Wo kommt das denn jetzt her? Ich bin nicht unglücklich."

Er trat näher. „Doch. Das bist du."

Sie bewegte sich zurück. „Nein, das bin ich nicht. Du hast Nerven, zu beurteilen, wie ich mich fühle. Ich bin total zufrieden mit dem, wie die Dinge sind. Ich war zufrieden, bevor du ins Spiel kamst und werde noch zufrieden sein, wenn du wieder weg bist."

Er hob eine Braue. „Versuchst du, mich loszuwerden, Jenna?"

„Nein. Ich weiß nicht. Hör auf, mich zu bedrängen. Ich mag das nicht."

„Ich versuche, dir zu helfen."

„Aber du hilfst mir nicht. Das ist nicht, was ich will. Und wenn du denkst, dass es das doch ist, dann hast du jedes Mal nicht zugehört, wenn ich es dir gesagt habe."

Er trat zurück und hob die Hände. „Wenn du so darüber

denkst, werde ich mich raushalten.“

Sie nickte, fühlte sich miserabel, als ob gerade eine unsichtbare Wand zwischen ihnen entstanden wäre. „Ich gehe ins Wohnzimmer, damit sie sich nicht wundern, worüber wir hier reden.“

„Gut.“

Sie ging und ließ Ty in der Küche stehen.

Na, das war ja gut gelaufen.

*

Tyler nahm sich eine Dose Limo aus dem Kühlschrank und brauchte ein paar Minuten, um sich abzukühlen und seine Gedanken zu sortieren. Er trat hinaus in den Garten.

Es war kalt. Er hätte seine Jacke mitnehmen sollen. Ach, egal. Er würde es überleben. Immerhin lebte er auf dem Eis. Die Kälte mochte vielleicht seine Gehirnzellen kühlen und ihm Klarheit geben was Jenna betraf.

„Trainierst du für irgendeinen Iron-Man Durchhalte-Wettbewerb?“

Er sah auf und fand Mick auf der Treppe stehen. Mick schloss die Terrassentür hinter sich.

„Äh, nein. Du?“

Mick lachte. „Hölle, nein. Schlimm genug, dass ich in der Kälte Football spielen muss. Davon bin ich kein großer Fan.“

„Und ich dachte immer, du bist der taffe Macho-Quarterback.“

„Ich mag überdachte Stadien. Gemütliche zweiundzwanzig Grad. Zerstör aber nicht meinen Ruf, indem du das der Presse verrätst.“

„Jetzt hab ich was gegen dich in der Hand. Schlechter Zug von dir.“

„Komm mit.“ Mick führte Tyler zur Garage. Sie gingen durch die Seitentür hinein. Sie war nicht beheizt, aber es war viel wärmer, als draußen zu stehen bei dem bitterkalten Wind, der ihnen durch die Kleidung drang.

Mick lehnte sich gegen eins der beiden Autos, die dort abgedeckt standen. „Also, was geht da vor zwischen dir und meiner Schwester?“

Tyler hob eine Braue. „In welcher Beziehung?“

„In der *ich hab euch in der Küche streiten hören* Beziehung.“

„Das geht dich nichts an.“

Micks Lippen hoben sich und er kratzte sich neben der Nase. „Das hätte ich wahrscheinlich auch zu einem gesagt, der versucht, sich in meine Beziehung zu Tara einzumischen.“

„Da geht nichts vor. Mir bedeutet Jenna etwas. Wir sind nur nicht immer einer Meinung.“

„Meine Eltern mögen dich, und Jenna auch. Das sieht man.“

„Dann sollte dir das genügen.“

„Sollte es.“

„Aber?“

„Als der Älteste und besonders mit einer kleinen Schwester, wird es immer meine Aufgabe sein, auf sie aufzupassen.“

„Natürlich.“

„Aber ich weiß auch, dass sie stur wie ein Esel ist. Sie macht es den Männern nicht leicht.“

Ty entschied, zuzuhören und abzuwarten, worauf Mick hinaus wollte.

„Sie kann … schwierig sein.“

„Untertreibung“, sagte Ty.

Mick lachte. „Sie ist selbstständig, so stark wie ein Mann, und sie wird flüchten, wenn du versuchst, sie zu ändern.“

„Ich würde sie nicht ändern wollen. Ich mag sie so wie sie ist.“

„Aber sie ist auch sehr loyal den Menschen gegenüber, die sie liebt. Und sie hat noch nie vorher einen Mann mit nach Hause gebracht, also glaubt sie, dass du jemand Besonderes bist.“

Ty sah nach unten und blickte dann Mick seitlich an. „Gut, vielen Dank. Ich glaube auch, dass sie etwas Besonderes ist. Ich weiß nur nicht, wie ich ihr das gegeben kann, was sie meiner Meinung nach wirklich haben will.“

„Was glaubst du, will sie wirklich haben?“

„Das kann ich dir nicht sagen.“

Mick kreuzte die Arme vor der Brust. „Okay, jetzt bin ich verwirrt.“

„Tut mir leid, Mann. Ich kann nicht viel sagen, ohne ihr

Vertrauen zu verraten."

Mick stieß sich vom Auto ab und schlug Ty auf die Schulter. „Schon okay. Sie vertraut dir ihre Geheimnisse an und du behältst sie für dich. Das ist gut. Und ich kann nicht über etwas reden, wovon ich nicht alle Fakten kenne, aber wenn es etwas gibt, was sie will, und sie nimmt es sich nicht, dann dränge sie dazu."

„Meinst du?"

„Yep."

„Aber das hasst sie."

Mick lachte und nickte. „Ja. Aber glaubst du, sie wird jemals glücklich sein, wenn sie nicht bekommt, was sie wirklich will?"

Zweiundzwanzig

Jenna wartete eine Weile und kaute an einem Niednagel, während Ty in der Küche abkühlte. Mick war dort hin gegangen, und sie vermutete, dass Ty mit ihrem Bruder plauderte.

Schließlich tauchte er wieder auf und blieb eine Weile bei der Familie, aber es war offensichtlich, dass sich die Dynamik zwischen ihnen geändert hatte.

Ty setzte sich neben Dad und richtete seine Aufmerksamkeit auf das Rennen. Jenna saß bei Liz und Tara und hörte den Hochzeitsplanungen zu, aber sie schenkte der Unterhaltung nicht ihre volle Aufmerksamkeit. Sie sah immer wieder zu Ty, der nicht ein Mal zu ihr geschaut hatte.

Er war sauer. Oder verletzt. Oder irgendwas.

Sie konnte es nicht ändern. Sie wusste, was sie wollte und was nicht. Noch eine Bar wäre schön – eine mit Musik und Gesang anstatt Sport, aber das war eine Fantasievorstellung und würde nie Realität werden. Tys Bedrängen würde es auch nicht real werden lassen.

Sie hätte nie für ihn singen sollen, und hätte sich selbst niemals erlauben sollen, es als Möglichkeit anzusehen. Dann hätte er es nie gewusst und sie hätten nicht diesen lächerlichen Streit.

„Jenna, kannst du mir kurz in der Küche helfen?"

Sie holte sich aus ihren Gedanken und stand auf. „Klar, Mom."

Mom hatte zwei Kuchen gebacken. Einen mit Kirschen und einen mit Kokoscreme. Jenna liebte selbstgebackene Kuchen und ihre Mutter machte die besten der Stadt, wenn es nach Jenna ging.

„Hol bitte die Teller, und die Schlagsahne aus dem Kühlschrank. Ich hole die Gabeln."

„Okay."

Jenna beschäftigte sich damit, die Teller und Bestecke ins Esszimmer zu bringen. Als sie in die Küche zurückkam, war Mom dabei, die Kuchen in Stücke zu schneiden.

„Hast du dich mit Ty gestritten?"

Natürlich hatte ihre Mutter ein Superkraft-Gehör. „Nein. Alles okay."

Der Blick, den sie Jenna gab, sagte, dass sie ihr das nicht abkaufte. „Willst du die Antwort nochmal überdenken?"

„Echt, Mom. Es ist keine große Sache. Wir sind nur nicht immer einer Meinung."

„Lass mich dir eine Frage stellen."

„Okay."

„Ist er gut zu dir?"

„Ist er was?"

„Behandelt er dich gut?"

„Natürlich. Ich wäre nicht mit ihm zusammen, wenn er das nicht täte."

„Respektiert er dich?"

„Ja."

„Was fühlst du, wenn du mit ihm zusammen bist?"

„Mom, also wirklich."

„Antworte einfach auf meine Frage."

Sie sank auf einen Barhocker und fuhr mit dem Finger durch die Schlagsahne. „Innerlich total verwirrt. Matschig, wie das Innenleben deines Kirschkuchens."

Mom nickte und ihre Lippen lächelten wissend. „Verstehe. Und was fühlst du, wenn du nicht mit ihm zusammen bist?"

Jenna seufzte. „Auch innerlich verwirrt. Ich vermisse ihn."

„Hast du ihm gesagt, dass du ihn liebst?"

Gott, ihre Mutter war wie ein Meister-Vernehmungsbeamter. „Ich liebe ihn nicht."

„Bist du dir sicher?"

„Ich weiß es nicht, Mom. Ich weiß nicht was ich fühle. Ich war noch nie verliebt."

„Du hast immer am besten deine Emotionen unterdrückt und dir niemals erlaubt, jemanden an dich ran zu lassen. Aber du bist eine starke Frau und ich erwarte von dir, dass du dich deinen Ängsten stellst, so wie du das bei jedem Abenteuer in deinem Leben getan hast. Ein Riley schreckt niemals vor dem zurück, wovor er sich fürchtet."

Tja, Mist. Darauf war sie nicht vorbereitet. Hatte nicht damit gerechnet, dass die Unterhaltung so schnell so tiefgehen würde. Aber nun da es so war, waren die Schleusentore offen und alles kam raus.

„Ich mag nicht versagen."

„Das weiß ich. Aber wenn du etwas willst, dass es wert ist, musst du das Risiko eingehen."

Und da war sie. Die Öffnung, die sie brauchte.

„Mom, ich muss über etwas mit dir reden."

„Werdet ihr den Kuchen auch servieren, oder muss ich kommen und ihn stehlen?"

Verdammt.

Moms Aufmerksamkeit richtete sich auf Dad, auf den Nathan folgte und dann Mick.

„Ja, wo ist der Kuchen?", fragte Nathan und sah gierig aus, als er über die Schulter seines Vaters blickte.

Der Moment war vorbei.

„Wir reden später darüber", sagte Mom mit ihrem gezielten Blick.

Aber später kam nie zustande, denn nach dem Kuchen essen musste Ty gehen, und sie wollte vor seiner Abreise noch mit ihm reden, also entschied sie sich, mit ihm zu gehen.

Sie verabschiedeten sich. Tyler war wie immer der perfekte Gentleman und dankte Mom für das Essen und schüttelte Dads Hand und versprach bald wieder da zu sein, um Spiele anzusehen draußen im Garten Ball zu spielen, sobald das Wetter wärmer war.

Sie fragte sich, ob sie im Frühjahr immer noch ein Paar sein würden.

Wollte sie das? Er war schon längst über ihrem normalen Haltbarkeitsdatum hinaus, und oh Gott, er holte sie wirklich aus ihrer gemütlichen Ecke. Ihr Leben wäre so viel einfacher ohne ihn. Aber da war sie nun, fuhr nach Hause und Tyler folgte ihr. Wenn sie schlau wäre, würde sie mit ihm Schluss machen, ehe er ihr wehtat. Oder sie ihm.

Sie fuhr in die Garage und stieg aus, schloss die Garagentür und ging ins Haus, um Tyler reinzulassen. Die Drohung von kommendem Schneefall blies einen scharfen Wind aus Norden herüber.

Er beeilte sich und schloss die Tür, rieb die Hände zusammen und trat näher. „Ich hab ein paar Schneeflocken beim Fahren gesehen. Heute Nacht wird es wohl früh schneien."

„Hab ich auch gesehen. Und ich habe dem Wetterkanal zugehört, Sie erwarten einen schweren Sturm. Hoffentlich betrifft das morgen Früh nicht deinen Flug."

Er blickte aus dem Fenster, sah wie sich die Äste der Bäume im Vorgarten im Wind bogen, und betrachtete dann ihren offenen Kamin.

„Hast du Holz?"

„Hinterm Haus."

„Wie wär's mit einem Feuerchen?"

„Gute Idee. Ich mach uns was zu trinken. Was hättest du gern?"

„Whiskey." Er ging Richtung Küche.

„Bleibst du über Nacht?"

Er hielt inne, drehte sich um, sah sie an, und sie konnte die Frage in seinem Gesicht lesen. „Möchtest du das?"

„Ja."

„Dann ja. Whiskey."

Sie machte die Drinks, während er nach draußen ging, einen Arm voll Feuerholz holte und es neben den Kamin legte. Er machte Feuer und sie setzte sich neben ihn und lauschte dem Knistern und Knacken des gealterten Holzes.

„Schade, dass ich keine Marshmallows da habe", sagte sie und nahm einen Schluck von ihrem Drink.

Tyler kippte seinen Whiskey auf ex und stellte das Glas auf den Couchtisch vor ihm. „Marshmallows passen nicht zu Whiskey."

Jenna rümpfte die Nase bei der Vorstellung. „Da hast du recht."

Sie hatten noch nicht über ihren Streit gesprochen, aber Ty wirkte nicht mehr verärgert. Sie war froh, dass er nicht von der nachtragenden Sorte war. Sie hasste schmollende Männer. Es war viel besser, auszusprechen, was man auf dem Herzen hatte, es offenzulegen und darüber hinwegzukommen.

Allerdings waren sie noch nicht darüber hinweg, oder? Es hing noch zwischen ihnen in der Luft, ungelöst, und das war genauso ihre Schuld.

„Das vorhin bei meinen Eltern tut mir leid."

„Keine große Sache. Ich habe dich bedrängt. Du hast das

Recht, dich zu wehren."

Er machte ihr immer alles so leicht.

„Ich habe mir ein paar Notizen über eine neue Bar gemacht", gab sie zu.

„Wirklich?" Er setzte sich auf, nahm die Whiskeyflasche und goss sich nach. „Erzähl mir davon."

„Es handelt sich nur um ein paar vorläufige Einschätzungen von Kosten und Machbarkeit. Ich habe eine Liste gemacht über meine Vorstellungen der Einrichtung und der erforderlichen Größe, Raum für die Angestellten, und solche Sachen."

„Das würde ich mir gern ansehen, wenn du es mir zeigen möchtest."

Überraschenderweise wollte sie das. „Ich hole mein Notizbuch." Sie sprang auf, ging ins Büro und schnappte sich die Notizen. Als sie zurückkam hielt sie einen Moment in der Tür inne, fasziniert davon, wie unglaublich sexy Ty am Sofa vor dem Kaminfeuer lehnte. Die Flammen betonten sein dunkles Haar, die Männlichkeit seiner Gesichtszüge, die lange, schlanken Linien seiner Figur, als er dort saß mit dem Arm auf ein gebeugtes Knie gelegt und mit der Hand den Whiskey in seinem Glas schwenkte. Jenna atmete tief durch, ging ins Zimmer und setzte sich.

Ty lächelte sie an. „Lass mal sehen."

Sie blätterte an den Anfang ihrer Aufzeichnungen. „Manches ist nur Gekritzel und macht wahrscheinlich keinen Sinn."

Er sah sie an. „Ich kann Gekritzel gut lesen, weil ich so schreibe. Zeig her."

Mangels weiterer Entschuldigungen gab sie ihm das Buch und kippte dann den Rest ihres Whiskeys ab, in der Hoffnung, in dem bernsteinfarbenen Gebräu ihren Mut wiederzufinden.

Er blätterte durch die Seiten und murmelte dabei Bemerkungen. „Deine Zahlen sehen vernünftig aus. Mir gefallen deine Gedankengänge was die Größe betrifft. Hast du schon über die elektrischen Voraussetzungen für die Musikanlage nachgedacht?"

„Ja, das ist hier." Sie blätterte die Seiten vor. „Das ist nur vorläufig. Ich dachte mir, ich frage dann einen Elektriker und jemanden aus der Branche, wenn es soweit ist, echte Zahlen für Stromstärke und Netzverbindungen zu benötigen."

Er sah es sich an. „Gute Idee, aber deine Schätzungen sehen schon mal gut aus. Wie sieht es mit dem Personal aus, den Versicherungen und der Schankgenehmigung? Willst du Essen servieren oder nur Getränke?"

Sie goss sich noch einen Whiskey ein. „Du denkst echt an alles, was?"

„Du anscheinend auch. Das ist eine super Liste."

„Ich hab doch gesagt, ich habe erstmal nur ein paar Notizen gemacht. Das bedeutet noch nichts."

„Warum tust du das?"

„Was?"

„Alles, was du tust kleinreden und unwichtig aussehen lassen. Verkauf dich nicht unter Wert. Das hier könnte eine große Sache werden, für dich und deine Familie, Jenna. Das *Riley's* ist ein voller Erfolg. Mit der Erweiterung könntest du das Familieneinkommen verdoppeln."

So gesehen ergab es geschäftsmäßig durchaus Sinn. „Aber wäre es nicht sinnvoller, einfach irgendwo in der Stadt noch eine Sportbar aufzumachen?"

„Schon möglich. Das wäre eine Option. Aber ist das, was du wirklich machen willst?"

Nein.

Sobald sie dieses Wort in ihrem Kopf ausgesprochen hatte, wurde ihr sonnenklar, dass sie auf keinen Fall noch eine Sportbar haben wollte. Sie wollte das haben, von dem sie heimlich glaubte, es doch nie zu bekommen.

Bis sie Tyler traf. Jetzt wollte sie Dinge, die sie vorher noch nie haben wollte. Und sie hatte es satt, darüber nachzudenken, zumindest für heute Nacht. Die ganzen Möglichkeiten verursachten ihr Kopfschmerzen. Sie stellte das Glas ab und nahm ihm seins ab, stellte sie beide auf den Tisch und kletterte auf Tys Schoß.

„Thema beendet?", fragte er.

„Ja. Du verlässt die Stadt für ein paar Tage, und ich möchte unsere letzte Nacht nicht damit verbringen, über Grundrisse und elektrische Kabel zu reden."

„Was? Das ist kein Vorspiel für dich?“

Sie lachte und strich ihm das Haar aus dem Gesicht. „Kein bisschen. Ich bevorzuge mein Vorspiel etwas schmutziger.“

Er drückte ihre Hüften und seine Hände wanderten tiefer und umfassten ihren Hintern. „Grundrisse und elektrische Kabel können sehr schmutzig werden.“

„Du kannst sehr schmutzig werden. Deshalb mag ich dich.“

Ehe sie sich versah, lag sie auf dem Rücken auf dem Teppich und Tyler schwebte über ihr. „Ja? Wie schmutzig soll ich werden?“

„Sehr.“

Er hob ihren Pulli und drückte einen Kuss auf ihren Bauch, rollte den Pulli höher, während er seine Lippen über ihren Bauch und ihre Rippen bewegte. Als er an ihrem BH ankam, küsste er ihre Brüste und öffnete die Vorderöffnung des BHs und entblößte sie für seinen Blick.

„Feuerschein zaubert die schönsten Muster auf deine Haut. Es taucht sie in Gold“, sagte er und zog den Pulli über ihren Kopf und die Träger des BHs ihre Arme hinab. Er küsste ihre Nippel sanft, ehe er sie in den Mund nahm und daran saugte und knabberte. Sie drängte ihm die Brüste entgegen, wollte, dass er sich noch mehr davon nahm. Er schob einen Arm unter sie, nahm einen Nippel in den Mund und saugte fester.

„Ja, das ist es, was ich will“, sagte sie, als er beide Nippel nahm und Jenna zur Raserei brachte. Sie bäumte sich begierig auf, während er sich an ihren Brüsten sättigte, bis er sie nass und schimmernd aus seinem Mund entließ und sich ihren Hosen zuwandte. Er öffnete sie, zog sie ihr aus, und nahm sich dann das Höschen vor, bis sie entblößt vor ihm lag. Das Feuer badete sie in Hitze, obwohl sie völlig nackt war. Er legte eine Hand auf ihren Bauch und strich einen Pfad nach Süden entlang, nahm sich Zeit, sie zu necken und zu foltern, bevor er sanft ihre Mitte streichelte, woraufhin sie ihm die Hüften entgegenhob, um seinen Fingern entgegen kam.

Dann verschwand er zwischen ihren Beinen und nahm ihren Hintern in beide Hände. Sie stützte sich auf den Ellbogen ab, um zu sehen, wie er seinen Mund auf sie legte. Die nasse

Hitze um sie brachte sie zum Erzittern. Sie konzentrierte sich nur noch auf ihn, darauf, wie er um ihre Klit herum leckte, ehe er sie in den Mund nahm, um mit der Zunge das Piercing zu umkreisen, bis sie die pure Lust kaum mehr ertragen konnte. Ihm zuzusehen, steigerte die Begierde. Zu sehen, wie seine Zunge über ihre Mitte strich war so unglaublich intim, und die Blicke, die er ihr zuwarf, raubten ihr den Atem. Sie spürte das Kribbeln des nahenden Orgasmus und war fast peinlich berührt, weil er sie so schnell zum Kommen bringen konnte, aber er kannte ihren Körper und ihre Reaktionen schon so gut, dass er einfach wusste, wie er sie berühren musste, um sie dorthin zu bringen.

Sie hob sich seinem Mund entgegen, bedrängte ihn, sie noch schneller zu lecken. Er wusste Bescheid, steckte seine Finger in sie, denn das machte ihren Orgasmus intensiver. Und als sie kam, schrie sie hemmungslos auf, ließ die Wellen durch sie rollen und ließ sich fallen, bis sie nur noch flach daliegen konnte, erschöpft und schwer atmend.

Tyler stand auf und zog sich aus. Jenna legte sich auf die Seite und sah ihm zu.

„Du könntest das wie beim Striptease tun, dann wäre es viel unterhaltsamer."

„Sehr witzig. Keine Chance. Ich hab kein Rhythmusgefühl."

„Lügner. Ich habe mit dir getanzt und du hast sehr wohl ein Rhythmusgefühl."

„Nicht an der Stripperstange."

„Echt? Also hast du es versucht und an der Stange versagt. Wer hätte gedacht, dass du eine Stripper-Vergangenheit hast?"

„Jetzt kennst du mein dunkles Geheimnis."

Als er seine Unterhose fallenließ, dachte sie, er könnte einfach so nackt dastehen und Frauen würden ihn mit Geld bewerfen. Selbst mit den Narben, die er von Schlachten auf dem Eis hatte, war er die reinste, männliche Schönheit.

Sie griff nach seinem Knöchel und strich mit der Hand seine Wade hinauf, liebte die Muskeln, die seine Kraft verrieten.

Er sank auf den Teppich und zog Jenna an sich, küsste sie, bis sie alles über die Anbetung seines Körpers vergaß und sich darauf konzentrierte, seinen Mund anzubeten. Sie würde ihn diese Woche vermissen, wenn er auf Reisen war. Sie hatte sich daran gewöhnt, ihn bei sich zu haben, von ihm berührt und geküsst zu werden. Besonders das Küssen liebte sie, wie seine Lippen gemächlich über ihre strichen, bevor er Jenna auf den Rücken legte und den Kuss vertiefte, bis Hitze durch ihren Körper strömte. Ihr Herz klopfte gegen Ty, ihr Puls beschleunigte, bis ihr schwindlig und heiß war. Die Welt schmolz dahin und reduzierte sich auf seine Lippen, seine Zunge, seine Hand, die über ihre Brust strich, um sie zu zwirbeln und zu necken, bis Jenna sich an ihm aufbäumte.

Sie griff nach seinem Schwanz, umkreiste ihn und pumpte seine Länge. Mit dem Daumen umfuhr sie die Spitze, benutzte die Feuchtigkeit, die sich dort gesammelt hatte, und verteilte sie auf seiner Krone. Sein Stöhnen auf ihre Berührungen hin steigerte ihr Verlangen, ihn tief in sich zu spüren, und als er sie auf den Bauch rollte, war sie bereit für ihn.

*

„Auf die Knie“, sagte er.

Ty legte die Hände auf ihren Hintern und spreizte mit seinem Knie ihre Beine. Sie zitterte erwartungsvoll, als sein Schwanz sich langsam vorarbeitete, und als er ihr über den Rücken streichelte, wölbte sie sich ihm entgegen.

Es gab nichts Sinnlicheres als eine Frau auf den Knien. Tyler stieß mit einem schnellen Stoß in sie. Sie zischte und kam ihm entgegen, ihre Pussy packte ihn fest, wollte ihn nicht loslassen, als er sich zurückzog, nur um sich gleich wieder in sie zu bohren.

„Ich liebe diese Position“, sagte er, streichelte ihren Rücken und fuhr die Linien des Drachens nach. „Und ich liebe dieses Tattoo.“

Sie war eine wilde, ungezähmte Frau. Perfekt für ihn. Sie stieß nach hinten gegen ihn und er gab ihr was sie wollte, schob den Schwanz tief in sie, aber nicht zu fest. Noch nicht. Er musste bis zum Ende warten, oder es wäre zu schnell vorbei.

Sie war heiß und nass und molk ihn mit ihren Muskeln, ihr

Körper glühte im Feuerschein, als sie sich ihm entgegen streckte.

Er lehnte sich zurück und beobachtete, wie er in ihr verschwand, wie ihre Pussy ihn ergriff und hineinzog. Er spreizte ihre Hinterbacken und das kleine, runzelige Loch faszinierte ihn. Mit einem nassen Finger streichelte er sie dort, rieb über ihren Anus, während er in sie stieß. Ihr lustvolles Stöhnen zeigte ihm, dass ihr gefiel, was er tat. Als er eine Fingerspitze in sie schob, stieß sie einen Lustschrei aus und ihre Pussy verkrampfte sich um ihn.

„Wo ist dein Gleitmittel, Jenna?“

„Rechte Schublade im Schlafzimmer.“

„Warte kurz. Bin gleich wieder da.“

Er ging ins Schlafzimmer, holte das Gleitgel, kehrte zurück und schmierte sich einen Finger damit ein. Dann drang er wieder in ihre Pussy und spielte mit ihrem kleinen Loch, rieb es gut ein. Dieses Mal drang sein Finger tiefer.

„Oh, Gott“, sagte sie, sank mit dem Kopf auf den Teppich und reckte ihm ihren Hintern entgegen. „Das gefällt mir.“

Er schob den Finger hinein und wieder heraus, im selben Rhythmus wie er ihre Pussy nahm. Ihr Hintern zog sich um seinen Finger zusammen, eine enge Röhre, und ihre Pussy zuckte um seinen Schwanz, als er sie doppelt aufspießte. Seine Eier zitterten bei dem Gedanken, ihr enges Loch zu füllen, gleich hier und jetzt.

„Willst du es?“, fragte er und schob den Finger tiefer hinein.

„Ja“, sagte sie atemlos. „Lass uns ins Schlafzimmer gehen, da hab ich einen Dildo, mit dem ich kommen kann, wenn du meinen Hintern vögelst.“

Er schüttelte den Kopf. „Du erstaunst mich immer wieder, Jenna.“

Sie lächelte ihn an. „Das hoffe ich.“

Er zog sich zurück und sie gingen ins Schlafzimmer. Er machte sich kurz frisch und ging dann zu ihr. Jenna lag auf dem Bett und hielt einen dicken Silikonpenis in der Hand. Sie gab Ty das Gleitmittel.

Er lächelte auf sie herunter. „Ich werde deinen Hintern nehmen und dich zum Kommen bringen. Uns beide. Gewaltig."

Sie ging auf alle viere, schmierte den Dildo ein und schob ihn in ihre Pussy. „Das wird Spaß machen."

Verdammt, er könnte ihr auch mit dem Dildo zusehen es sich dabei selbst besorgen. Der Anblick von ihr auf den Knien, wie sie es sich selbst machte, erregte ihn so sehr, dass er sofort kommen könnte.

„Verdammt, Jenna."

„Du würdest mir gern zusehen."

„Ja."

„Erinnere mich daran, dass ich es mir einmal für dich selbst besorge."

Er nahm seinen Schwanz in die Hand und fuhr daran auf und ab. „Jederzeit, Babe. Ich werde der glücklichste Voyeur sein."

„Steck deinen Schwanz in meinen Hintern. Ich bin bereit, zu kommen."

Er zog ein Kondom über, befeuchtete es mit dem Gleitgel und trug dann mehr auf ihren Hintern auf. Er spreizte ihre Hinterbacken und seine Eier zogen sich zusammen bei dem Gedanken daran, sie so zu nehmen, und an das Gefühl, wie sie es sich selbst machte, während er ihren Hintern fickte. Er drückte den Kopf seines Schwanzes durch die Barriere ihres Muskels. Jenna zischte. „Sag mir, wenn es wehtut."

„Schieb ihn einfach nur rein", sagte sie und nahm den Dildo aus ihrer Pussy, als er tiefer drang.

Ty bewegte sich langsam und vorsichtig, Zentimeter um Zentimeter, biss die Zähne zusammen, weil ihr Körper sich um ihn zusammenzog und sein bestes Stück in einen Würgegriff nahm, der seine Säfte zusammenrief, die mit einer Eruption drohten.

Noch nicht. Noch lange nicht. Er hielt inne, und drang dann langsam wieder ein.

„Oh, ja", sagte Jenna, und führte sich den Dildo wieder ein. Er spürte ihn durch die schmale Stelle zwischen ihrer Pussy und ihrem Hintern. Als sie ihn herauszog und wieder hineinstieß, begann er, sich in ihr zu bewegen.

„Oh, fuck", sagte sie. „Ja. Ja."

Genauso fühlte er auch. Es war eng, heiß und perfekt. Er

zog sich halb heraus, stieß wieder in sie, und passte sich dem Rhythmus an, den sie mit dem Dildo vorgab. Sie presste ihn perfekt zusammen, und er musste sich zurückhalten, bis sie gekommen war. Allerdings würde er jeden Moment kommen. Seine Eier bebten und er war bereit, seine Ladung zu schießen. Mit jedem Stoß des Dildos folterte sie ihn, brachte sie ihn näher an den Rand seiner Beherrschung. Und als sie schneller wurde, wurde er es auch und gab ihr genau, was sie wollte.

Schweiß rann an seinem Körper herab, in seine Augen, während er in sie stieß und zusah, wie sie sich selbst verwöhnte. Die Intimität und das Vertrauen, das sie ihm schenkte, gaben ihm den Rest. Er wollte das Erlebnis für sie so gut wie möglich machen.

„Oh, Gott, Tyler, ich komme. Nimm mich härter."

Sie hatte seinen Schwanz im festen Griff ihres Hinterns und er würde gleich explodieren. Er hämmerte in sie, wieder und wieder, und als sie schrie und sich ihr Körper um ihn verkrampfte, ließ er sich gehen und schrie selbst, als der Orgasmus aus ihm gemolken wurde. Er legte einen Arm um Jennas Hüften und hielt sich fest, bis er sich zitternd und bebend ergoss.

Er zog sich zurück und zog Jenna mit ihm in die Dusche.

Sie lehnte an der Wand wie eine schlaffe Puppe. Er wusch sie vorsichtig, stellte die Dusche ab und gab ihr ein Handtuch.

„Ich bin fix und fertig", sagte sie und sah ihn aus schläfrigen und halb geschlossenen Augen an, während sie ihr Haar trockenrubbelte.

„Ich auch."

Er sah aus dem Fenster. Schnee war gefallen, hatte den Gehweg und das Gras bedeckt und kam immer noch herunter. Er fragte sich, ob sein Flug morgen planmäßig gehen würde.

Dann stellte er sich auf dem Handy den Wecker. Sie stiegen ins Bett und er zog Jenna an sich. Ihm wurde klar, wie sehr er sie vermissen würde. Er mochte es nicht, von ihr getrennt zu sein.

War das Liebe? Sich leer zu fühlen, wenn man nicht mit der

Person zusammen war, als ob etwas Essenzielles im Leben fehlte?

War er in Jenna verliebt? Das hatte er nicht vorgehabt. Er wollte niemanden lieben. Niemals. Spaß haben, ja, aber Liebe? Er hatte gesehen, was Liebe mit einem Paar machen konnte, die mal behauptet hatten, einander etwas zu bedeuten.

Er wusste, dass er sowas Jenna niemals antun wollte. Jemanden zerstören, den man liebt? Nein, das war es nicht, was Liebe eigentlich bedeuten sollte.

Dreiundzwanzig

Jenna wusste nicht, was sie gebissen hatte, Elizabeth und Tara in den Musikclub einzuladen.

Vielleicht hatte sie es satt, sich zu fürchten. Oder sie brauchte eine zweite Meinung. Immerhin schlief Ty mit ihr. Mit jemandem Sex haben, konnte die Meinung beeinflussen, sodass man etwas cool fand, das andere schrecklich fanden. Das konnte sie nur herausfinden, wenn sie die beiden Menschen fragte, denen sie am meisten vertraute.

Tara und Liz würden es ihr schonungslos sagen, wenn sie kein Talent hätte. Okay, Tara wär höflich und nett. Liz wäre deutlich und würde ihr sagen, wenn sie scheiße wäre. Dann hätte sie noch die liebe Tara, um ihre Hand zu halten, wenn sie heulen würde.

Sie nahm die Gitarre mit, hatte sie aber im Kofferraum gelassen, denn es gab immer noch eine achtundneunzigprozentige Chance, dass sie es sich anders überlegen und nicht den Mut aufbringen würde, auf die Bühne zu gehen und zu singen.

„Oh, von dem Club hab ich gehört“, sagte Liz, als sie die Schlange hinter sich und einen Tisch gefunden hatten. „Es ist ein neuer In-Club mit toller Live-Musik.“

„Ich habe darüber auf der Unterhaltungsseite der Zeitung gelesen“, sagte Tara und sah sich nach einer Bedienung um. Sie zog den Mantel aus und hängte ihn über ihren Stuhl. „Die Rezensionen sind gut.“

„Ty brachte mich vor ein paar Wochen her.“

„Hat er? Und war es gut?“, fragte Tara.

„Es war unglaublich.“ Einer der schönsten Abende ihres Lebens. Wenn sie jetzt nur noch die Courage hätte, zu singen.

Die Musik begann mit einem verlottert aussehenden Bärtigen, der eine Blues-Nummer sang, die ihr direkt bis in die schwarz und weiß lackierten Zehen ging.

„Wow“, sagte Liz. „Man konnte dieses Buch definitiv nicht nach dem Cover beurteilen. Der Typ sieht wie ein Penner aus. Aber seine Stimme!“

„Ja, oder?“, sagte Jenna. „Er war fantastisch.“

Danach kam eine Band mit ein paar rockigen Liedern. Si spielten zwei Mal. Ein bisschen laut, aber sie mochte den Rhythmus. Sie spielten keine Covermusik, sondern ihre eigenen Sachen, und das Publikum ging auf die Tanzfläche und tanzte zu deren Musik.

Eine Menge Talente waren heute hier. Keine Blindgänger wie damals, als sie mit Tyler hier war. Jenna fühlte sich nicht gut genug. Vielleicht war heute nicht der richtige Tag da hoch zu gehen und es nochmal zu versuchen.

„Ich wünschte, ich könnte singen“, sagte Tara, als die nächste Band anfing. „Das ist ein Talent, das ich bewundere.“

„Ich kann keinen einzigen verdammten Ton singen.“ Liz hob ihr Weinglas und nahm einen Schluck. „Nicht, dass mich das davon abhält, in der Dusche Beyoncé zu trällern.“

Tara lachte.

„Oh, mich auch nicht. Ich meine, ich singe nicht so schrecklich, aber ich glaube auch nicht, dass demnächst eine Talentagentur an meine Tür klopft.“

„Was ist mit dir, Jenna?“, fragte Tara. „Singst du gerne?“

Liz sah sie auch an, und Jenna wurde klar, es galt jetzt oder nie. „Nun, darum geht es, Leute. Ich singe.“

„Honey, wir alle singen“, sagte Liz. „Aber bist du auch gut?“

Das Herz schlug ihr gegen die Rippen, ihr Haut war kühl und feucht und ihr Gesicht entflammte vor Hitze. „Meine Gitarre ist im Kofferraum des Autos.“

Taras Augen weiteten sich. „Was? Du hast eine Gitarre? Das wusste ich nicht.“

„Ich werd verrückt.“ Liz stieß sich vom Tisch ab. „Du wirst hier heute Abend singen, stimmt’s?“

„Ich habe darüber nachgedacht.“

„Also, dann hör auf zu denken und geh deine Gitarre holen.“

„Ich weiß nicht so recht.“

Tara schubste sie. „Jetzt komm uns nicht so. Geh und hol die Gitarre. Ich will dich hören.“

„Okay.“

Die Beklemmung wurde jetzt durch nervöse Aufregung ersetzt.

Sie ließ sich die Hand abstempeln, damit sie wieder rein kam, eilte zum Parkplatz und holte die Gitarre.

Als sie sich zum Tisch zurück schlängelte, sah sie, dass Tara und Liz ununterbrochen redeten.

Liz sah auf die Gitarre und dann auf Jenna. „Ich kenne dich jetzt wie viele Jahre? Und hab nicht gewusst, dass du singst."

Jenna zuckte die Achseln. „Ich hab es niemandem gesagt."

„Warum?"

„Weil ich vielleicht nicht gut bin."

Liz lehnte sich auf dem Stuhl zurück und überkreuzte die Arme vor der Brust. „Wir werden das jetzt beurteilen. Schaff deinen Hintern auf die Bühne und sing für uns."

Jenna lachte. „Ich muss warten, bis ich drankomme. Was mich daran erinnert, dass ich dem DJ meine Karte geben muss."

Sie schrieb auf, was sie singen wollte und brachte die Karte auf die Bühne. Dann kehrte sie zurück und ihre Kehle war plötzlich so trocken, dass sie der Bedienung winken musste, um eine Flasche Wasser zu bestellen.

„Deswegen hast du uns hierher gebracht, stimmt's?", fragte Liz.

„Ich wollte, dass ihr mich hört. Wenn ich den Mut aufbringen würde, es zu tun. Ich dachte mir, ihr seid ehrlich und sagt mir, wenn ich scheiße bin."

„Du bist nicht scheiße", sagte Tara.

„Hast du gesungen, als du mit Tyler hier warst?", fragte Liz.

Sie sah auf ihre Hände. „Ja. Ein oder zwei Mal."

„Oh. Mein. Gott. Unser Mädchen hat Geheimnisse vor uns, Tara."

Tara schüttelte den Kopf. „Ich bin schockiert und entsetzt."

„Hört auf, ihr beiden. Nicht mal Mom und Dad wissen, dass ich singe."

„Ich werd schon wieder verrückt", sagte Liz. „Ist das dein Ernst?"

„Ja. Ich habe noch nie vor jemandem gesungen. Na ja, das stimmt nicht ganz. Ich habe in Europa gesungen. Aber dann nie wieder. Bis ich Ty traf."

Liz warf Tara einen Blick zu, ehe sie sich wieder an Jenna wandte. „Echt jetzt?"

„Ja, und interpretiere da bitte nichts rein. Er entdeckte die Gitarre und meine komponierten Lieder …"

„Oh, mein Gott, du schreibst auch Lieder?", fragte Tara.

„Was wissen wir sonst noch nicht alles über dich, Miss Riley?", fragte Liz. „Ziehst du nachts ein Superwoman-Kostüm an und bekämpfst Kriminelle?"

„Ja, aber nur zwischen drei und fünf Uhr morgens."

„Schlagfertig bist du auch noch." Liz neigte den Kopf zur Seite und sah sie prüfend an. „Du hast neue Seiten an dir, die ich grade erst entdecke."

„Ich glaube, du wirst mächtig enttäuscht sein, wenn du feststellst, dass ich nur eine durchschnittliche Sängerin bin ohne Umhang und Strumpfhosen."

„Schade. Es wäre eine tolle Sache, dich zu promoten." Liz spreizte die Finger in der Luft und imitierte einen Regenbogen. „Die Superhelden-Sängerin. Klingt gut, oder?"

Jenna rollte mit den Augen. „Und du promotest deine Spieler? Die armen Jungs."

Tara kicherte. „Mick wird neidisch sein, weil er keinen Superhelden-Namen bekommen hat."

Jenna legte ihre Hand auf Taras. „Ich möchte nicht, dass Mick und Gavin davon erfahren. Ich möchte nur, dass ihr beide mir zuhört und mir sagt, was ihr denkt."

Tara runzelte die Stirn. „Aber …"

„Bitte."

„Okay."

Es kamen noch ein paar Sänger nach der Band, und dann wurde Jennas Name aufgerufen.

Jenna sah Tara und Liz an. „Es ist soweit."

„Mach die fertig, Süße", sagte Liz.

Übelkeit drehte ihr den Magen um, aber sie schnappte sich die Gitarre und stieg auf die Bühne.

„Hallo, Jenna", sagte der DJ. „Schön, dich wiederzusehen."

Überrascht, dass er sie nach so langer Zeit noch erkannte, nickte sie und lächelte zurück. „Danke."

„Du singst heute einen eigenen Song, wie ich sehe."

„Ja. Wollte ich mal versuchen."
„Hals und Beinbruch, Sister."
Sie schluckte und ging zum Mikrofon, nahm den Metallstuhl und setzte sich auf die Kante. Sie gab ihr Bestes, nicht zu wirken, als ob sie jeden Moment erbrechen oder in Ohnmacht fallen würde. Sie blickte über die Menge und fand Liz und Tara, die beide grinsten und laut für sie applaudierten.
Sie atmete tief durch und begann, die Gitarre zu spielen und sich in die Musik fallen zu lassen, die sie geschrieben hatte. Es war ein trauriger Liebessong über das Schlussmachen, über den Schmerz und was passiert, wenn man denkt, dass man verliebt ist, aber es hat nicht funktioniert, und wie man die Kraft findet, trotzdem weiterzuleben. Sie hoffte, ein paar Leute im Publikum würden sich darin wiederfinden.
Sie konnte sich immer in der Musik verlieren, also ließ sie sie durch ihre Fingerspitzen fließen und durch ihre Stimme, ließ die Worte und ihre Bedeutung durch ihre Seele strömen und zu jedem gelangen, der jemals geliebt hatte oder eine Liebe verlor.
Als sie geendet hatte, sah sie hoch und niemand bewegte sich, sprach oder sagte auch nur ein Wort.
Oh, Scheiße. Sie war schrecklich gewesen.
Aber plötzlich sprangen alle auf die Füße, und ein donnernder Applaus und stampfende Füße brachten Tränen in ihre Augen. Sie glitt vom Stuhl und verbeugte sich, grinste, und verließ die Bühne.
Der DJ hielt sie auf. „Oh nein, Honey, die wollen mehr."
„Wirklich?"
„Hölle, ja. Gib eine Zugabe."
Sie drehte sich um und ging zurück, überwältigt, die Pfiffe und Rufe und den Applaus zu hören, als sie sich auf den Stuhl setzte. Dieses Mal sang sie ein schnelleres, leichteres Lied, über das Finden der ersten Liebe mitten im Sommer, wenn alles süß und unschuldig ist, die Art Liebe, die man nie mehr vergisst. Es war ein freudiger Song, zu dem man aufstehen und mitklatschen konnte.
Am Ende jubelte die Menge genauso laut und Jenna konnte das Grinsen nicht mehr aus dem Gesicht bekommen.
„Sie lieben dich", sagte der DJ. „Geh nicht weg. Ich bin si-

cher, du wirst heute noch mehr spielen wollen."

„Okay, alles klar", sagte sie lachend.

Auf dem Weg zu ihrem Tisch wurde sie mehrfach angehalten und man gratulierte ihr und tätschelte ihr den Rücken.

Am Tisch schlang Tara ihre Arme um sie und kreischte. „Heilige Scheiße, bist du gut! Ich hatte keine Ahnung, dass du so singen kannst."

„Danke."

Liz allerdings saß zurückgelehnt mit überkreuzten Armen und funkelte sie an.

Oh-oh. Der wahre Test. „Dir hat es nicht gefallen."

„Willst du mich verarschen? Ich will nur wissen, wieso du deine Zeit als Barkeeper vergeudest, wenn du einen Plattenvertrag haben solltest!"

Jenna nahm mehrere lange Schlucke aus der Wasserflasche und stellte sie dann ab. „Komm schon, du übertreibst."

„Komm mir nicht mit *komm schon*. Du musst doch selbst eine Ahnung haben, wie talentiert du bist."

Jenna zuckte die Achseln. „Ich singe gern und schreibe Musik."

„Und ich bin eine Agentin und erkenne ein Talent wenn ich eins sehe."

„Ja, Sporttalente."

„Talent, Süße. Du bist talentiert. Unglaublich, gänsehautmäßig talentiert."

Jenna schüttelte den Kopf. „Nein."

„Doch. Du brauchst dringend einen Agenten und einen Plattenvertrag."

„Das glaub ich nicht."

„Hat Ty dich singen hören?", fragte Tara. „Was hat er dazu gesagt?"

Jenna antwortete nicht sofort.

„Jenna", sagte Liz. „Was hat er gesagt?"

„So ziemlich dasselbe wie ihr."

Liz warf die Hände in die Höhe. „Und du hast was? Ihn ignoriert?"

„Ich dachte, er sagt nur nette Sachen, weil wir miteinander schlafen."

Liz schüttelte den Kopf. „Du bist so eine Idiotin."

Jenna sah Tara an, die sagte: „Ich muss mich hier leider Liz anschließen. Du bist eine Idiotin."

„Ihr zwei seid so gut für mein Ego. Vielen Dank dafür."

„Und du frustrierst mich mit jeder Sekunde mehr. Warum glaubst du nicht an dich?", fragte Liz.

„Keine Ahnung."

„Hast du das Publikum nicht gehört?", fragte Tara. „Sie lieben dich. Ich meine, sie haben zwar bei allen Auftritten geklatscht, aber dich haben sie geliebt! Sie standen auf und wollten eine Zugabe."

Es war alles ein bisschen viel für Jenna. „Das war schön."

„Tara, sprich du mit ihr", sagte Liz. „Sie bringt mich um."

„Nein, ich kapier es ja, wirklich", sagte Jenna. „Ich bin nur noch nicht bereit … für das alles."

„Du meinst, für die Möglichkeit, berühmt zu werden?", fragte Liz.

„So gut bin ich nicht."

Tara legte ihre Hand auf Jennas. „Honey, ich glaube schon, dass du das bist. Liz denkt das auch. Und offensichtlich denkt das Publikum es ebenfalls."

Liz sah sie prüfend an. „Wer hat dir gesagt, dass du nicht gut genug bist?"

Natürlich musste Liz wieder in der Lage sein, in ihr zu lesen. Sie seufzte und erzählte ihnen die Geschichte von Deutschland.

„Also vor einer Million Jahren, als du noch ein Kind warst, hat dich irgendein Arschloch aus der Band geworfen, und du lässt das deinen ganzen Lebensweg ändern?" Liz rollte mit den Augen. „Komm schon. Ich dachte, du hast größere Eier als das."

Sie zuckte die Achseln. „Ich war sehr sensibel."

„Ach, papperlapapp. Du bist umwerfend. Und wie war der Name dieser Band?"

Sie nannte ihn.

Liz sah Tara an. „Nie von denen gehört."

Tara schüttelte den Kopf. „Ich auch nicht. Ganz offensichtlich wären sie besser damit gefahren, dich zu behalten. Honey, du hast die Stimme eines Engels. Du musst gehört werden."

Diese Aufmunterung der Mädels bedeutete ihr alles, aber es gab immer noch Hindernisse. Viele davon.

„Ich will keinen Ruhm. Ich möchte nur einen eigenen Club eröffnen und da auch meine Musik spielen."

„Ohhh", sagte Liz.

Mist. Jetzt war es ihr rausgerutscht. Sie hatte ihren Traum noch jemandem anvertraut außer Tyler.

„Und warum machst du das nicht?", fragte Tara.

„Weil ich das *Riley's* führe."

„Und du kannst keine zweite Bar eröffnen, weil …?"

Bei Liz klang das so einfach, aber das war es nicht. „Es ist kompliziert."

„Weil du es kompliziert machst. Wenn es das ist, was du mit deinem Leben machen willst, dann lass dich von nichts aufhalten."

„Ich denke darüber nach. Bitte sagt in der Zwischenzeit nichts zum Rest der Familie über die ganze Gesangssache."

„Warum denn bloß nicht?", fragte Tara. „Du hast ein unglaubliches Talent, Jenna."

„Danke dir, aber ich bin noch nicht bereit, es mit allen zu teilen."

Und wenn sie weiterhin solche Reaktionen bekam, wäre sie das vielleicht nie.

*

Ty war überrascht, von Liz zu hören, aber da sie geschäfltlich in Los Angeles war und es eine seiner Station auf seiner Tour war, schlug sie vor, sich zum Mittagessen zu treffen. Er musste nicht vor vier im Station sein, also hatte er genug Zeit zum essen und ein Fitnesstraining reinzuquetschen.

Da er in Anaheim war, holte sie ihn an seinem Hotel ab. Wie immer trug sie ein schwarzes Bürokostüm und killermäßige High Heels, und ihr Haar war zu etwas hochgeknotet, das sich jeder Logik widersetzte.

Der Fahrer ihres Privatwagens fuhr sie in ein Trendlokal, was eine Weile dauerte. Er vermutete, Liz stand nicht auf Familienrestaurants hier im Herzen von Disneyland.

„Also, was gibt's?", fragte er, nachdem sie das Essen bestellt hatten.

„Jenna hat Tara und mich in den Club mitgenommen, um sie singen zu hören."

„Hat sie? Gut." Vielleicht kam sie endlich aus ihrer Muschel.

„Sie ist eine fantastische Sängerin."

Er nahm einen Schluck Wasser. „Ja, das ist sie."

„Nein, ich meine ihre Stimme ist ein Killer. Sie sollte einen Agenten haben und eine Platte aufnehmen."

„Will sie das denn?"

„Sie sagte, sie will einen Club eröffnen und da singen, und andere Musiker auftreten lassen, so ähnlich wie das in dem anderen Club läuft."

„Okay. Und wo ist das Problem?"

Liz wartete, bis der Kellner ihre Salate hingestellt hatte, und lehnte sich dann vor. „Du hast sie singen gehört. Das ist viel zu viel Talent, um es zu verschwenden."

Er nahm seine Gabel und stach sie in den Salat. „Und du warst schon mal auf der Einmischungsspur, oder?"

Sie runzelte die Stirn und zog einen Schmollmund. „Touchè, Ty. Ich verstehe. Aber sie ist meine beste Freundin, praktisch meine Schwester. Ich will nur das Beste für sie."

„Wahrscheinlich ist es besser, wenn sie selbst entscheidet, was das Beste für sie ist."

„Du hast recht. Ich war nur total von ihrem Gesang umgehauen, und mein erster Gedanke war, dass jemand sie berühmt machen muss."

„Ich glaube nicht, dass sie das will. Was sie wirklich will, ist etwas Eigenes. Eine Bar, in der Musik gemacht wird. Sie ist nicht auf Ruhm und Ehre aus. Sie will einfach nur singen."

„Dir ist aber klar, dass sie das nicht vielleicht nicht bekommen wird. Sagen wir sie eröffnet eine zweite Bar, einen Musikclub. Und sie singt dort. Sie ist so gut, dass sich das herumspricht. Irgendwann wird ein Experte dort sein und sie hören, und ihr Wunsch nach unerkannt bleiben ist vorbei."

Er kaute, schluckte und nickte. „Das könnte sein. Falls oder wenn dieser Zeitpunkt kommt, wird sie entscheiden, welches Leben sie haben will. Bis jetzt war es schon schwer genug, sie dazu zu bewegen, ihren Träumen nachzugehen."

„Warum?“

„Ich weiß es nicht, Liz. Ich habe versucht, es herauszufinden und mit ihr darüber zu reden. Sie rückt nicht damit heraus. Meine Einschätzung ist, dass sie entweder Angst vor dem Versagen hat, oder vor dem Erfolg.“

„Beides ziemlich weite Felder der Möglichkeiten.“

„Ja. So oder so hab ich versucht, sie zu ermutigen, aber ich halte mich ab jetzt zurück.“

„Tu das nicht. Sie braucht dich. Sie vertraut dir und deiner Meinung. Du bist der Erste, für den sie gesungen hat. Das bedeutet etwas. Wenn du jetzt aufgibst, wird sie vielleicht nie etwas mit diesem Geschenk der Natur anfangen.“

Er nahm einen großen Schluck Wasser und setzte es ab. „Da bin ich nicht so sicher. Sie macht Fortschritte. Sieh mal, sie hat dich und Tara in den Club mitgenommen und für euch gesungen. Das ist ein großer Schritt in die richtige Richtung.“

„Genau. Und wenn du dich jetzt zurückziehst, vergisst sie das Ganze vielleicht wieder. Sie braucht Ermunterung – einen großen Schubs.“

„Ich mag nicht gerne Leute bedrängen, die nicht bedrängt werden wollen. Sie stellte klar, dass sie will, dass ich mich da raushalte.“

Liz seufzte. „Okay. Ich lasse dich deine eigenen Entscheidungen treffen. Ich liebe Jenna und will nur das Beste für sie, aber ich werde mich nicht mehr in anderer Leute Angelegenheiten einmischen.“

Tyler grinste und tätschelte ihre Hand. „Für dich ist am Ende alles gut geworden.“

„Ja, aber es hat eine Menge Leute viel Schmerz zugefügt. Und hier sitze ich schon wieder und mische mich in Dinge ein, die mich nichts angehen. Ich kann es anscheinend nicht lassen.“

„Du mischst dich nicht ein. Du versuchst, Jenna zu helfen.“

„Ich möchte, dass sie bekommt, was sie wirklich will.“

„Das wünsche ich mir auch.“ Er wusste nur nicht, wie er das anstellen sollte. Vielleicht hatte Liz recht. Vielleicht brauchte Jenna einen Schubs in die richtige Richtung.

Er hatte eine Idee gehabt, die hilfreich sein könnte, aber nach ihrem letzten Streit hatte er die verworfen und sich entschieden, sich nicht mehr in ihre Gesangsangelegenheiten einzumischen. Jetzt wie Liz ihm erzählt hatte, dass Jenna sie und Tara mit in den Club genommen und für sie gesungen hatte, lagen die Dinge anders. Sie öffnete sich ihrem Gesang und anderen Leuten. Also war es vielleicht an der Zeit, den nächsten Schritt zu gehen, die Tür für Jenna zu öffnen und zu sehen, ob sie bereit war, durchzugehen.

Vierundzwanzig

Ty brauchte ein paar Wochen, um seinen Plan aufzustellen. Erst musste er diese höllische Tour beenden, aber zumindest hatten sie vier Siege mitnehmen können. Das Team war in der Position für die Playoffs und er musste sich auf das Spiel konzentrieren, und nicht auf eine Frau, die ihn verrückt machte.

Aber die Frau, die ihn verrückt machte, verließ niemals seine Gedanken, und egal wie sehr er versuchte, sie in die Schublade seines Verstandes mit der Aufschrift *Vergiss sie für jetzt* zu schieben, sie war immer da und spähte heraus.

Er führte ein paar Telefongespräche mit Leuten, die ihm vielleicht weiterhelfen konnten. Liz war ihm behilflich gewesen, denn sie hatte viel mehr Kontakte als er. Als er wieder zu Hause war, hatte er den Ball ins Rollen bringen können. Es hatte ihn ein paar Touren durch die Stadt gekostet, aber ihm hatte gefallen, was er gesehen hatte. Jetzt musste er den Plan nur noch Jenna präsentieren, was er morgen tun wollte.

Erst musste er seinen ganzen Fokus auf das heutige Spiel legen.

Sie standen Nashville gegenüber, ein guter Gegner und eins der anderen Teams, die um den Titel kämpften. Tyler musste obenauf bleiben bei dem Spiel, denn sie mussten es gewinnen. Es waren nur noch drei Spiele übrig im regulären Spielplan und sie lagen Kopf an Kopf mit Nashville. Auf diese letzten Spiele kam es jetzt an. Die *Ice* mussten noch zwei Spiele gewinnen, was bedeutete, dass Nashville zwei verlieren musste, damit die *Ice* gewannen, allerdings nur, wenn sie Nashville heute besiegen konnten.

Sie hatten den ganzen Tage ein mörderisches Training absolviert, der Trainer hatte sie an ihre Grenzen gebracht. Er würde heute keine Fehler akzeptieren. Keiner von ihnen würde dumme Fehler hinnehmen. Sie waren zu weit in der Saison und der Sieg war in Sichtweite. Sie *mussten* gewinnen.

Er versuchte, den Kopf klarzubekommen und ging auf das Eis, seine Teamkameraden wirkten genauso kaputt wie er erschöpft war. Er blickte nach links, wo die Sitze waren, als er auf den Gummiteppich ging, der zur Spielerbank führt, und wünschte, Jenna wäre hier. Aber sie musste arbeiten, denn ihre Vertretung war krank, also konnte sie nicht hier sein, obwohl er sie darum gebeten hatte.

Wahrscheinlich besser so. Er konnte sich auf das Spiel konzentrieren, anstatt auf Jenna in der ersten Reihe, die ihn beobachtete. Das Spiel war zu wichtig, als dass er sich von irgendwas ablenken lassen sollte.

Mit klopfendem Herzen lief er auf die Eisfläche. Noch nie hatte er für ein Gewinnerteam gespielt und hatte es nie in die Playoffs geschafft. Jetzt war er so nah dran, dass er den Sieg schon fast schmecken konnte.

*

„Ty hat keine Ahnung von seiner Geburtstagsparty, oder?“, fragte Tara, als sie den Tisch zum Essen bereitmachte.

„Er hat keinen Schimmer. Er ist nervös wegen dem heutigen Spiel und ich bin nicht mal sicher, dass er noch weiß, dass er heute Geburtstag hat.“

Mick lachte und half Tara, das Tischtuch auszubreiten. „Nichts ist wichtig, wenn ein solches Spiel ansteht. Er kann von Glück sagen, wenn er sich noch an seinen eigenen Namen erinnert.“

Jenna blickte durch das Hinterzimmer, das Tara netterweise dekoriert hatte. Sie konnten heute die Bar nicht schließen, wo die *Ice* so nah an den Playoffs waren und ihre Stammgäste enttäuscht wären, wenn sie das Spiel nicht mit ihren Freunden ansehen könnten, und das wäre schlecht für das Geschäft. Aber sie hatte das Hinterzimmer zur geschlossenen Gesellschaft erklärt, wo sie Tys Geburtstagsparty feiern wollten.

Er hatte ihr versprochen, nach dem Spiel in die Bar zu kommen. Und für den Fall, dass sie verlieren würden und Ty sich beschissen fühlte und lieber allein seinen Frust ertränken wollte, hatte sie Eddie und Victor über die Party eingeweiht. Die Jungs hatten versprochen, Ty zur Party zu schleppen und wollten sogar seine Ankunft künstlich verzögern, damit seine Teamkameraden vor ihm eintreffen konnten.

Alles war bereit. Tara hatte den Raum wunderbar dekoriert, mit Ballons in den blauen und weißen Farben des *Ice*-Teams, mit passender Tischdeko, um das Hockeythema weiterzuführen. Es gab Mini-Pucks und Hockeyschläger in den Getränkegläsern, jede Menge Getränke und viel Essen, denn sie wusste, dass die Spieler hungrig sein würden. Tara hatte bei einem Konditor eine Torte in Form eines Hockeyschlägers bestellt. Es war einfach Spitze.

Ihre Eltern und Brüder würden auch kommen, zusammen mit Tys Freunden. Sie hatte sogar eine Eisskulptur in Form eines Hockeyspielers in der Gefriertruhe. Jenna betete zu Gott, dass das Team heute gewann, oder es würde eine verdammt gedämpfte Party werden.

Jenna eilte zu ihren Gästen, während sich Tara weiter um den Raum kümmerte. Da die Baseballsaison angefangen hatte, war Gavin wieder zu Hause, hatte aber heute kein Spiel, sodass er zusammen mit Liz und Jennas Eltern ankam. Jenna blieb kaum Zeit, ihnen zuzuwinken, denn die Bar war schon voller Fans, die vor den Bildschirmen klebten, sich das Spiel ansahen und Bier bestellten, als hätten sie die ganze Woche noch nichts getrunken.

Netterweise schien Dad begierig darauf zu sein, hinter die Bar zu kommen und ihr zu helfen, Getränke auszuschenken, worüber Jenna froh war. Sie konnte so viele Extrahände brauchen, wie sie bekommen konnte. Mom verschwand in der Küche und half dort mit den Essensbestellungen, sehr zu Malcoms Erleichterung, sodass alles schön glatt lief.

Dad bediente die Stammgäste, während Jenna die Bestellungen der Bedienungen abarbeitete. Das würde heute ein Bombengeschäft werden, schloss Jenna aus der Häufigkeit, mit der die Servicekräfte mit neuen Bestellungen an die Bar kamen. Und sollten die *Ice* gewinnen, würde sie heute ganz schön viele Taxis für die Stammgäste rufen müssen.

Das Gute daran, so viel zu tun zu haben, war der Umstand, dass sie kaum dazu kam, einen Blick auf die Bildschirme zu werfen, um das Spiel zu verfolgen. Auch wenn sie es gern gesehen hätte, aber ihr Magen war ein verknotetes Nervenbündel. Sie wusste, wie viel diese letzten paar Spiele dem Team bedeuteten – und Ty. Das Spiel gewinnen und in die

Playoffs zu kommen, war entscheidend. So musste sie sich auf die Jubelrufe oder die Stöhner ihrer Kunden verlassen, um zu wissen, was beim Spiel ablief, denn es war zu laut in der Bar, um den Kommentator zu verstehen.

Als sie Jubel hörte, hielt sie inne und sah auf, denn etwas Gutes musste dem Team passiert sein. Die *Ice* hatten im ersten Drittel zwei Tore erzielt, eins nach einem Pass von Ty zu Eddie, und eins durch einen cleveren Schuss von hinter dem Tor durch Meyers. Nashville erzielte ein Tor und nun führten die *Ice* zwei zu eins für das zweite Drittel.

Ihr Magen zog sich noch mehr zusammen. Es war noch immer eng und noch viel zu viel Spielzeit übrig. Sie hielt sich mit ihren Kunden abgelenkt und sah nicht mehr hoch, wenn sie Stöhnen und Fluchen hörte.

Nashville hatte im zweiten Drittel aufgeholt.

Verdammter Mist.

Es blieb so während des ganzen zweiten Drittels. Die Anspannung in der Bar war so hoch, dass Jenna kaum hindurchwaten konnte, und der Geräuschpegel war ohrenbetäubend, denn die Torversuche beider Teams waren wahnsinnig, aber es gab keine weiteren Tore, bis es ins dritte Drittel ging. Das Spiel war hart gewesen mit zwei weiteren Power-Angriffen beider Teams.

„Dein Junge macht sich gut heute, Honey", sagte Dad, als er neben sie trat, um Gläser zu spülen.

„Ja? Ich hatte kaum Zeit zum Zusehen."

„Nimm dir eine paar Minuten und sieh zu. Ich schaffe das hier schon."

Sie legte eine Hand auf Dads Schulter. „Ich weiß nicht, ob ich das kann. Es ist zum aus der Haut fahren."

Dad lachte. „Ja, es ist recht angespannt und diese Spiele sind wichtig. Aber Ty würde wollen, dass du ihn hast spielen sehen."

Er hatte recht. Und sie wollte auch zusehen. Sie gönnte sich die Pause und trat hinter der Bar hervor und mischte sich unter ihre Gäste, aber niemand wollte plaudern. Ihre Blick klebten auf den Bildschirmen, also lehnte sie sich an einen Holzpfeiler und sah zu, wie Victor den Puck eroberte und wie der Blitz lief, an Eddie vorbei, der gegen die Bande geschleudert wurde, als er sich mit einem Verteidiger anlegte. Eddie holte aber wieder auf und schickte den Puck über das Eis zu Ty, der ihn annahm und damit auf das Netz zuraste, dann schoss, und es verfehlte.

Sie stieß den Atem aus, den sie angehalten hatte, und spürte ihr Herz klopfen und ihre Handflächen waren feucht. Jenna wischte sich die Hände an den Jeans ab.

Kommt schon, Jungs, Zeit für ein Tor.

Der Verteidiger schoss den Puck zu seinem Flügelmann, der ihn zum Nashville-Centermann weitergab, der sofort schoss, aber der Tormann der *Ice* fing den Puck mit seinem Handschuh.

Jenna würde in Ohnmacht fallen, wenn sie weiterhin den Atem anhielt. Sie atmete aus und entschied, dass sie sich das Spiel besser nicht ansehen sollte. Aber dann konnten Ty und Eddie durchbrechen und spielten sich gegenseitig den Puck zu. Eddie verteidigte, Tyler übernahm und schoss, und der Puck schlitterte in die linke Ecke des Netzes. Die Torlampe leuchtete auf und die gesamte Bar explodierte um Jenna herum, die Leute sprangen auf, klopften auf die Tische und applaudierten.

Jenna schrie und stieß mit der Faust in die Luft. Sie rannte hinter die Bar und umarmte Dad, der strahlend grinste.

„Das hat er gut gemacht."

Sie spürte Tränen in den Augen. „Ja, oder?"

„Jetzt müssen sie das halten oder sogar noch eins machen."

„Oh, das hoffe ich, Dad."

Mom kam nach vorn und sah sich die letzten Minuten mit ihnen an. Es war noch aufregender, wo sie jetzt führten, und alle hofften, dass Nashville den Gleichstand nicht mehr schaffen würde. Nashville hatte noch ein paar Torangriffe, aber die Verteidigung hielt stand. Und als Meyers noch ein Tor machte und die Führung auf zwei Tore ausweitete, und nur noch anderthalb Minuten zu spielen waren, klangen die stampfenden Füße und der Jubel in der Bar wie ein Erdbeben. Dad hob Mom hoch und küsste sie, und Jenna schrie vor Freude, als die letzten Sekunden bis auf null heruntertickten.

Sie hatte sich noch nie mehr für Ty gefreut. Was für ein toller Geburtstag das für ihn war. Und vielleicht würde der Knoten in ihrem Magen jetzt verschwinden.

Zwei Stunden später machte sie die Bar zu, aber die Meisten waren sowieso gleich nach dem Spiel gegangen, und dem harten Kern hatte sie erklärt, dass sie wegen einer Privatparty heute früher zumachten. Mit den paar Meckerern und Betrunkenen waren Dad und sie spielend fertiggeworden. Man wollte sich nicht mit einem Riley anlegen, denn wenn man aggressiv wurde, durfte man nicht mehr rein.

Langsam trudelten die Spieler ein und Jenna führte sie in den Partyraum, wo Getränke und Essen bereitstanden. Eddie hatte ihr eine Textnachricht geschrieben, dass er und Victor mit Ty in ungefähr fünfundvierzig Minuten da sein würden. Die Presseinterviews waren fast vorbei und Victor würde beim sich Umkleiden und fertigmachen absichtlich trödeln. Jenna lachte darüber, denn sie konnte es sich sehr gut vorstellen.

Sie kaute an einer Karotte mit Dip und betrachtete sich den Raum. Schade, dass Tys Eltern nicht hier sein konnten, aber daran konnte sie nichts ändern. Zumindest ihre Familie war hier und Tys Freunde und Teamkameraden.

Eddie schrieb, dass sie nur noch fünf Minuten weit weg waren.

„Alle mal herhören, er ist gleich da!“, rief sie, schloss die Vordertür auf und wartete dort.

Als sie ankamen, gingen Eddie und Victor nach hinten und Jenna schloss Tyler in eine Umarmung und küsste ihn.

„Herzlichen Glückwunsch für das Spiel.“

„Danke.“ Er sah sich um. „Wo sind denn alle?“

Sie zuckte die Schultern. „Es ist ein Wochentag. Vorhin war es voll und dann sind alle nach Hause gegangen. Nach dem Spiel war es wie tot hier. Ich habe aber etwas zu Essen für euch im Pool-Zimmer.“

„Oh. Okay.“

Sie nahm seine Hand und führte ihn in den Raum. Dann trat sie zurück.

Seine Augen weiteten sich, als er eintrat und alle *Überraschung* und *Happy Birthday* brüllten. Er drehte sich zu Jenna um.

„Du wusstest, dass heute mein Geburtstag ist."

„Natürlich."

Dann wurde er von den Gratulanten verschlungen, den Umarmungen und ihm wurde auf den Rücken geklopft, und Jenna sah ihn für eine Weile nicht mehr. Aber es war seine Feier, also gab sie ihm die Zeit, es zu genießen. Sie kümmerte sich um seine Freunde und die Familie, sorgte dafür, dass alle genug zu essen und zu trinken hatten, während Tyler den ganzen Abend von Menschen umgeben war, denen er etwas bedeutete.

Sie hatte den Sportsender eingeschaltet, damit die Teamkameraden die Wiederholungen ansehen konnten, und natürlich sprachen alle über das Spiel. Dad, Gavin und Mick saßen beim Team und sprachen über Hockey, während Mom, Jenna, Liz und Tara mit den Frauen und Freundinnen der Spieler plauderten.

Ty löste sich schließlich von den Gästen und legte einen Arm um Jenna. „Ich wusste nicht mal, dass dir mein Geburtstag bekannt war."

„Hast du selbst überhaupt realisiert, dass heute dein Geburtstag ist?"

Er lachte. „Es war nicht weit oben auf der Liste meiner Prioritäten heute, aber ja, es war mir bewusst. Ich hätte nur nicht gefeiert."

„Tja, aber ich."

Er strich mit seinen Lippen über ihre. „Ich danke dir dafür."

Sie lächelte zu ihm hoch. „Gern geschehen."

Es war nach zwei Uhr, bis alle anfingen, zu gehen. Tara, Mick, Liz und Gavin blieben, um beim Aufräumen zu helfen, und danach schubste sie alle aus der Tür und schloss ab. Ihre Eltern waren schon früher nach Hause gegangen, und die Spieler hätten die ganze Nacht durchfeiern können, aber sie sahen alle fix und fertig aus und hatten übermorgen das nächste Spiel, also brauchten sie die Pause zum Ausruhen.

Sie schloss die Türen ab, zog die Rollläden zu und drehte sich zu Ty um. „War das ein schöner Geburtstag?"

„Ein fast perfekter Geburtstag."

Sie hob eine Braue. „Fast?“

„Ja.“ Er nahm ihre Hand und zog sie in den Pool-Billard-Raum. „Ich habe mein Geschenk noch nicht bekommen.“

Ihre Lippen kräuselten sich. „Ach ja? Und was schwebt dir so vor?“

Er nahm ein Tischtuch und breitete es auf einem der Pool-Tische aus. „Ich habe da so eine Fantasie …“

Ein Beben fuhr durch ihren Bauch. „Oh, wirklich.“

Ty strich mit dem Finger über den Rand des Tisches. „Hast du es schon mal hier gemacht?“

„Nein.“

„Gut.“

„Und ich habe dir dein Geschenk noch nicht gegeben.“ Sie zog die Schuhe aus, öffnete die Jeans und zog den Reißverschluss herunter.

Ty kam auf sie zu, mit Hunger in seinen Augen.

„Solltest du nicht zu Hause im Bett sein und dich für das nächste Spiel ausruhen?“

„Ich hätte lieber Inspiration für das nächste Spiel.“ Er nahm Jenna hoch und setzte sie auf den Billardtisch, zog ihr die Hose aus und bewunderte sie in ihrem Oberteil und dem Höschen. Als er den winzigen schwarzen Streifen Seide sah, den sie trug, weiteten sich seine Augen. „Diese Wäsche ist schön.“

„Die habe ich extra für deinen Geburtstag gekauft.“

Er strich mit den Händen über ihre Beine, spreizte sie und trat dazwischen, schob die Hände unter ihren Hintern und zog sie so nah an sich, dass sie die Wölbung seiner Erektion spüren konnte.

„Gefällt mir. Vielen Dank. Das ist sehr inspirierend.“

Sie griff zwischen sie beide und rieb seinen Schaft. Er öffnete leicht die Lippen und lauschte seinem Schnappen nach Luft, als sie fortfuhr, ihn zu streicheln.

„Ich mag es, von dir angefasst zu werden. Es macht mich hart.“

„Ich mag es, wie du mit mir sprichst. Es macht mich ganz feucht.“

Er zog ihr das Shirt aus und hob die Brauen beim Anblick des zum Höschen passenden BHs. Das schwarze Material mit dem Push-up-Effekt betonte ihre weiblichen Rundungen.

„Sehr inspirierend. Davon werde ich heut Nacht träumen."

Er strich über ihre Brüste, über ihren Bauch, lehnte sich vor und küsste beide Seiten. Dann öffnete er den BH, zog ihn ihr herunter und warf ihn auf einen Stuhl. Er rieb über ihre Nippel und sah zu, wie sie sich aufstellten.

„Ich brauche heute kein Vorspiel, Tyler. Ich möchte dich nur in mir spüren. Jetzt."

Er zog sein Hemd aus, dann die Hose und Unterhose. Sein Schwanz hüpfte heraus und sie leckte über ihre Lippen, stellte sich bereits vor, wie er sie auf Billardtisch nahm.

„Hurra", sagte sie.

Er lehnte Jenna auf dem Tisch zurück und kam ebenfalls hinauf, schwebte über ihr, und sie hob ihre Mitte an seine Erektion.

„Gott, du bist nass, Babe", sagte er und sie erbebte.

Er nahm einen ihrer Nippel in den Mund, spielte mit der Zunge damit, bevor er ihn zwischen die Zähne nahm. Sie zischte bei dem Lustschmerz, der immer bis in ihre Mitte schoss. Sie grub die Nägel in seine Schultern und drückte ihre Brüste tiefer in seinen Mund, wollte mehr.

Er packte ihre Hüften und schob Jenna vor und zurück über seinen Schwanz, was Splitter aus Lust durch ihre sensibilisierten Nervenenden schickte. Oh, sie wollte so gern kommen. Sie stemmte die Füße gegen den Rand des Billardtisches und ritt seinen Schaft mit ihrer Klit, war so nah am Höhepunkt, dass sie sich auf die Lippe biss, hob den Kopf, damit sie sein Gesicht sehen konnte, als sie kam.

Er umfasste ihr Genick und küsste sie, schluckte ihren Schrei, während Wellen der Lust sie bis an den Rand der Besinnungslosigkeit durchschüttelten.

Er legte sich auf den Rücken und sie stieg auf ihn, nahm seinen Schwanz tief in sich, während ihr Inneres noch von dem Höhepunkt zuckte.

Sie hielt inne, spürte, wie er in ihr noch härter wurde, während er mit ihren Nippeln spielte. So war es immer, wenn er in sie eindrang – wie beim allerersten Mal – die unglaubliche Erkenntnis, wie gut sie zusammenpassten. Er hielt sich an ihr fest, als sie sich auf und ab bewegte, und ihren Körper langsam und neckend an seinem rieb, bis er die Zähne zusammenbiss.

In dieser Position hatte sie die Kontrolle, und dass er ihr das gestattete, sagte so viel darüber aus, was für ein Mann er war. Sie streichelte sein Gesicht, seine Unterlippe. Er nahm ihren Finger und steckte ihn in seinen Mund, saugte daran, und sie ließ sich auf seinem Schwanz ab und rieb sich an seinen Eiern, bis er stöhnte.

„Du bringst mich um, Jenna."

„Ich weiß."

Er hob sie an, stieß nach oben in sie, zog sich zurück, und hämmerte wieder in sie.

Als er sie auf den Rücken drehte und besitzergreifend über ihr schwebte, hieß sie ihn willkommen, wollte, dass er ihr gab, was sie zum Fliegen brauchte. Er spreizte ihre Beine und legte seine Hüften auf ihre, und ihre Körper wurden eins. Tief begrub er sich in ihr und sie schrie auf, kam erneut, und spürte es bis in die Zehen. Sie verkrampfte sich und erzitterte.

„Mist", sagte er und grub seine Finger in ihre Haut. Er stöhnte und kam mit ihr, zog sie dabei hoch, um seine Lippen auf ihre zu legen und sie zu küssen, dass die Leidenschaft ihr den Atem raubte.

Sie brachen zusammen und er rollte sich auf die Seite, nahm sie mit sich, streichelte ihren Rücken und ihr Haar.

Jennas Augenlider wurden schwer und hätten sie nicht auf einem Billardtisch in ihrer Bar gelegen, wäre sie eingeschlafen.

„Verdammt", sagte er. „Das ist ein ungemütliches Bett."

Sie lachte und sie stiegen herunter, zogen sich an und fuhren zu ihr nach Hause, wo sie sich wieder auszogen und ins Bett gingen.

Jenna liebte Tys besitzergreifende Art, wie er sie immer an sich zog und seine Arme um sie legte, wenn sie schlafen gingen.

„Danke für den besten Geburtstag, den ich je hatte", sagte er und küsste sie.

Sie lächelte und wand sich an ihm. „Gern geschehen."

Die Worte lagen ihr auf der Zunge, die Worte, die sie noch nie zu einem Mann gesagt hatte. Aber sie konnte es nicht aussprechen, denn er hatte es noch nicht gesagt und sie wusste nicht, was er für sie fühlte.

Feigling.

Ja, das war sie.

Aber sie war sich selbst immer noch unsicher, ob das, was si fühlte, echt war, oder nur der Leidenschaft entsprang.

Also sagte sie nichts und schlief ein.

Fünfundzwanzig

Ty hatte seinen Plan gut durchdacht. Nach dem heutigen Nachmittagsspiel, das sie Gott sei Dank gewonnen hatten, sagte er Jenna, dass er eine Überraschung für sie hatte. Er liebte die Begeisterung, die er ihrer Stimme entnommen hatte.

Er hoffte, sie würde genauso aufgeregt reagiere, wie er darüber war. Es wäre ein neuer Beginn für sie beide. Er war wie verrückt nervös, hatte vorher nie darüber nachgedacht, so etwas mit einer Frau zu machen, aber Jenna war nicht irgendeine Frau.

Sie war *die* Frau. Er wusste es, fühlte es, und er war noch nie zuvor einer Sache so sicher gewesen. Sie war das Risiko wert.

Sie war zu seinem Spiel gekommen, und zu wissen, dass sie da war, hatte ihm alles bedeutet. Immerhin war das die Frau, die Sport hasste und sich geschworen hatte, sich niemals mit einem Sportler einzulassen. Wenn sie das Risiko eingehen konnte und ihre Art zu denken änderte, konnte er das auch.

Er schluckte an dem nervösen Knoten in seiner Kehle vorbei und hoffte bei Gott, dass er das nicht versaute.

Er gab ihr die Adresse. Er parkte davor und wartete darauf, dass sie ankam. Dann stieg sie aus. Sie trug ein Kleid, Strumpfhosen, und diese sexy schwarzen Stiefel mit den spitzen Absätzen, die ihn jedes Mal hart werden ließen. Sie knöpfte ihren Mantel zu, und eilte zu ihm und küsste ihn.

„Was ist das für eine Überraschung?“, fragte sie und sah sich das Gebäude an.

„Das wirst du gleich sehen.“ Er hatte den Code vom Makler bekommen, damit er Jenna herumführen könnte, ohne dass der Kerl ihn vollquatschte. Er gab den Code ein und öffnete die Tür, schaltete das Licht ein und ließ Jenna eintreten.

„Es war mal eine Kombination aus Bar und Restaurant“, erklärte er. „Es wurde vor sechs Monaten dichtgemacht. Es erfüllt deine Parameter was die Größe betrifft und die Lage.“

Sie sah ihn fragend an. „Ich verstehe nicht.“

„Du könnest die alte Bar hier rausreißen“, sagte er und führte sie weiter. „Stell die Bühne, von der du gesprochen hast, in die Mitte. Eine tolle Küche ist schon da. Komm mit, ich zeig sie dir.“

Sie griff nach seinem Handgelenk. „Warte. Wovon sprichst du?“

„Von deinem Musikclub.“

„Welcher Musikclub?“

„Der, den du eröffnen willst. Das zweite *Riley's*. Wenn du den hier nicht magst, habe ich noch zwei andere Objekte zum Anschauen.“

„Du hast … du bist nach Objekten für einen Club auf die Suche gegangen?“

Er grinste und steckte die Hände in seine Jackentaschen. „Yep. Ist das hier nicht schön groß? Ich muss gestehen, dass mir der hier am besten gefällt, aber die anderen sind auch nicht schlecht. Warte, bis du die Küche gesehen hast. Und die elektrische Anlage ist auch schon da.“

Ihr Lächeln starb. „Nein.“

„Was?“

„Nein.“

„Es gefällt dir nicht? Das macht nichts. Wir können uns die anderen ansehen.“

„Ich meine Nein. Zu allem.“

Sein Magen sank. „Warum?“

„Ich will das alles nicht, Ty. Wenn ich einen Club wollte, würde ich selbst danach suchen gehen.“

Er wurde ärgerlich. „Okay. Du willst meine Hilfe nicht.“

„Ich will das Ganze überhaupt nicht. Hör auf, mich zu drängen.“

„Ja. Denn nimm dein Leben bloß nicht in die Hand.“

Sie hob das Kinn. „Was zur Hölle soll das denn heißen?“

„Genau das, was ich gesagt hab. Ich habe versucht, dir zu helfen, dir ein paar Objekte zu zeigen, damit du diesen Schritt nach vorn machen kannst, und versuchst, das zu bekommen, was du wirklich haben willst.“

„Das sind ganz schön viele Mutmaßungen von dir.“

„Wirklich? Wir reden seit Monaten darüber. Du weißt, dass du das wirklich willst.“

„Wenn das ist, was ich wirklich will, und das ist eher ein großes *falls* als ein *wenn*, dann mache ich es selbst. Ich brauche deine Hilfe nicht. Ich brauche dich für all das nicht."

Er hatte sich geirrt. Über sie, über alles. Die ganze Zeit, die er damit verbracht hatte, Jenna zu helfen, sie dazu zu bewegen, ihr eigenes Glück zu finden, warf sie ihm seine Bemühungen vor die Füße. All die Pläne, die er gemacht hatte, weil er vorausgesetzt hatte …

Das war es, was er davon hatte, anzunehmen, dass sie genauso fühlte wie er.

„Weißt du was, Jenna? Du hast recht. Du brauchst mich nicht. Du brauchst niemanden. Hast du noch nie."

Sie hob wieder das Kinn. „Stimmt. Ich brauche weder dich noch jemand anderen, der mich zu was drängen will, wozu ich nicht bereit bin. Ich habe es satt, dass mich jeder anstoßen und in diese Sache zwingen will. Hört einfach damit auf. Ich mag mein Leben so wie es ist, also lass es sein."

Tränen glitzerten in ihren Augen und ihre Angst war so offensichtlich, dass er sie in den Arm nehmen wollte, aber sein Ärger war stärker als sein Mitleid.

„Das ist so ein Blödsinn. Du hasst dein Leben, wie es jetzt ist, du hasst es, hinter der Bar gefangen zu sein, aber du bist zu verdammt feige, etwas zu ändern. Du hattest Angst, mit mir auszugehen, Angst, dich in mich zu verlieben. Weißt du was? Ich hatte auch Angst. Du hast meine Eltern gesehen. Du kennst ihre Geschichte und weißt, wie ihre Ehe zu Bruch ging. Das Letzte, was ich verdammt noch mal wollte, war mich zu verlieben. Aber weißt du was? Ich habe es trotzdem getan. Ich habe mich in dich verliebt." Ihre Augen weiteten sich, aber sie weigerte sich, darauf einzugehen. „Und weißt du, was passiert, wenn du dich verliebst? Du willst dieser Person helfen. Du willst, dass sich diese Person weiterentwickelt. Du willst das Beste für sie. Aber du hast mich seit wir uns kennen am ausgetreckten Arm verhungern lassen, weil du Angst hast. Ich habe es verdammt noch mal satt, mich auf Eierschalen um dich und deine Angst zu bewegen. Also hast du gewonnen. Ich bin fertig mit dir."

Er drehte sich um, ging zur Tür und öffnete sie. „Die Tür verriegelt sich selbst, wenn du raus gehst."

Er schloss die Tür und ging.

*

Jenna stand in dem Gebäude und starrte die herunterhängenden Kabel an, den Staub und die Trümmer von dem, was einmal ein gutgehendes Geschäft gewesen war, aber jetzt nur noch eine leere Hülle.

Genau so fühlte sie sich, als sie Tys Auto starten und wegfahren hörte. Eine leere Hülle. Zerstört wie dieses Gebäude.

Er liebte sie. Er hatte das alles für sie getan, all diese Recherchen, die Zeit investiert, und sie hatte es ihm auf bissige Art alles um die Ohren gehauen, als ob es ihr nichts bedeutet hätte.

Er war so aufgeregt gewesen. Es war seine Überraschung für sie gewesen.

Und sie hatte ihn einfach gehen lassen, weil sie Angst hatte. Angst, es mit ihrer eigenen Karriere zu versuchen, und Angst, nach der Liebe zu greifen, von der sie immer geträumt hatte.

Sie hatte ihre Chance verpasst.

Jenna schluckte ihre Tränen. Sie verdiente es nicht, zusammenzubrechen. Diese schmerzende Qual hatte sie sich selbst geschaffen.

Stattdessen drehte sie sich um und ging aus der Tür.

*

Ty schmetterte den Schläger auf die Strafbank.

Von wegen mögliche Gehirnerschütterung. Der Verteidiger war ihm in die Quere gekommen und er hatte mit ihm um den Puck gerungen, ihn gegen die Bande gepfeffert. Sie hatten wie in jedem normalen Spiel gekämpft. Fäuste waren geflogen und sein Gegner war wie ein Kegel umgefallen, auch wenn Ty schwor, ihn nicht wirklich hart getroffen zu haben. Der Typ lag auf dem Eis und hatte es übertrieben. Die Fünfminutenstrafzeit war Bullshit. Wut erfüllte ihn und er schwor sich, die nächsten zwei Drittel noch härter ranzugehen.

Am Ende der ersten Period ging er in den Umkleideraum,

und nach der üblichen Ansprache nahm der Coach ihn zur Seite.

„Hast du ein Problem, über das wir sprechen müssen, Anderson?“

„Nein. Ich versuche nur, das Spiel zu gewinnen.“

„Du gewinnst das Spiel aber nicht, indem du einen der Gegner umhaust und fünf Minuten kassierst. Zwei Strafen, und wir sind erst im ersten Drittel?“

„Ich gebe alles für mein Team. Coach.“

„Alles für das Team? Du führst Einmann-Rachefeldzüge da draußen. Dir ist was über die Leber gelaufen. Werde das los und spiel so, wie ich dich kenne, oder du kommst auf die Bank. Und wenn ich das beim wichtigsten Spiel der Saison tun muss, werden dir die Konsequenzen nicht gefallen.“

Der Coach ging. Ty ließ das Kinn auf die Brust sinken und atmete tief durch.

Scheiße. Sein Hirn war nicht beim Spiel. Er war stinksauer und das beeinflusste sein Spiel. Er musste es unter Kontrolle bekommen.

Eddie kam rein und setzte sich neben ihn. „Alter, ich weiß, dass du unter enormem Druck stehst. Das tun wir alle. Aber was auch immer in deinem Kopf gerade abgeht, ob es das Spiel ist oder was anderes, es beeinflusst deine Spielweise zu einem Zeitpunkt, der sehr wichtig für das Team ist.“

Ty sagte nichts. Es gab nichts zu sagen. Eddie hatte recht. Er ließ das Team im Stich.

Victor legte die Hand auf Tys Schulter. „Wir sind deine Freunde. Du hast ein Problem? Dann sind wir hier und hören dir zu.“

„Das stimmt“, sagte Eddie. „Aber wenn es was Persönliches ist, lass es in der Umkleide und spiel Hockey auf dem Eis. Du kannst es nicht an dem anderen Team auslassen, denn wir brauchen dich, um zu gewinnen. Noch ein Spiel und wir sind in den Playoffs.“

Ty nickte. „Ich schaffe das.“

„Dann lasst uns gehen und in ein paar Ärsche treten“, sagte Victor. „Aber trete diesmal nicht so hart zu, okay?“

Ty lachte. „Ja. Die Botschaft ist angekommen.“

Eddie erhob sich. „Na dann. Lasst uns dieses Spiel gewinnen, und dann gehen wir uns besaufen."

Ty stand auf und nickte seinen Freunden zu. „Klingt nach einem guten Plan."

*

Jenna stand hinter der Bar und sah zu, wie die *Ice* die Division Championship gewannen. Als Tyler die fünf Minuten Strafzeit bekommen hatte, war Jenna zusammengezuckt. Ihr war klar, dass er seine Wut und seine Frustration über sie an dem Spieler ausgelassen hatte.

Aber nach dem ersten Drittel kam er zurück und hatte sauber gespielt, sie hatten die anderen fertiggemacht und mit drei Toren gewonnen.

Die Bar war voll gewesen und es wurden Tonnen an Getränken und Essen serviert. Die Feier nach dem Sieg war wild und ungestüm gewesen. Jenna hatte sogar Champagner verteilt, was ihre Gäste erfreut hatte. Die Arbeit hatte sie abgelenkt und sie musste nicht ständig daran denken, was für eine unmögliche Zicke sie gestern gewesen war.

Nachdem Ty aus dem Gebäude gegangen war, ging sie nach Hause und heulte, bis ihre Nase verstopft war und die Augen geschwollen. Dann wusch sie sich das Gesicht und ging ins Bett, hatte aber nicht schlafen können. Sie blieb die ganze Nacht auf und unterdrückte den Drang ins Büro zu gehen und Musik zu komponieren – herzzerreißende Musik über das Verlieren der großen Liebe. Am Ende gab sie nach und kritzelte ein paar Worte nieder, denn sie waren in ihrem Kopf und in ihrer Seele und mussten heraus. Sie wusste, sie würde keine Ruhe finden, ehe sie es aufgeschrieben hatte, bis sie die Gitarre nahm und ein paar ihrer Lieder gesungen hatte, die von Herzschmerz handelten. Lieder, die sie geschrieben hatte, bevor sie je verliebt war, bevor sie jemanden verloren hatte, der ihr wirklich etwas bedeutete. Als die Tränen über ihr Gesicht liefen, erkannte sie, dass ihre Texte verlogen waren, dass ihre Seele nie wirklich darin gelegen hatte, denn erst jetzt zerrissen die Worte sie innerlich und erst jetzt spürte sie die Qual des Verlustes wie noch nie zuvor. In diesem Moment spürte sie aufrichtig, wie es war, verletzt zu sein und jemanden verletzt zu haben.

Und jetzt wollte sie noch singen und schreiben, sich in ihrem Zimmer vergraben und nichts weiter tun, als Worte zu Papier bringen und die Melodien dazu. Aber sie steckte in dieser verdammten Bar fest und hatte sich selbst zu einer Gefangenen gemacht.

Einer Gefangenen ihrer eigenen Ängste.

Und sie war einsam wie verrückt.

Sie nahm das Handy aus der Tasche und verzog das Gesicht, als sie sah, wie spät es war. Aber sie wusste auch, dass sie selbst im umgekehrten Fall auch alles stehen und liegen lassen würde für Tara, egal, wie spät es war.

Sie wählte Taras Handynummer. Tara nahm beim zweiten Klingeln ab.

„Jenna? Was ist passiert?“

„Nichts. Hab ich dich geweckt?“

„Ja. Aber das ist nicht schlimm. Ist was mit Dad?“

„Nein, dem geht es gut. Ich bin bei der Arbeit, aber muss mit dir reden. Kann ich rüberkommen? Ich weiß, es ist verdammt spät, also sag ruhig Nein.“

„Natürlich. Komm rüber. Ich mach Kaffee.“

„Danke.“

Sie sagte dem Assistenten, dass sie jetzt gehen würde und er heute abschließen sollte. Er versicherte ihr, alles so zu regeln wie immer, wenn er sie vertrat. Sie ging und fuhr zu Tara und Micks Haus. Sie hatten sich ein Anwesen auf dem Land gekauft und es dauerte um die zwanzig Minuten, bis sie dort ankam. Es war eine geschlossene Wohnanlage mit großen Häusern und übergroßen Grundstücken. Jenna parkte in der Einfahrt und Tara war an der Tür und wartete schon auf sie. Sie trug Yoga-Hosen und ein Sweatshirt.

„Kaffee ist fertig“, sagte sie und führte Jenna in die Küche.

Sie setzten sich an einen Tisch in der Ecke der Küche. Jenna starrte in ihren Kaffee.

„Was ist los?“

Sie erzählte Tara alles über sie und Ty und was er ihr an den Kopf geworfen hatte, bevor er davongestürmt war.

Tara nippte an ihrem Kaffee und nickte. „Ich weiß alles über das Flüchten vor der Liebe. Keiner kennt das besser als ich. Ich habe alles versucht, um vor Mick wegzulaufen und habe ihn beinahe verloren."

„Das ist nicht dasselbe. Ty und ich sind einfach nicht immer einer Meinung. Ich glaube, wir wollen verschiedene Dinge."

Tara lachte. „Honey, ich liebe dich wie eine Schwester, aber das ist der größte Humbug den ich je gehört habe."

Jenna zuckte innerlich zusammen bei Taras brutaler Direktheit. Aber genau dafür war sie hergekommen.

„Ich hab noch nie zwei Leute verliebter gesehen und sturer. Und es wäre schrecklich, mitanzusehen, wie ihr auseinander geht wegen Angst."

„Du meinst meine Angst."

„Ja."

Jenna ließ die Schultern hängen. „Ich bin die Königin der Angst. Ich hab Angst, jemanden zu lieben, mein Leben zu ändern, und zu versagen."

„Ich stell dir mal eine Frage." Tara goss sich Kaffee nach und fügte Milch und Zucker hinzu. „Ist Tys Beruf immer noch so ein wichtiger Faktor für dich wie beim ersten Date? Wenn ich mich recht erinnere, warst du ziemlich unnachgiebig, was das Daten eines Sportlers anging."

„Oh, das. Nein, gar nicht."

Tara lehnte sich mit der Tasse in der Hand auf dem Stuhl zurück. „Und was glaubst du, woran das liegt?"

Sie dachte ein paar Sekunden nach, bevor sie antwortete. „Wahrscheinlich, weil es von Anfang an kein Kriterium war. Es war ein Abwehrmechanismus von mir, eine gute Ausrede. Schließlich kenne ich gar keine anderen Männer als Sportler. Ich dachte, wenn ich das zum Kriterium mache, müsste ich mich nie verlieben."

„Aber Tyler nahm dieses Kriterium aus dem Spiel, oder?"

„Ja. Es war egal, welchen Beruf er hatte, denn ich blickte darüber hinaus."

„Und du liebst Sport."

Jenna lachte. „Das tue ich. Du kleine Hexe, du wusstest das."

Tara lächelte wissend. „Natürlich wusste ich das."

„Er ist ein Teil von mir. War es schon immer. Klar, ich

nahm Tanzstunden, aber nur, um Mom zu beschwichtigen. Ich habe Sport immer geliebt. Ich liebte es, mit den Jungs im Garten Basketball zu spielen. Und ich liebe es, Football, Baseball oder Hockeyspiele anzusehen."

„Was ist dann das wahre Problem?"

„Das wahre Problem ist und war es schon immer, dass ich an die Bar gefesselt bin. Das ist die Hürde, die ich zu überwinden versuche. Und Tyler hat das erkannt. Er bemerkte meine Unzufriedenheit sofort und versuchte mir zu helfen, beides zu haben. Ich bin dran schuld, weil ich zu feige bin, nach dem zu greifen, was ich mir wirklich wünsche."

Tara sagte nichts.

Jenna legte den Kopf in ihre Hände. „Gott, ich habe einen großen Fehler gemacht. Ich habe ihm so schlimme Sachen an den Kopf geworfen, als er mir nur helfen wollte. Er legte mir den Mond zu Füßen und ich hab ihm alles ins Gesicht geschleudert und ihm gesagt, er soll sich aus meinem Leben raushalten. Was soll ich denn jetzt nur machen?"

„Tja", sagte Tara. „Aus Erfahrung kann ich dir sagen, dass es nie zu spät ist, sich zurückzuholen, was man liebt. Aber du wirst bereit sein müssen, Risiken einzugehen, Jenna. Du musst dich allem stellen und bereit sein, eventuell zu versagen."

Jenna wollte einen Schluck Kaffee nehmen, aber ihre Hände zitterten zu stark, also stellte sie die Tasse auf den Tisch. „Ich liebe ihn. Und du hast recht. Es wird Zeit, damit aufzuhören, mich hinter dem Altbekannten zu verstecken. Es wird Zeit, mit der Angst Schluss zu machen."

Sie stand auf und zog Tara in eine Umarmung. „Vielen Dank, dass du für mich da bist, meine Freundin und meine Schwester bist. Ohne dich könnte ich das nicht schaffen."

Tara zog sich aus ihren Armen. „Doch, das könntest du. Das musst du begreifen. Du kannst das allein tun. Du musst es nur tun und bereit sein, auch die Misserfolge einzustecken."

Sie verließ Tara mit dem Wissen bewaffnet, dass sich ab jetzt alles in ihrem Leben verändern würde.

Sechsundzwanzig

Der erste Schritt auf Jennas Weg der Veränderungen waren ihre Eltern. Zur Unterstützung bat sie auch Gavin, Mick, Tara und Liz herüber.

„Du willst uns doch nicht etwa sagen, dass du schwanger bist, oder?“, fragte Gavin. „Denn ich mag Ty wirklich und möchte ihm deswegen nicht in den Arsch treten müssen.“

Jenna lachte. „Ich bin nicht schwanger. Und das mit dem Arsch treten hab ich schon selbst genug übernommen. Ich glaube nicht, dass er das auch noch von den Familienmitgliedern braucht.“

Dad runzelte die Stirn. „Was meinst du damit?“

„Nichts. Das erzähl ich dir später. Erstmal muss ich euch allen etwas über mich sagen.“

„Ist sie lesbisch?“, fragt Mick Tara. „Ist das so ein Coming-out, bei dem sie es der ganzen Familie auf ein Mal sagt?“

Tara stieß Mick mit dem Ellbogen in die Rippen. „Bist du jetzt einfach mal still?“

„Jenna ist keine Lesbe“, sagte Mom. „Wenn das der Fall wäre, wüsste ich es schon seit Jahren.“

Jenna rollte mit den Augen und wartete darauf, dass ihre Familie aufhörte, über sie zu reden. „Und ihr wundert euch, dass ich euch nie etwas erzähle.“

„Mach weiter, Honey“, sagte Mom. „Wir stehen zu hundert Prozent hinter dir.“

Sie atmete tief durch. „Okay. Ich bin gleich wieder da.“

Gavin stöhnte. „Ich hab in sechs Stunden ein Spiel, Jenna.“

Sie rannte nach draußen, holte ihre Gitarre und ging zurück.

„Eine Gitarre?“, fragte Mick. „Was soll das bedeuten?“

„Halt. Den. Mund.“ Tara rollte mit den Augen.

Jenna nahm die Gitarre aus dem Kasten, setzte sich ins Wohnzimmer und fing an zu spielen, denn sie glaubte, das war besser als alle Erklärungen. Sie sang einen der neuen Songs, goss ihr Herzblut hinein über den Verlust einer Person aufgrund eines dummen Fehlers, weil man seinen Gefühlen gegenüber nicht ehrlich war. Sie ließ ihre Seele und ihre

Emotionen durchscheinen, ließ ihrer Stimme freien Lauf, und es war ihr egal, was andere darüber dachten, denn sie sang das Lied für alles, was sie verloren hatte und für den Schmerz, den sie jemandem zugefügt hatte, den sie liebte.

Als sie geendet hatte, sah sie in die verblüfften Gesichter ihrer Familie und lächelte, blinzelte ihre Tränen fort.

„Verflucht nochmal“, sagte Mick schließlich. „Woher kam denn diese Stimme jetzt?“

Mom stand auf und kam zu ihr herüber und nahm Jennas Gesicht in die Hände. „Mein liebes Mädchen. Du hast ein wunderbares Geschenk bekommen.“ Sie küsste Jennas Wange. „Und damals, als du noch klein warst, hast du um Gesangsunterricht gebeten und ich dachte, das sei nur eine Laune. Ich hatte ja keine Ahnung.“ Sie sah Tränen in Moms Augen steigen. „Es tut mir so leid, Jenna. Ich wusste das nicht. Warum hast du nichts gesagt?“

Jenna wischte Tränen von Moms Wangen. „Ist schon gut, Mom.“

„Nein, ist es nicht. „Ich werde mir nie verzeihen, dir nicht gegeben zu haben, was du gebraucht hast.“

„Oh, Mom. Das ist wirklich nicht so schlimm.“ Sie umarmte ihre Mutter.

Gavin kam rüber, nahm Jenna hoch und umarmte sie. „Du bist ein Superstar, Jen. Ich wusste immer, dass du das eines Tages sein würdest.“

Dad saß einfach nur da und Tränen rannen über sein Gesicht.

„Was war das für ein Lied?“, fragte Mom.

„Das hab ich geschrieben.“

„Sie komponiert eine Menge Lieder“, sagte Liz.

Sie sah auf Dad, der den Kopf schüttelte. „Dad?“

„Mein Baby. Ich hatte ja keine Ahnung.“ Er brach zusammen und schluchzte.

Jenna ging zu ihm und umarmte ihn. „Nicht weinen, Daddy.“

„Du singst wie ein Engel. Ich bin so stolz auf dich. Aber deine Mutter hat recht. Wir hätten besser auf dich achten sollen und auf deine Bedürfnisse. Wir haben dir den Gesangsunterricht nicht erlaubt.“

„Sie wollte Gesangsunterricht?“, fragte Gavin mit gerunzelter Stirn.

„Ja.“ Mom wischte sich Tränen ab. „Als sie jünger war.“

„Also, du hattest das die ganzen Jahre in dir und hast es nie jemandem erzählt?“, fragte Mick.

Jenna nickte.

„Du bist so ein Dummerchen“, sagte Gavin. „Man bekommt nur was man will, wenn man immer wieder danach fragt und darauf drängt. Du kennst doch diese Familie. Der Lauteste gewinnt.“

Jenna lachte. „Jetzt weiß ich das auch.“

„Also was können wir tun, damit deine Stimme gehört wird?“, fragte Mom.

Jenna atmete tief durch und sah ihre Eltern an. „Ich möchte eine zweite *Riley's* Bar eröffnen. Ein Musikclub, wo Leute singen können. Und ich möchte auch selbst dort singen.“

Dad neigte den Kopf zur Seite. „Noch eine Bar?“

„Ja. Ich habe die Machbarkeit geprüft und wir können es uns leisten. Aber das würde bedeuten, dass ich die Sportbar nicht mehr leiten könnte. Ich möchte die neue Bar selbst führen.“

„Tu das“, sagte Mom. Du gehörst dorthin, wo dein gottgegebenes Talent nutzen kannst.“

„Wie lange willst du das schon?“, fragte Dad.

„Mein ganzes Leben.“

„Und warum hast du bis heute nie etwas davon gesagt?“

„Weil das *Riley's* dein Traum ist. Und nach deinem Herzinfarkt musste ich dafür sorgen, dass dein Traum erhalten bleibt.“

„Oh, mein kleines Mädchen.“ Er machte Platz auf seinem Sessel, damit sie sich zu ihm setzen konnte, dann tippte er mit dem Finger ihr Kinn an, so wie früher, als sie noch klein war. „Lebe nie den Traum eines anderen. Es ist nicht deine Aufgabe, meinen Träumen zu folgen. Ich kann das selbst. Ich gebe zu, ein wenig bequem und selbstzufrieden geworden zu sein und immer nur zu Hause bei deiner Mom herumzuhängen. Und zu wissen, dass du das *Riley's* am Laufen hältst, hat es mir noch leichter gemacht. Aber jetzt bin ich sauer auf dich, weil du damit nicht zu uns gekommen bist und dein fantastisches Talent so lange verschwendet hast."

„Es ist nicht eure Schuld. Es ist meine, weil ich nicht schon früher meine Meinung gesagt habe. Ich hatte Angst, zu versagen, Angst, nicht gut genug zu sein."

Mom schnaubte. „Du bist absolut gut genug."

„Wenn du mich fragst, ist sie gut genug für einen Plattenvertrag", sagte Liz.

„Vielleicht", sagte Jenna. „Vielleicht auch nicht. Momentan möchte ich nur den Club haben, wo Musiker und Sänger ihre Talente testen können. Das würde meinen Traum erfüllen. Alles darüber hinaus … wird sich schon ergeben."

Mom zog sie aus dem Sessel und nahm ihre Hände. „Wir wollten immer nur für unsere Kinder, dass sie ihren Träumen folgen und glücklich sind. Wir wären begeistert, wenn du noch ein *Riley's* eröffnen würdest. Zusammen schaffen wir das."

Es war, als ob sich die Welt für sie öffnete und sie endlose Möglichkeiten sah. Sie umarmte und küsste alle.

„Vielen Dank. Ihr habt keine Ahnung, was mir eure Unterstützung bedeutet. Aber erst muss ich den Mann suchen gehen, den ich liebe, und schauen, ob ich reparieren kann, was ich zerstört habe. Ich hab Angst, ihn für immer verloren zu haben."

Liz organisierte Jenna Tickets für das erste Playoff-Spiel heute. Sie hätte VIP-Plätze bekommen können, aber sie wollte in der ersten Reihe sitzen, dort wo die meiste Action war. Sie wollte, dass Tyler sah, dass sie ihn anfeuerte.

„Diese Plätze sind saukalt, weißt du", sagte Liz. „Wir könnten in einer beheizten Lounge sitzen, mit kostenlosem Essen und Getränken so viel wir wollen."

„Jammer, jammer, jammer", sagte Jenna. „Du hast uns schon mal Plätze dort besorgt, falls du dich erinnerst."

„Ja, ja. Da hatte ich auch gute Gründe für diesen Wahnsinn. Aber jetzt? Es ist einfach eiskalt dort."

„Du bist echt nicht pflegeleicht. Ein Wunder, dass Gavin sich das antut."

„Was man nicht alles aus Liebe tut. Und dein Bruder betet mich an, angefangen bei meinen erstklassig lackierten Zehennägeln, bis zu meinen wunderschönen, natürlich roten Haaren."

„Bring mich nicht zum Würgen."

Liz lachte. „Ich mochte es noch nie, mich mit Familie herumzuschlagen. Immerhin tat ich mein Bestes, um meiner eigenen zu entfliehen. Aber ihr Rileys? Ihr seid okay."

„Du liebst mich und du weißt es."

„Das tue ich. Total."

Die Tür öffnete sich und die Spieler strömten heraus. Jenna hielt inne, unsicher, ob sie nach Ty Ausschau halten sollte oder nicht. Eigentlich war der Gedanke, auf dem Sitz nach unten zu rutschen sehr verführerisch.

Liz stieß sie mit dem Ellbogen an. „Deine Tage als Feigling sind vorbei, Süße. Zeit, deine Frau zu stehen und deinem Mann zu zeigen, dass du für ihn da bist."

Sie hatte recht. Sie drehte sich nach den Spielern um und als Ty herauskam, sah er sie sofort.

Und runzelte die Stirn, drehte sich um und ging die Treppe zur Bank hoch.

Was hatte sie erwartet? Ein umwerfendes Lächeln und ein Daumen hoch? Sie war hier, um ihn zu unterstützen, nicht andersherum, also klatschte sie und jubelte, als das Team zum Aufwärmen auf das Eis lief.

Bei den direkten Konfrontationen versteifte sich Jenna und blieb die ganze Zeit so. Das Spiel war intensiv, zum Nägelkauen, als die *Ice* und Denver rangingen, als sei es das letzte Spiel für beide Mannschaften. Es gab eine Menge Strafzeiten, aber diesmal betrafen sie Ty nicht. Er blieb sauber, auch wenn er viele Rempler verursachte. Als er direkt vor ihr an die Bande geworfen wurde, wollte sie aufspringen und dem Kerl, der ihn gestoßen hatte, eine reinhauen.

Aber Ty konzentrierte sich darauf, den Puck voranzubringen, und als er ein Tor schoss, schrie Jenna, bis sie heiser war.

Am Ende des zweiten Drittels führten die *Ice* mit zwei Toren, und Jennas Kiefer schmerzte vom Zähne zusammenbeißen. Die Verteidigung zeigte es allen und Denver blieb torlos und ihre Torangriffe unspektakulär.

Ty hatte nicht auf Jenna geachtet, hatte während des ganzen Spiels nicht ein Mal zu ihr gesehen. Nicht, dass sie das erwartet hätte. Sie wollte, dass er sich auf das Spiel konzentrierte anstatt an sie zu denken. Sie wollte, dass die *Ice* gewannen.

Und als sie das taten, umarmten sich Liz und Jenna und jubelten mit dem ganzen überfüllten Stadion mit.

Sie warteten, bis die Menge sich ausgedünnt hatte und gingen dann vor die Tür von Tys Umkleideraum.

„Er ist so sauer auf mich", sagte Jenna und kaute an einem Fingernagel. „Ich weiß nicht, ob er überhaupt mit mir reden wird."

„Du musst den Dialog irgendwie eröffnen. So fängst du an."

Die Presse behielt ihn eine Weile, und Jenna ging auf und ab, lenkte sich ab, indem sie mit ein paar Frauen der anderen Spieler plauderte. Renee hatte ihr eine Textnachricht geschrieben, sie sollte Eddie eine Gratulationsumarmung für sie geben, denn sie war in der Bar und hatte deshalb nicht hier sein können. Die beiden waren kürzlich offiziell zusammengekommen, und Jenna freute sich für sie. Sie waren ein niedliches Pärchen. Als Eddie herauskam, gratulierte sie ihm und gab ihm Renees Umarmung.

„Ich fahre jetzt in die Bar", sagte Eddie mit einem breiten Grinsen. „Ich hoffe, Malcom hat die Steaks schon auf dem Feuer."

Sie lachte. „Ganz bestimmt. Und die erste Runde von euch Jungs geht aufs Haus. Meine Vertretung weiß schon Bescheid."

Eddie küsste ihre Wange. „Du bist klasse, Jenna."

Eddie ging und Victor kam heraus, und die Schlange der Spieler hinter ihm machte sie nervös, denn sie konnte Ty nicht sehen.

„Er hat sich hinten rausgeschlichen. Er geht mir aus dem Weg", sagte Jenna.

Liz rollte mit den Augen. „Es gibt keinen Hinterausgang. Er hat sich nicht rausgeschlichen. Siehst du? Da ist er doch."

Oh, Scheiße. Er trat aus der Tür und plötzlich wusste sie nicht mehr, was sie sagen sollte. Glücklicherweise schnappte Liz ihn sich zuerst und umarmte ihn.

„Bloß gut, habt ihr gewonnen", sagte sie zu ihm. „Ich habe potenzielle Werbeverträge parat, und je weiter du in den Playoffs kommst, desto mehr Verträge kann ich für dich ergattern."

„Ja, das ist das Einzige, woran ich denke, wenn ich auf dem Eis bin", sagte er.

„Da bin ich sicher." Sie zwinkerte ihm zu. „Ich muss für ein paar Minuten mit dem großen Boss reden, also wenn ihr zwei mich entschuldigen würdet."

Liz machte einen diskreten Abgang und ließ sie mit Ty allein, der Jenna ausdruckslos ansah.

Jetzt war es ihr Spiel.

„Tolles Spiel heute."

„Danke. Bin überrascht, dich hier zu sehen."

„Echt? Ich weiß gar nicht warum. Ich wollte dich und das Team anfeuern."

„Aha."

„Und … ich wollte ein paar Minuten allein mir dir sein, damit wir reden können."

„Ich glaube, neulich wurde schon alles gesagt, Jenna. Es gibt nichts mehr zu reden. Ich bin jetzt müde nach diesem Spiel."

„Ich verstehe. Wir haben neulich beide eine Menge Dinge gesagt, aber wir müssen trotzdem reden. Ich muss dir ein paar Sachen erzählen."

Er lachte und der Sarkasmus war klar zu hören. „Du hast noch mehr auf Lager, als das, was du schon gesagt hast?"

„Ich verdiene deine Reaktion. Aber es ist nicht so, wie du denkst."

„Okay. Spuck's aus."

„Nicht hier. Komm mit mir."

„Ich glaube nicht, dass das eine gute Idee ist."

Sie legte eine Hand auf seinen Arm. „Ty, bitte. Ich weiß, dass du mir nichts schuldest. Nicht, nachdem ich mich so benommen habe. Aber wenn du mir nur eine Stunde gibst …"

Sie hoffte und betete, er würde sie nicht auf ihre letzten Worte bei dem Streit festnageln und ihr noch eine Chance geben.

„Gut. Du hast eine Stunde. Ich muss meine Ausrüstung holen und mich für ein paar Minuten mit dem Coach treffen. Ich komme zu dir nach Hause, wenn ich fertig bin."

„Okay. Danke."

Sie ging und fand Liz bei einer Unterhaltung mit dem Team-Besitzer, also blieb sie im Hintergrund, bis Liz fertig war.

„Wie lief es?", fragte Liz, als sie zum Parkplatz gingen.

„Er ist immer noch sauer auf mich. Das merke ich. Aber er hat zugestimmt, mir eine Stunde zu geben."

„Weil er dich liebt."

Ihr Herz zog sich zusammen. „Wirklich? Seine Stimme war so kalt. Keinerlei Emotionen darin."

Sie stiegen ins Auto, schnallten sich an und Liz fuhr wie immer, warf Jenna aber einen kurzen Blick zu. „Honey, du hast ihm wehgetan, und Männer nehmen das nicht gut auf. Sie verstecken ihre Emotionen tief im Inneren, wo man ihnen nicht mehr wehtun kann. Auf viele Weise sind sie genau wie Frauen, auch wenn sie das abstreiten."

Jennas Lippen verzogen sich zu einem Lächeln. „Vielleicht hast du recht."

„Ich hab recht. Sie tun gern so, als seien sie stark und immun gegen Schmerz. Körperlich mag da was dran sein, aber emotional gesehen sind sie genauso verletzlich wie wir. Besonders bei jemandem, der ihnen etwas bedeutet."

„Ich habe ihn verletzt, das weiß ich. Ich muss das wiedergutmachen."

Liz drückte ihre Hand. „Dann tu das und hol dir deinen Mann zurück. Ich brauche ihn in Topform für die Playoffs."

Liz setzte sie ab und sie beeilte sich, fertig zu werden. Sie war wie verrückt nervös wegen dem, was ihr bevorstand.

Als Ty vorfuhr, rannte sie hinaus. Er stieg aus dem Auto, aber sie hatte bereits ihre Schlüssel in der Hand.

Er runzelte die Stirn. „Was soll das?"

„Wir müssen wegfahren."

„Warum?"

„Weil ich dir was zeigen muss."

„Jenna, ich hab keine Zeit für sowas."

Was er wirklich meinte, war, dass er nicht wollte. Sie musste ihn überreden. Für sie ging es um gewinnen oder verlieren. „Nimm dir die Zeit. Bitte. Es wird nicht lange dauern."

Er zuckte die Achseln. „Na gut."

Er stieg in ihr Auto und sie fuhr los. Die Stille war nervenzerfetzend, aber ihr war klar, dass bedeutungsloser Smalltalk sinnlos wäre, also nutzte sie die Zeit, sich zu überlegen, die sie ihm sagen würde, wenn sie ankamen. Sie spielte es im Geiste immer wieder durch und als sie dort waren, parkte sie vor dem Gebäude und hoffte, sie hatte die richtigen Worte gefunden.

„Was zur Hölle soll das?"

Was sie nicht hatte planen können, war Tys Reaktion.

Sie stieg aus und tippte den Sicherheitscode ein, den der Makler ihr gegeben hatte, den sie gestern angerufen hatte. Genau wie Ty es gemacht hatte, hatte sie darum gebeten, ihrem Geschäftspartner das Objekt allein zeigen zu wollen, und sie selbst wollte es sich ein zweites Mal ansehen. Okay, es war eine Lüge, aber es hatte funktioniert.

Sie ging hinein und hoffte, Ty war neugierig genug, um ihr zu folgen. Sollte er das nicht tun und im Auto bleiben, wäre ihr Plan alles wiedergutzumachen gescheitert.

Und sie hatte keinen Plan B. Wahrscheinlich hätte sie sich einen Plan B ausdenken sollen.

Sie ging hinein und in der Mitte stehen und lächelte, als sich Pläne in ihrem Kopf ausbreiteten. Sie hatte sich schon Notizen gemacht, die Einrichtung geplant, aber das alles war sinnlos ohne Ty.

„Warum hast du mich hergebracht?"

Sie drehte sich zu ihm um und ihr Herz hämmerte so laut, dass sie nur noch das Blut in ihren Adern rauschen hören konnte. Sie atmete tief durch, um sich zu beruhigen, und bereitete sich darauf vor, der Sache ins Gesicht zu sehen. Nach einem Schritt auf ihn zu blieb sie stehen.

„Du hattest recht. Mir gefällt das Objekt. Es hat eine ideale Lage, die Größe ist perfekt und der Preis liegt im Rahmen meiner Möglichkeiten. Du hast einen guten Blick für Immobilien. Mir gefällt deine Vorstellung wie der Club aussehen könnte."

Er antwortete nicht. Er würde es ihr nicht leicht machen. Das verdiente sie auch nicht. Nicht, nachdem sie diese schrecklichen Dinge zu ihm gesagt hatte, wie sie ihm seine Überraschung ins Gesicht geschleudert hatte.

„Die Bühne würde ich allerdings lieber an die Seite stellen. Mit den Fenstern auf der anderen Seite hat man mehr Licht im Sommer und man kann diese Wände hier öffnen und eine Terrasse draußen machen."

Immer noch keine Antwort. Seine Hände waren so tief in den Taschen seiner Jacke vergraben, dass es sie wunderte, dass er noch keine Löcher hineingebohrt hatte.

„Aber ich will das nicht alles allein machen." Sie holte zittrig Luft und verdrängte die Tränen, die aufzusteigen drohten. „Ich dachte immer, ich bin stark und unabhängig und könnte alles selbst. Die Wahrheit ist, dass ich nicht so stark bin wie ich dachte, und seit ich dich traf, ist Alleinsein furchtbar."

Sie wartete und ihre Beine zitterten so stark, dass sie Angst hatte, auf den Boden zu sinken.

„Du musst es nicht allein machen", sagte er schließlich. „Du warst nie allein damit, seit wir beide uns getroffen haben. Nicht ein Mal."

Die Tränen machten sich frei und rollten über ihre Wangen. Jenna nickte und trat noch einen Schritt auf ihn zu. „Das ist mir jetzt klar. Aber ich hatte Angst."

„Ja, ich weiß."

„Ich habe vor meinen Eltern und Brüdern gesungen."

Er machte einen Schritt auf sie zu. Ein einziger Schritt, der die Hoffnung in ihr zum Singen brachte.

„Wie ist das gelaufen?"

„Sie liebten meine Stimme. Ich hab ihnen gesagt, dass ich eine zweite Bar eröffnen möchte, einen Musikclub. Und dass ich die Sportbar nicht mehr leiten möchte."

„Was haben sie dazu gesagt?"

„Sie sagten, ich hätte ihnen schon vor Jahren von meinen Träumen erzählen sollen. Du hattest recht. Ich musste nur meinen Mut zusammennehmen."

„Du kannst alles schaffen, wenn du an dich glaubst."

„Ich hab Angst, Ty. Du hattest recht. Ich hab Angst, zu versagen."

Er trat direkt vor sie. „Es ist nicht schlimm, Angst vor dem Versagen zu haben. Jeder hat das, und wenn welche sagen, sie haben es nicht, dann lügen sie. Aber nur weil man Angst hat, bedeutet es nicht, es nicht zu versuchen."

Sie legte ihre Hände auf seine Brust und sein Herzschlag gab ihr den Mut, den sie brauchte. „Ich wollte nie einen Hockeyspieler, aber mein Gott, ich hab mich in einen verliebt, und ich werde ihn nicht loslassen, egal wie sehr ich mich vor der Liebe fürchte."

Mit dem Daumen strich er die Tränen von ihrer Wange. „Ich habe auch Angst, Babe, und es gibt nicht viel, was mir Angst macht. Aber eins macht mir Angst."

Sie schniefte. „Ja? Und was ist das?"

„Die Vorstellung, ohne dich leben zu müssen."

Sie schluchzte und fiel in seine Arme. Er zog sie an sich und hielt sie fest, küsste ihr Haar und rieb ihren Rücken, während sie weinte.

„Ich liebe dich, Jenna."

Das brachte sie noch heftiger zum Weinen. „Ich liebe dich auch. Und es tut mir so leid." Sie hob den Kopf und ließ Ty in ihr Gesicht sehen. „Alles, was ich gesagt habe, tut mir leid. Ich will, dass du mich drängst, wenn ich das brauche. Ich will dich an meiner Seite und nein, ich will das nicht alles allein tun. Ich brauche dich in meinem Leben, bei jedem Schritt. Ohne dich wäre ich nie so weit gekommen, hätte nie den Mut gehabt, in einem Club zu singen. Jeden Schritt, den ich getan habe, verdanke ich dir, weil du mich über meine Ängste hinaus geschubst hast. Gott, dafür liebe ich dich. Und ich hoffe, du kannst mir vergeben."

Er küsste die Tränen auf ihren Wangen und dann ihre Lippen. „Das ist es, was Liebe bedeutet. Vergebung. Ich habe gesehen, wie meine Eltern eine Menge Fehler in ihrer Ehe gemacht haben, und ich bin entschlossen, nicht dieselben Fehler in meiner zu machen."

Ihre Augen weiteten sich. „Was?"

„Als ich dich das letzte Mal hierher gebracht habe, wollte ich dir das Objekt zeigen, und wenn es dir gefallen hätte, wollte ich dir sagen, dass ich es angezahlt habe. Ich wollte es kaufen."

„Was?“, fragte sie erneut.

„Ich möchte dich heiraten, Jenna. Und Ehe bedeutet Partnerschaft. Eine Partnerschaft bedeutet, das Gute und das Schlechte anzunehmen. Ich werde dich ermuntern, die beste Sängerin zu werden, die du sein kannst, und deine Träume zu verwirklichen. Und du wirst mich ermuntern, der beste Hockeypieler zu seine, der ich sein kann. Manchmal werden wir uns streiten, aber wir werden uns gegenseitig nie aufgeben.“

Sie legte ihre Hand auf ihre Lippen. „Du machst mir einen Antrag.“

„Ja. Ich hab aber keinen Ring gekauft, denn in einer Partnerschaft solltest du haben, was du möchtest und ich möchte dem nicht vorgreifen. Wir werden zusammen Ringe aussuchen.“

Weil er sie kannte. Er kannte sie wirklich.

„Nur ein simpler Ehering reicht mir. Einen von diesen hübschen, schmalen mit Diamanten.“

„Was immer du möchtest. Aber heißt das, du sagst Ja?“

Sie nickte, unfähig, den Tränenfluss aufzuhalten. „Ja. Oh, Mann ja! Ich liebe dich. Natürlich heirate ich dich. Aber bist du sicher, dass du dir das antun willst?“

Er lachte. „Bis dass der Tod uns scheidet. Und glaub mir bitte, als ich das letzte Mal von dir weggegangen bin, war ich sauer und verletzt und brauchte etwas Abstand, aber ich hatte nie vor, dich gehenzulassen. Ich bin nicht wie meine Eltern und ich gebe nicht so schnell auf. Für mich ist das *für immer*.“

Sie nickte. „So bin ich auch. Ich werde um dich kämpfen, oder um uns, wie auch immer. Rileys geben nicht auf.“

*

Tyler hatte nicht gewusst, dass sich Liebe so anfühlen konnte. Dieser überwältigende Drang, beschützen zu wollen, jemanden so sehr zu wollen, dass derjenigen einen verletzen könnte. Aber er wusste, dass er nie vorhatte, Jenna zu verlassen. Wäre sie nicht zu ihm gekommen, wäre er in ein paar Tagen zu ihr gegangen und hätte ihr gesagt, dass er sie nicht aufgab.

Er würde sie niemals aufgeben.

Und jetzt wollte er ihr nur noch zeigen, wie sehr er sie liebte.

„Hast du Taschentücher in deiner Handtasche?", fragte er, während er sie hielt und wartete, bis sie aufhörte zu weinen.

Sie kramte ein Taschentuch hervor, putzte sich die Nase und lachte. „Ich gebe nicht gerade das schönste Bild einer Frau ab, der du einen Heiratsantrag machen wolltest, oder? Meine Nase ist rot und läuft und meine Augen sehen wahrscheinlich wie etwas aus einem Horrorfilm aus."

Er betrachtete ihr Gesicht. Sie war schön. „Du hast recht. Das sollte ich berücksichtigen."

Sie schlug ihm gegen den Arm. „Witzbold. Du wirst ab sofort jeden Morgen für den Rest deines Lebens neben meiner Bettfrisur und diesem Gesicht aufwachen."

„Das stand nicht im Kleingedruckten."

„Du bist sowas von nicht witzig."

„Doch, bin ich." Er zog sie an sich und küsste sie. „Das ist einer der Gründe, warum du mich liebst."

Sie steckte die Arme unter seine Jacke und schmiegte sich an ihn. „Du hast recht. Du bringst mich zum Lachen."

„Ist das alles, was ich für dich tue?"

„Nein. Du tust eine Menge für mich."

Er sah sich um und stellte sich schon die Zukunft vor, wie es hier aussehen würde, nachdem es renoviert war. „Weißt du, jetzt wie du dich für dieses Objekt entschieden hast, sollten wir es offiziell einweihen."

Sie neigte den Kopf zurück und sah ihn an. „Auf welche Weise?"

„Du weißt, auf welche Weise." Er zog die Jacke aus und legte sie auf die Bar. „Ich wollte dich schon immer auf einer Bar nehmen."

„Irgendwann wirst du es mal in einem normalen Bett tun müssen."

Er drehte sich um und streckte die Hand aus. „Das würde keinen Spaß machen."

Sie folgte ihm zur Bar. „Du hast recht. Wir tun es im Bett, wenn wir alt sind und unsere Knochen knarren."

Er lachte. „Das bezweifle ich."

„Was? Dass wir irgendwann alt und knarrig sein werden?"

Er zog ihr den Mantel aus und streichelte über ihre Arme. „Nein, dass wir es dann nur noch im Bett tun."

Als er sie küsste, seufzte sie an seinen Lippen.

Ja, so ging es ihm auch.

Es war verdammt perfekt, weil sie wieder in seinen Armen war. Er streichelte ihren Körper, ließ seine Hände überall hin wandern, als hätte er sie jahrelang nicht mehr gespürt anstatt nur ein paar Tage. Er hatte sie vermisst. Ohne sie spürte er eine Leere in sich, eine Lücke, die er nie wieder spüren wollte.

Zerrissen zwischen dem Wunsch, sich Zeit zu lassen und in ihr sein zu wollen, küsste er ihren Hals und inhalierte ihren Duft, fuhr mit der Zunge über ihre Kehle und liebte ihre zitternde Reaktion. Sie klammerte sich an seinen Schultern fest und fiel ermattet gegen ihn, als er ihren weiten Pulli herunterzog und küsse auf ihr Schlüsselbein setzte, und die Wölbung ihre Brüste. Er nahm sie hoch und setzte sie auf die Bartheke.

„Wenn wir hier alles renoviert haben", sagte er und zog ihr die Schuhe und Socken aus, „werde ich dich auf glänzende, neue Theke setzen und dich dort wieder lieben. Und auch auf der Bühne."

Sie lächelte ihn an und strich das Haar von seinen Augen. Er öffnete ihre Jeans, zog sie ihr die Beine herunter, streichelte dann über ihre Haut und liebte das seidige Gefühl. Seine Hände waren vernarbt und rau, ganz anders als ihr butterweicher Körper. Aber sie schien sich nicht an seinen Händen zu stören, besonders nicht, wenn er sie in Jennas Mitte auf ihr Höschen legte.

Sie schnappte nach Luft und bäumte sich ihm entgegen und krallte die Finger in seine Jacke, als er ihre Pussy rieb, wobei er sie mit dem Hindernis der Seide noch mehr neckte. Sei war nass und ihr süßer Duft ließ seinen Schwanz pochen. Er zog ihre Beine an die Kante des Tresens und rückte seine Nase gegen ihr Höschen, sog ihren Duft auf. Dann schob er den Stoff zur Seite und leckte sie, und sie stöhnte, stützte sich auf der Bar ab und stieß ihm ihre Pussy ins Gesicht.

Eins der Dinge, die er an Jenna am meisten liebte, war ihre pure Freude am Sex. Sie hatte keine Hemmungen und liebte es, zu kommen. Und er liebte es, ihr Orgasmen zu beschaffen, liebte ihr Gesicht, wenn sie sich fallenließ.

Er leckte über ihre Klit spielte mit dem Piercing, bevor er die Knospe zwischen die Lippen nahm und an ihr saugte. Er legte eine Hand auf seinen Schwanz und massierte und drückte ihn, während er die Zunge zwischen Jennas Schamlippen gleiten ließ. Ihr salzig süßer Geschmack pumpte seinen Schwanz auf. Allein der Gedanke daran, zwischen diese weichen Lippen zu gleiten, erweckte den Drang, seine Hose zu öffnen und in sie zu dringen.

Er leckte ihre Pussy und die Klit, bis Jenna sich an ihm wand und er wusste, dass sie bereit war, zu kommen. Dann übte er Druck auf ihre Klit aus und sie ließ sich fallen, schrie wild und hemmungslos auf, drückt sich ihm ins Gesicht.

Langsam ließ er sie wieder von den Wellen herunterkommen, küsste ihre Schenkel und ihren Bauch, ehe er auf einen der alten Barhocker stieg und seine Hose öffnete. Er zog Jenna das Höschen aus und steckte es in seine Tasche. Sein Schwanz bebte bei dem Gedanken, gleich ihre seidige Nässe um ihn zu spüren.

Er zog sie von der Bar und auf seinen Schoß. Sie spreizte die Beine über ihm und er sah zu, wie er in ihrer Pussy verschwand. Sie setzte die Füße auf die Sprossen des Barhockers und hob und senkte sich auf ihm.

„Oh, Babe, du fühlst dich so gut an.“ Er verwob die Finger in ihrem Haar und zog ihren Mund näher für einen tiefen, innigen Kuss. Seine Zunge glitt hinein und er vögelte ihren Mund im selben Rhythmus wie ihre Pussy, mit langen zielstrebigen Stößen. Jenna wimmerte an seinem Mund, hielt sich an seinen Schultern fest und erhob und senkte sich auf ihm, rieb seinen Schwanz auf eine Weise, die ihn zum Stöhnen brachte. Seine Eier standen in Flammen, zitterten in der Erwartung, sich gleich in sie zu ergießen. So tief in ihr lehnte er sich zurück und sah in die schönen, blauen Tiefen ihrer Augen, sah, wie ihre Lider halb geschlossen waren, als sich ihre Wände um ihn zusammenzogen und ihn all diese nasse Hitze umschloss.

Und als sie das Tempo steigerte, ihn schneller vor und zurück ritt und sich an ihm rieb, konnte er es nicht länger aus-

halten.
„Komm für mich, Jenna“, flüsterte er, leckte an ihrem Ohrläppchen, während er ihren Hintern umklammerte, und zog sie näher an sich, wobei er sich an ihrer Klit rieb.
„Oh, Gott, ja, das wird mich heftig kommen lassen“, sagte sie.
Als sie ihre Fingernägel in seine Schultern bohrte, wusste er, dass sie soweit war. Er stieß tiefer zu und hielt sie fest, als sie vom Orgasmus geschüttelt wurde. Er spürte es, spürte ihre Wände kontrahieren als sie kam. Sie zuckte wild auf ihm, während der Höhepunkt sie zerriss.
Er konnte es nicht aufhalten und der brüllende Zug seines Höhepunkts raste durch ihn. Er katapultierte seinen Samen in sie, leerte alles was er hatte und hielt sich an Jenna fest, während er wieder und wieder kam, bis nichts mehr übrig war.
Jesus, das war heftig gewesen.
Es war immer intensiv mit Jenna, und jetzt, wo er sie wieder in den Armen hielt, war es, als ob sich die Welt wieder richtig herum drehte und alle was falsch gewesen war, wieder korrigiert wurde. Etwas hatte nicht gestimmt, seit er an dem Abend von ihr weggegangen war. Er hatte das ganz hinten in seinem Verstand verdrängt, denn er musste sich auf die Spiele konzentrieren, aber sein erster Gedanke war stets Jenna gewesen.
Arbeit würde immer Arbeit sein, aber seine erste Priorität wäre immer die Frau, die er liebte, mit der er sein Leben verbringen wollte. Und jetzt, wo er sie wieder halten durfte, ihren persönlichen Duft einatmete, der sie ausmachte, wurde ihm klar, dass er ohne sie niemals mehr vollständig sein würde. Das war Liebe. Sein ganzes Erwachsenenleben hatte er sich gefragt, was Liebe wohl war, und jetzt wusste er es. Er hatte nie danach gesucht, sie nie gewollt, aber sie hatte ihn dennoch gefunden.
Er hob Jenna von sich und setzte sie auf die Bar.
„Deine Jacke“, sagte sie.
„Alles okay. Ich will dich ansehen. Dein Körper ist erhitzt und rosig und wunderschön.“ Er fuhr mit der Zunge zwischen ihre Mitte und ihre Hüfte.

Jenna kicherte. „Was machst du da?"

„Ich finde, genau hier wäre die perfekte Stelle."

„Wofür?"

„Für dein nächstes Tattoo. Ich könnte mir eine schöne Schrift vorstellen."

„Welcher Text?"

„Mein Name natürlich. Genau neben meiner Lieblingsstelle an deinem Körper."

Sie schwieg ein paar Sekunden. „So gut wie erledigt."

Er hob den Kopf. „Echt?"

„Natürlich, solange du dir *Jenna* auf den Arm tätowieren lässt."

„Alles klar. Mach einen Termin mit deinem Tattoo-Typen für nächste Woche. Ich will deinen Namen auf mir."

„Wirklich? Das würdest du tun?"

Er erhob sich. „Ich werde dich heiraten, Jenna. Ich habe nicht gescherzt, als ich *für immer* gesagt habe."

Sie beugte sich vor, schlang die Arme um ihn, küsste ihn und betrachtete sein Gesicht. „Aber Tinte ist wirklich für immer."

„Genau wie ich."

*

Jenna seufzte, als sie Ty ansah, und die Wahrheit in seinem Gesicht las. Das hier war real. Er, der neue Club, ihr neues Leben.

Sich ihren Ängsten zu stellen, hatte ihr die größten Geschenke eingebracht, und das wichtigste war dieser unglaubliche Mann.

So lange hatte sie all ihre Träume hinten angestellt. Aber jetzt, dank Ty, seiner Liebe und einer Menge Mut, wurden all ihre Träume wahr.

Die Autorin

Der Weg zur New York Times und USA Today Bestseller Autorin verlief nicht immer geradlinig für Jaci Burton, doch heute ist sie Vollzeitautorin und genießt gemeinsam mit ihrem Mann und ihren Hunden das Leben im Nordosten von Oklahoma.

Wenn sie nicht gerade schreibt, trifft man sie entweder im örtlichen Kasino an, wo sie vergeblich versucht, Millionärin zu werden, oder in ihrem Garten, in dem sie versucht, Tomaten zu ziehen. Sie unternimmt liebend gern Motorradausflüge mit ihrem Mann, liest viel und mag es, alles Mögliche im Fernsehen anzuschauen, sei es Sport, Reality-TV, Krimiserien, Dramen oder Komödien.